沈嘉禄

著

上海人

南京大学出版社

图书在版编目(CIP)数据

上海人 / 沈嘉禄著. —南京：南京大学出版社，
2023.7(2024.4 重印)
　ISBN 978-7-305-26808-3

　Ⅰ.①上… Ⅱ.①沈… Ⅲ.①随笔-作品集-中国-
当代　Ⅳ.①I267.1

中国国家版本馆 CIP 数据核字(2023)第 039119 号

出版发行　南京大学出版社
社　　址　南京市汉口路 22 号　　　　邮　编 210093
　　　　　SHANGHAI REN
书　　名　上海人
著　　者　沈嘉禄
责任编辑　谭　天

照　　排　南京紫藤制版印务中心
印　　刷　徐州绪权印刷有限公司
开　　本　880 mm×1230 mm　1/32 开　印张 14.5　字数 363 千
版　　次　2023 年 7 月第 1 版
印　　次　2024 年 4 月第 2 次印刷
ISBN 978-7-305-26808-3
定　　价　88.00 元

网　　址　http://www.njupco.com
官方微博　http://weibo.com/njupco
官方微信　njupress
销售咨询　025-83594756

目 录

自 序

一

　　很难用一句话来概括上海人。作为一个群体、一个符号、一个文化现象，或者一种精神品质，"上海人"的多元性、复杂性和偶然性，常常让外省市的朋友难以捉摸。这并非说上海人天然地具有某种优越性，我只是想提示一个事实："上海人"的形成，并非预设，也非贴标签，甚至不能说是自愿的。

　　"上海人"是一个集合概念，内涵相当丰富。你吃过广式五仁月饼吗？皮薄馅足，实实在在，瓜仁果仁，天下一家。最近五仁月饼遭遇了自诞生以来的首次"灵魂拷问"，有人说了一句"五仁月饼是上海出品的最好"，结果引起更多网民的"围剿"。汝之蜜糖，彼之砒霜，这有什么可争论的？舌战双方也许都不知道五仁月饼虽然被打上了"广式"标签，但是在上海"庶出"。丰富，被视作不纯粹，但纯粹也对应着单调乏味呀。这个世界之所以精彩，就因为一个"杂"字。再比如川菜中的干烧鲫鱼也是在歇浦滩头歪打正着烧成的，然后再回流到天府之国。所谓的扬州炒饭,就是在上海四马路香气四溢、美名远扬的。

"上海人"又是线性的历史过程,他们是岁月的沉淀,是风云激荡、山海日暖的产物。上海,一半是海水,一半是火焰;上海是革命圣地、理想孵化器,也是冒险家的乐园;是中国工人阶级崛起并吹响时代号角的前沿阵地,也是封建遗老、失势军阀退避归隐的温柔乡、风月场;是《新青年》月刊、《共产党》月刊、《共产党宣言》中译本、《义勇军进行曲》、中华人民共和国国旗等精神力量大聚合的红色堡垒,也是中国电影及流行歌曲发轫的缤纷场景;一边是雨疏风骤的卖报歌,一边是灯红酒绿的麻将声;一边是城隍庙的三巡会和文庙的祭孔大典,一边是沙逊大厦的假面舞会和黄浦公园的夏季音乐会;……上海人就在这样的鬼魅光影中打量世界,感知温寒,栉风沐雨。落实到每个具体的人,每个老虎天窗,每个十字街头,每个春风沉醉的晚上,每次跑马厅香槟票的发布,每次飞行集会,都充满了戏剧性与不可预知性。贤良,奸佞;智者,愚夫;革命先驱,叛臣逆子;工人领袖,黑帮老大;前清遗老,留美学童;文学青年,洋场恶少;亭子间舞女,白相人嫂嫂;卖花姑娘,"罗宋瘪三";地下党,包打听;拓荒者,"三道头";阿木林,滑头货;传教士,"一贯道"……都有交集的机会,都有重叠的可能,都有演变的意外。英雄不问出身,时间打磨一切。

二

上海成为一座稍稍像样的县城,也就七百年左右,它没有足可凭据的天险,却面对东海,遥望太平洋,每年要承受狂风暴雨的洗礼。它的回旋余地有限,所幸连接着一根长长的脐带——长江,在上海"曲鳝修成龙"的过程中,人流、物流、资金流和信息流源源不断地通过长江流入上海。很长时间以来,上海没有城墙,是一座不设防的城市。不设防的另一个原因是上海人没有值得炫耀、急于转移的财富。即便在城墙砌成之后,被称为"潘半城"的潘允端,也就一个豫园和一个戏班子稍可消遣。沙船业的"四大天王"看起来东风浩荡、千帆竞发,但洋人的蒸汽船一驶入黄浦江,他们就全部玩完。

在这之前,上海人并没有显著的特征,不是城市人,连小市民也算不上。上海人有"城里人"与"本地人"之分,两者勉强对应,那是为了方便表达。本地人处于稻作文明笼罩之下,种植棉花、稻菽、蔬菜,或者煮海为盐,捕鱼摸蟹;城里人经商,或从事手工业,娱乐业不甚发达。

但是开埠给了上海千载难逢的机会,也使洋人看到了上海巨大的发展潜力,豪赌一把。外国资本的进入,租界的辟建,移民仓皇失措地涌入,西方文化和近代工业技术的叠加与冲击,加之交通南北、襟江带海的地理条件,造就了生机勃勃、光怪陆离的"魔都"。

不只是百万外省移民的输入,更关键的一点是,在中西方文化的正面碰撞中,上海土著和集聚上海从事各种进步活动的新上海人,通过冲突与比较,消解了文化差异造成的误会和敌视,取得了谅解和认同。照历史学家唐振常先生所言:"洋务运动最显著的成绩表现于上海,维新思想的传播盛著于上海,地方自治的成效最彰者于上海,辛亥革命在国内的活动与宣传中心是上海,五四新文化只可能发端于上海,华人参政运动也只是在特殊格局的上海产生,以至于各种市民运动在上海明显地不同于全国。"(唐振常《近代上海探索录》)

从这个意义上说,所有的磨难与痛苦,所有的慈爱和运气,都是上海这座城市成长的条件。

三

上海城市精神中有"海纳百川，兼容并包"的特点，这是历史的赐予，也是上海人的品性和族群印记。在城市化的进程中，上海人与外来移民不期而遇、并肩而行，撂下历史的包袱，从磨难与挫折中懂得了担当与尊重，也懂得了急流勇退和敢为人先，赢了绷得住、输了扛得起。

在异质文明的冲击下，本土文化经历了一次次淬炼和淘洗。如果我们让记忆穿越到那个时空，就会看到在多元杂糅的文化环境里，自然而然地形成了江山代有才人出的激励机制，同时又呈现出春风化雨、明月当空的画面。"万物并育而不相害"，这是厚道；"道并行而不相悖"，这是笃定。上海人的豁达和淡定，使整个群体有了足够的韧劲和张力。

有了基本的性格养成，上海人就能坦然领受欧风美雨的吹拂，也能继续吮吸传统文化的营养。作为时尚之都和文化高地，上海人接受外来文化最快、受其影响最大，慢慢养成了强大的亲和力与消解力。上海是高雅文化的中心，更是大众文化的温床。

所谓的"海派文化"，在它浮出水面的时候往往是一次无奈的冒泡，不敢大张旗鼓，连上海的报人和作家都不大愿意为它站队。但它就在争论、嘲笑中站到了聚光灯下，拥抱大众、挑战传统，慢慢聚拢了云团雾气。欧美国家但凡有些时髦的东西、新奇的玩意，以及新思想、新风气，都能在上海找到对应的坐标，受到各社会阶层的欢迎与学习。

上海人的概念不是一个常数，而是一个变数。在战争乌云的笼罩下、在财富神话的诱惑下，一波波进入上海的移民选择在租界落脚，此后又随着租界的几次扩张，反客为主地成为城市的主流群体，也参与了规则的制定与解释，在上海人这一"族群"的形成中，编入各自的基因。而这些基因又悄悄地改写了密码，具有强大的免疫能力和复制能力。

于是，外来移民与上海土著一起造就了这座城市杂糅、交融、并存的移民文化，它是上海的文化特质和格局，也是区别于中国其他大城市的鲜明特色。在共存、共建、共享、共荣的过程中慢慢炼成的上海人的品性，在此后的历史节点上常常闪烁出迷人的光彩。

四

上海人在上海的成长过程中，奉献了自己的聪明才智和毕生心血，也因为环境复杂和生存危机，自然而然地形成了一些"性格缺陷"。可贵的是，上海人也一直在审视自己，不回避、不粉饰、不诡辩。这份自省，使上海人能够与世界对话，向未来眺望。

莎士比亚说过，在一千个读者眼里，就有一千个哈姆雷特。那么在一千个异乡人眼里，就有一千个上海人。

他们眼里的上海人，其实也是近代化背景下中国人的面貌。只不过往往被置于农耕文明之外的另一界面，又被置于西方文明之外的另一界面。正因如此，上海人常常被异乡人推到对立面来打量，这让上海人相当憋屈。上海人无意与全国人民对立，过去不是，现在也不是。离开全国人民，上海人只能是"飞机上吊大闸蟹，悬空八只脚"。

我也喜欢阅读"第三只眼睛"观察上海人的文章，而不是预设主题的、刻意站在对立面上的激情书写。上海人身上的优点与缺点，在我身上也或多或少存在。我喜欢读书、思考,经历了数十年的艰苦书写,关于上海人的话题也训练了我的思辨能力。

随着上海旧城改造的强势推进,社区的结构与成分发生了变化,原有的市民生态出现了瓦解、消融,老规矩、老习惯、老观念受到了怀疑和颠覆,老百姓必须跟上新的形势,适应新的生活,重建新的市民生态。新一代上海人成长起来,他们对城市认知的速度刷新得非常快,他们的眼光更加国际化。

上海是个国际大都市,要真正实现国际化和现代化,需要我们从市民社会向公民社会大步迈进。在这个可能痛苦而曲折的过程中,社区建设至关重要,公共事务需要更多人的参与,讲述与倾听、沉默与遐想,都应得到尊重。如果要成为行动派的话,年轻人不止有活力,也能提供更多方案。

五

今天,中国来到一个史无前例的城市化进程中,每年有数百万甚至数千万的农村人口进入城市,参与二三线城市的更新计划和再造工程,同时又面临着全球化和数字化的历史机缘,他们改变身份的同时,注定要成为这段伟大历史的见证者和创造者。今天新城市人面临的机遇和挑战比一百年前被动的"城市化"复杂得多、丰富得多,也更能激发想象力和创造力。

在如此波澜壮阔的城市化进程中,上海有幸成为外省人进入的一个优选目标,在上海各个领域都能看到新上海人朝气蓬勃的身影,他们已经将个体生命和整体精神融入了这座城市。诚如学者所说的,"一个人，不论祖籍哪里，来自何方，只要进入上海，接受了上海文化的'洗礼'，在内心规范、行为方式和生活秩序诸方面都与上海文化相认同，那么，他就是上海人，就是上海这个'部落'的'城市部落人'"。

我相信，新上海人对上海的文化特质是基本认同的，或者说是认同感与日俱增。如果这个前提成立，那么一百多年来，上海养成的海派文化或市井文化，将面临再一次的冲突、碰撞与融合。今天，有许多接受过良好教育又有资本实力和人脉关系的新上海人，他们所挟带的异域文化，是本土的又是国际的，这些对上海本土文化的影响就不能被低估了。忽视新上海人这个群体，将造成历史性失误。我希望更多的历史学家和社会学家来关注他们，上海的明天就在他们手里。

认识这一点，就能增强我们观察、讨论、反思、重建上海市民生态的自觉性和积极性，也可能为其他省市的民众提供一个有价值的样本。

上海是不可复制的，就像一个人不能两次踏进同一条河流。上海人是一道流动的风景，他一直在路上，从精神原乡出发，抵达理想中的彼岸。

在上海奇迹般的变化中，有不计其数的历史学家、社会学家、民俗学家和作家为上海、上海人写过"传记"或"传奇"，在不同的时空彰显了各自的价值。上海和上海人本身就是一本怎么也写不完和读不完的书，每个作者都能凭借自己的学术背景和生活经验，寻找一个独特的视角进行审美和讲述。

我深刻地意识到，对上海人的考察与分析，只能在特定的时空内，抽取一张张切片、定格一个个瞬间，努力寻找剧情之间的逻辑关系。有时候我面对一张一百多年前的明信片或老照片，会有种无比亲切的陌生感；有时候在图像隐秘处出现一些诱惑的蛛丝马迹，即刻转化为"在已知中探求未知"的快感。

解析上海人，不能绕过让上海人骄傲或尴尬的历史，不能随意改写造成上海人集体性格和市民生态的内在逻辑，将作为个体生命的上海人置于宏观层面的上海人中进行对比，或许更有戏剧性和典型性。作为有一定小说创作经验的我，对这样的研究乐此不疲。我非常享受在历史天空中的一圈圈侧飞。

2022 年以来，上海人的图像发生了不同程度的重叠与错位，意料之外的呈现提醒我必须静下心来重新审视，但这并不能动摇我的信心。我竭尽全力发出一点声音，希望被更多人听到。

能为上海和上海人写这样一本书，在我的创作生涯中是一件很重要的事情，为之付出加倍的心血也是值得的。我要感谢南京大学丁帆教授对我的信任，感谢项目负责人司增斌先生和责任编辑谭天小姐对拙作的辛勤付出，感谢知名摄影家雍和先生为本书提供了精彩的图片，还要感谢我的妻子在我撰写此书过程中给予的协助与关怀。

谢谢上海，谢谢上海人。

2022 年 8 月 26 日

一

城市的密码

"红毛番"走进了敦春堂

一、英国人来了

　　在一些历史悠久并有相当规模的城市里,总有些路名会透露出它的人文底蕴和最早的建制,比如庙前街、府前街、学宫街,它与文庙、学署、魁星阁等相呼应。置于当下的观察维度,它在古树与商铺、市河与石桥、酒肆与茶楼、远山与崇楼构成的苍茫背景前,弥散着一股淡薄的苔藓味道。这样的景观,足以让乘兴而至的游客不敢轻觑这座城市,也不敢得罪城市里的人以及猫狗。

　　上海老城厢有一条学院路,在清代嘉庆年间它叫新衙巷,是当时县城内为数不多的几条街道之一,也是儒学、县学的所在地。后来又有县西街、院西街、院东街、县前横街、老学前街、旧学前街等名称,最后因敬业书院而改名为学院路。进入网络时代,它的前世今生连当地人也不感兴趣了,那么在这个落叶遍地、空气潮湿的深秋,我踯躅于此,不免显得孤单。

　　学院路厕身于历史的砖缝中,名气远不如与徐光启有关的光启路、与郁泰丰和王一亭有关的乔家路、与任伯年有关的三牌楼路。但历史提示我们，在 1843 年秋天，刚刚被任命为首任英国驻沪领事的前印度马德拉斯炮兵部队上尉巴富尔，从广州登上"威克逊号"军舰一路北上，到舟山再换乘"麦都思号"商船，于 11 月 9 日抵达上海。他仅仅带着三个随从，包括后来在上海影响很大的翻译麦华陀①，后面跟着一群挑夫，在城内新衙巷向一位姓顾的士绅租了一套民宅住下。

这处大宅子叫敦春堂，典型的粉墙黛瓦中式建筑，领事、参赞、翻译、厨师、杂役等加起来也没几个人，52 间屋子足够"红毛番"满地打滚了。近年来也有人考证出英领馆设在附近的另一条小路——西姚家弄。但可以肯定的是，敦春堂周围有忠孝祠堂、节孝牌坊、奎星阁等极具中国元素的建筑。

洋人来到敦春堂的消息不胫而走，市民从四面八方蜂拥而至，大摇大摆地进入英领馆看"西洋镜"，令初入沪埠的巴富尔先生颇不自在。

霍塞在《出卖上海滩》一书中这样描写："(英国驻沪领事官邸)竟成为全城民众所瞩目的地方，最初的几天，有大批的居民，男女老幼都有，川流不息地走进这所房子来参观，而且都是非常之富于好奇心，对于洋鬼子的吃、喝、剃须、洗手、阅书、睡觉，都要仔仔细细地观察。"

一窥"红毛番"秘密的"土著们"心满意足地回家了，在吱吱冒烟的菜油灯下当作《山海经》中的奇闻轶事讲给别人听，但大清朝的子民绝对预见不到异质文明的强行植入，将大幅度地改变上海人的生活以及观念。

英国人从海上来，脸上集聚着海盗的豪气，办起事来果然雷厉风行。11 月 14 日，巴富尔就自行通告领事馆的设立以及具体位置，又单

---

① 麦华陀是随行翻译，此人对上海历史影响颇大，不能以翻译家的身份界定。

方面划定从上海县城到吴淞总共 30 英里长的沿江地段为上海的港区，从苏州河河口到洋泾浜（今南京东路外滩一带）为洋船停泊的区域，这等于自作主张地划定了水面上外国人居留的界址。11 月 17 日，他宣布上海正式开埠，上海方面最高行政官员宫慕久没有异议，或许道台大人还没仔细想过开埠意味着什么，也不知道如何应对。后来史学界就把这一天视作上海开埠的起始点。

不过，英国人在拥挤逼仄的老城区也没待太久。事情是这样的，英国人来到上海，仍然保持着狄更斯在他小说里描写的生活习惯，其中之一就是打猎。当时的外滩还是一片滩涂，芦苇丛生，入秋后颇有"蒹葭苍苍，白露为霜"的诗意，说好要来的商船也不多，所以，英国人认为这里一定有野鸭、野雉、野兔出没。有一次枪响之后，他们发现倒下的竟是割芦苇的中国人。上海人也是有血性的，一场风暴即将来临，"把红毛番人赶出城外去"成为民众的强烈诉求。

接下来的剧情不难想象，道台大人出面维稳，英国人也知道继续在城里待下去有危险。1845 年 11 月，英国人与上海道台签订了《上海土地章程》。

根据这个章程，东起黄浦江，南至洋泾浜，北起李家场，面积约为 830 亩的这么一片地方，作为英国人的居留地。西面的边界要在第二年才议定，即以界路（今河南中路）为界。

居留地的确立，无疑体现了中英双方的愿望。从上海地方政府的角度来说，这里是城外，遥远而荒僻，地平线苍茫，鸡犬不闻，道路不通，华洋冲突从此可以休矣。而在英国人眼里，这片"处女地"位置极佳，视野开阔，周边除了零星农舍，就是河道与滩涂，"在必要时容易防卫"。商船（包括后来的军舰）停在黄浦江上看得见，也可沿江向内地航行，便于向江南广大的农村渗透。

《上海土地章程》白纸黑字写着："并准各国商民人等掣眷居住事，准如所请，但租地架造，须由地方官宪与领事官体察地方民情，审慎议定，以期永久相安。"一句话，英租界是专供英国人造屋居住、开洋行做买卖的，中国人白天可以在此为洋人打工、做家佣，但天黑后必须回到华界。

李家场处于洋泾浜（今延安东路）以北、今北京东路以南，东临黄浦江，当时就是一片杂草丛生、丘墓累累的荒滩，还有一些棉花地和菜地豆棚，"余则卑湿之地，溪涧纵横"。县城内外的土著"完纳钱粮，岁时祭扫坟墓"。而宫慕久作为朝廷命官，多少还有一点主权意识，当英国人提出"土地卖绝"时，被他毫不客气地挡了回去。

买卖不成，那就另谋良策吧。汤伟康、杜黎合著的《租界100年》透露了一个秘密，这块地的东北角上，也就是黄浦江和苏州河交汇处，早些时候清兵为护卫上海县城建筑了一个炮台，后来改为兵船修理所，此时已基本荒废。不久，巴富尔借怡和洋行之手，以7000元定洋与一个农民签下了一份"租地"协议，获得了炮垒西侧14亩土地的使用权。值得注意的是，巴富尔与上海农民签的这个租约，其性质是"永租"，业主没有中止协议的权利，等于变相卖绝。这一小块土地的得手，相当于获得了一个支点，实现了外交上的重大突破，接下来英国人就以此为参照，"合法地"将这一形式推广。

1848年阿礼国担任驻沪领事后，借"青浦教案"做文章，将英租界向北推进到苏州河南岸。又过了三年，阿礼国搞定当时的上海道台吴健彰，用他的前任英国驻上海领事巴富尔从农民手里获得的14亩"永租地"置换面积为11亩的清军炮台旧址，拿到了建造英国领事馆所需基地的道契。

用14亩换11亩，看上去吃了亏，但老牌殖民主义者老谋深算，建成后的英国领事馆像一座坚固的城堡,牢牢锁住上海的咽喉要道。苏州河与苏州相连,可与苏锡常等富庶地区对接;出吴淞口溯长江而上,可深入中国腹地;南部紧贴县治中心,与江南大关近临,贸易十分方便;英租界如要进一步拓展,空间很大。

经过一次质量问题而导致的重建、一次火灾,今天我们所见到的这幢建筑是1872年6月开工建造的。立面呈英国文艺复兴风格,并带有一圈回廊的领事馆付诸使用后,历任驻沪领事都喜欢站在阳台端杯红茶看看江景,东北方向的码头上停泊着英国的战舰,风雨欲来的时候会将炮口对准县城。

英国领事馆在这块风水宝地上趴了一百年,屋前仍保留着略有起伏的英式草坪花园,据说曾是一个九洞高尔夫球场。十年前英领馆大修时我在那里考察过,底层楼板挑空将近两米,以阻隔地下的潮气,搁栅又长又粗,都是进口的北美松,历经一百多年仍然木纹清晰。现在这处建筑,包括花园里的27棵古树(据称每棵价值500万元)就成了所谓"外滩源"的核心部分,1994年2月15日被列为"上海市优秀近代建筑",1996年与外滩建筑群一起被列为"全国重点文物保护单位"。

据历史学家葛剑雄在《上海极简史》中所说:"根据当时的规定,英国人和他们的家庭,可以在租界里租地赁房,每亩地的租金统一为每年1500文铜钱。到1848年的11月,英租界已经扩大到2820亩,西面到今天的西藏路,北面到苏州河。"

补充一句,这租金也不是英国人单方面说了算的,据《上海土地章程》里的规定应是"商定地价"。而且也并非首创的"上海方案",在1843年中英《虎门条约》中已有先例:英国人在中国租地,租金"以当地市价为准"。

二、美国人和法国人也来了

虽然美国在鸦片战争中没有出过一兵一卒,但此时也想分一块奶酪。1844年,美国政府派了一个名叫顾盛的全权公使来华,要求获得与英国同等的权利,结果碰了个软钉子。三个月后,顾盛与两广总督兼钦差大臣耆英签署了《望厦条约》,又称《中美五口通商章程》,明确了美国在五个通商口岸与英国人拥有相似的权利。弯道超车,美国人这个时候已经会玩了。

不过美国政府也真不像话,条约签了,却连一个能够派往中国的外交官都找不到,最后临时抓了一个在广州做生意的商人顶一下。但这家伙忙着在洋行里数钱,迟迟没北上赴任。两年后,顾盛得知上海旗昌洋行有个美国商人吴利国,以英国人的名义从上海原住民手里租了11亩地,那就好了,将代理领事的乌纱帽朝他头上一扣不就得了?1846年夏天,美国领事馆冉冉升起了星条旗。

但是首任美国领事疏忽了一点,领馆是建在英国人的居留地上的,英国人立即提出严正抗议。在中国人的地皮上,英国人的领地意识居然也这么强。

英国人的抗议对美国人既是刺激,也是警醒:美领馆应该建在美租界。但美租界在哪里呢?

就在此时,有一个虔诚传送“纯洁的宗教之光”的文惠廉,以圣公会中国布道区主教的身份来到上海。这个人早些时候在印度尼西亚传教,在那里学会了中国话,并掌握了与中国人打交道的技巧。

文惠廉是1846年到上海的,含金量最高的一块地已落入英国人手中，他只好将视线抛向苏州河对岸的虹口。他与怡和洋行联手，在土地更加便宜的虹口租下一大片荒地，造起房子，办了一所男童学校，同时又在黄浦江边建起了码头和船坞。两年后，文惠廉从临时居住的城内迁至虹口，开辟了一个美国人租地区，造成既成事实，然后去找道台大人。这时宫慕久已经离任，继任者是吴健彰。那个时候苏州河北岸是一大片比李家场更加荒凉的区域，吴大人随手一比画就定下来了，甚至连居留地的界址也没明确。

吴大人吃错药了吗？不，他绝对是个聪明人，还是美国旗昌洋行的七大股东之一。照梅朋、傅立德在《上海法租界史》中所说，吴健彰是广州的一个行商，拥有巨额的财产，买了个道台的官职，几乎是不识字的，也没参加科举，甚至连官话也不会说，"但是他那不标准的英语倒是讲得很流利，……他的兄弟是资本雄厚的怡和洋行买办，他自己在广州和外国人有长期的老关系，因此他被派到这一个新开放的对外通商口岸"。

吴健彰一手抓钞票，一手抓官印，误国不忘赚钱，赚钱不怕误国。若干年后小刀会在城里起事，起义军一举攻下道台衙门，将他当作人质关起来，最终还是靠美国人的帮助，戏剧性地演了一出"飞越疯人院"。

美国政府后来也一直没有派出官员主持上海外交事务，都是委托在上海做生意的商人出任领事，也就是所谓的"商业领事"。1863年6月，美国驻沪领事与上海道台总算划定了美租界的界址。后来，鉴于美租界地广人稀，行政力量有所不逮，而英租界土地金贵，人口导入迅速，英美两国的租界就合并了。从此，租界诸事由英国人抛头露面，美国人负责闷声发大财。

由传教士出面搞定租界，是美国人的一大发明。现在虹口的塘沽路，最初的名称叫文监师路。"监师"二字完全是中国化的表达，在特定语境里指的就是主教。文监师是移居上海的广东人对文惠廉的尊称。

法国人生性散漫，所以法租界到 1849 年才圈定。说起来也是传教士先行一步，在明代郭居静神父所建老天主堂和南门慕尔堂地产这几个历史遗留问题上跟上海道台讨价还价，步步紧逼。这里要说的太多，点到为止吧，反正最后法国政府进一步认识到上海的战略意义，就将广州领事馆改设为公使馆，并于 1847 年任命陆英为驻华使节，敏体尼为上海首任领事。

我在数年前读到一篇文章，里面有一个细节颇为滑稽：敏体尼接受法国政府任命后，只是一个"光杆司令"，助手和雇员都得自己去找。敏体尼在巴黎街头的路灯杆上贴出几十份招聘广告，但一个月过去，就像一杯水抛洒在沙漠里。不是有一句话吗？——巴黎人将巴黎以外的人都看作外省人。所以他们压根儿没听说过世界上有一个名叫上海的城市，谁也不愿意离开温柔之乡到遥远的东方去做一份苦差事。

最后，领事先生只得带着他的母亲、太太、两个女儿一行五人远涉重洋来到陌生的上海，半路上又找了一个法籍家佣。一家人先是在法国传教士为他们准备好的一处破旧不堪的房子里住了一段时间，经过两个月的修缮才成为法国驻沪领事馆，五年以后又在这个原址上建造了一个像样的领事馆，位置就在今天的金陵东路外滩。很多年后，金陵中学的校区内有一幢红砖洋房，据说就是法国领事馆留下的印记。

与法国人签约的上海道台是麟桂。据 1849 年 4 月 6 日的告示，中法双方划定法租界的界址为：上海北门外，南至洋泾浜，西至关帝庙褚家桥（今西藏路附近），东至广东潮州会馆沿河至洋泾浜的浜东角（今龙潭路），这次划定的法租界总面积为 986 亩，对老城区来了个新月形包围。

法租界与上海县城接壤，又与黄浦江、洋泾、周泾三水相邻，生活、社交、商业往来、水上运输等皆称便利。法国人与英国、美国人一样的思路，分享了黄浦江的水上通道，将法租界以及上海县城置于法国军舰的有效射程之内。

梅朋与傅立德在他们合著的《上海法租界史》中也没忘称赞法租界的先驱者："长期来，上海的居民点有些转移，其趋势有利于英租界，但当时，商业中心仍在上海县城，因此对敏体尼来说，靠近县城建立租界，这是绝妙的一着。"

需要特别提示的是，敏体尼在给上海道台的照会中首次使用了"租界"（concession）的概念，此前在英国人和美国人的外交文件中，只有"居留地"（settlement）一词。我还得补充一句，无论英租界还是法租界，框定的边界都不是线条分明的道路，而是河道，当时这一大片荒地上压根儿就没有像样的道路。

为表彰敏体尼对开辟法租界的贡献，他的继任者就以首任领事的名字为一条填浜筑路的南北主干道命名，即今天的西藏南路。

三、鸦片贸易是英国人的原罪

我在无所事事、耽于幻想的青少年时代，从教科书上得知，1842 年 8 月 29 日（道光二十二年七月二十四日），由清朝政府钦差大臣耆英、伊里布与英国代表璞鼎查在停泊于南京下关江面的"康华丽号"英国军舰上签订了丧权辱国的《南京条约》，英国人的大炮暂时停息了，但中国进入了半殖民地半封建社会。听历史老师咬牙切齿地讲到这一节，同学们不仅沉痛，还无比愤懑，恨不得马上逮着一个英国佬扁他一顿。

后来这方面的书多读了几本，我脑子里各种信息常常掐架，比如对

"殖民"这一概念就越来越模糊,特别是对照上海的发展史来说,好像不是"非 A 即 B"那么简单。

若干年后,我发现更高层级的教科书上是这样定义"殖民"二字的:"殖民原指强国向它所征服的地区移民,并掠夺当地人民的利益。现指资本主义国家把经济政治势力扩张到不发达的国家或地区,掠夺和奴役当地的人民(即殖民主义)。"关于殖民主义呢,是这样解释的:"殖民主义是资本主义强国对力量弱小的国家或地区进行压迫、统治、奴役和剥削的政策。殖民主义的主要表现是向海外移民,海盗式抢劫、奴隶贩卖、资本输出、商品倾销、原料掠夺等。"

近代中国史从鸦片战争开始讲起。关于鸦片贸易以及引发的战争,关于对中国经济和人民生命财产造成的伤害,这方面的书籍汗牛充栋,我也不必赘述了,这里单讲上海租界的"华洋杂居"是如何形成的。

上海开埠后的变化比面包房里的面团发酵还快,赚钱机器一开动,英国人、法国人和中国官员都清楚地看到了上海是一个大彩蛋。英国驻华公使兼商务监督德庇时在 1844 年第一次巡视广州之外的新开口岸沪、甬、闽、厦四城市后,认为"凡商务成功之要素,上海、厦门二埠皆而有之……而以上海为尤善"(班思德《最近百年中国对外贸易史》)。1847 年,他在一份发往伦敦的商务报告里说:"上海因邻近中国最富庶的区域,特别是主要出口商品的产区,故将成为广州的劲敌,并将夺取广州很大部分的货运量。上海在中国去年对英丝出口 20000 包中已经占了 16000 包,在中国出口 5700 万磅茶叶中占了 1000 万磅。"

事实上,因为与江浙两省接壤,水陆交通便捷,上海开埠后就很快成为中国最重要的生丝市场,运往欧洲各国的生丝几乎全部从上海港发货。与此同时,鸦片商贩也像苍蝇一样飞来,而且越玩越大。黄浦江外滩一线的众多洋行几乎都与鸦片贸易有关,比如怡和、颠地、旗昌、华记、仁记、琼记、麦克威克、广隆、孖剌等洋行。茶叶和鸦片贸易份额几乎平分秋色,亏得英国人还有一点羞耻心,茶叶贸易是大张旗鼓的,鸦片贸易是偷偷摸摸的。

《南京条约》并没有承认鸦片贸易的合法性,除了中方反对,还有一个客观原因是英国国内和其他欧洲国家都谴责、反对鸦片贸易,然而这些贪婪无耻的商人又为何冒天下之大不韪,仍要大肆争抢违禁商品的奶酪?——当时外国一般工业品在五口通商后的一个时期内仍不能扭转对华贸易的逆差,英国政府为了获得巨额税收以维持国家机器的运转,就对非法的鸦片贸易采取默许态度。据唐振常主编的《上海史》统计,开埠后不久,输入上海的鸦片数量已接近战前英国对华输入鸦片的总数之半,并逐年递增。1847 年,输入上海的鸦片数量为 16500 箱;1849 年,为 22981 箱;到第二次鸦片战争时,则超过了 30000 箱。

记住,鸦片贸易是英国人在中国的原罪。

鸦片、茶叶、生丝、棉花、瓷器、猪鬃……以及为远洋贸易配套的金融、船厂、船坞、堆栈、码头等密密麻麻地排列在黄浦江两岸,吸引外国资本和冒险家们汇聚上海。

航运业是上海发展的引擎,将上海与世界各大港口结成了网络。1843 年,进入上海港的外轮只有 7 艘;两年后,达到 87 艘;十年后,达到 489 艘;到了 1863 年,竟达到惊人的 3400 余艘。诚如当时《北华捷报》所指出的,十九世纪六十年代"一切外国轮船,不论其最后的目的地是哪儿,它都要先开到上海"。上海进出外轮的数字成了中外贸易增减的可靠的参照指标。

1877 年 2 月 3 日的《字林西报》上有一篇文章说:"盖上海一埠,就中国对外贸易而言之,其地位之重要,无异心房,其他各埠则与血管相等耳。"

短短几年，上海取代广州一跃而成为中国的外贸中心，而且差不多起到了发动机的作用。上海近代史刚刚拉开的帷幕上，留下了中国人的血迹和汗渍，也留下了西方列强罪恶的印记。

无移民，不上海

租界人口的戏剧性增加，"得益"于战争造成的大量难民。上海的发展，也"得益"于源源不断补充进来的生产力和内生性消费需求。"无移民，不上海"，这六个字浓缩了无数的历史信息与跌宕起伏的人生传奇。

1853 年 3 月，太平军秋风扫落叶一般地东进与北上，攻占南京，建立太平天国首都——天京，这场在中国历次农民起义中武器最为精良，又有行动纲领的战争，势必会对三百公里之外的上海产生巨大影响。同年 9 月，上海县城爆发小刀会起义，当天攻占上海县城，一个月不到又连克嘉定、宝山、青浦、南汇、川沙等六座县城。

小刀会的主体是广东人和福建人，还有少量的宁波人和本地人，成员绝大多数是农民、手工业者、水手、无业游民和商人。小刀会的组织结构也比较复杂，内部有"七帮"或"七党"。小刀会是在太平军定都南京后，受其鼓舞而起事的。后来小刀会领袖刘丽川欲争取太平天国的支持，但洪秀全、李秀成并不把他们放在眼里。

小刀会一度还攻占了太仓，计划与苏州的小刀会配合夺取苏州，最终因兵力不足，丢了早先占领的那几个县城，退守上海。1855 年 2 月，小刀会在清军和英法军队的联合打击下终告失败。

上海县城内的常住人口本来有 20 万,从小刀会与清军的对峙到被镇压,不到两年的时间里,连累城里民房被毁无数,一片瓦砾,荒草丛生,原住民死的死、伤的伤,还有一口气的便争相出逃,托庇于租界,剩下的人口不足四万。《上海法租界史》中有这样的描述:"洋泾浜北边的中国居民,在县城被占领前,只有五百人左右,而在这时,据第一届董事会的道路委员会提出的正式报告,已经剧增至两万以上。……县城里几乎只剩了一些最贫穷或者最为非作歹的人,他们和福建、广州帮队伍混在一起,有的是自愿,有的是被迫参加叛乱队伍的,还有一些手工业者和舍不得离开自己家园的商人。"

一波刚平,一波又至,在清军几番围攻下的太平军企图摆脱困境,发起东征,忠王李秀成率部转战苏北苏南,占领江南最繁华的城市苏州,后来又攻占宁波、绍兴和杭州等地,同时在 1860 年和 1862 年的 1月、5 月三次进攻上海。这些大规模的战事颠覆了江南固有的行政区划和人口结构,枪炮所向,生灵涂炭,"抛荒者居三分之二,虽穷乡僻壤亦复人烟寥落"(李鸿章语)。

难民的大量涌入,导致"华洋分居"的局面被突然打破。上海地方政府本不愿看到难民麇集在租界,这样将难以行使管理职责,也收不到租税。而英国领事阿礼国对英租界不断增加的难民数量也忧心忡忡,他认为"华洋杂居是引起永久危险的根源",并训令工部局与上海地方官员共同商议制定把华人驱逐出租界的方案。

但是英国侨民有不同看法,他们中有宗教情怀的人认为有义务为这些可怜的难民提供足以遮身蔽体的居所,还有一些人则敏锐地捕捉到了千载难逢的商机,他们将自己多余的房屋出租,有的还做起中介生意。老沙逊、怡和、仁记等靠贩卖鸦片起家的洋行也抓住商机,平整土地,造起了一批砖木结构、容积率较高的联排式建筑,它们就是上海石库门房子的雏形。

在租界早期靠房地产暴富的英国人中,史密斯、哈同、沙逊、雷士德、汉璧礼都名声显赫,他们大捞一票的同时也为租界的发展奠定了物质基础。他们的投机成功还让更多洋人和华人看清了形势,知道投资上海的房地产比丝、茶、棉花等远洋贸易风险小、利润大。

史密斯被史学家认为"近代上海房地产商人暴发户第一人",但又是一个踏雪无痕的冒险家,现有的资料仅显示他独自承建了最早的一批木板房用于出租,获利无算。后来,他还购买了上海第二个跑马厅中的 34 亩地。到 1869 年,他在南京路两侧已有七块地皮,面积 131 亩,为南京路地产第一大户。

在沈辰宪所写的《上海早期的几个外国房地产商》一文中,史密斯与英国领事阿礼国的一段对话穿越时空,惊心动魄。当阿礼国准备采取行动驱逐租界内的中国人时,他这样开导被认为"很有绅士风度和诗人气质"的政府官员:

> 或许会有这么一天,后来的人们对现在这种将房屋出租给中国人的做法表示不满,但对我们地主和投机家来说,这又有什么关系?你身为大英帝国的领事,自然应当以国家的长远利益为重,但我的事情是抓紧时机发财,把土地租给中国人或者把建筑房屋租给他们,以获取 30% 至 40% 的利益。这是运用资金的最好办法,我希望至多在两三年里能发到一笔大财,然后离开这个城市。以后上海无论化为灰烬或者沉入海底,都与我无关!你不用盼望像我这种人为子孙着想而长期漂泊在这种不健康的环境里。我们就是为了发财,愈快愈多愈好,在合法范围内,一切方法和手段都是允许的。

任何一个具有民族情怀的中国人,读到这段文字都会怒火中烧,血脉偾张。但如果我们承认上海地方官员无力解决难民问题的事实;或者再让思绪穿越到那个无比糟糕的环境里,设身处地权衡一下,租界从客观上庇护了流离失所的难民,并且房地产的爆发式行情直接促使近代上海的城市发展进入长达半个多世纪的繁荣期,那么我们的脸上该有怎样的表情?

这里我还要跟各位补充一个知识点,《南京条约》签署后,在通商的五个口岸中,只有上海出现了专供外国人租地聚居的居留地,也就是后来的租界,其他几个城市还没有租界。直到第二次鸦片战争开战以及战后,广州、宁波、天津、镇江、汉口、九江等才相继出现了类似的居留地,接下来重庆、杭州、福州、沙市、厦门等也跟上了。这些城市为什么也来凑热闹?

首先是英、法、美等国有这样的要求,也是这些国家的银行、洋行、工厂所期待的"安全岛"。上海租界以西方人为主导的城市管理模式,对其他城市来说是值得借鉴的,上海租界的发展潜力和无限商机,也是令人垂涎的。而且上海租界日渐脱离清朝政府的控制,在司法、关税、市政建筑、社会管理等方面完成了框架搭建,"先行先试"初见成效,"国中之国"呼之欲出。

更重要的优势在于人口导入。开埠以后,上海出其不意地形成了三次移民大潮。就长江三角洲而言,大规模的战争或严重的自然灾害都会产生大批难民,他们将上海当作避难的首选,因为上海有"成长中"的租界,有较多的工作机会,有比较完善的市场管理体系,上海还有同乡会和帮会组织,社会管理上存在着较大的转圜空隙。

第一次移民大潮形成于太平天国期间,从 1855 年到 1865 年,上海人口在十年间净增 11 万。第二次是抗日战争前期,上海租界成了一座

黄浦江,面上澎湃,底下汹涌　　　　摄影:雍和

"孤岛"，为移民提供了避难所，在消费领域甚至出现了"世界末日"般的畸形繁荣，两个租界的人口又增加了 78 万，上海总人口达到 166 万左右。第三次是解放战争期间，又有 208 万移民进来，使上海的总人口达到 550 万。据当时的户籍登记分析，其中 85％是外来移民。

1853 年，上海开始有严格的人口记录，当时租界的人口是 500 人，占当时整个上海人口的比重不足 0.1％，几乎可以忽略不计。到抗战爆发前的 1936 年，租界人口已达到 1658598 人，不到一百年，增长三千多倍，比重为全市人口的 62％。

由此可以确定：向租界结集，是上海开埠后人口流动的主要方向和基本特征，无论在清朝谢幕之际还是民国肇始以后，上海地方官员也不能扭转大势。十九世纪六十年代末期，租界"独立自治体"的雏形快速成熟，尤其在进入二十世纪后，租界对上海原住民和外来移民也越来越有吸引力和安全感。

建厂、开路、盖房、完善市政设施、收留大量外来人口等，都需要土地。于是，1899 年，英美租界合并后改称"上海公共租界"；1899 年后又通过越界筑路等进行了多次扩张。法国人也不甘落后，1898 年借"四明公所事件"以及 1914 年与袁世凯进行政治交易，法租界也完成了两次扩张。这一系列"神操作"使上海城市的西部边界加速向外延伸，并造成了"半租界"的事实。

"云封高岫护将军，霆击寒村灭下民。到底不如租界好，打牌声里又新春。"鲁迅先生用短短一首诗就揭橥了上海人口集聚租界的缘由。

如果以二十世纪二十年代为时间切片，那么就会发现选择在租界安身的是相对有点钱，也有稳定工作的中国人，而在劳动密集型企业工作的中国人则大多数集聚在今天的杨浦区、闸北区和普陀区。

在《马关条约》签署之后的一段较长时间里，也是外来移民进入上海的活跃期。彼时,日本资本长驱直入中国腹地,在长江沿线进行投资,在上海也开设了大量的纺织厂,统称"在华纺"。

上海由此成为中国纺织业重镇,原料和成品进出方便,纺织企业集中,体系完备。纺织厂是劳动密集型企业,需要大量的廉价劳动力。上海的纺织业工人主要来自江苏、浙江、安徽,丝织业工人以浙东、浙西和江苏人居多;缫丝业工人中苏北人占一半以上,还有一部分是本地人;卷烟工业中浙江人也占到一半左右,苏北人和本地人占一半弱。在公交、邮电、道路管理等领域也是外来移民居多。机器、造船、水电煤等企业的工人以男性居多,他们大多来自广东、浙江和本地。许多纺织厂还从江浙皖诸省招募大量女孩子来上海当童工,后来她们成为夏衍《包身工》中的原型,引起全社会的广泛关注和同情。

辛亥革命前,有江南制造局、上海轮船招商局、机器织布局等洋务企业的创办;辛亥革命后,特别是第一次世界大战期间,中国民族资本迅速崛起,在上海的工业、金融、交通运输、商业服务等领域与外国资本展开竞争,也吸引了大量的外来移民。

可以说,世界上没有一个城市,在近一百年内人口的增长方面,能赶上"上海速度"。"华洋杂居"的租界,使上海"成为远东人口最多的城市"。

租界的外籍人口也在增长。1853 年以前华洋分居,租界在经济、城建等方面发展几乎处于静止状态,对外侨缺乏吸引力。1843 年为 26人,1844 年为 50 人,1846 年好不容易超出一百人,又过了十年才超过二百人。

1854 年,租界修改章程,华洋分居变成华洋杂居,租界城市化速度加快,外侨人数也逐渐增多。1860 年,超过六百人。霍塞在《出卖上海滩》一书中说:"根据 1865 年的统计,租界上的外国侨民有 2000 人,英国士兵和水手的人数与之差不多，再加上一千多以上海为母港的船员，所以总共有五千多洋鬼子，这还不包括法租界的五百外侨。比起20年前还只有一对传教士夫妇和一个领事来，这样一个社区有点了不起。"

1899 年是个关键年，英美租界改称为上海国际公共租界，其后上海的外侨人口增加迅速，大概每十年增加一万。进入二十世纪后增长加快，1931 年超过六万人，一直到太平洋战争爆发，保持在六七万之间（不包括日侨）。

在外侨人口的构成中，妇女和儿童人口增长的速度明显大于成年男子人口的增长速度，这也许是外侨家庭关系稳定持续的标志。没有证据表明英、美、法等国在上海有大规模导入本国移民的计划和动作。

不过有一点要提醒各位，《中日马关条约》签署之后，特别是 1937年"八一三事变"以后，日本侨民涌入上海的速度加快，这也使得上海的外侨总数在 1942 年达到高峰，超过 15 万人。不少专家在统计上海外侨数量时，常常不把日侨计算在内，容易引起误解。

日本人对上海觊觎已久，有野心，也有长期经营、生活的算盘，否则也不会把虹口称之为"小东京""小横滨"。在日本学者的著作中，不论会社派还是土著派，都将虹口视作"第二故乡"。

第二次世界大战结束，中国各地的租界不复存在，日侨、西侨大批回国，到 1949 年年底，上海外侨人数不足三万人。

在平行的时间段内，中国内地先后有 13 座城市开辟了 27 处租界，而上海的公共租界和法租界合计面积达到 32 平方公里，占当时全市面积的三分之二，超过其他城市租界的总和。

在西方人眼里，上海租界是西方文明国家推行"共和制"落地的"试验田"，自《上海土地章程》给了他们稳定的居留地后，西方人就开始输出他们的宗教信仰、价值观和管理模式,也希望租界给他们带来源源不断的劳动力和旺盛的社会消费。他们相信一座现代化的城市也一定是一个全面开放的口岸,现代城市的生活方式和消费能力一定能为商品流通带来源源不断的利润。

在上海租界,历史的演进也确实与这样的预设平行。

但对上海而言,没有移民,就没有上海的繁华。一百年前是这样,一百年后也是这样。改革开放四十年来,上海挣脱了户籍限制的桎梏,向世界敞开胸怀,提供了千载难逢的发展机会,外来移民源源不断地涌入,也为上海提供了充沛的能量与活跃的思想。"新上海人"的数量远远超过租界百年外来移民的总和,而且不论从移民的性质、移民的质量以及精神状态等方面来说,都是那个时候所不能比拟的。新上海、新移民,与上海"土著"并肩唱响的是激情昂扬、勇攀高峰的时代赞歌。

租界的"双重使命"

上海的客厅

在关于上海的叙事中,租界是一段可能会引起某些人忸怩不安的历史。不过大多数老百姓有自己的看法,尤其在二十多年来旧区改造排山倒海、房价疯狂飞涨的情景中,租界就成了一个成色很足的符号。房产中介遍地开花的那几年,有关部门频频向媒体发出警告:房产广告上不能出现"租界"二字。

"上海的客厅"就是外滩,外滩就是租界的原点。后来又弄出一个"外滩源"的概念,特指英国领事馆,或者还包括圆明园路和虎丘路上的马海洋行、亚洲文会、广学大楼、真光大楼、青年协会大楼等14幢近代优秀历史保护建筑,还有十多年前烧毁后重建的新天安堂以及一个只剩下一具"骨架"的划船俱乐部遗址,这是连当年英国佬都不曾想到的。

历史学家认为,租界是西方列强利用不平等条约在中国领土上建立的资产阶级"共和国",他们利用"国中之国"的特殊地位输出宗教信仰、价值观和城市管理模式。他们建立城市的组织领导机构——工部局,规划城市发展,领导组织城市的管理和建设,使之带来完全不同于中国任何城市的一种模式,加快了中国城市近代化的进程,也形成了上海得西方文明风气之先的地位。

进入租界的梦幻时刻,有五十多个国家的外籍人士在此"捞世界"。上海作为中国的金融中心的地位获得确立,外资企业占到整个中国的40％以上。上海已经成为一个能与伦敦、巴黎、罗马、柏林、纽约、东京、孟买放在一起谈论与评估的国际城市。假如你参观过外滩汇丰银行(今浦发银行)底楼八角厅的穹顶,看到镶嵌由彩色马赛克组成的世界各汇丰银行图案,就不会怀疑我的观点了。

在租界的制度建设、市政管理、公共服务等方面是外国人说了算,"洋人管理华人"成为上海租界制度的主要特点。但同时我们也要认识到,工部局后来也增设了中国董事;在会审公廨里,中国谳员的声音也是有分量的,并在民族感情上获得广泛呼应;在外资银行和教会学校中,都有中国人担任职务;在外资工厂里,不仅有中方投资者的股份,而且从一线工人到关键岗位的管理者,大多数也是中国人。近距离与西方人共事的中国人,在一般市民的想象中就是穿洋装、坐洋车、住洋房、吃洋饭、喝洋酒、吸洋烟,洋腔洋调,娶洋妇为妻的也有,所谓"高等华人"后来又被定义为"帝国主义走狗"。但如果我们能心平气和地从文化层面来考察,那么他们就是将西方文明与中国传统文化进行对接互通的"摆渡人"或"勾兑师",他们对西方文化的模仿与学习,为后来在上海创办中国的企业与文化事业起到了相当关键的作用,对上海市民社会的形成也影响至深。

是的,在上海城市文化的形成以及风俗习惯流变等方面,中国人也一直都处于主导地位。这个主导不是盲目、粗暴、简单地排斥外来文化,而是积极地消化、吸收、兼容、互补。如果拿上海与香港比较的话,将会是一个很值得研究的课题，我在此就不展开了。

　　在上海开埠前，黄浦江西岸这块狭长的滨江地带被叫作黄浦滩、歇浦滩，是一片芦苇丛生的沼泽地，江边只有一条供船夫背纤的狭窄小道。梅朋、傅立德在《上海法租界史》里这样描写："满是污泥的斜坡上有一些受水侵蚀、破烂不堪的房子。每年大潮汛的时候，潮水把河里的淤泥带到这块低洼的土地上。它的整个外貌像一个小城的郊区，阴沉、肮脏，可又笼罩着相当活跃的气氛。"

　　1846 年，开埠后不久，英租界建立了一个"道路码头委员会"，专门负责捐税征收和道路、码头建设事宜。上海的近代路政由此发轫。接下来，了无生趣的歇浦滩被英租界和法租界切割成两段，开拓、营建为一条滨江大道和南片的码头区。小刀会起义给上海老城区造成了极大的破坏，由道路码头委员会演变而来的工部局从城厢内外的废墟中清理出大批碎砖烂瓦，铺筑路面。1863 年，工部局作出规定，以后凡净宽 22 英尺的街道，人行道按比例增加——按此规定，派克弄与"马路"的人行道宽 4 英尺，黄浦滩的人行道宽 8 英尺，以靠近洋行建筑一侧铺设，其外侧为 30 英尺宽的车道，车道外与江岸还有 30 英尺宽的江滨大道。两年后，这个计划成为现实，也就是外滩的最初形态。

　　今天我们可以从档案馆的老照片和水彩画中发现，外滩沿线的建筑每隔二三十年就会发生一次颠覆性的变化。在 1857 年的英租界外滩建筑远景图中可得知，沿江一线已经集聚了怡和、沙逊、仁记、奥古斯丁、颠地等 12 家洋行。

　　过了十年，洋行数量达到 22 家。同时，英、美、法、俄、日等国的银行也在外滩、九江路、福州路、四川路等纷纷抢滩，排兵布阵，比如汇丰、麦加利、利商、法兰西、德华、俄华道胜、东方汇理、荷兰、横滨正金等。1897 年后，又有中国通商银行、户部银行上海分行、信成银行、浙江兴业银行、四明商业储蓄银行、交通银行等中资银行的入驻，外滩便有了"上海华尔街"的美誉，成为国际资本博弈的场所、中外企业的血库，对国际金融业的影响不容小觑。

法租界在很多方面要比英租界慢一拍。从1862年起，法租界着力于道路开辟，在道路两旁引种了梧桐树，从此梧桐树成为上海核心风貌区的标志，直到今天。公馆大马路（今金陵东路）则以骑楼这一来源于希腊帕台农神庙的建筑特色，成为兼具实用价值和人文价值的景观，最近在上海市民的强烈要求下被保留下来。而淮海中路，也就是"全上海最有品位的商业街"霞飞路，直到法租界辟建半个世纪后，才摆上工部局的议事日程。

当然，租界当局总体上还是按照现代城市的发展规律和城市人口增长情况进行建设的。以英租界为例，南北走向的多以中国各省命名，东西走向的多以中国各省会城市命名，法租界和美租界则多以法国人和美国人的姓名命名。

第二次世界大战后，法租界和原美租界的路全部更名，英租界的路名基本上保留下来。把城市道路叫作"马路"是上海的首创，以中国行政地名作为城市道路的名称也是上海城市地名的特色。

最具传奇色彩的是南京路，从一开始专供外侨跑马娱乐的铺有碎石的派克弄，到1850年马路北面建起一个有围墙的跑马场，以及此后跑马场两次传奇式搬迁，于1862年建起第三个跑马场（今人民广场），每次腾挪都对应着南京路地价疯狂上涨。跑马场成了英租界最重要的商业街向西拓展的脚印。在我看到的老照片中，十九世纪七十年代的南京路两边已经挤满了商铺，基本上都是本地风格的坡顶木板房，三层楼以上的房子不多。但南京路的变化之快，可能连摄影师都不曾预料，据《沪游杂记》的描述，数年后的南京路上就有公道、公平、复泰等十余家大洋行开张，屈臣氏、老德记、科发、恒兴等洋药店、洋货店也如雨后春笋般出现，各类时髦商品在此上柜，"车马辐辏，楼阁玲珑，画梁朝飞，珠帘暮卷"。租界最重要的商区乃至市中心初步形成。

物质生活启蒙运动

物质生活对一般民众而言，是最直接的诱惑和压迫，比起空洞的说教，它更具说服力和感召力。上海人对物质生活的敏感度向来很高，这得益于开埠后西方文明的落地，极大地引发了民众对外部世界的窥探兴趣，也提升了对西方文明的认知水平，直至今天，"时髦"二字最能挑逗上海人的多巴胺。上海的集体性格中的"赶时髦"就是这样形成的，上海人的模仿能力与创新精神也是这样形成的。上海人即使在物质供应短缺的艰难时世，仍然不肯放弃对品质生活的追求，千方百计利用能够获得的有限资料来证明自己的创造力，这是上海人维持体面的需要，也是在特定语境中外省人对上海人肃然起敬的原因。直至今天，上海人的生活方式，仍是外省人多维度观照的文化标准。

上海人的成长史，就是一部从"乡下人"变成"城市人"的历史，就是对西方文化模仿、消解、融合以及试图比肩而立的历史。

西方物质文明在近代上海传播的过程，是中西文化在上海这一场域发生冲突、交融的一个侧面，我愿意将此称为"物质生活启蒙运动"。

那个时候，上海离"世界物质文明之花"只有一条船的距离。西方国家发明创造并推动工业化和城市化的科技成果，往往第一时间在上海租界落地。或许是利益驱动，或许是洋人自身享受优先，但我们不应以"最大的恶"来揣测。有些案例以"侵略""掠夺""剥削"等现成词汇来解读,不免穿凿附会,也不合逻辑,倒不如心平气和地分析一下异质文明介入时产生的"化学反应"。

煤气灯:开埠之前,上海县城的街道几乎没有路灯,晚上如果没有明月当空的话,行人只能提着灯笼行走在漆黑一片的街巷。1864 年 3月,上海第一家煤气公司大英自来火房开张。次年制成煤气灯,多家洋行试用后于 12 月 18 日在南京路正式点燃第一盏煤气灯,同年上海私人申请安装煤气灯的总数达到 1500 盏,为沿街商铺延长营业时间创造了条件,上海由此进入煤气照明阶段。接下来,煤气蒸汽机有了长足的发展,使煤气公司的利润逐年上升,进入可持续发展的轨道。

煤气灶:上海开埠前,城市居民还在使用土灶,以木柴、木炭、稻柴、花萁、煤屑等为燃料,开埠后随着人口的增加,空气污染严重,以煤气为燃料成为选项。1867 年,上海出现了第一台煤气灶。二十世纪初,煤气灶、煤气取暖炉、热水器成了时髦商品,煤气灶和抽水马桶、浴缸成为以中产阶层为租赁对象的新式里弄、新式公寓的标配。

电灯:人类社会的进步与文明,离不开对能源的开发利用,最初的能源就是火、水还有阳光,而电能的捕获与控制,产生了更为强大的光能与动能,标志着人类继蒸汽机之后又开辟了一个崭新的时代。

2022 年,是中国有电 140 周年。而中国有电,则从上海开始。

1879 年,美国人发明了世界上第一盏有实用价值的电灯。三年后的 1882 年,也就是清朝光绪五年,在太平洋西岸的上海,英国人立德尔招股筹白银 5 万两,成立了上海电气公司,并在苏州河南岸的乍浦路建了一座规模不大的发电厂。发电机转动起来,上海就成为世界上第一批制造电能的城市。

是年 7 月 26 日,湿热的微风贴着黄浦江江面吹来,拂动了花园里西洋美女的裙裾。英美租界安装的第一批 15 盏炭极弧光灯,在虹口招商局、礼查饭店、公家花园等处一起大放光明。悠扬的舞曲同时响起，洋人翩翩起舞，围观的上海市民也是一片惊呼。

从此，上海进入了一个光电新时代。

上海电气公司的建立，比全球率先使用弧光灯的法国巴黎火车站电厂晚了7年，比日本东京电灯公司早了5年。

1897年，英美租界街道的煤气灯全部换成电灯。1907年，钨丝灯泡投入生产并普遍使用。有了电灯，洋人和华人的户外活动时间大大延长，拓展了生产与消费的时空，也催生了心旷神怡的夜生活。

电的使用大大推动了上海的经济发展，为城市注入了丰沛淋漓的元气。至今在上海的偏僻道路上还可以看到一百多年前架设的木头电线杆，已经与电线脱钩，成为那个时代的标本。我有个朋友准备动用他的社会资源购买几根老电线杆，打造成一只12米长的吧台放在他的酒吧里。二十年前他听了我的建议，在吴中路老家具商店里买下一张用十二根枕木打造而成的餐桌。那些旧枕木原本就堆在沪宁线边上，经受日晒雨淋。

自来水：上海开埠前，城市居民用水都取自黄浦江和苏州河，上海还有"挑水工"这一行业，从业人员约有2500人。随着工业化的加快，河水及地下水污染问题日益严重。1860年，黄浦江边的旗昌洋行开凿了第一口深水井供内部使用；1872年，英租界建成第一座小型水厂；1880年，上海自来水有限公司在英格兰注册，总部设在伦敦；1883年6月29日正式供水，李鸿章应邀参加放水仪式，亲手启动了按钮，将净水引进蓄水池中。

邮政：1861年，英国领事馆内设立上海邮政代办所，即"大英书信馆"，主要负责英国侨民的信件、包裹传递，这是中国的第一所近代邮政局。接下来法国、德国、美国、俄国、日本都在上海建立书信局。1865

年 7 月，上海工部局书信馆发行一套八枚以中国蟠龙为图案的商埠邮票——工部大龙邮票，这也是中国最早发行的一套邮票。以后工部局书信馆又发行了多种明信片和邮票，在今天成了研究和了解中国清末风土人情的珍贵资料。

1866 年，清政府委托海关总税务司英国人赫德试办邮政；1896 年，清政府批准开办大清邮政，赫德兼任邮政总监。

通信：1869 年，丹麦挪威英国电报公司和丹麦俄国电报公司联合成立了大北电报公司，上海因此也成为世界上最早建有电报局和开展电报业务的城市之一。1881 年 7 月，大北电报公司在法租界和英租界申请开通电话业务。电话被洋泾浜英语说成"德律风"。

市政与交通：1860 年，工部局正式建立"火政处"，在英租界河南路建立了第一救火会。消防员由侨民志愿组成，没有薪酬和补贴，工部局为每位志愿者购买了保险。救火会在民间也叫"水龙会"，"水龙会"每年夏末秋初举行一次操演，"是夜齐集浦滩，各种水龙排定次序。据前者为灭火龙，……其后十余车如前，间以花、火球、火镜、火字及西人音乐，光怪陆离，耀人耳目。来观者潮涌"。喜欢看热闹的上海市民顺便也接受了一次消防知识的普及。另外，救火会也经常在租界重大活动中扮演礼仪性角色，1897 年为庆祝英国维多利亚女皇在位 60 周年，英租界举行了规模空前的庆典活动，公董局就请救火会表演了一场"水龙会"。

第一辆人力车（黄包车）是在 1874 年 3 月 24 日由法国商人米拉从日本输入上海的，所以黄包车最初也叫东洋车。至抗战前夕，上海已有 8 万多辆黄包车穿梭在大街小巷。

1901 年，上海街头出现了汽车，第一辆汽车是匈牙利人李恩时引入上海的。马车、有轨电车、洒水车、垃圾车、自鸣钟、公园、牛奶棚、宰牲场、室内菜场、公共浴室、公共厕所等都在十九世纪五十年代至二十世纪初传入上海。

民众日常生活:缝纫机、自行车、自来风扇、火柴、肥皂、洋伞、牙刷、牙粉等也是这个阶段输入上海的。1863 年,上海已经出现了外国人开的照相馆。上海还是中国最早推行夏时制的城市,1919 年 4 月 12 日午夜,外滩的海关大钟向前拨快了 1 小时,这也是上海人第一次在梦乡中被时间"玩弄"了一把。

上海的"海德公园"

西风东渐,浦江潮涌,开放的上海在政治、经济上发生一系列深刻变化的同时,文化和社会风尚也发生了巨大的变革。

娱乐方面:有戏院、书场、舞厅、电影院、弹子房、棋牌室、游乐场、书寓等,1866 年租界出现了上海第一个现代剧场——兰心戏院,后因火灾被焚,不久在茂名南路重建。

户外活动:有打猎、赛马、赛狗、划船、游乐场、公共花园以及夏季草地音乐会等。上海的第一个跑马场建于 1850 年,第三个跑马场建成后占地 430 亩,为"远东第一跑马场"。原本仅限西侨俱乐部成员的娱乐项目便发展为全民娱乐,对妇女吸引力尤其强大,但中外人士被规定在不同的看台,颇有点歧视中国人的味道。后来主办者发行了香槟票,赛马就成为带有博彩性质的商业活动,"为看跑马换衣裳,几日前头约比邻。买票登台人已满,今年秋赛益精神"。(《上海商业市景词》)

划船是运动也是娱乐,它始于 1852 年,赛道在苏州河或黄浦江上,参与者以外国水手居多。后因航运繁忙,移至昆山青阳港。每年的划船运动在上海成为"中西观者如堵,拥挤异常,与观斗驰马时仿佛然,亦不得谓之非大观也"的一大盛会。1864年,西侨成立了上海赛船会。

1868年,上海的第一座完全不同于中国传统园林的"公家花园"建成开放,它就是坐落在苏州河与黄浦江交汇处的黄浦公园,后因"华人与狗,不得入内"的公案载入史册。1885年,由无锡实业家张叔和建造的公共花园——张园对外开放,打破了公园由外人建造、管理的先例,有点"为国争光"的味道。花园占地七十余亩,主体建筑是一幢西式的大楼"安垲第",内有茶馆、饭店、书场、剧院、电影院、会堂、照相馆、展览馆等,可接待两千人。

这个"海上第一名园"也是上海的时尚发布地:举办过自行车大赛、包含裸体画的美术画展、热气球载人升空表演、焰火表演、过山车游戏、摄影大赛、选美大会、剪辫子大会。1897年12月6日,中国历史上第一次妇女大会也在张园举行,与会的中外妇女122人,"讲求女学,师范西法,开风气之先"。《点石斋画报》以"裙衩大会"为题作了介绍,并称"是诚我华二千年来绝无仅有之盛会也,何幸于今日见之"。1909年,英国大力士奥皮音在张园摆擂台比武,上海武术界邀请霍元甲前来对决,奥皮音眼看赢面不大,便偷偷地跑了。

在那个山雨欲来风满楼的历史时刻,在张园留下游踪的社会名流有王韬、梁启超、李伯元、蔡元培、张元济、马相伯、严复、辜鸿铭、郑孝胥、张謇、章太炎、吴趼人、钱昕伯、黄式权、袁祖志、汪康年、狄楚青、叶瀚、蒋智由、高梦旦、岑春煊、盛宣怀、郑观应、徐润、经元善、李平书、沈缦云、王一亭、李拔可、郑稚辛、马君武、陈介石、汪允宗等,这些人在很大程度上代表着新闻界、教育界、商界,堪为社会精英阶层,影响着社会舆论和中国南方的政局。在张园集会的内容包括拒俄、拒法、与日本交涉、禁烟、反清、保卫路权、预备立宪、地方自治、共和建设、纪念辛亥革命烈士、欢迎孙中山和黄兴等。

可以说，张园就是上海的"海德公园"。

医疗卫生：1844年，也就是上海开埠后的第二年，英国传教士雒魏林创办了一家西诊所，取名仁济医院，它是上海第一家西医院。今天在上海有名的医院中，同仁医院、瑞金医院、红房子医院、第一人民医院、第六人民医院、第九人民医院、长征医院、胸科医院等都是当年教会创办或在合并重组时吸收了教会医院精髓。比如创建于清光绪十年（1884）的西门妇孺医院（后俗称红房子医院）是我国最早的妇产科医院，也是第一家由女子主办的医院，由美国圣公会女传教士莱芙斯纳德医师和第一位来华的美国护士麦基奇尼一起合作创建。同时它又是一所带有慈善性质的专科医院，大部分经费来自社会和美国基督女公会。上海北桥普慈疗养院今天所知者比较少，它是天主教上海公教进行会主办的当时远东最大、设备最完善的精神科专科医院之一。

不少教会医院在创建之初的资金来自教会、慈善机构和个人捐赠，工部局和公董局也对各医院提供资助。大多数教会医院实行免费诊疗，比如仁济医院在建院到1904年的60年间未向病人收取过费用。在远东地区规模最大的医院广慈医院，500个病位中有302个病床供贫民使用。再比如1863年法租界工部局委托天主教江南教区神父德雅克创办公济医院（第一人民医院），很快就有来自西方不同国家的30多位修女不远万里来到上海，无怨无悔地担任护理和管理工作，据说为首者是奥地利公主赫海伦。1949年后仍有44名天主教嬷嬷坚持留院工作，直到1953年才回国。

在汤伟康、杜黎合著的《租界100年》里说："教会实际上是教堂、学校、医院三结合的混合体。教会办医院正像办学校一样，将西方先进的医学、西药引进中国，对中国医学科学的发展，无疑是一个促进，它的积极作用是应予肯定的。"

这里我还要提醒各位,在攫取商业利益方面,英国人总是一马当先,而在引进西方现代教育制度的过程中,美国人是脚踏实地的推动者。上海第一所教会学校徐汇公学,以及后来的启蒙学堂、徐汇女子中学、经言学校、明德女校、圣芳济中学等,都是美国、法国及意大利教会共同努力的结果,经费大多来自这些国家信众的募捐。1846 年,圣公会中国布道区主教文惠廉在虹口创办了第一所男童学校,裨文女校、文纪女校、培雅学堂、度恩堂、中西书院、怀恩中学等,也都是由美国传教士创办的。美国人、法国人对女校的创建、女性人才的培养尤为关切,希望此举能开阔中国妇女的眼界,提升妇女的社会地位。如果放在中国文化史、中国妇女解放史的坐标上来评估女子学校的意义,你会怎么想呢? 如果将改革开放之初,美国总统卡特决定敞开大门接纳十万余中国留学生赴美深造的"壮举"与当年美国人在上海办学校的史实放在一起评估,能否找到一些规律性的东西呢?

历史学家章开沅说过:"中国的教会大学诚然是与西方殖民主义相伴而来,并且其初始阶段又主要是为基督教的传播服务。但是到二十世纪二十年代,在中国民族主义浪潮的猛烈冲击下,中国教会大学不能不做相应的自我调适,经过本土化、人间化、学术化,逐渐成为中国高等教育的一个重要组成部分。"近代中国的教会大学如此,教会医疗、慈善和其他事业也是如此。

识时务者为俊杰

公共租界给上海带来了市场观念、资本运作、现代科技和企业管理等全新的资本主义发展模式，法租界则提供了市政管理、城市建设、保护宗教和公共利益等典型的官僚主义统治样本。公共租界在外滩建立起远东最大的金融贸易中心，创办了许多现代工厂企业，法租界则在造就优越的人文思想和海纳百川的文化品格方面起了重要作用。

实事求是地说，上海人是在屈辱中开始认知西方近代都市模式和规则的。开埠后的上海"成长史"表明，殖民者对租界的规划设计与社会治理是卓有成效的，他们在第一时间引进了西方文明及工业化成果，也通过收税理财、筑路修桥、引进警察制度和现代司法制度、创建新闻媒体、开办西式医院、创办育婴堂、建造教堂、开办教会学校等手段推动城市的近代化，对中国人的政治生活、社会意识、社区认同感等方面产生了重大影响，对自己创办新式学校以及新闻、出版等各项文化事业起到了启蒙、示范的作用。

不过，诚如鲁迅在《二心集》中所说："体质和精神都已硬化了的人民，对于极小的一点改革，也无不加以阻挠，表面上好像恐怕于自己不便，其实是恐怕于自己不利，但所设的口实，却往往见得极其公正而且堂皇。"当租界当局和外国商人将最新科技成果引进上海时，不论是应用于生产、交通或者市政建设方面，还是与民众日常生活密切相关，一开始都遇到了种种猜忌和阻挠。

缫丝厂因为用上了机器，传统丝业商人愤而反对，认为用了机器，丝的质量会不及过去好。小火轮行驶在黄浦江和苏州河上，也遭到了沙船业主的抵制。上海开始有电，市民阶层反应十分强烈，"一时谣诼纷传，谓将遭雷击，人心汹汹，不可抑制"。当租界内的华人店铺也安装了电灯后，上海道台刘瑞芬居然出面干涉，认为电灯照明不安全，容易引发火灾，危害城市，发布禁止使用电灯的告示，迫于官府的压力，导致有些商户不得不关门大吉或重返煤气灯场景。

电灯、电机等对生产、生活的好处是明摆着的，随着生产力的发展和城市建设的推进，电灯在民众心中的惊恐与猜忌才慢慢消除，主流媒体即称电灯为"赛月亮"。进入二十世纪后，正因为有了充足的电源，才有了商业街上耀眼的广告灯箱和霓虹灯勾勒的建筑轮廓线，上海才有了"不夜城"的美誉。

煤气出现时，民众认为它是"地火""自来火"，在铺设煤气管道的路面会散发热气，赤足走会导致热心攻心，得恶疾，有些赤足者看到煤气公司便绕道避行。自来水的应用大大改善了上海人的饮用水质量，但是也有人认为自来水"有毒质，饮之有害，相戒不用"。挑水工认为洋人的自来水公司砸了自己的饭碗，便到处宣称地下水管犹如恶龙相斗，从此上海将不再太平。自来水公司为打开局面，将自来水赠送给用户使用，并优惠供应给城内外的茶馆和老虎灶使用，民众见喝了自来水不会得病更不会死，乃至"遍装水管，饮濯称便"。

电报电线的架设也有人反对，1865 年怡和洋行在黄浦滩和吴淞架设了 12 英里的电报电线，结果沿线的农民将电线杆拔了当柴火烧饭。最后上海道台斥资购下这条短线，归"我大清"所有。历史上第一条"中国电报线"在这样的剧情中诞生了。

工部局卫生处自十九世纪七十年代开始给租界内华人免费接种牛痘，但是坊间谣传华人小孩被西医挖掉眼睛，拿去做照相机的镜头。致使种牛痘这一防疫措施一度中止，直到民国后才被广大市民接受。

吴淞铁路的案例最具戏剧性，也更有典型意义。1872 至 1876 年间，英美商人（主要是怡和洋行的英商）组织成立吴淞铁路有限公司，建造了一条从今天河南路桥北堍到吴淞的窄轨铁路，全长 30 华里，1876 年 6 月起通车，这是中国有史以来的第一条正式铁路。但在通车的第二年，这条铁路被清政府以 28.5 万两银子的代价购回拆毁了。为何出此昏招？主要是沿路农民以保护祖坟、保护农田、破坏风水、火车会轧死人等理由强烈反对，甚至聚众闹事，捣毁了吴淞道路公司设在江湾的办事处。另一个原因则来自官方，相关官员担心这条铁路一通车，会引起"各国效尤，实有不可思议者"。后来的剧情各位也听说了，两江总督沈葆桢下令把铁路拆了，将机车投入江中。本想运至台湾派用场的铁轨和车厢，最后也不知何故被扔进了海里。

过了二十年，清政府又要"毅然兴办铁路"了，虽然还有官员提出异议，但上海人识时务了，吴淞铁路通车之际，"惟见铁路两旁，观者云集，欲搭坐者，已繁杂不可计数"，"坐车者尽面带喜色，旁观者亦皆喝彩"。

十九世纪七十年代，受租界扩张的刺激，华界终于突破原来弹丸之地的约束，开始了觉醒式的发展。1905 年，上海总工程局成立，十年时间里填平许多淤塞的河道，修路 100 多条，筑桥 60 余座，建码头 6 个，华界的城区面貌迅速改变，缩短了与租界的差距。更重要的是，制定了各种各样的市政管理条例，让市民在城市空间的行为有章可循、有法可依。

苏州河新闸之北一大片未经开发的区域在上海开埠之初还是一片旷野，这里的居民绝大多数是从苏北来的移民，他们此时以开垦荒地种粮种菜为生。公共租界扩张后，闸北与租界相连，地方商绅对英国人有所顾忌，便在闸北兴建商场，开辟道路，为进一步吸引民族资本，还在苏州河上架起多座桥梁，方便了与租界及南市的交通。1900 年，闸北工程总局成立，开始筑路、修桥、建房，向城市化发展。民族企业考虑到水路运输成本低廉，便在苏州河两岸兴建工厂货栈，比如缫丝厂、印刷厂、制革厂、碾米厂、面粉厂、雪茄烟厂、化工厂、水电厂、火柴厂、竹木行等，提供了数万个就业岗位。商务印书馆也在闸北，说明不少文化人选择在闸北落户。1909 年，沪宁铁路的通车，就将吞吐旅客的火车站设在闸北,极大地促进了闸北的经济发展。

"一经马路开筑,市面既兴,地价必昂。"华界最早的市政机关就是南市马路工程局。县城内外许多道路得到修缮后,商铺屯集,市场繁荣。至于发电厂、自来水厂、公共汽车、学校、医院、慈善机构、警察局、救火会等,模仿西式,一应俱全。趁着1911年辛亥革命的狂飙,在李平书等士绅的呼吁下,争议多时的县城城墙也被拆除,为华界的发展赢得了必要的空间。

今天,许多怀旧的上海人认为当初拆除上海城墙过于草率,要是保留到现在的话,就是一笔珍贵的文化遗产。但我们不能脱离时代背景和现实状况来讨论历史事件,除了改善交通的迫切需求外,拆除城墙还有一个象征意义,那就是鼎新革故之际对鼓舞民众所起的巨大作用。

外国资本主义强行进入中国,也刺激了民族资本的崛起,在许多行业领先于全国,先进的机器设备和生产技术代替了旧有的手工业生产方式,使上海这座口岸城市的社会生产力获得了极大发展,为上海未来成为中国的工业重镇打下了坚实的基础。诚如唐振常先生所言:"租界之兴,华界之追,从实践中引进中国从来没有的学说与认识,市民意识逐渐得以养成和增长,这是上海社会先进于全国的关键所在。地方自治运动之收宏效,华人参政运动之与日俱进,皆端赖于此。"

更具历史意义的是,大量劳动力的集结,造就了中国第一代工人阶级,不仅为城市发展输送了新鲜血液,也为中国共产党的横空出世做好了准备。

上海人总是说:"识时务者为俊杰。"这句话就是历史教训,对城市、对生意、对事业、对投资、对个人、对家庭、对爱情……都是一样的。

1853年,马克思在《不列颠在印度统治的未来结果》一文中提出殖民地及殖民主义有"双重使命",即建设性使命和破坏性使命,两者都既有积极方面又有消极方面。

殖民地的"破坏性使命"主要表现为对殖民地传统社会经济结构的破坏上。但由于宗主国的政治、经济情况不同,各个殖民地的历史情况、殖民对象、自然生态条件和社会集团也不同,因此殖民地所受的影响在质量上有很大的差别。殖民地的"建设性使命"当然也包含一定的积极意义,通常表现为以下方面:宗主国通过向殖民地输出价值观,输出资本、技术包括运作模式和制度设计,并为此进行基础建设,包括现代化的港口、铁路、道路、通信等,同时还会建造医院、学校以及满足精神需要的公共空间,殖民地的商品经济得到发展,城市化步伐加快,把原本落后的殖民地地区带入了市场经济领域。

上海租界的历史,印证了马克思的论述。

"华洋同庆"与万民伞

通商后的巨大变化,持续提升了城市文明程度与市民生活质量,也是西方物质文明渗透上海市民社会生活的过程。由此投射在上海人精神层面的,除了生活习惯和消费观念的变化,还有从中西文化碰撞、交流中获得的由浅入深的认知,从"自以为是"到不得不承认西方文明的优越,甚至发展为"崇洋媚外"的集体无意识。

从唐宋至明清,中国人对外来事物总是"居高临下"的,比如"胡床""胡麻""胡萝卜""胡椒"等,还有"胡说八道""胡思乱想""胡作非为",带一个"胡"字的就不是好东西,至少不入流。后来是"番"字,戏文中常以"番邦"泛指一切"境外势力",食物中有"番薯""番茄""番瓜",西菜馆一开始叫"番菜馆",洋人被叫作"番鬼佬",洋太太、洋小姐则被称作"番妇"。再后来随着文化冲突的加深,称异质文明为"夷",租界为"夷场",公园为"夷园",在办洋务时主张"师夷长技以制夷"。

而在此时,中国人在日常语境中不知不觉易"夷"为"洋"了,即使在民族工商业艰难跋涉的岁月,即使在抵制洋货的呼声中,洋火、洋钉、洋油、洋皂、洋灰、洋纸、洋笔、洋墨水、洋画、洋瓷、洋伞、洋布、洋绸、洋呢、洋装、洋药水、洋糖、洋饼饵、洋车、洋轮、洋房等口头词汇仍以水银泻地之势昭示着无奈的现实:中国自给自足的经济体系分崩离析,西方文明成果强势性覆盖;而在民间话语中,洋货代表着时尚、高级,品质精良、生活富裕。

再举个例子:开埠后不久,社会分工进一步明确,市民希望有更多的娱乐活动,老城厢的茶楼适时而生。三雅园为最早引进昆班演戏的茶楼,后来也被史家称为上海最早的戏园。后小刀会起义,城内遭到很大破坏,三雅园只得迁至租界。嗣后,县衙时常颁布禁止茶园演戏、会馆演戏的条律,娱乐场所遂向租界转移,戏班越来越多,比如徽、京、昆、梆子等。新建的戏园常常在招牌上添加"美商""英商"的字样,不明就里的人以为有洋人投资,对城里人的吸引力尤其巨大。

辛亥革命爆发那年,《申报》上有一篇文章批评上海人崇洋:"有称上海为上洋者,余为之解曰:上洋者以洋为上也,譬如街道,本国地界不及洋场之平坦;譬如房屋,老式房子不及洋房之阔气;譬如衣服,本国绸缎不及洋货之时髦;譬如饮食,本国酒席不及洋餐之写意。甚至衙署中有洋会客间,堂子里有洋式房间,轮船上之大菜间,官舱在其下;浴堂中之洋盆,官盆半其价。店伙遇洋人购物则逢迎贡媚,车夫得洋人雇用则暴横凌人。呜呼,上海人日处于洋人势力范围之中,目所见者洋派,耳所闻者洋势,加以发洋财之思想,日营营于脑中,无怪其重洋而自轻也。"

从此,"崇洋媚外"成为上海人百口莫辩的污名。

最后,让我们来个闪回吧。镜头切到 1893 年,上海迎来了开埠 50 周年大庆。租界当局对时间节点极其重视,早在一年前就登报公告,征集纳税人对这一庆典的意见和建议。同年 4 月,还专门成立了"上海租界 50 周年庆典委员会",由公董局总董亲自挂帅,另有 11 位名媛太太组成"女士辅助委员会"。在多次董事会和纳税人特别会议后,方案逐渐明朗。

西方列强来到上海,除了贸易,还希望在上海克隆资本主义制度与国际商贸城市的模式,同时也为他们的代理人及中国民族工商业者创造了竞争的机会。开埠 50 周年大庆成了租界当局炫耀政绩、强调价值观的极佳机会。

于是租界当局忙着定制纪念章、发行纪念邮票、在外滩公园里安装喷泉,连黄浦江上的兵舰与商船也挂上五色彩旗。他们还上门拜访租界内的华人会馆:来来来,跳个舞吧,一起"华洋同庆"。

1893 年 11 月 17 日、18 日两天,上海租界内的主要马路搭建牌楼、高设洋台,张灯结彩,除了军事演习、演说、游园、焰火和灯会外,动员人数最多的还是庆祝游行。一百多年后,当我面对记录这一庆典的照片和《点石斋画报》、旧校场年画时,惊愕了很久。有图有真相,中国民众所投入的热情,这一盛况以及媒体对此的积极报道,对我读小学时就被植入的宏大观念形成巨大的冲击:帝国主义侵略,中国人民狂欢?

当然,事情并非那么简单。后来通过对史料的梳理与解读,我终于明白,对开埠 50 周年大庆这事,虽然不少中国人认为租界本是中国人的天下,上海发展有自己的一份功劳,那么也不妨捧个场。但也有些上海人表现出漠视,他们觉得洋鬼子来了,占地为王,吸金如魔,上海延续了数百年的农耕文明受到极大破坏,小农经济走向凋敝,道德底线不断下沉,城里城外充斥着物欲、贪婪与私利。有士绅阶层扼腕长叹今不如昔,"每作别有天地非人间之想","今人不能耐之,思欲求一心旷神怡之境界杳不可得"。

从庆祝游行队伍中处于华人主体的两大族群来看,是人数众多的宁波帮与势力最大、财富最巨的广东帮,他们高举写着"丝业会馆""通商大庆""广肇公所""广帮瑞狮"等字样的旗幡、灯牌,甚至极富戏剧色彩的宝盖灯和万民伞等中国风格的道具,并扮作"福禄寿"三星和八仙形象,浩浩荡荡行进在外滩与大马路、跑马场之间,所到之处,万众喧腾。

先富起来的宁波人和广东人似乎顺理成章地认为:租界这一制度安排给他们提供了谋生、创业的机会,使他们得以离开祖祖辈辈穷困终生的故乡,登陆上海实现自己的梦想。历史地看,这两大族群的移民对上海的繁荣做出了重大贡献,他们是上海开埠最勇敢的实践者和最直接的受益者。租界当局发布了主导性的庆典口号,其中有"上海,女王的东方居留地""上海誉满全球""上海的缔造者,你们所做的比你们知道的还要好""所有东方口埠都分享母亲港的庆典的欢乐"等,也无意间透露出租界当局召集华人参与这一盛大活动的另一层用意:让公共租界的华洋双方谋求合作发展的共同心愿得到抒发与肯定。

租界的成功辟建与后续发展,都在表明要处理好与华人商社的关系,在利益切割和城市管理时保持美妙的平衡。

诚如唐振常先生在《市民社会与上海社会》一文中所言:"由于中西两大文化在上海已有前哨之战,成败利钝业已初见分晓,从上海这个集中点将西方文化辐射到全国,其冲突的激烈性已经减轻,其认同的可能性势必增加。"

于是,我们接下来就看到,在庆典之后的二十多年里,工部局和公董局多次通过越界筑路或强租等手段，使租界向西、向北扩张，"疆域"数倍于《上海土地章程》共同拟定的面积。

在许多历史学家的专著中，对租界的开辟和扩张持谴责态度，但事实上在那个时间段，无论在租界还是华界，上海人基本上持积极态度。

在中华民族伟大复兴的历史进程中，"华洋同庆"及万民伞是不可能再现，也不允许再现了。但是我们对历史的检索与思考可以向着广度与深度而去。经过东风浩荡、急流澎湃的改革开放，大踏步行进在中华民族伟大复兴征程上的亿万民众，已经拥有足够的自信，可以在历史大事件、大动荡、大变革面前多一份从容、大度和深刻。

从派克弄到"中华第一街"

南京东路步行街上的"七重天",是永安公司在建成16年后,为了对同行形成压倒性优势,将浙江中路湖北路交会处的新新舞台买下后造起来的,原名新永安公司。两幢建筑之间以一条空中走廊相连接,形成南京路上的独特景观。今天,它的外墙竖着一根可能是世界上最大的模拟气温表,它具有实时播报和装置艺术的双重功能。虽然大多数人的手机都下载了实时天气App,点开一看很方便,但至少我仍会欣喜地向气温表投去一瞥,这是对南京东路步行街的注目礼。

其实,南京东路步行街本身就是一根敏感的、精准的、富有象征意义的气温表,从河南中路到西藏中路,无论晴雨、寒暑,1033米的长度有着交响乐序曲般的纵深感,每个逛街并自拍的行人,每棵绿荫匝地的行道树,每种新鲜出炉的商品,每条与此相关的信息,都在为它加温。

几乎所有的外地人来到上海,都要去逛逛传说中的南京路,然后一路向东抵达外滩,隔着黄浦江向东方明珠投去深情的一瞥。所以南京路步行街上的餐饮极为丰富,几乎囊括了从广州到乌鲁木齐、从昆明到哈尔滨的所有特色风味。南京路步行街的定位是面向国际的,服务所有年龄段的消费者。

二十多年前,我所供职的《新民周刊》着手报道南京路步行街的改扩建工程,我对着彩色效果图看了很久,那种欣喜之情至今难忘。这项工程的落实,意味着南京东路进入新的阶段。过了不久,这项工程就以骄人的"上海速度"宣告竣工。那是一场暴雨过后的下午,我去朵云轩参观并报道一个名家云集的架上绘画展,南京路步行街在我眼前展现出全新面貌,加上雨水的洗礼,连空气中的每个负离子仿佛都在欢呼雀跃!

穿过马路的时候差点滑倒,我发现路面上都铺上了漂亮、平整的花岗岩,被雨水浸泡着倒映出建筑物和行道树的影子,那种层次感十分适合IT时代的审美习惯。

走出朵云轩,一条彩虹落在西藏中路新世界上方,那时候手机尚无拍照功能,成千上万的中外游客向同一方向驻足张望,将美景定格在脑海里。

这一刻,我的思绪被拉回至二十世纪七八十年代。当时,每隔两三个月就会有亲戚朋友来上海旅游或出差,我义不容辞地充当导游和陪购,逛南京路是既定的保留节目,购物、寻味、拍照、配眼镜、修手表等,边走边看还要跟他们梳理南京路的百年沧桑史——

上海开埠后的1848年,英国麟瑞洋行大班霍克组织跑马总会,并越出英租界,在靠近外滩的地方(河南中路)圈占五圣庙一带80亩土地,辟建花园和抛球场,并在抛球场外面修了一条跑马道,这是上海第一个跑马场。因此,有了英租界的第一条马路"派克弄",也叫"抛球场弄",长度约为500米。1854年,向西延伸到今天的浙江中路,俗称"大马路"。1862年,再次向西拓展至西藏中路;1865年,正式定名为南京路。再后来随着租界的扩张一直延伸到静安寺,长度为5千米多一点。将上海滩称之为"十里洋场",就是以南京路为象征的。

1908年,公共租界的第一辆有轨电车驶上街头,电车按计划将从

"地产大王"欧司·爱·哈同新建不久的爱俪园门口经过,哈同与他的太太罗迦陵一样热衷于中国文化,也对风水的这一套东西深信不疑,便要求工部局令从静安寺驶出的 1 路电车绕道而行。经与工部局谈判后他愿意为此付出代价,随后花了 60 万两银子从澳大利亚进口了一批坚硬的铁藜木,加工成几十万块长约 20 厘米的"砖块",铺在从外滩到界路(今河南中路)这段 500 米的路面上,然后浇上一层沥青。不久,"南京路上铺红木"的传说不胫而走,哈同在南京路两边的地产也应声飞涨,笑到最后的还是这个犹太人。今天上海历史博物馆里还陈列着数块被车辆碾压过而丝毫没走样的铁藜木"砖块",成为南京路历史的注脚。

是的,上海滩被外国人视为"冒险家的乐园",而最能见证冒险精神的就是这条大马路,屈臣氏药房、广生行、亨达利钟表店、汇中饭店在这里安营扎寨,福利、汇司、泰兴、惠罗等外商百货公司在此排兵布阵。1906 年,媒体上已经出现了"满街装饰让银楼,其次绸庄与匹头。更有东西广洋货,奇珍异产宝光流"之类颇具说唱风格的赞誉。

随着民族资本的崛起,南京路上又出现了四大中资公司:先施、永安、新新和大新,百货业"四大天王"的传奇故事,至今还为人津津乐道。

无论是先施公司的马英彪、永安公司的郭氏兄弟,还是新新公司的刘锡永、李敏周,大新公司的蔡氏兄弟,这几位弄潮儿都是从孙中山的故乡香山县走出去的,在国外经过一番打拼,致富后回国第二次创业。更有意思的是,他们没有按中国乡村社会的伦理"报效乡梓",而是来到投资价值巨大的上海。

他们是务实的行动派,也是具有国际眼光的现代派,他们在南京路引进了"环球百货"的概念,要压过洋商四大公司一头,他们搭上了魔都发展的快车道。他们对上海市民阶层的消费心理和审美习惯也了如指掌,他们招聘面容姣好、善于交际,甚至会说英语的女营业员——比如金笔专柜的康克令小姐。他们不仅在南京路耸立起最高的建筑,还融入了巴洛克、洛可可、折中主义、现代主义等西方建筑风格;他们开设了屋顶夜花园、儿童乐园,还有舞厅和溜冰场,对,就像卓别林自导自演的《摩登时代》里的情景一样;他们还引进了广东茶室和饭店、豪华旅馆等多元服务。

"四大公司"在当时就是时尚中心,也是新市民打量世界的窗口。上海最早的时装表演从永安公司开始,时装模特儿中最引人注目的就是郭家的"金枝玉叶"郭婉莹。"四大公司"中最后落地的是大新公司,就是后来名气响亮的市百一店,计划经济时代的灯塔。早在二十世纪三十年代中叶,上海正值所谓的"黄金年代",同时也是中华民族生死存亡的危急时刻,大新公司与其他三家走国际路线不同,着力提倡"国货精品",与时代风云和国民心理相契。

同时,根据差异化竞争的市场法则,南京路上还出现了国货公司、丽华公司、中华公司等中型百货公司。

二十世纪三十年代,美国记者、作家霍塞在《出卖上海滩》里以观察者的视角记录了南京路的观感:"现在,你已经走到离外滩一英里的地方,上海三大百货公司就在马路的两侧:新新公司、先施公司和永安公司(霍塞写此书时大新公司还未建成,笔者注)——可以说是世界上最吸引顾客的百货商店。你走进了其中一家,发现恰如外面的马路两侧一样,人头攒动,只是在玲珑橱窗的前面,这些人的穿着好像略为富裕一些,当中没有苦力。……你可以一个一个柜台地看看逛逛,亚洲的、欧洲的、美洲的货色应有尽有。法国的香水、苏格兰的威士忌、德国的照相机、英国的皮货,当然还有五花八门的中国货物;棉布衬衫、香烟盒、玩具、睡衣、人造花以及女人穿戴的拖鞋、戒指、手镯、丝绸等。"

美女永远是南京路流动的风景，霍塞当然也给予格外的关注："……她可能是一位买办的女儿，衣着华贵、制作精良，非常、非常漂亮。她穿着紧身齐膝开衩的淡绿色短袖丝绸旗袍，挺括的小领围着白皙的脖子。这是1936年的上海时装——她和中国的时髦女郎都穿这个。上海这个扬子江畔的都会引领着中国的时尚。……这些百货商店，是世界上最嘈杂的地方。有人整天在放着唱片，并把扩音器调到最大播放出去。中国人就喜欢、就热衷这么热闹……它回荡在百货公司、街面小铺和工厂车间里，回荡在外滩。"

"四大公司"撑起了南京路的商业天地，人们在这里可以买到世界上所有的商品，与欧洲时尚之都发布最新商品的第一落点只差半个月。这里是荷兰水、可口可乐、苏格兰威士忌、古巴雪茄、德国啤酒、巴黎香水进入上海的第一站，也是国货名品双妹牌花露水、盛锡福鞋帽、三星牌蚊香、龙虎牌人丹、金星钢笔的发祥地。

欧洲人把南京路与巴黎香榭丽舍大街、伦敦牛津街、纽约百老汇并列，称其是太平洋西岸最繁华的商业大街。没逛过南京路，就等于没到过大上海——一百多年来，这一共识根深蒂固。

城市人口的急速增长和工业化的进程产生了大量消费者，琳琅满目的商品以及时尚消费带来的满足感，促进了上海百货行业的发展。"四大公司"通过商品保障与优质服务向消费者灌输了一种现代化的都市生活方式，也提升了整座城市的气质和商业文明。正如日本学者菊池敏夫在他的《民国时期上海的百货店与都市文化》一书中所肯定的："上海的大百货公司的华侨大资本家，不仅是销售商品的商人，更是南京路商业的变革者、南京路新景观的创立者、近代上海都市商业文化的领袖，至少也是那些人们中的重要一员。"

我还要特别指出的是，南京路还是一个信息交汇点，以全羽春茶社为代表的传统茶楼,是电料、五金、烟草、绸缎、棉麻、颜料、呢绒、服装、沙石等行业经营者了解行情、洽谈生意的场所;以大东茶室为代表的茶室、咖啡馆、冰室则是报馆记者、小说家打探社会新闻、挖掘市井故事的渠道。

我当然还要跟亲戚朋友介绍:今天的大光明钟表店,在1925年5月是英租界老闸捕房的正门,震惊全国的"五卅惨案"就在这里发生。南京东路劝工大楼(已拆除)发生过"二九"惨案。1949年5月25日,永安公司在南京路升起了迎接上海解放的第一面红旗,绮云阁上升旗时,那几位青年员工还能听到苏州河边传来的枪声。

彼时,南京东路的拥挤与喧嚣,非常符合改革开放初期人们对中国经济发展的想象,以及对旅游城市商业街区的气氛渲染。

二十世纪九十年代,在上海新一轮发展之际,互联网时代呼啸而至,南京路的格局、商业模式及审美内涵必须与时俱进。面向新世纪的地铁2号线开始建设,南京东路的公共交通由地下贯通,为步行街创造了先决条件。步行街的改扩建参照了国外著名商业大道的设计方案,符合并彰显了上海城市的气质与文化背景,它更宽、更美、更有东方情调,在整条街上还非常人性化地安排了几十个微空间——座椅、购物亭、问讯亭、电话亭、城市雕塑、街心花坛等,为游客的观光购物、休闲娱乐提供了更多方便。步行街的中段还辟建了一个世纪广场,2002年12月3日,它成了上海人民庆祝申博成功的狂欢场所。

作为一个对上海城市史投入极大兴趣的新闻工作者兼写作者,我对南京路的感情与日俱增。每隔一段时间便要与太太去食品一店、泰康或老大房买几样吃食,还经常与朋友在燕云楼吃烤鸭,在洪长兴吃火锅,在新雅吃粤菜,在海仑宾馆底楼吃哈根达斯;至于沈大成的糕团,走过路过绝不错过,也经常领略其他风味小吃。我的眼镜是在茂昌配的,手表是在亨达利修的,外套皮鞋是在置地广场买的。我在朵云轩参加过三次画展——我的第一件国画作品是在南京东路与世人见面的。春节前,我都要去三阳、邵万生采办年货,火腿、腊肉、鲞鱼、醉蟹、桂圆、开洋、笋干,这些商品在淘宝网上都有,但我就认百年老店,服务好、质量好,能找回妈妈的味道。

我以为,南京东路步行街的升级换代,以城市文明底蕴为依托,以街区历史为经纬的理念,在导入众多世界一线名牌以及更大范围的现代科技、商业文明成果的同时,给国潮名品特别是"上海制造"留下了足够的展示空间与机会。这就是南京东路步行街的底色和初心,是中国特大型城市商业街区应有的价值取向。

或许有人会问,今天我们还有必要花一个多小时从南京东路步行街的东头慢吞吞地逛到西端吗?

是的,商贸零售业猝不及防地进入了"百年未有之大变局",老旧的百货大楼曾经希望以"热水瓶换胆"的方式来争取延年益寿,想不到最后连"脱胎换骨"都难以摆脱日薄西山的困境。步行在南京路上的目的也有所变化,追求体验、记录影像、储存记忆的人肯定超过单纯购物的人。"中华第一街"的存在价值也应该随之而重新评估,有必要注入新的内涵。

历史告诉我们,南京东路曾是西方文明在上海登陆的第一落点,第一盏煤气路灯、第一盏炭极弧光电灯、第一台电话机、第一辆有轨电车、第一幅商品广告、第一个屋顶花园、第一个玻璃电台、第一部商场手扶电梯、第一场商场美术展览……都是在此登台亮相的。1949 年后,南京路的橱窗中闪烁着新时代的熠熠光芒,成为展示上海经济发展水平高、商品流通迅速、人民群众生活水平不断提升、精神状态积极向上的窗口。而且,这些五彩缤纷的橱窗还从许多细节上体现了上海市民的生活智慧和海派文化的特征，成为外省人窥视、想象、模仿海派新生活的必由之路。

今天，南京路不仅要实现高质量的经济增长，更应该在文化传承和传播上发挥独特的作用，营造海派文化的强大气场。花开花落、潮起潮涌，南京东路步行街每天吸引着来自中国各地和其他国家的游客，这里回荡着萨克斯管的音韵，搏动着街舞的节奏，弥散着国际大都市的时尚气息，上海这座城市的活力与魅力，在分秒必争地释放。

接下来我们可以设想，在南京东路的各大商厦内可以举办各种艺术展，在某幢老大楼里辟建一个南京东路博物馆。世纪广场可以作为周周演的大舞台，每周一两场露天音乐会应该不算多吧，LED 大屏幕可以讲述上海的故事，以民间艺术团体为主的闪唱、闪舞、闪诵活动也可以成为双休日的"文化快餐"。所以，花一个多小时从南京东路步行街的东头走到西端，无疑能获得丰富的精神与物质的双重享受。

昔日，南京路的中资商厦大都出自广东和宁波两大商帮的手笔，开放、包容、务实、创新成就了名副其实的"中华第一街"。今天，更多的新上海人在此迈出人生第一步，南京东路又成了敢于创业、乐于创新、善于创造的年轻人的乐园。南京路步行街是上海改革开放的缩影。

一百多年前，西方文化在此登陆；一百多年后，中国文化、海派文化在此出发！

罗宋汤的历史密码

贵族与军火商、军官与艺术家、妓女与吉卜赛人、老板与流浪者、沉沦与暴富、爱情与阴谋、生存与毁灭,在白俄这个族群里一样也不缺。但至今还没人根据如此丰富的素材拍摄一部史诗级的电影,就连帕斯捷尔纳克《日瓦戈医生》式的小说也没有诞生,实在是太可惜了。白俄在上海的故事,似乎仅仅存活在一种落寞与孤独的怀想中,或者仅是皓首老者之间口口相传的遥远故事。

上海,成为他们不沉的方舟

十月革命一声炮响,给中国带来了马列主义,也给上海带来了罗宋大餐。

上海开埠之后的二十年里,没有一个俄国人在上海常年居住。1860 年,俄国在上海开设编外领事馆,请一个美国人来当领事。后来随着俄罗斯加紧与日本争夺朝鲜和中国东北地区的利益,开始觊觎上海,于 1896 年正式在上海建立总领事馆。华俄道胜银行分行也于同年成立,获利丰厚,一度与汇丰银行齐名。1900 年,在上海的俄侨的人数是47人，在各国侨民中属于没有多少话语权的少数派。

沙皇政权垮台后，旧俄贵族、政府官员、资本家以及知识分子纷纷外逃避祸，穿越冰天雪地的西伯利亚来到海参崴（今名符拉迪沃斯托克），然后进入中国的东三省，在哈尔滨、长春等地落脚。史料记载：1918年1月至4月间，有一千余俄国难民来到上海，且以流浪汉居多。还有一部分白俄军官走的是海路，一路上发生了许多惊险曲折的故事，比如"埃利多拉号"战舰刚刚进入上海吴淞口，就被发现装载了许多武器而遭到驱逐。更大的一波在后面，1922年冬季，由斯塔尔克少将指挥的船队约30艘，载着九千多军人和难民从滨海地区港口起锚，南下寻找避难的港湾。由于船队中不少船只已严重超龄，不能长途航行，在遇到强风浪后有两艘沉没，造成一百多人死亡。

船队一开始驰往最近的朝鲜元山港，但当时朝鲜已在日本的统治之下，日本当局禁止俄罗斯军人上岸，后来在朝鲜的英国领事会和法、中、葡等外交官员的竭力救济下，日本警察才允许妇女、儿童、伤病者以及携带一定数量资金者六千余人上岸。这批难民被关在海关的空屋中，条件很差，缺衣少食，患病甚多，每天有数十人死亡。接着日本外务省还发表文告称，对船上剩余的难民无力救济，不准登陆。经一再交涉后无效，斯塔尔克少将带领剩余的船队驶往釜山，但仍为日本当局坚拒，只得转向上海驰去。

1922年12月5日，斯塔尔克少将率领的14艘船驶进上海吴淞口。船队所载的1800名白俄难民超过当时租界原有外国人的总和，上海地方政府和租界当局有点措手不及，不知道该如何应对这场史无前例的挑战。

后来在中国官方和租界当局、苏联领事馆等各种政治力量极其复杂的运作下，船上的大部分难民获准上岸，舰队及船上的海军官兵于次年 1 月离开上海驶往菲律宾的马尼拉。斯塔尔克的船队在上海逗留的 37 天,成为轰动一时的外交事件,也掀开了上海俄侨史的新篇章。

事情还没完。在朝鲜元山港上岸的难民因为立足困难,有一部分去了中国的东北地区,在哈尔滨有较多的聚集。还有一些难民屡遭日本当局的驱逐,只得再次登上破破烂烂的船只,启程向上海漂移。影响比较大的一次发生在 1923 年 8 月,载着远东哥萨克军团残部的"鄂霍次克号""扎希特尼克号"和"蒙古盖号"三艘军舰驶入吴淞口,抛锚等待,而且高悬旧俄国旗,船上有海军士兵持枪放哨,这引起了中外各界人士的强烈不安。迫于舆论压力,上海地方政府也拒绝他们上岸。许多人就在这备受煎熬的过程中内斗、患病、死亡,当时上海的中文、外文报纸也多有报道。

不久,中国南方局势发生变化,北伐开始,上海租界当局发现这些白俄军人身经百战、无所畏惧,还有不少是留着大胡子的哥萨克,是一股可以利用的军事力量。于是授命领队的格列博夫将船上数百名哥萨克官兵编成俄国义勇队,上岸后不久再组建上海万国商团俄国队,用来保护租界侨民的安全。就这样,他们将三艘破船当作废铜烂铁卖给了上海的黄牛党,与早先在上海栖身的俄侨冒险家们会合,构成了活跃在法租界的俄侨族群。上海,成了他们不沉的方舟。

白俄在上海登陆的剧情,绝对是一部史诗级大片的背景,至少是一枚极具悬念的楔子。

法租界新辟商业街因白俄的到来而繁华

借助数据,我们的眼前就会出现一张曲线图表。1920 年,法租界只有 210 名俄侨；1928 年，这个数字迅速上升至 2358 名；1931 年，日本占领我国东三省后，在哈尔滨的一批白俄不愿意在日军的刺刀下生活，但又没有能力移居法国和德国，而上海作为自由港的优势就显现出来，加之从其他俄侨那里得知法租界的环境与氛围，对他们而言无疑有着较强的吸引力，于是纷纷辗转南下。到了 1936 年，在上海的白俄数量就达到了 21000 人，与在上海避难的犹太人数量差不多。

俄侨的到来，使西藏路以西的法租界有了蓬勃的生气。今天淮海中路、复兴中路、陕西南路一带的淮海坊、尚贤坊、培恩公寓、康绥公寓、新华公寓、永业公寓、飞龙大楼、泰山公寓、回力公寓、高塔公寓、盖斯康公寓、凡尔登花园、巴黎新村、陕南村、上海别墅等，都是白俄主要的栖息场所。

仓皇出逃的白俄贵族、政府官员、艺术家、哥萨克军官、士官武备学校的学员等何以选择上海法租界栖身？拿破仑当年不是率领六十万大军长驱直入火烧莫斯科吗？要不是库图佐夫将军利用莫斯科寒冷的冬天大举反攻，帝都就沦陷了。俄罗斯人与法国人有世仇啊！但是从世界历史看，文化的影响往往比战争的影响深远得多。法俄两国的文化交流就是一个极好的例子。在托尔斯泰、屠格涅夫、果戈理、契诃夫的小说和戏剧里我们知道，俄罗斯贵族在社交场合以说法语为荣，最精准、最优雅、最含蓄，甚至比较暧昧的话，也必须用法语来表达。

法国的文艺复兴与启蒙运动对俄罗斯也影响至深，叶卡捷琳娜女皇是启蒙运动先驱伏尔泰的"粉丝"。后来的尼古拉一世也清醒地认识到，俄罗斯虽然侥幸成了战胜国，但法国值得俄罗斯学习的地方太多。俄罗斯废除农奴制，不能不说也受到法兰西共和思想的影响。尼古拉二世更是多次访问巴黎，全面考察、学习法国的政治、经济和文化。他同情十二月党人，在执政期间实行君主立宪制，并推进斯托雷平改革。

永康路,外国人喜欢在户外泡酒吧　　　　摄影:雍和

俄罗斯人一直说他们有两个故乡：一个是俄罗斯，另一个是法国。

再说法国方面，他们对旧俄贵族怀有深深的歉意。他们认为，俄国如果不履行 1893 年签订的《俄法同盟条约》，就不必卷入第一次世界大战，也不会因十月革命而丧失政权。因此，上海法租界当局对丧魂落魄的俄侨给予接纳、救济，免费诊疗，安排就业，还允许他们在法租界金贵的地皮上建造东正教堂（至今还剩下两座，成为市级文保单位），并帮助他们建立教会学校、俄侨巡警机构以及俄国退伍军官联合会。

由于苏联新政权废除了所有政治流亡者的公民身份，俄侨就成了无国籍者，他们中有些人即使持有国际联盟签发的"南森护照"，但其地位也比在华的其他外国人略低一等，不能享受中外条约赋予的治外法权。要不是法国人允许他们建立一系列自治性质的机构，真不知如何混下去。

霞飞路：东方的涅瓦大街

颠沛流离的白俄在上海滩有了栖身之所（少量落脚在公共租界的四川北路与武进路一带），他们大大地舒了一口气，环顾四周、生死茫茫，并在法国领事馆的关照下，在今天淮海中路（东起重庆南路，西至陕西南路）的黄金地段开店做生意。

法租界的这条马路辟建于 1900 年，一开始叫西江路，后又改名为宝昌路，1915 年为纪念法国一战时期著名将军霞飞亲临上海而改为"霞飞路"。道路修筑的同时，工部局从法国引进了一批悬铃木作为行道树，上海人称之为"法国梧桐"，从此法国梧桐就成为上海的一个文化符号。但在最初的二十年里，这条道路上的商店寥寥无几，人气指数不高，直到白俄开出一批具有彼得堡文化元素的商铺，才慢慢热闹起来，以至于这段道路被上海市民称之为"罗宋大马路"，而俄侨将此称作"东方的涅瓦大街"，其繁华程度仅次于南京路。

俄侨在霞飞路上开设珠宝店、服装店、发型屋、宠物店、家具店、百货店、书店、药房、花店、书报亭、洗衣店、面包房、俄菜馆、咖啡馆以及针对孩子的玩具店和糖果店，还有相当时尚的男子用品商店。商铺最多时达到一百多家，占这条著名商业街上外商企业的85％。1949年后，作为上海商业形象的妇女用品商店、床上用品商店、人民照相馆、上海食品厂、金都绸布店、沪江美发厅、老大昌面包房、哈尔滨食品店、古今胸罩店、正章洗染店、西比利亚皮货行、信谊大药房等，若要追根溯源，都有俄资背景。

李安导演的电影《色·戒》里面有一个惊心动魄的情节，汤唯扮演的王佳芝为了配合行动小组刺杀汉奸易先生，把他骗进西比利亚皮货店。这家装潢豪华的皮货店也是白俄人开的，只不过不在霞飞路而在静安寺路，也就是今天的南京西路。

当然，并不是每个俄侨都带着资本登陆魔都，有些穷困潦倒的难民在耗尽身上最后一张钞票后，只得在底层社会找一份勉强糊口的工作。白俄女人在俱乐部里教人家跳舞、在电影院里领位、在酒吧里做招待，她们被西方媒体称为"斯拉夫的野玫瑰"。男人呢？有点艺术才华的就去舞厅、咖啡馆当"洋琴鬼"，体魄健硕的去大户人家做保镖，差一点的就只能修皮鞋、磨剪刀、拉黄包车，甚至靠在街头变戏法骗几个小钱。这类人衣衫褴褛、动作粗野、目光阴鸷，被上海市民呼之为"罗宋瘪三"。

1929年，上海公共租界巡捕房估计，上海有85％的外国罪犯都是俄国人。1935年，国际联盟在上海的一份调查报告称：在16岁到45岁之间的俄国妇女中，有22％从事卖淫业。还有相当多的成年男性和成年女性在不同领域从事犯罪活动。上海俚语中所说的"火腿店"，含义相当暧昧，就是指白俄人开的提供色情服务的酒吧，意思是出卖大腿的地方。

"山东帮"厨师塑造了罗宋汤

时局改变人生，环境改变人生，机遇也可以重塑人生，在历次大动荡中侥幸活下来的中国人，也应该对白俄难民持同情的态度。在这里就说说霞飞路上的俄菜馆吧。

从二十世纪二十年代到四十年代，霞飞路（今淮海中路）上的俄菜馆真是不少，至今还被老上海津津乐道的就有客金俄菜馆、特卡琴科兄弟咖啡餐厅、文艺复兴咖啡餐厅、拜司饭店、DDS、伏尔加、卡夫卡斯饭店、克勒夫脱、康司坦丁劳勃里、费雅客、华盛顿西菜咖啡馆、亚洲西菜社、锡而克海俄菜馆、奥蒙餐厅、库兹明花园餐厅等四十余家。

俄菜馆的厨师有白俄，也有白俄老板从哈尔滨、长春带来的中国厨师。这些中国厨师往往又是山东人，细细说起来还是胶东人，早年闯关东而远赴海参崴、伯力、海兰泡（今名布拉戈维申斯克），或去哈尔滨、大连等俄侨集聚地，在那里学会了做俄式大菜，然后再一路漂来陌生地上海。他们被业界称之为"山东帮"。后来，"山东帮"厨师中也有自立门户开俄菜馆的，尤以东华、兴沪、春江这三家最为知名。

彼时的上海人将吃西餐称作"吃大菜"，于是吃俄菜也被叫作"吃罗宋大菜"。

俄菜重油、重味，咸鱼、咸肉、烟熏鱼用得比较多，基辅肉排、基辅大肉丸、基辅炸鸡、哥萨克炸肉饼、小俄罗斯肉馅菜卷、白沙司基辅肉饼、烤羊肉串、斯特罗加诺夫牛肉饼、匈牙利菜炖牛肉、莫斯科炸小牛肉片、熏火腿、高加索羊肉抓饭、俄罗斯沙司鸡、涅瓦式嫩鸡、苹果雁肉、烤兔肉、波尔希奇菜汤、熏肉肠、腌熏鲑鱼、干咸鲟鱼、焦烤鱼、小鱼排、波兰式白鲑、辣子鲟鱼肉、烤土豆等都是俄餐馆的招牌菜式。上海人是在俄菜馆里认识俄式酸黄瓜和各种鱼子酱的,尽管并不习惯它们的味道。

汤品中最有名的就是起源于乌克兰的红菜汤,色如玫瑰,分外妖娆。但红菜头是高寒地区的作物,江南一带没有,脑子灵活的厨师就根据上海人的口味进行改良,减少或不用红菜头,而用番茄酱油炒起色,使之适应中国南方人的口味。张冠李戴的权宜之变不仅让红菜汤实现华丽转身,也使罗宋大菜名声大振,有了与欧美菜抗衡的能力。

黏合度很高的罗宋大菜不仅满足了中上层白俄的思乡怀人之情,也能满足底层白俄的疗饥之需,上海的"老克勒"和大学生也经常跑到霞飞路享用价廉物美的罗宋大餐。不久,上海西餐业的重心款款南移。

至今,罗宋汤还是上海人的最爱,几乎家家户户都会做,洋葱、土豆、卷心菜、胡萝卜、番茄酱,再加上牛肉或红肠片,浓浓地熬上一锅,浇上鲜奶油,老人孩子都爱吃。学校、企业的食堂也经常供应,在有些本帮馆子里居然将此列为常设品种。

俄餐馆里供应的面包,极少是硕大无朋的大列巴,而以菲里波夫面包、博罗金诺黑面包最受俄侨赏识,当时的上海人说:"凭着飘散在霞飞路上的香气,就可以找到最近的那家俄国面包房。"而被更多上海人深刻铭记的一种梭子面包就叫"罗宋面包",它的形态很有特征,中间鼓起、两头尖尖,犹如一枚梭子,上面纵向划了一刀,烘焙后呈爆裂状,又如美女咧开的大嘴巴。因为麸皮含量较高,质地较硬,被上海人称为黑面包,咸味,吃口很香。

老大昌法兰西面包房和俄国第一面包房里自产自销的俄式面包及

俄式奶油蛋糕一直享有盛誉,成为老一辈上海人的美好记忆。

在我小时候,每逢春游或秋游,罗宋面包作为干粮也是不错的选项。罗宋面包的好处是可以慢慢地啃,消磨很长时间,满口的小麦原香。现在吃到的罗宋面包都用精白粉做,又加了太多的黄油,香味与韧劲就差多了,据说那是日版的。

后来我得知,成为几代上海人温馨记忆的罗宋面包,其原型就是俄罗斯人在哈尔滨发明的塞克面包。改革开放后上海开出了不少法式餐厅,我又发现法国面包中也有一种梭子面包,不同之处在于更为纤巧,两头更尖更长。

曹聚仁:在"文艺复兴"咖啡馆可改组俄帝国陆军参谋部

在上海的江湖上混,必须考虑到国际性和开放性。霞飞路上的罗宋大菜,不仅满足中上层白俄贵族的思乡怀人之情,也能满足一般俄侨和上海市民的口腹之欲。茹可夫餐厅的俄式快餐,一菜一汤,面包、黄油随意添加,最后再上一杯俄式红茶,收费才一元钱。

而开设最早、档次最高、规模最大的要数坐落在淮海中路、思南路交汇处的特卡琴科兄弟咖啡餐厅,但这家花园式餐厅不光有现磨现煮的咖啡,更有彼得堡宫廷规格的俄式大菜,保留了旧式贵族菜肴的特色。餐厅里挂着俄罗斯画家的油画,唱机里播放着柴可夫斯基、里姆斯基等俄罗斯著名音乐家的作品。阳台上还有一个露天大花园,可放一百张小桌子,接待四五百人。1949年后这家餐厅就拆了,在原址上建起了一所邮政局,至今仍在。

霞飞路上的文艺复兴咖啡餐厅,尤蒙前辈作家的青睐。曹聚仁先生在《上海春秋》一书中这样写道:"文艺复兴中的人才真够多,随便哪一个晚上,你只需随便挑选几个,就可以将俄罗斯帝国的陆军参谋部改组一过了。这里有的是公爵亲王、大将上校。同时,你要在这里组织一个莫斯科歌舞团,也是一件极便当的事情,唱高音的、唱低音的、奏弦乐的,只要你叫得出名字,这里绝不会没有。而且你就是选走了一批,这里的人才还是济济得很呢。这些秃头赤脚的贵族,把他们的心神浸沉在过去的回忆中,来消磨这可怕的现在。圣彼得堡的大邸高车,华服盛饰,迅如雷电的革命,血和铁的争斗,与死为邻的逃窜,一切都化为乌有的结局,流浪的生涯,开展在每一个人的心眼前,引起他的无限的悲哀。"

费雅客的老板是奥地利犹太人汉斯·雅布隆纳,他家以奥匈帝国的菜肴在上海滩享有盛名。抗战前宋美龄就是费雅客的常客,她对赤甘蓝烧鸭子和奶咖情有独钟。抗战胜利后,宋庆龄、宋子文、梅兰芳以及美国麦克阿瑟将军等名流经常去他家品鉴美食。

为满足俄侨的生活之需,霞飞路上还有好几家糖果店,比如特卡琴科糖果点心店、霞飞糖果面包店、克来孟糖果冰激凌公司。俄侨还在南昌路开了一家维也纳灌肠厂,生产南欧风味的肉肠,极其粗壮的模样,吃起来相当过瘾。又在嘉善路开了一家季塔尼亚酒厂,以酿造啤酒为主,后来又开了一家专门酿造伏特加的马尔采夫酒精厂。俄罗斯人的生活怎能离得开大列巴、肉肠、啤酒和伏特加呢?

"老克勒"的罗宋大菜情结

上海作家树莱是一个正宗的"老克勒",他在《上海最后的旧梦》一书中写到儿时的味觉经验:"罗宋大菜的内容是一汤、一菜、一杯清红茶,面包不限量供应。那时,我常能在那类餐馆看见进来个在路边奏乐卖艺或当小贩的白俄老人,坐下后要上盘罗宋汤(二十世纪五十年代初,每客罗宋大菜价格 8 角至 9 角,单份汤价格 3 角至 3 角 5 分),然后就着汤吃下一大叠罗宋面包,但即使这样,也绝不会受到老板和侍者的白眼。"

他还写道:"浓郁的罗宋汤中有一大块厚实的牛肉,主菜也很厚实,一般是两块炸猪排或两只牛肉饼或三只炸明虾任选一样,价格只和一碗花色浇头面或一客两菜一饭的中式客饭相仿,因此也吸引了不少工薪阶层前来进餐。逢到假日,也许要连跑上几家才能找到座位。"

树菜待人很有亲和力,将我视作小弟。他是上海最早一批玩哈雷摩托的人,晚年经常问我两个问题:一是如何鉴别元代青花瓷器,他家里藏有两三件,总想找个机会出手;二是他是个素食主义者,经常问我哪里有好一点的素菜馆。可是三十年前上海除了功德林,好像也没有像样的素菜馆吧。不久他因病去世,我是很怀念他的。

另一位前辈作家也告诉我,在俄菜馆里能吃到正宗的鱼子酱和法式鹅肝酱。窗帘是海蓝色的天鹅绒,缀着长长的流苏,沉沉地垂到柚木地板上,满桌子擦得锃亮的银餐具,长桌两端还摆放了枝形银烛台,头顶上则垂下层层叠叠的水晶吊灯,夜幕降临,顿生金碧辉煌之感。

第二次世界大战结束,冷战开始,苏美两国主导着两大阵营,苏联政府决定恢复白俄的国籍,同时允许他们选边。1947 年 8 月 6 日,苏联政府派出的"伊里奇号"轮船停泊在黄浦江边,随着这艘轮船在汽笛声中驶出吴淞口,第一批约 1100 名俄侨含泪与第二故乡挥手告别。他们在离开时,或许默默背诵着俄侨诗人阿恰伊尔的诗句:"即使山穷水尽,濒于绝境,我们也从未低头认命,虽然被逐出国门,漂泊四海,我们仍日夜不忘对祖国的思念……"

在异乡漂泊了二十多年的白俄,有的回到了故乡,也有的去了美国、菲律宾。

俄罗斯侨民与淮海路的因缘结束了。

今天,上海的餐饮市场堪称繁华,在"吃大菜"这档事上,法、意、德、美、地中海、北欧等风味应有尽有,可就是找不到一家真正的俄菜馆。这不能不说是上海民众的遗憾,但罗宋汤里的历史密码不应该被遗忘。

如果没有 TA，你会怎么样

　　上海之所以伟大，根本的原因在于上海人对西方文化的态度，也就是从怀疑猜忌、正面冲撞到相互兼容、渗透、互补，使之成为海派文化的一部分。近代以来，沧桑百年，白俄文化深刻地影响了上海的城市气质。

　　俄罗斯是一个战斗民族，也是一个文艺民族。漂在上海的至暗时刻，白俄不仅做起了生意，还办起了学校、医院、银行、俱乐部、图书馆等。流亡中的知识分子和艺术家也有自己的表达方式，他们从面包、咖啡的开支中省下钱来，创建了俄国广播电台和俄国法商学校，还先后创办了近两百种报纸杂志，比如《上海柴拉报》《考毕克报》《斯罗沃日报》《弗里美报》《回祖国报》《新道上海俄文日报》等。杂志的总数比报纸还多些，有一百种左右。有些名称还相当摩登呢，比如《我们的时代》《现代妇女》《巡逻兵》《边界》《暮色》《白光》《不死鸟》《哥萨克之声》《犹太生活周刊》等，即使在今天的网络时代也毫不逊色。

　　俄侨画家在霞飞路一带开设画室，他们的素描功底相当扎实，主题浪漫、构图抒情，笔触在色彩丰富的细部中行走时情不自禁流露出忧伤的诗意。上海老一代油画家喝的第一口奶是白俄投喂的。之后上海画家也建起了自己的画室，收徒授艺，比如哈定画室、充仁画室、东方画室、孟光画室、艺风画室、新华画室等,也使俄罗斯巡回画派在上海的影响越发深远。上海大概是那个时代私人画室最多的城市。

俄侨中造诣很高的音乐家们组建了轻音乐队和爵士乐队,每周数次在兰心剧场、礼查饭店、华懋饭店、汇中饭店、百乐门舞厅等高级场所演奏。

曾任香港《中国评论》副社长、《时报》主笔的黄震遐,淞沪战争时期在上海当过战地记者,后来创作了一部长篇小说《大上海毁灭》。1928年,他在《申报》上发表了《流寓上海的俄罗斯人》,其中写道:"当时这些艺术家们既遭了那赤党的欺侮,又受了那白军的引诱,于是便铤而走险地加入了捷克军,与赤党大战于西伯利亚,结果完全失败,连根据地哈尔滨也渐渐危殆,因此那淞滨的十里洋场便将他们完全汲收了来。"

后来,不少白俄乐师被上海公共租界工部局交响乐队(在有些书籍中译作音乐队,笔者注)吸收,成为乐队的班底。据汪之成所著的《上海俄侨史》中统计,法租界公董局管乐队自 1926 年成立后,25 名成员始终为白俄包揽。1934 年,工部局音乐队的管乐队有 30 人,俄籍乐师占19 人,其中 7 人能演奏管乐和弦乐两种乐器。工部局交响乐队每周一次在兰心大戏院举办室内音乐会,演奏欧洲作曲家的作品,在上海享有崇高的声誉。每逢夏季,管乐队与交响乐队还在工部局公园里露天演出,工部局交响乐队在当时被视作远东地区最优秀的交响乐队。

工部局交响乐队在 1949 年后又转变为上海交响乐团,上海交响乐团的历史是从法租界工部局交响乐队成立那天算起的。从这个意义上说,没有白俄,就没有上海交响乐团。

白俄中会唱歌的也不少,他们组建了捷列克哥萨克合唱团、利德钦男声合唱队、东正教堂合唱队等,让上海人见识了俄罗斯人的肺活量和略带忧郁的抒情腔调。在俄侨团体的运作下,韦尔琴斯基、亨金、夏里亚宾、托姆斯卡亚、海菲兹等世界一流的歌唱家和演奏家都来上海演出过,并获得巨大成功。

黄震遐在《流寓上海的俄罗斯人》中就特别提到了颇受上海文化人关注的东华大戏院,"每逢星期一、四开演俄国的歌舞。我们如果要晓得希腊艺术的伟大,要观摩那活泼的舞蹈、艳美的服装、史拉夫男女的特色美,以及要听那优美的雅乐、清脆雄壮的歌声,非去参观一次不可"。

还有不少白俄在上海创办了俄侨声乐团、音乐学校,任教于音乐学校或私人教授音乐的俄侨就更多了。2016年去世的上海著名女高音歌唱家周小燕,她的老师苏石林也是一位白俄,光听他的名字还以为是中国人呢。苏氏在少年时代就因"空中云雀"的美名而誉满彼得堡,后来与世界著名男低音歌王夏里亚宾同台演出歌剧。1924年苏石林侨居哈尔滨,1929年应国立音乐专科学校校长萧友梅之邀来到上海,担任声乐教授长达26年。他的学生不只有周小燕,还有斯义桂、黄友葵、郎毓秀、高芝兰、茅爱立、周慕西(后成为他的妻子)、温可铮、魏启贤、李志曙、冼星海、李德伦、贺绿汀、丁善德、陈传熙等。

1935年,周小燕考入上海国立音专时是主修钢琴的,后来看到同学中大多数是音乐名家的弟子,禀赋好,又是近水楼台,自己没有任何优势,于是调头改练声乐。为了提高自己的歌唱水平,周小燕主动求教苏石林。晚年的她曾经在一篇文章里回忆:"那时我只会唱电影歌曲,张嘴就唱,但苏石林教我用横膈膜呼吸的方法唱歌。"一年后,周小燕因抗战爆发而不得已结束学业回武汉,"从俄国老师那里,我懂得了唱歌不是张嘴就唱的,而是有一套科学的方法,这对我后来的声乐生涯影响很大"。

抗战期间周小燕与她的弟弟去巴黎进修,在俄罗斯著名音乐家齐尔品的帮助下考进巴黎音乐师范学校,后转学去了巴黎俄罗斯音乐学院。巧的是,齐尔品曾在上海国立音专任教,更巧的是,他与苏石林一样娶了自己的学生(李献敏)为妻,李献敏又是周小燕的师姐。第二次世界大战结束后,周小燕还与齐尔品合作用中国古典诗歌和云南民歌改编成歌剧在巴黎演出。

跟随苏石林时间最长、师徒感情最深的中国著名男低音歌唱家温可铮谈到老师时充满了真挚的感情:"他是一位音乐界公认的声乐教育家,但更是一位了不起的声乐艺术大师。他那无与伦比的声音、技巧和对曲目的理解,使我五体投地。"

1949年后,苏石林仍留在上海音乐学院任教,直到1956年5月携妻子回苏联定居,临走前他还在上海音乐学院举办了四场告别音乐会。

俄国芭蕾舞在国际上素负盛名,著名芭蕾舞女演员克·彼·马克佐娃1923年来到上海定居,应邀开办了一所芭蕾舞学校,培养了一批中国和白俄芭蕾舞演员。不久她又联合塔坡·斯韦特拉诺娃另开设了一所芭蕾舞学校,用的都是英国皇家芭蕾舞学校的教材。白俄的芭蕾舞艺术家们还组建了俄国歌舞团,在兰心大戏院等场子演出,他们对中国芭蕾舞的发展起到了启蒙作用。上海芭蕾舞学校首任副校长、被誉为"中国第一个芭蕾舞演员"的胡蓉蓉,她的老师索科利斯基就是一位白俄。也可以说,没有白俄就没有上海舞蹈学校。

至于跟随白俄一路漂泊到上海的吉卜赛人,有不少也是舞蹈家、歌唱家,活跃在夜总会里,很受欢迎。吉卜赛人还在霞飞路上开了两家夜总会兼舞厅,以世界闻名的吉卜赛舞蹈为招徕,生意火得不行。但是他们不善经营,昙花一现。直至二十世纪四十年代,霞飞路上的复兴饭店还有吉卜赛美女热情奔放的歌舞表演。

上面说到的国立音乐专科学校,是上海音乐学院的前身,一开始叫国立音乐院,由蔡元培先生创办,该校的 17 名教授中,俄籍教授、教员占了 10 名。由此可见,俄侨是中国现代音乐教育、芭蕾舞教育的拓荒者和奠基者。

对了,还有话剧,俄国著名表演艺术家普里贝特科娃·克拉林,联络了一批白俄艺术家组建了上海俄国话剧团。他们采取"两条腿"走路的方式,在巴黎大戏院演出轻音乐喜剧、滑稽短剧,这是面对大众的,而在法国公学则表演经典剧目,满足知识分子的审美需求。普里贝特科娃·克拉林还领衔主演了果戈理的《钦差大臣》《聪明误》《伊凡雷帝》《白痴》等名剧,对刚刚出道的中国电影演员、话剧演员影响至深。

汾阳路三角花园里的普希金纪念铜像是白俄在 1937 年为纪念诗人逝世 100 周年而集资建起来的,1944 年侵华日军将普希金铜像拆毁,拿去熔铸枪炮。抗战胜利后,俄罗斯侨民和上海文化界进步人士在原址上重建了花岗岩材质的三角柱形状纪念碑和半身铜像。1989 年 5 月 18 日,从北京来上海访问的苏联总统戈尔巴乔夫特意去普希金纪念碑献了花,这也是他唯一一次到访上海。今天但凡有俄罗斯政府高级代表团或文化团体访问上海,在普希金纪念碑前敬献花篮就成了固定流程。

1935 年元旦,由白俄创办的《上海柴拉报》曾经发表了一篇综述,其中有这样一段文字:"俄侨文艺工作者英勇地举起自己的十字架,他们为自己的生存而奋斗,并在艺术上取得了许多成就。俄罗斯艺术终于在上海生了根,并逐步赢得威信,俄罗斯艺术的爱好者也日益增多。艺术是不朽的,艺术是不可战胜的。"

在同一时间维度上,来上海避难的犹太人先后也有两万多,他们散居在虹口的公寓和弄堂里,在大街小巷也开了三百多家商店,有面包店、服装店、餐饮店、杂货店、药房、书店、照相馆等,有时也会临时摆个露天集市,犹太人社区因此有了"小维也纳"之称,1943 年后被占领上海的日军强迁至隔离区内。他们自成社区,抱团取暖,始终认为自己是匆匆过客,与上海的居民没有多少往来。所以从文化层面上说,俄罗斯侨民对上海的渗透力、亲和力和影响力,远远超过犹太难民。

在与异质文明的碰撞与交融中,许多中国知识分子从俄罗斯文化中获得了丰厚的滋养,有不少进步青年就是通过俄侨开办的俄语补习班学会俄语,然后辗转至苏联莫斯科中山大学深造,从而造就了现当代中国一批具有家国情怀与使命担当的民族革命杰出人士。

百年潮涌,苍狗白云。今天,白俄在淮海中路、陕西南路、东大名路、舟山路等地的生命印记经受了岁月的削蚀、风化。前不久,皋兰路上的圣尼古拉教堂在不损坏建筑本身的前提下转身为极具浪漫气质的诗歌书店,前去打卡的青年人只会啧啧赞叹它的建筑风格,而对白俄曾漂在魔都的悲情故事却茫然无知。不过老上海还能在万丈软尘中认出他们的鸿爪,在某条弄堂、某幢公寓、某家商店……金宇澄和小白分别在《繁花》《租界》里都写到了白俄。

对,还有罗宋汤!上海的家庭主妇几乎都会做,这已经是地道的上海风味了。但如果你到俄罗斯旅游,在餐厅坐下后点一份罗宋汤,美丽的俄罗斯小姐肯定会瞪圆了眼睛不知所措。无论彼得堡或者莫斯科,只有红菜汤,没有罗宋汤。

露天通事和洋泾浜英语

露天通事，上海滩的语言摆渡人

讲述老上海的故事，虽然很少有人将外来语单独列为一个章节，但这个异质文明元素无处不在。从外交事务、海关税务、经贸往来一直到街头巷尾，语言不仅起着沟通、释义的作用，同时也积极而敏锐地传递着域外信息与风尚。

上海开埠后，随着报刊、小说、广告、电影、文明戏等新媒介的兴起，文言文逐渐淡出主流话语体系，外来语几乎步步跟进地影响了中国人的书写和口语，甚至影响到上海人对外部世界的认知方式。

一个令人好奇的问题摆在我们面前：当上海成为通商口岸，外国人来到这座陌生的城市后，谁是他们的第一个翻译？这个问题其实也是民间叙事中的一个"眼"。遗憾的是，这个问题至今无解。但是，我们可以从卷帙浩繁的史料中找到一个专有名词——"露天通事"。

"洋船水物登岸，人地生疏。有曾习西语无业之人，沿江守候，跟随指引。遇有买卖则代论价值，于中取利。因衣多露肘，无室无家，故以

'露天通事'名之。若辈自为一业,有三十六人之例,如多一人,必致争殴。"这是葛元煦在《沪游杂记》中的记录。

葛元煦是杭州人,太平天国战争期间来到上海租界避难,旅居十五年。这本书于光绪二年(1876)写成,目的是让外来者"不至迷于所往,即偶然莫辨亦不必询之途人,似亦方便之一端"。有点像今天的旅游手册,但所涉内容要丰富得多,特别是对租界市政管理的描述,成为今天研究上海城市史的宝贵资料。书中所写的"露天通事",实际上就是翻译、导游、导购以及"打桩模子"(黄牛党)的合体。他们的外语水平不会很高,但借助手势或眼神,也可应付一时。

不过也应该指出,葛元煦在这本书中所记的内容,有不少是道听途说,不尽准确,比如称其因衣衫简陋露出肘部而称之为"露天",就比较牵强。"有三十六人之例,如多一人,必致争殴"的说法也颇具江湖习气,但上海滩第一代职业翻译在创业之际的艰难,尚留有想象空间。

当时流行的各种竹枝词,对新生事物"露天通事"也有记述:"洋泾浜话略能知,最好西人购物时。便得从中施伎俩,少停两面索酬资。""露天通事另归司,各国人言无不知。出入城厢市井内,用钱先讲后来支。""通事何因唤露天,能知西语少人延。沿街代达洋商意,卖买成交略取钱。"所谓"洋泾浜话",就是上海人口中不规范的英语,后面会详细说。"少停两面索酬资""卖买成交略取钱"则说明这一新兴行业的从业人员通过导购服务,分别从买家和卖家那里得到报酬。

在《沪游杂记》中,葛元煦至少还记录了两种与语言有涉的新兴职业,一是"西崽"——"洋人用华人使唤谓之'西崽',粤人多而宁人次之,大率皆青年韶秀者当之,衣服整洁,趋事惟谨"。一是"康白度买办"——"华人在洋行司理账目货物,总管杂务,有康白度买办名目"。康白度,葡萄牙语 comprador 的译音,是上海人对买办的称谓。西崽与康白度这两类人都会一点英语,否则无法胜任,而在康白度这一群体中,有个别人就是从露天通事修炼成翻江龙的。

社会大学,必有吾师

那么,这些人又是从何处学习外语的呢?是的,社会是一座大学堂,生活是最好的老师。在上海开埠之前两三百年的明末清初,上海县城周边地区已经相当热闹了,"当时,上海城的东南一隅,非常繁华,人烟稠密,市井喧阗,尤其每年春初,闽、广商人乘舟载货来沪,码头上船舶密集,帆樯如林,浦岸上摩肩接踵,人声喧腾。到了深秋,棉花上市,花衣街上市场活跃,又是一番热闹景象,故时人有'一城烟花半东南'之赞"。(唐振常主编《上海史》)

广东商人、福建商人中有些会讲外来语。早在五口通商之前,欧美和南洋商船都在广州和福州等地泊岸,再由福建、广东的二道商贩坐着通商大洋船北上来到上海十六铺,最时新的舶来品就在大东门、小东门一带集散。经营洋货的商号称之为洋行,商人称之为洋商,这门生意称之为"洋庄"。与洋庄对接的上海商人,必须学会闽粤方言和外来语。那么显然粤闽商人和外国人,也成了露天通事免费的英语老师。

当然,仅仅是露天通事,仅仅是康白度和洋庄生意,还不足以使上海成为一个多种语言交汇的国际大都市。事实上,出现在上海的第一个西方传教士郭居静和接踵而至的潘国光等,都能用中国老百姓听得懂的、带有一点广东口音的中国话来讲圣母圣子的感人故事。郭居静来到上海不久,就在乔家路徐光启祖居九间楼内利用民居布置了一座教堂,虽然很小,但在老城厢的大南门内发展了第一批信徒。

据文史专家罗苏文考证,郭神父在九间楼小教堂内成功地举办了第一次庆祝圣诞夜的活动,"那是一个不寻常的夜晚,所有的信徒,包括徐光启都来参加郭神父举办的天主教活动。郭神父用中文宣读了节日的第一个晚祷,在以后的每次弥撒上都进行适宜的布道"。(罗苏文《上海传奇》)

随后的两百余年里,法国、意大利传教士在松江、嘉定、青浦、漕河泾、七宝等地传教并创办教会学校,而且都用中文讲经、讲学,传教士还用上海方言出版了《圣经故事》。

所以,从客观上讲,上海的开埠造就了一个语言大交流的机会。

风云变幻,学习外语刻不容缓

1850 年前后,上海开埠初期,由于华洋分居的政策,租界内的人口在当时整个上海的总人口中所占比例极小,不足 0.1%。但是经过小刀会、太平天国两次混战,苏浙皖一带大量的难民涌来避难,上海的人口结构势必发生变化。

在 1865 至 1866 年间,租界吸纳了大量中国人,五个上海人中就有一个住在租界。华洋杂处不仅促进了上海的经济发展和社会变化,也促进了人际交流。那么,作为交际工具的语言,双方都必须尽快掌握。

欣欣向荣、蓬勃成长的大上海敞开胸怀,给外来者创造了实现梦想的机会,但外省移民要想在十里洋场觅得插锥之地,捧牢饭碗,必须做到两点:(1)找到同乡会或已经立稳脚跟的老乡,有他们的保荐方能谋得一份差使。(2)学会上海话,方能进入市民社会。若想去洋行当个练习生,还须会几句"英格利西"。

十九世纪六十年代,懂得外文的上海人还属凤毛麟角。据文史专家薛理勇考证,1860年上海刊印了一册由冯泽夫等五位旅沪宁波人合编的《英话注解》,这本小册子有个特点,也可说是"缺陷":必须用宁波方言来念注音的汉字,发声才能接近英语本来的读音;另外,例句中的汉化语法结构已初露洋泾浜英语的端倪。虞洽卿、叶澄衷等人在发达之前,就是靠这本《英话注解》自学英语的。

事实上还有更早的。有个宁波定海人名叫穆炳元,在清朝海军中当一名水手,定海战役大炮一响,清军溃不成军,他也做了英军的俘虏。也许是英国人见他才十四五岁的样子,说话办事透着一股子机灵劲,就留他一条性命。他在英国远征军的军舰上边打杂,边跟"红毛番"学习英语会话,顺便了解欧洲人的风俗习惯。1842年,英国舰队来到上海,在舰上的穆炳元也应该目睹了吴淞炮台硝烟弥漫的那场血战。上海沦陷后,他又跟随英国人进了城,有时充当翻译,有时协助英国人采购生活物资。上海开埠后,穆炳元被英国商人聘为经纪人,专门代理出口商品,还将欧洲的商品销往汉口、九江、烟台、牛庄等口岸。这一新兴职业当时被上海人叫作"康白度",也就是后来所说的买办。尝到中介生意的甜头后,穆炳元便在宁波同乡中宣传学习英语的重要性,而最早来到中国的英国商人也希望能比较顺利地与中国人打交道。不久,穆炳元得知英国人有意出版一本会话手册,他表示愿意帮忙,还出钱请了两个宁波人参与编写。1846年,这本小册子就在定海出版了,书名就叫《英华仙尼华四杂字文》,比《英话注解》早了十多年。"仙尼华四"是个人名,据宁波朋友说,他可能是印度马德拉斯(今泰米尔纳德邦金奈市)一位出身于高种姓的学者。第一次鸦片战争期间,英军中有从马德拉斯招募来的官兵,仙尼华四随之而来到中国,因为有点学问,就让他主持这本小册子的编纂事宜。前几年我在宁波商帮博物馆里看到了这本

《英华仙尼华四杂字文》影印件,还通过录音听到了宁波口音极重的"洋泾浜英语"。

接下来,毕业于上海广方言馆、曾著有《英字指南》《增广英字指南》等英语教材的杨勋编写了《别琴竹枝词》,共有百首之多,用竹枝词的形式标注英文单词并进行解读,也为后世留下了十分重要的市井风情实录,在《申报》上连载后引起广泛关注。

到十九世纪八十年代,沸反盈天的形势对上海人提出了新要求,遂有更多帮助国人学习英语的入门级书籍问世,当时出版的《华英字典》以"甚有益于生意场"为推销广告,《上海新报》刊登的招聘广告上经常这样强调:"欲请一华友能英字英文",懂几句"英格利西"就增加了竞争上岗的优势。

《申报》还经常报道上海人学习外语的情况:"近来中国之人日与西人群聚而错处,问答而往还,风气所辟,浃洽愈深,大非二十年前可比,华人之解西语者,所在皆有。"在分析个中原因时,记者这样写道:"凡在通商口岸以经商为事,或以工艺糊口,皆须与西国商人往来晋接,苟非娴习西国语言文字,则遇事动多扦格,势不能攸往咸宜。于是家有子弟者,欲其有所成就,除令出就外傅肄习中国书籍外,必使之兼习西国语言文字,俾他日可藉此以自立。上海为通商大埠,客籍之寄寓者最多,有志西学者亦较多于他处。"(《论西国学堂教习华童之善》,《申报》1894年2月2日)

商业发展对语言交流是一个急切的要求,一方面,中国社会的大变革、大动荡也需要更多的知识分子以西方语言文字为载体,进行更广泛的、更高层面的学术沟通与参照。中国的知识分子在探寻中国落后挨打的原因时,需要追溯到文化差异的所在,对传统文化中的糟粕进行反省,对西方文化进行研究。另一方面,来到中国的西方人士,包括传教士和银行家,为了推行资本主义的生产方式,相应地也要推广资本主义的文明,自然要通过宣传西学来打开局面,掌握话语权。两方面的动机,共同促进了西学的热潮。

从西学传播的方式来说,主要有三种:一是兴办学校,教授西学;二是翻译西书,介绍西学;三是发行报刊,宣传西学。

那么我们可以肯定的是,外语在上海的传播,一开始是通过传教活动争取共情,然后以商业活动为持续推动力,最终则致力于西方价值观和文明成果在中国的宣扬与落地。

疯狂英语,在那个时候就开始了

与正规学校及补习班的循序渐进相对应,民间人士自学外语、研究西学的劲头也一直在高涨。

老上海人一直说“上海道台一颗印,不及朱葆三一封信”,此人在上海商界的地位可见一斑。那位朱葆三,14岁那年带着铺盖、箱笼从浙江定海来到上海,在一家商号里学生意。朱葆三为人老实、不善交际,见到洋人不知所措,被店里的先生(老师傅)称为“阿木林”。后来他听说有一伙计每天晚上去读英语补习班,而自己连这点钱也拿不出,就将每月才五角钱的月规银交给伙计,请他将学来的英语“转卖”给自己。小半年一过,他居然就能用洋泾浜英语接洽洋商了。17岁那年,老板让他当了总账房和营业部主任,四年后又让他接任总经理。

洋泾浜英语是应急的,属于临时“组装口语”,但在当时的社会气氛下也出现了下面的情景:

1886年4月6日,《申报》上发表了一篇文章《论中国之仿西法得其似而不得其真》，认为"上海地方开设西馆以教西学者颇不乏人，有西人为之师者，有华人为之师者，或在日间，或在晚间，开门授徒，俨然道貌。……华人之为师者则直道听而途说，如捐客然，略读一本司扑林(类似英语速成教材)，即自矜为能知西语、能识西文，而觍然抗颜为人师，一月得其两元之修，而实无所准益。即从之学者，亦不辨滋味"。文章透露的信息表明，在上海"外语热"的形势下，不免鱼龙混杂，"野鸡英文私塾"之类也应运而生。从这种"野鸡私塾"里混出来的朋友，一口"英格利西"不仅英国人听不懂，中国人更不知所云了。

葛元煦在《沪游杂记》中也证实了这一点："上海中外交易，初皆不知英语，非通事不可。近则各行栈皆有一人能说英语，盖迩年设有英语文学之馆，入馆者每日讲习一时许即止，月奉修金无多，颖悟幼童半载即能通晓。"用脚趾头想想也明白，每天不过一个钟头，加起来也只有五六个月的"速成"，英语会话水平又能如何？

更多的做小生意，以及从事体力劳动的引车卖浆者流，为了做洋人的生意，又没钱、没足够时间在正经的外语补习班学习，只能临时现抓几个英语单词"组装"一下来应付。

不过上海的市民与小职员，素来有别样的聪明与通达，他们或用汉语渗透到外来语之中，或将汉语与外来语相互嫁接。于是，一种专属上海的"洋泾浜英语"就应运而生了。

洋泾浜原是上海县城北面的一条小河，开埠后成为英法租界的界河。洋泾浜两岸及桥上逐渐成为商品贸易场所，王韬在 1875 年出版的《瀛壖杂志》中写道："洋泾浜为西人通商总集，其间巨桥峻关，华楼彩轹，天魔睹艳，海马扬尘，……淫思巧构，靡物不奇。"在桥头河畔帮助交易而使用的"夹生英语"就被叫作"洋泾浜英语"。1914 年，洋泾浜填平筑路，即爱多亚路，后改名为延安东路，是贯通上海中心城区东西两端的主干道。

经过露天通事及商人、市民的操练,洋泾浜英语也形成了大致的语法和约定俗成的规范,在外国家庭中的中国杂役、仆佣和洋场中的买办、商人之间使用,起到了应急沟通的作用。英文定义为 pidgin English,汉语音译为"别琴英语",这个词汇本身就是洋泾浜英语的典型。

露天通事是洋泾浜英语的始作俑者,但不是最终的裁判者。直至二十世纪三十年代,曾在《时事新报》《沪报》等多家报馆开专栏的上海作家郁慕侠在他的《上海鳞爪》一书里还有对"露天通事"这一群体的记载:从前依此为生的也有二百多人,现下这项生意已大不如前。因为近来的外国人大都精通沪语,进城游玩和购买东西一概直接交谈,无须舌人,故此露天通事的人数也就大减特减了。

如此看来,自开埠后半个多世纪,露天通事们还奋战在对外交流的前哨阵地,可见这门职业的生命力相当强,洋泾浜英语的生命力也一样强。

洋泾浜英语,海派文化的一朵奇葩

必须承认洋泾浜英语的草根特性。它是一种混合语言,语法不规范,发音中文化,特别是词汇量有限,只有七百多个单词,往往一词多义,比如 My 可以与 I,We,Mine,Ours 等同义通用;其次,为达到英语语法的中国化,一般不用介词,比如把"很久很久没有见到你了"说成"long time no see you",把"不要忘记"说成"no want forget"等,如果从书面上解读肯定会让人笑翻。有些充满娱乐精神的上海人,为更大范

围地传播洋泾浜英语,或者想来点调侃,就将常用单词串起来编了顺口溜。我们来选一段:

来到"克姆"(come)去叫"谷"(go),

一元洋钿"温得罗"(one dollar),

廿四铜钿"吞的福"(twenty four),

是讲"也司"(yes)勿讲"拿"(no),

"翘梯翘梯"请吃茶(chow tea,chow 是上海话"吃"的发声),

"雪堂雪堂"(sit down)请侬坐,

洋行买办"康白度"(comprador),

小火轮叫"司汀巴"(steamer),

烘山芋叫"扑铁秃"(potate),

东洋车子"力克靴"(rickshaw),

打屁股叫"班蒲曲"(bamboc chop),

混账王八"蛋风炉"(daffy low),

"那摩温"(number one)先生是阿大,

跑街先生"杀老夫"(shroff),

如此如此"沙咸鱼沙"(so and so),

红头阿三"开泼度"(keep door),

自家兄弟"勃拉茶"(brother),

爷叫"泼茶"(father)娘"卖茶"(mother),

丈人阿爸"泼茶佬"(father law)。

这个段子以前也被上海独脚戏演员表演过,而且一定要用宁波方言来讲才有特别的神韵,效果绝对叫人笑翻。

不过你还别说，洋人大抵能意会，洋泾浜英语就能在上海滩畅通无阻。会讲几句洋泾浜的人，感觉也相当不错啊，正如《申报》记者所言："但能略解数字，即自以为知西文，出而骄人，日游戏于马路，与夫茶烟室馆，呼朋引类，口衔雪茄烟，昂首做得意状，偶有气触之者，则且以西人之势压制之。"

　　英美人与中国佣人沟通，也会使用洋泾浜英语，同时向中国人学习洋泾浜中文，从简单交流开始慢慢达成有效沟通。在上海最早发行的英文报纸《北华捷报》，每周有个专栏《学习上海话》，就是方便外侨学习上海话的。在外侨上流社会中，一般欧美人士与中国商人、买办打交道时，先用正式英语试探，见对方反应迟钝，再改用洋泾浜英语，否则就被视为不礼貌行为。

　　后来常住上海的欧美人，平时相互交流时也很乐意用洋泾浜英语，以至于刚刚到上海的英国人听得莫名其妙。斯诺夫人回忆她初到上海时与美国副领事谈话，彼此用的就是洋泾浜英语。她认为："洋泾浜英语是当时整个中国沿海城市通行的混合语，新来的人都喜欢它。"

　　斯诺夫人说得没错，1876年伦敦出版过一本《洋泾浜英语歌谣集》，既可了解洋泾浜英语的语法特点，又可一窥上海的市井风情；1917年上海别发洋行出版的《中国百科全书》中对洋泾浜英语的来历、使用规则、词汇特点等都做了更详细的介绍；在1920年出版的英文版《上海指南》中，编纂者也将洋泾浜英语的使用规则介绍给西方读者。直到1945年，在专为美国飞虎队出版的英语《上海指南》中，还没忘介绍洋泾浜英语的特点，老美比当年的英国人更乐意与中国的老百姓拉家常。

　　再举一个例子，那是曹聚仁在《上海春秋》一书里写到的，1934年英国剧作家萧伯纳访华，在北平接受记者采访。当记者问他是否学会汉语时，他说："余一字不知，但对洋泾浜英语颇感兴趣，盖大半文字，太受文法拘牵,洋泾浜语则无此弊,余信此语或将成未来世界语。"

文化交流从来是双向的。在上海这个语言大舞台上,也有许多英文单词被上海人活用,不仅刻录了外来文明在上海社会生活中的流动痕迹,还充实了上海话的词库。比如翻司(脸)、打凯司(接吻)、仆欧(服务生)、拿摩温(工头或领班)、鲍司(老板)、摆泡司(拗造型)、道倍(翻倍)、哈夫(平分)、拉斯克(最后)、拷贝(复印或复制)、菲林(胶片或胶卷)、克勒(漂亮、有风度)、瘪三(衣衫褴褛的无业游民)、盎三(差劲)、派司(通行证或通过)、起士(奶酪)、白脱(奶油)、哈斗(中间填有奶油的空心脆饼)、别司忌(面包干)、曲奇(饼干)、牛轧糖(软质奶糖)、司迪克(手杖)、高尔(足球守门员)、开司米(羊绒)、咔叽(一种厚实的斜纹布)、坦克(泛指有坚硬外壳的机器)、引擎(马达)、司达塔(日光灯启辉器)、方绷(镇流器)、法兰(轴与轴之间的连接零件)、法兰盘(单柄平底锅)、水门汀(水泥)、席梦思(弹簧床垫)、门槛精(会计算)、司必灵(弹簧门锁)、德律风(电话)、麦克风(话筒)、老虎窗(斜面屋顶上开出的窗户)等等,有些已成专用名词,有些在特定情景中有不可替代的作用,从老上海人的口中吐出,自然而妥帖,别有一种黄浦滩头看秋潮的味道。

当年萧伯纳对洋泾浜英语的感觉是敏感而有国际视野的,绝非出于客套的恭维。

现在我们已经知道,英语的单词已突破 100 万个,绝大多数的英语词语源自其他语言,如拉丁语、德语、法语、希腊语、意大利语等 50 多个语种,其中也包括汉语。前几年,总部设在美国得克萨斯州的"全球语言监督机构"发布报告称:自 1994 年以来加入英语的新词汇中,"中文借用词"的数量独占鳌头。

昔日诞生于上海一条界河两岸的"别琴英语",已经发展成"中国式英语"(China English),是英语在国际化过程中与中国特有文化相结合的产物。也正如罗苏文在《上海传奇》一书中所言:"语言的改变,反映生活环境的变化。近代上海以上海话、英语为两种日常生活用语,留下了上海从传统商埠向国际都会转变的轨迹。"

洋泾浜英语是海派文化的一朵奇葩,Very very good!

土山湾，别样的风景

历史往往由于人们的一些不经意之举而增添无穷色彩，这个最初只为孤儿们提供劳动实习机会而设立的工场，无意间掀开了中国近代文化史上的重要一页。

对，我说的是土山湾。

一、西方文化在此登陆

数年前在徐汇艺术馆看了一个画展，题为"记忆土山湾"，七十多幅作品再现了一百多年来的土山湾景观，至今印象深刻。

上海开埠之初，徐家汇一带的风土人情有一种熟悉的陌生感，建筑、街道、河流、树木、行人，旷远而安静，像一个新世界初创时的情景，令我感慨不已。更让我感慨的是，这个"中国西洋画之摇篮"在很长一段时间里被人选择性遗忘了。

土山湾、徐家汇、徐光启……都是上海编年史中无法回避的专用名词，而且内涵丰富。二十年前我们家迁至老城厢大南门后，我做的第一件事就是去北向数百米的乔家路，瞻仰徐光启祖居九间楼，并在一条窄小的弄堂里找到了鲜为人知的徐氏宗祠。能与这位上海先贤在不同的时空相邻而居,我深感荣幸。

土山湾属于徐家汇版图,徐家汇因徐光启家族聚居于此而得名。后人给徐光启冠以很多头衔:天文学家、农学家、数学家、政治家等,但没有一项冠冕能够精准概括他对中国文化的深远影响。徐光启虽然官至崇祯朝礼部尚书兼文渊阁大学士、内阁次辅,其实不是一个很会做官的人,而且一生清贫,但如果站在中国科技发展史和中外文化交流史的角度来看,他的形象就比较清晰了。他还是一名虔诚的天主教徒,他的家人族人亦受其影响多半入教。明末清初,徐家汇地区便成了天主教在中国传教的重要基地,为西方文化输入上海的第一通道。

清代道光年间,徐家汇南侧肇嘉浜沿岸一带因疏浚河道,堆泥成阜,积在湾处,遂有"土山湾"的俗名。道光二十七年(1847),法国天主教耶稣会江南教区择地徐家汇建造耶稣会会院。此后,一批耶稣会传教士相率入境,将咸丰初年在松江创建的一所孤儿院搬迁至此,不久又创办了土山湾孤儿工艺院,陆续开设风琴间、图画间、印书馆、照相部、中西鞋作、五金部等,让孩子们根据自己的身体条件和兴趣爱好学习木工、制鞋、成衣、雕刻、镀金、绘画、音乐、印刷、木版等。

与此同时,耶稣会传教士们还在土山湾建起了藏书楼、圣母院、博物院、天文台等机构,这个以土山湾为中心、方圆十几里的天主教社区,成为当时中西文化结合最具规模与影响的西方文化传播地之一。

从1864到1934年这70年间,土山湾共收养孤儿约2500人,其建筑规模日益扩大。

二、"中国西洋画之摇篮"

在相当长的时段中,土山湾要么只限于徐家汇地区的民间传说,要么沉睡在文献档案堆中,直到二十世纪八十年代,才成为略带神秘而内容庞杂的热门话题。它至少涉及几个关键词:徐家汇、孤儿院、育婴堂、艺术教育、职业教育、上海开埠……又因为与西方传教士发生直接关系,涉及"帝国主义文化侵略"这样的坚硬命题而天然地携带了过敏性基因,使不少史家讳莫如深。

进入新世纪后,徐汇区政府在政协委员有关提案的推动下,由文化局开展了新一轮非物质文化遗产资源普查,土山湾文化课题研究正式纳入人们的视野,"土山湾文化"这个概念和文化价值引起有关方面的重视。不久,土山湾画馆经过修复对外开放,"土山湾孤儿院旧址"在董恒甫职业技术学校里得到确认,此次画展也是整个抢救性活动的一部分吧。

土山湾画馆是中国有史以来最早的西洋美术传教机构,以宗教画闻名、流传甚广。我在老照片中见识到一群拖着辫子的中国年轻人在土山湾跟外国画师学习油画的情景,还有学做彩色玻璃的情景。

土山湾画馆从 1852 年起初具规模,近百年间培养了大批美术人才,有的更成为影响美术史的风云人物。中法籍教士向学生传授擦笔画、木炭画、铅笔画、钢笔画、水彩画、油画等技法,课堂作业大多用范本临摹,这就使西方绘画技术与理念在上海首先落地。

1910 年,清政府在南京举办中国规模最大的博览会——南洋劝业会,土山湾选送画馆学生范应儒、温良、顾言、张坚贞等的作品出展,结果一举获得 19 块奖牌,在社会上引起不小的轰动。

土山湾孩子画的宗教题材油画,行销欧洲许多国家,为那里的教堂机构和普通家庭所选用。一百年后的今天,上海的收藏家在法国、比利时、荷兰的古玩店里还能看到。土山湾工艺所制作的彩色玻璃艺术品享誉海内外,国外的团体和个人慕名来华采购的也不在少数。徐家汇天主堂、西藏中路慕尔堂、外滩永年大楼、南昌路科学会堂、上海市委机关幼儿园等处的圣母彩绘玻璃像及门窗的彩色镶嵌玻璃,都出自土山湾。

画馆不但发展了大批中国孤儿的艺术天赋,还面向社会招收绘画学员,著名的月份牌画家徐咏青、杭稚英等都曾在此学习西洋画的技法,任伯年、沙山春、周湘、张聿光等知名画家也在画馆学习、观摩或考察,这几位学者画家对海派艺术产生了重要影响,也被评价为中国早期传播西方艺术的杰出教育家。

最让土山湾画馆骄傲的是,著名雕塑家张充仁也于 1921 年进入土山湾的美术工场照相制版车间跟爱尔兰籍导师学习素描和法文,十年后赴比利时布鲁塞尔皇家美术学院深造,毕业时获布鲁塞尔市政府颁赠的金质奖,然后在英、法、德、荷、奥、意等西欧诸国游学。法国国家艺术收藏馆迄今为止只收藏了三位世界级艺术大师的手模,他们便是罗丹、毕加索和张充仁。

徐悲鸿在二十世纪四十年代撰文指出:"至天主教之入中国,上海徐家汇亦其根据地之一。中西文化之沟通,该处曾有极其珍贵之贡献。土山湾亦有习画之所,盖中国西洋画之摇篮也。"

三、追寻消逝的文脉

当年的那个画展有点命题作文的意思,土山湾的外部特征被表现得比较充分,比如历史光阴中的徐光启、唱诗班里的学童、工艺院里的工作情景、土山湾周边的风光等。陌生而遥远的表象虽然令人动容和遐想,但大多数画作尚不能全面而深刻地体现土山湾文化的根本特质。

一种文化的形成,必定有内在的发展逻辑,加上外部条件的酝酿与衬托,产生了广泛影响,随后对后人进行着持续的启发。土山湾的文化,在物质层面完成了这个过程,那么它的核心精神又是什么呢?我想应该是对外来文化的虚心接纳。当然,这里有上海开埠后,对西方文明被动接受的一面,但上海的艺术家与市民的智慧,就在于依托厚实、绵长、辐射面广大的中华文化,在商业运作中消解和吸收了这种拉丁文化,演进为城市文明的一部分,在物质与精神两个层面都做到了从容不迫的应对。这一点,在多元文化的交融中、在全球化的大背景下,也许是最应该表现的吧。

二十世纪八十年代,张伟进入徐家汇藏书楼工作,在积满历史尘埃的故纸堆里发现了土山湾,甚感惊奇与兴奋。日后在与老一代管理员的交流中,他知道得越多,惊愕与怀疑也越积越多,而随着学术气氛的改善,惊愕与怀疑自然化作对未知领域的探究兴趣与探索原动力。三十年后,他拿出了一份沉甸甸的研究成果——《遥望土山湾——追寻消逝的文脉》。

我和上海图书馆研究馆员张伟是大学同学,也是毕业后保持联系的朋友,对他的研究我充满好奇和敬佩。他对我说:"三十年的光阴,我也从一个精力充沛的年轻小伙子变成了一个满头华发的中年人。犹记得，那年夏天我刚到徐家汇藏书楼工作时，站在四楼的窗台还能从遥远处看到五华伞厂（土山湾画馆遗址）的动静。而当年藏书楼土生土长的老员工，说起土山湾来仍然充满了感情，很多细节都清晰如昨……"

要完成这样一本专著是不容易的，张伟虽说"近水楼台"，也接触了与土山湾有关的人、物、故事，比较早地收集了相关文献。但让他遗憾的是，在课题研究的起步阶段，有关土山湾的专著一本也找不到，相关文章更是少之又少。从开始动笔到现在，二十多年来的日日夜夜，张伟或抄写或复印，分类并研读，同时找到通晓英法双语的合作者张晓依，最终如愿以偿地完成了这部书。

张伟兄对我强调了一点：土山湾不只是"西洋画之摇篮"，她对中国近代的摄影、印刷、音乐、工艺美术、图书馆、博物馆，乃至建筑、天文等方面都产生过影响，堪称中国近代文化的重要发源地之一。

在研究土山湾的学者面前，延伸着多条曲折但肯定会很有趣的路径。

四、"流浪儿"成了镇馆之宝

土山湾孤儿院收容的儿童由两部分构成：一部分是在圣母院育婴堂长大的男孩；另一部分是来自贫寒人家的孩子（包括部分女孩），他们为了减轻家庭负担，或者自谋生路，要求入堂学艺，在当时多半是无奈的选择。西方传教士在确保中国孤儿必要的生存条件和成长环境后，还有意识、有计划地让这些孩子学习一定的技能，以便将来在社会上能够自食其力。从这个意义上说，早在十九世纪中叶，土山湾就出现了上海最早的职业教育。

据张伟研究发现:土山湾的职业教育是教会行使慈善事业的一部分。当时国内外有很多这样的职业教育机构,如贫儿院、孤儿院等,像曾铸、曾志忞父子于清末创建的上海贫儿院就是一个典型。这类学校办学基本是免费的,资金需要向社会募集,故开办时间都较短,也很难培养出一些成功人士。与此相对应,土山湾孤儿工艺院摸索出了一条适合自己的道路。首先,它依靠教会,有比较充裕的经费和一整套教学制度实施保障;其次,执教的修士坚守信仰、安心教职,没有升任神父的想法,他们被称为"办事相公"。

这些"办事相公"多才多艺,动手能力也强,教学认真负责,土山湾孤儿们对他们都有很好的印象。

1913年,在德国传教士葛承亮的带领下,孤儿院的数十名孤儿花了一年多时间制造了一座陈列性的牌楼。这座牌楼的样式比中国城乡普通的牌楼还要华丽,全部用柚木制成,高5.8米、宽5.2米,为四柱三间楼阁式,匾额正反两面镌刻"功昭日月""德并山河"题字,四周以龙凤图案镶饰。其余部位刻有三国人物故事,并饰有盘龙,牌楼底部雕刻了42只大小形态各异的狮子。1915年,土山湾出品的这座"中国风"木质牌楼参加了在美国旧金山举办的巴拿马"太平洋万国博览会",会后中国政府派出的参展机构竟无力将它运回上海,于是被国外收藏家购得,此后还参加了1933年芝加哥世博会和1939年纽约世博会,最后被美国印第安纳大学收藏。二十世纪八十年代初,土山湾牌楼流转到一个美国人手里,牌楼的部分雕刻被拆下来出售。后来一位识货的北欧建筑师发现了它的价值,将破残的牌楼和散落各地的零部件统统买下来,运抵瑞典保存。2009年6月底,土山湾牌楼这个漂流海外一百年的"流浪儿",终于回到它的诞生地上海徐家汇。经过近7个月的修复,于

2010 年 6 月正式对外展出。

土山湾工艺院里还走出了一位中国工艺美术大师,他就是海派黄杨木雕创始人徐宝庆。徐宝庆七岁进入土山湾工艺院,跟法国修士潘国磐学习雕刻,是故徐宝庆的作品融合了西洋雕塑和绘画的技法,是江南传统雕刻工艺与欧洲现代雕塑艺术的结晶,2008 年海派黄杨木雕被列入上海非遗名录,他的作品至今还陈列在上海工艺美术研究所里。

五、半工半读的模式

土山湾的教育相当务实,已经超越传播教义及单纯救济的层面,一切着眼于孩子的未来。土山湾的主事者深知,"授人以鱼,不如授人以渔"。职业教育的根本目的是要培养能够自食其力、对社会有贡献的人。土山湾接收的孤儿,一般在 1 岁至 6 岁的幼儿期,都是由育婴堂的嬷嬷负责抚育,从 7 岁开始男女分流,女孩子多数在圣母院进行培训、修行,男孩子则在学校里接受初级教育。

据在土山湾生活学习过的老人回忆:土山湾的孩子们读完初小和高小,有了基本的文化知识,年龄也到了十二三岁,院方根据其本人的天赋、志愿以及需要,将他们分配去孤儿工艺院各个工场进行培训。

孩子们在工艺院里的生活有点像后来上海许多企业实行的半工半读,早晚学习,课程有国语、经济、史地、代数、物理、化学、地理、外语、簿计等,还有公民、修身、天主教义等,使他们具备一定的国民常识与道德基础。课余时间就安排他们到工场去实习劳动。

据从土山湾出来的老人回忆:供孩子们实习的地方很多,有画馆、印书馆、木工间、五金工场、鞋作等,可以根据自己的兴趣爱好选择。在工场一般要实习2年至6年,实习生也称为学徒,实习与生活由外国修士和中国人担任的"办事相公"负责照看。如果一切顺利,实习期结束后就可满师,成为一名合格的工人或艺人,此时他们年龄也有十八九岁,进入成人阶段,能有比较成熟的心智和清晰的世界观。

张伟说:"土山湾工艺院的教授者多为虔诚的传教士,有欧洲人也有中国人,他们将西方先进的科技与文明理念传授给孩子们,开阔了他们的眼界和思路。久而久之,土山湾在社会上取得了良好的名声,许多不信教的平民家庭也愿意将子女送到土山湾学习文化和手艺。"

据《上海地方志》记载,土山湾五金工场里的孩子们竟然能制造落地钟、黄包车、烛架、圣器、首饰,甚至枪炮子弹。1911年,法国飞行家环龙来上海做飞行表演,想不到临飞前发现其中一架山马式双翼单引擎飞机在运输过程中有些损坏,找遍上海的工厂均无法修复,最后送到土山湾一试,想不到很快就修好了。环龙称赞道:"这里的条件与巴黎的条件一样好。"

1949年后成立的上海继电器厂,它的前身就是土山湾五金工场。

到了1948年,土山湾孤儿院又正式建立了一所初级职业中学,使半工半读教育更加正规化。

这里,要引出一个历史文化名人:马相伯。马相伯是中国杰出的教育家,震旦大学、复旦大学的创始人,他是徐家汇这个文化空间中重要的旗帜性人物之一。1851年,马相伯才11岁,就只身来到上海,在徐汇公学读书。徐汇公学是上海最早的教会学校之一,对法文和拉丁文极为重视,师资力量相当强大,马相伯焚膏继晷、发愤学习,在18岁那年就当上了法国领事馆的翻译,后获神学博士学位,继而加入耶稣会,成为神职人员。1876年,马相伯自筹资金救济中国灾区,却为教会所不容,他毅然脱离耶稣会,此后积极投身于洋务运动与接下来的辛亥革命，故事相当精彩，细说从头的话要花费很多笔墨。

这里单说马相伯与土山湾的关系。1897 年，年过半百的马相伯重返徐家汇，将胞兄马建勋传给他的松江泗泾 3000 亩良田和卢家湾、董家渡的地产全部捐给教会。当时土山湾孤儿院的负责人沈则宽神父与马相伯是昔日徐汇公学的同班同学，他希望在孤儿院中建一所推行新式教育的小学供孤儿学习。于是，马相伯便出资在土山湾孤儿院西侧（今蒲汇塘路 55 号）造了一幢带有阁楼的三层楼房，上下各有 16 间教室，取名慈云小学，教授对象以土山湾孤儿院学生为主。

马相伯自己居住在三楼靠西的房间。后来马相伯年岁大了，行动不便，土山湾便为他造了一部电梯，他晚年就居住于此。在马相伯的口述记录中，我还得知，当年马相伯的弟子如蔡元培、张元济等常常一大早到这里，向老师求教拉丁文。在南洋公学任教的蔡元培后来还选派了 24 个学生跟马相伯学拉丁文、法文和数学等。

六、中国职业教育的先河

如今，土山湾的许多建筑被宽阔的道路和林立的高楼所取代，这幢由马相伯出资建造的红砖楼房，经过维修后被保存下来，成为一个时代的见证者。

1958 年，在政治运动的热潮中，土山湾孤儿院完成了历史使命，两扇大门无声无息地关闭了。

有一种被西方国家普遍认可的说法：职业教育中半工半读的教授方式，可上溯到早期犹太民族。早期的基督徒又恰恰以犹太人居多。犹太民族一直有重视职业教育的优良传统。

张伟也认为从小让孩子学习手艺的传统源于犹太人,他们在教授自己的孩子学习《圣经》和文化的同时,也向他们传授用手工劳动谋生的诀窍。直到今天,世界上的犹太人,哪怕是功成名就的金融家、企业家、工程师、医生或艺术家,都有超强的动手能力。特别是杰出的演奏家和建筑师,许多都是犹太人。

　　上海是中国近代工业的发祥地之一,也是最早诞生工人阶级的城市。一百多年来,上海的职业教育一直领先于全国。中华人民共和国成立后,上海工业系统内稍具规模的工厂,都会办厂校、技校,有条件的企业就引进半工半读模式,不仅为家庭条件稍差的学生提供学习专业知识的机会,还为企业培养了一大批后备力量。数十年来,上海企业为外省市培养的技术人才也十分可观,所以计划经济在特定时期也有好处,放在今天,没有一家私营企业愿意为同行培养竞争对手吧。

　　上海的技工和工程师随着上海的工业技术和优质产品一起传播到全国各地,在外省市企业深受尊重,被亲切地称为"上海师傅"。在上海的各门类制造企业里,"八级技工"的地位不可撼动,领导都要敬他三分。师徒之间"传帮带"的契约关系虽然离不开组织的指派,但那一种亲似血缘的存在,值得回想和感动。

　　上海的近代化发展是与中西文化交融紧密联系在一起的,徐家汇地区是这一过程的缩影。毫无疑问,土山湾孤儿院开启了中国职业教育的先河。

思南公馆·书声·花香

周六下午，我去了思南公馆。

思南公馆在时尚的语境里并非特指某一座公馆，而是一个街区。美女画家郑蓉蓉在那里租了一套联排式别墅，紧贴复兴中路街面，位置极佳，在阳台上可以看到马路两边披满嫩绿叶芽的法国梧桐，还有复兴公园的南门。那天，郑蓉蓉为卢治平举办一个小型的版画展，不少好友前来祝贺，门口铺了红地毯，阳台上鲜花盛开，香槟酒冒着虾眼细泡，一只涉世不深的小蜜蜂陷在了一块奶油蛋糕上，不能自拔。这幢三层楼的洋房里共有十多间房间，摆放着许多"后现代"的古典家具，明式圈椅被漆成乳白色，红色玻璃壁灯十分性感，上海女人的审美趣味总是让人捉摸不透。

思南公馆原名叫义品村，在思南路和复兴中路的交会处。思南路原名马斯南路，1914 年由法租界当局开辟，为纪念以《沉思曲》闻名于世的法国十九世纪浪漫派作曲家马斯南而命名，1945 年改名为思南路。

这个小洋房集中的区域现在成了比新天地更"潮"的地标，时尚外表下沉睡着不少故事，柳亚子、冯玉祥、程潜、梅兰芳、曾朴、薛笃弼、李烈钧等名流曾在这里居住。

87号的梅华诗屋是梅兰芳的故居,他于1932年入住,1936年在此处接待过喜剧大师卓别林,抗战时期也在此隐居。为拒绝参加所谓"大东亚战争的胜利"的庆祝演出,他不惜拿自己的身体当赌注,请医生打了三针,果然"高烧在床"而不能出门。后来许姬传先生在回忆梅先生的文章里这样写道:"这时期,梅先生的经济陷入困境,北京的房子卖掉了,接着就变卖湘妃竹扇、图章、古墨……最后只得卖画维持生活。因为防空警报停电,他在'梅华诗屋'里荧绿的煤油灯下作画,他画出了赤脚渡江的达摩、妙相庄严的观音、《思凡》中的尼姑。还有小鸟榴花,红梅绿竹,经霜不凋、傲骨嶙峋的苍拙古柏……汤定之、陈叔通、吴湖帆、李拔可、叶玉虎诸位先生或题词或合作,都表示了极大的支持和同情。"而今拍卖会上偶有现身的梅兰芳手绘折扇,严寒霜雪中恣意绽放的红梅鲜艳夺目、风姿绰约,就是在这里画的。

1945年8月中旬,日本投降的第二天,几位好友赶到梅华书屋报告喜讯,梅兰芳迟迟不露面,朋友们端着茶杯正纳闷着。几分钟后他从楼梯上走下来,一步步仿佛摆着身段,手里拿着一把折扇遮住半个脸。朋友笑着说:"你应该找个理发师来把胡子剃了吧!"梅兰芳把扇子一撤,露出玉树临风的相貌,灰色的西装,绛红的领带,衬衫、皮鞋、袜子都是新的。他笑着对大家说:"听到日本投降的消息后,我首先剃干净胡子,从头到脚换上了八年来没有穿过的新衣新鞋,我今天比小孩子过新年还要高兴。"

思南路81号是《孽海花》作者曾朴的故居,他对马斯南路有着别样的深情,他曾在一篇文章里这样写道:"法国公园是我的卢森堡公园,霞飞路是我的香榭丽舍大街,我一直愿意住在这里,因为她们赐予我美好的异域感。"思南路61号是大律师薛笃弼的故居,四十年代末江山易帜前夜,辞去南京政府要职后在沪当律师的薛笃弼,拒绝国民党政府的邀请,选择了新政权"明朗的天"……

读中学时,我常去二医大游泳,途经此地,觉得法租界的住宅房子就是比英租界的好,用料讲究、设计精巧、细节处理考虑人居体验,从任何一个角度看都十分妥帖,又因为大隐于市的幽静,有很好的绿化,即使在那个风雨交加的年代,一切保存得还算完好。有时候微风拂动了湖绿色的窗帘,屋里飘出若有若无的钢琴声,我情不自禁地停下脚步,靠在梧桐树上听一会儿。

还值得注意的是,思南路51号至95号,被融入红色资源的周公馆向市民开放。靠马路一边悉心围起来的竹篱笆努力维护着二十世纪四十年代的风景,拉毛水泥外墙的爬山虎一片葱翠,赏心悦目。

从第一次世界大战爆发到结束后的十年里,上海的民族资产阶级得到了喘息与崛起的机会,法租界在获得第三次扩张之后,向西推进的边界也突破到今天的重庆南路,延伸到常熟路一带。公董局董事会通过一个决议,以霞飞路、辣斐德路、金神父路、吕班路为边界的区域内建造一个现代化的住宅区,这也是上海第一片经过精心规划的住宅区。接下来,从规划到营造、施工,让人们看到了巴黎的霍斯曼式城市更新与改造在东方上海的延伸。

思南公馆就是这个区域的中心,由法国义品洋行建筑部的建筑师奥拉莱斯设计,所以它有个中国化的名字:"义品村"。被绿树掩映的23幢独立式住宅建筑涉及8种样式,包括独立花园别墅、联排别墅、新式花园里弄等,有几幢房子还"相当执着"地体现了乡村别墅的风格。在上海近代史中被列为最具代表性的十种建筑类型,除了石库门和高层公寓外,在这里都能见到。红瓦屋顶,赭色百叶窗,花园里有郁郁葱葱的树木。

从建筑史的维度观照,在一个面积不算大的街区里,思南公馆默默地担当了文化基因守护者的角色。

我在一份史料中还得知，当初法租界公董局规定这片区域内只许建造西式房屋，并配备世界上最先进的卫生、取暖和厨房设备。特别是义品村及周边，不允许开设超过两开间门面的商店，尤其不能出现可能产生油烟的饭店。但有两种设施必须配套：一是学校，一是教堂。这里的学校就是磐石小学，亦即后来的思南路幼儿园。教堂是 1933 年由法国华侨筹资建造的圣伯多禄教堂，拜占庭风格，至今还在。宗教与科学，是法国人治理城市的精神源泉。

原上海社科院副院长、历史研究所所长熊月之先生对此评价："世界性与地方性并存，摩登性与传统性并存，先进性与落后性并存……有中有西，有土有洋，中西混杂，现代与传统交叉，都市里有乡村的内容和基因。"

说白了，思南公馆就是在上海近郊的乡村背景下诞生的。

根据 1999 年开始实施的《上海市城市总体规划》和《上海市历史文化名城保护规划》，思南路历史文化风貌保护区成为上海市区内划定的历史文化风貌保护区之一。义品村尽管在规模、居住档次上并非当时最大、最考究的，但作为群体所形成的环境，尤其是多个花园形成的共享绿化空间，在上海滩极为独特。这应该就是这片区域脱胎为思南公馆的价值所在吧。

在上海房产市场高歌猛进的背景下，思南公馆的改造倒是很低调的。前几年与太太偶然经过这里，发现这一片房子被一人多高的铁皮围了个密不透风，黄昏时分特别寂静，通过一扇虚掩的小门钻进去，看到所有的房子都在装修，碎砖破瓦堆得山高，门窗等物拆得"一天世界"。我跟太太说，看来这里将是另一个新天地了。

从动拆到改建，花了十一年，每一步走得小心翼翼，几乎看不到媒体对此事的报道，突然有一天，如新娘揭开了盖头，让人惊喜莫名。

思南公馆正式亮相后，我与太太多次光顾，喝过咖啡，吃过西餐中餐，买过书和画册，也买过一件羽西品牌的漆盘，在龙门雅集的画展流连忘返，当然也让太太在洋房的弧形楼梯上面拗过造型，拍过照。后来我还与漆器收藏家刘国斌、女中音歌唱家王维倩在那里做过一场大漆艺术的讲座，上海老歌与当代漆艺的混搭果然让听众惊艳了一把。

开发商在每幢洋房之间留足了空间，还设计了流动的水景，透气、轻松，富有异国情调，双休日可以看到情侣们在此拍婚纱，喜欢闲荡的中老年男人坐在露天咖啡座里发呆，或与老外搭讪。在直弄与横弄的交会处，还有一件不锈钢鹿首雕塑，醒目地反射着每个凸面变了形的光与影。

思南公馆的每个细节似乎都在提醒人们，抛却烦恼，穿越时空，进入上海往事的怀想之中。但是毋庸讳言，定位与现实的差距，又逼得思南公馆必须通过寻找新的引爆点来激发内在活力。上海作家协会抓住机遇，顺势而为，在这个场景里实现了作者与读者的深度对接，这就是文学会馆和作家书店的进驻。

文学会馆的琅琅书声叫人流连忘返，整修过的老洋房恰如一个迟暮美人，从午睡中醒来。我在文学会馆参加过几次读书会活动，有时是主角，有时是配角，有时是嘉宾，有时是听众，高山流水，春风拂面，时光在书脊上流逝也是愉快的。

文学会馆的木牌挂在红砖墙上，也许是这里最不起眼的标牌，文学的精神为这个时尚地标增加了内涵和号召力。

上海走到今天，应该将最好的地方腾出来，安放一张书桌。

去年，上海书展期间，有关方面评选出"十大年青读书会"，比如复旦中文博士读书会、公益书虫读书会、季风普通读者读书会、长宁英文读书会、国学新知读书会、风铃草读书会等,我曾经在其中两个读书会里做过讲座,听众很早就进入会场,哪怕在雨天。整个活动中他们极其认真,进入互动环节后提问也相当到位,令我非常愉快。

也许是一种溢出效应的作用,现在各种形式的读书会正在渗透到市民的日常生活之中。在大隐书局、朵云书院、建投书局、钟书阁等新生代实体书店,形式多样的读书会很受读者欢迎,在年度"排片表"上排得满满当当。讨论文学当然是根本任务,但同时也兼具社交和休闲等功能,有书、有茶点、有花香,也有美女,读书不再拘泥于正襟危坐,小小地作个"秀",激发有节制的媒宣,这也许构成了新时代上海的书声。

在今天,资源是一个重要砝码,文学也需要它。氛围也很重要,上海有读书的传统,鲁迅、巴金、施蛰存、黄裳等大师的家差不多就是一个读书沙龙。有人认为,上海的文化界有圈子——这个圈子现在越来越大了,能容纳所有的读书人。我相信所有的参加者,都会在离开思南读书会后增加自己的购书预算。

思南公馆的场景也说明,读书的种子在上海是不会死的,鲜花的重放不是因为法国人堆积的土壤,它更像一棵常春藤,一路攀缘到了老洋房的红墙上。

不久前的一天,我与太太在微冷的秋雨中走进了思南路上的周公馆,工作人员告诉我,因为思南读书会,他们在周末接待的参观人数明显增加,最多一天超过一千人。"都是读书会结束后顺便来这里看看。"

我们走到三楼,一间十多平方米的三层阁,光线昏暗、陈设简陋,那是董必武的办公室兼住处,他在那里与工作人员开会,有时也一起读书。在展厅里我们还看到一份《大公报》的影印件,一则新闻报道的标题做得很有意思:《花枝招展的女记者中,走来了朴素的邓颖超》。

我和太太并肩站在阳台上,雨停了,空气特别清新,落了一地的梧桐树叶,黄色的、褐色的,斑斑点点,像是给思南路印了木刻般的套色图案,静谧中时间的脚步也放缓了,我恍惚听到那幢带回廊和百叶窗的两层小楼内传来的读书声。

老街，城邑的二维码（上）

人民路、中华路，这两条首尾相衔的马路兜拢来成了一个圆圈，它是上海城墙的遗痕。在习惯上，人们把城墙以内称作"城里"，把城墙以外称作"城外"，后来又把城内以及城外一定范围、人口稠密、经济活动相当活跃的区域合称为"城厢"。城厢是一个地理概念，也是一个文化概念，它是上海县治所在地，是城市之根、发展之源、文化之脉，也是上海人的原乡。

一、上海是一座不设防的城市

梳理上海从一个县城成长为国际大都市的历史剧情，不是本文的任务，今天单说老城厢的街道，它们是城邑的筋脉，也是一组密码。

上海是一片年轻的土地，在南北朝那会儿才刚刚成陆。唐宋时期海岸线一路后退，华亭县（今松江）东北地区经济活动渐趋频繁，北宋初年形成上海早期居民村落。大约在天圣元年（1023）设立"上海务"，吴淞江下游有"上海浦"和"下海浦"，酒税机构紧靠上海浦，便以"上海务"得名。上海务滨江临海，地理位置得天独厚，交易繁忙，税收大增。当时经常聚众畅饮的倒不一定是土著农民，而多为渔民和盐民。谁说喝酒误事？酒喝得好，可以增进友情、推动生产、刺激消费、增加税收，对发展帝国的经济好处多多。如果我说上海这座城市是先民们喝酒喝出来的，你应该不会质疑吧。

后来，因为吴淞江上游的青龙镇港口淤塞严重，海船无法抵达，便改泊今天的十六铺一带。景定五年（1264），原设青龙镇的市舶司迁往上海，这里从此成了海上贸易的专卖场，又称"榷场"。榷场是特定历史时期的产物，最初为边境贸易而设置，宋辽对峙时期就在宋境的镇州（今河北正定）等地设置榷场。史家的解释更加专业：宋、辽、金、元时在边境所设的同邻国互市的市场。场内贸易由官吏主持，除官营外，商人需纳税、交牙钱，领得证明文件方能交易。榷场的设立，给了上海一个崛起的机会。

由于海运业和商品贸易的发展，上海在南宋咸淳年间就成为"海船辐辏""蕃商云集"的港口城镇。进入元代以后，上海已是"华亭东北一巨镇"。至元二十八年（1291）七月，元世祖忽必烈批准将上海的建置由镇升格为县。今天说上海建城七百年，就是从这个时间节点算起的。

据明弘治《上海志》记载，当时上海"有市舶、有榷场、有酒库、有军隘、官署、儒塾、佛仙宫馆、贾肆、鳞次而栉比"，已具市镇规模。

不过，上海是一座不设防的城市。"东依海洋，北枕吴淞"，县城内河网纵横，吴淞江与黄浦江支流密布，交通主要靠船，所谓"有舟无车的泽国"，有"东方水都"之称。后来有人提出筑城的主张，但终因"无遗址可因""其势颇难"而没被知县大人采纳。明代嘉靖年间，浙江沿海倭寇为患，仅在嘉靖三十二年（1553）农历四至六月间，上海县就连续五次遭到来自东海倭寇的侵袭，蒙受了巨大的生命、财产损失。时任光禄寺少卿的顾从礼首先提出筑城，奏疏中给出的理由是："开筑内外城垣，以为经久可守之计,实一县公私无疆之体也。"松江知府方廉照准修筑上海城墙。从这一年的 9 月开始,上海举城百姓有钱出钱、有力出力,修筑城墙,两个多月后即告竣工。今天所谓的"上海速度",大概可以从筑城这档事中看出些脉络,那必定是要有一种置之死地而后生的危机感啊。顾从礼本人捐粟四千石修建小南门,太常卿陆深的夫人梅氏捐银两千两,"且毁所置市房数千楹",助筑小东门,小东门因此而称为"夫人门",其他士绅毁家、卖地修建城墙的义举也不少。

上海城墙筑得有些仓促,以泥土版筑为主,外用城墙砖叠起。而且不像中国许多州县的城墙以正方形为主,它基本上是一个圆圈,周长九华里,高二丈四尺。城墙外开挖城壕,宽六丈、深一丈七尺,"周围回漾,外通潮汐"。初建时共有六座城门,分别为朝宗门(大东门)、宝带门(小东门)、朝阳门(小南门)、跨龙门(大南门)、仪凤门(老西门)和晏海门(老北门);还有水门四扇,肇嘉浜(流入城内那段,即今复兴东路)和方浜(今方浜中路)的东西两端各一扇。嘉靖三十六年(1557)又在城门附近增建敌楼四座,即万军台、振武台、制胜台等。沿城墙四周还挖了护城河。

城墙在古代是保卫城市的有效防御体,所谓"固若金汤"中的"金"就是指如铁一般的城墙,"汤"就是护城河,上海城墙在那个冷兵器时代的尾声阶段对阻挡倭寇骚扰和保障城市民生也起到了较大的作用。

1854 年,法国海军陆战队协助清军攻打占领县城一年有余的小刀会,法国陆军中将孟斗班指挥法军在法租界架起一门榴弹炮,一炮就将城墙轰出一个大洞,清军和租界联军就从这个墙洞攻进县城。此后上海地方官员将这个墙洞改建为城门,因为清政府将农民起义部队视为"狂澜巨川",所以此门也就叫"障川门",不过外国人将此门叫作"孟斗班门",法租界正对着此门的一条马路也叫"孟斗班路",就是今天的四川南路。

二、上海城徽中的沙船

康熙二十四年(1685),清廷废除海禁,后设江海关署于小东门内,嘉庆年间,上海已是"闽、广、辽、沈之货鳞萃羽集,远及西洋、暹罗之舟,岁亦间至"。也就是说,继青龙镇的繁华梦之后,上海开始登上历史舞台。

以前听"老上海"说:最早的上海县城也就五六条小街小巷。我当然不大相信,后来从明代嘉靖年间的《上海县志》里看到,情况确实如此,仅在县署的东西两面有南北走向的几条主干道,比如三牌楼街、四牌楼街等。在县志的"坊巷"条中,还记载了另外十条街巷,比如新衙巷、康衢巷、新路巷、薛巷、梅家巷、观澜亭巷、宋家湾、马园巷、姚家弄、卜家弄等。

进入清代以后,江南地区的社会经济恢复较快,特别在康熙皇帝实行了一系列振兴经济的政策以后,上海的农业、手工业、商业很快达到了可与江南富庶县城相颉颃的水平,繁华程度大大超过明代嘉靖时期,县城内的街巷数增加到二十五条。嘉庆年间,上海县城已有包括黄家弄、俞家弄等六十三条街巷,到了同治年间,据《上海县志》记载,街巷的数量已达到八十余条,尚有一些隘巷小道没有记录在内。

上海开埠后,四方汇聚、人口激增,迫使县城通过"挖潜""整饬"——比如填河埋浜(方浜、侯家浜、中心河、薛家浜、肇嘉浜等就先后被填),改善交通,城里的士绅人家和富户也尽可能腾出更多的空间来建造房屋出售、出租，以容纳不断涌入的外来人口。诚如清代道光年间张春华在《沪城岁事衢歌》中所描写的，"舳舻相接，帆樯比栉，城东南隅，人烟稠密，几于无隙地"。

当时上海县城的中心在城隍庙和县署一带，方浜以南县署周围是土著居民世代聚居的生活区，也是南下拓展的起始点；方浜以北及至乔家浜，慢慢成为较早开发建设的区域，"民居稠密，倍于他处"。东门、南门内外，因为地近黄浦，交通便利，贸易往来频繁，人口集中，楼宅相连。据史料记载，来自闽粤的商人在那一带购地、囤地，盖楼建房，雄踞一方，成为上海最早的一批"炒房客"。

从技术层面上说，近代上海的蓬勃发展，首先得益于航运业。在一百多年前蒸汽动力尚未兴盛之前，所谓的航运业主要就是指沙船业。上海的沙船业兴于元代，承担朝廷托付的漕粮北运使命。

明代建政以后，朱元璋鉴于江南沿海地区还有不少与他抗争的地主势力，命令沿海百姓向内地迁移，同时实行海禁，收缴一切海船，归政府所有。从世界贸易的角度看，海禁政策无异于自宫行为，对江苏、浙江、福建、广东等航运业世家也形成致命打击，后来越演越烈的倭患多少也与此有关。郑和下西洋大概是有明一代最大的远洋活动了。不过对上海港来说，永乐二年的吴淞江与黄浦江的合流以及下游河道的疏通，为上海日后成为全国对外贸易乃至经济发展的中心，甚至是世界著名大港，打下了坚实的基础。而在当时恐怕没有一个人能够预判接下来的剧情。

嘉靖一朝，东南沿海频频受到倭寇的袭扰，在陆上又遇到关外强敌步步紧逼，朝廷当起缩头乌龟，只好扎紧篱笆，继续海禁。到了隆庆皇帝当政，东南沿海官民"请开市舶，易私贩为公贩"的呼声日益高涨，在此形势下，隆庆调整海外贸易政策，允许民间私人远贩东西二洋，史称

"隆庆开关"。民间私人的海外贸易获得合法的地位,东南沿海各地的民间海外贸易进入一个新时期。

习惯上,航运业以上海长江口为界,将以南的海面称为"南洋",以北的海面称为"北洋"。北洋岸线多滩地,只有沙船这种平底浅船才适宜航行。南洋岸线多礁石危崖,水深浪急,需借助闽浙一带的深水船才能通行。

上海是南洋与北洋的交汇点,南北运来的货物都要到上海港集散,换船继续航行,"襟江带海"的地理优势让上海成为南北海运的枢纽。

康熙二十二年(1683),清军水师攻克台湾,海峡对面的反清势力已无路可退,随后,康熙下达"弛海禁令",上海港再次迎来黄金发展的机遇期。1686年在大东门外老白渡设置江海关,航运贸易有了进一步的发展。据县志记载:上海港开通了北洋、南洋、长江、内河和远洋五条航线,吞吐量达100多万吨。"乘潮汐上下浦,射贵贱购,贸易疾驶数十里如反复掌,又多能客贩湖、襄、燕、赵、齐、鲁之区。"乾嘉年间,上海拥有沙船3500艘,水手十万余人。道光、咸丰年间为上海沙船业的鼎盛时期,沙船商号达到三十余家。又有史料记载:康熙五十五年(1716),上海附近的苏州造船厂"每年造船出海贸易者多至千余只"。沙船除能航行沿海外,还可经常来往于中国和日本之间。

沙船业的发展孕育了一代新的"船商",并从运输业中培育了最早的行业组织——商船会馆(建于1715年),而会馆的建立又进一步推动了沙船运输业的发达。

一方面,上海县城东门和小南门外因为紧临黄浦江,于是沿着黄浦江一带逐渐成为批发商业、仓储、大宗零售的集散地,城市规模日益扩大,经济、文化和社会管理等各方面比较顺利。另一方面,上海的繁荣也得益于棉花种植面积的进一步扩大和纺织业的持续发展,上海出产的棉布在明代就很有名,有"木棉文绫,衣被天下"之誉,质量高,染色效果好,穿着舒服,行销全国,甚至出口海外,被外国人叫作"南京布"。

有产业支撑,能吸引大量人口导入,加上交通便利,一个城市便能迅速发展,持续兴盛。

由此可见,沙船业是上海商贸发展和繁荣的"引擎",棉布和商贸起到了产业支撑作用,资金流和人口导入增加,也使城市格局发生了可喜变化,形成了不同行业的分布,城内以小商品为主,城外以特色商品及手工业为主。

当时城外东隅十六铺码头,桅樯林立,每日满载东北、闽广各地的土货而来,换成上海的百货离去。作为上海早期的商业区,这一带集聚了盐行、酒馆、菜馆、茶馆、土布店、木作行、咸鱼行、钱庄、货栈等数十家商铺,"店铺栉比,万商云集,百货山积,人马喧嚣,万头攒动,摩肩擦背",一派商贸繁荣、人丁兴旺的景象。

但在上海开埠后不久,特别是在同治年间清政府为联合外国在华驻军与太平军对抗,废除"豆禁"一策,使外国货轮长驱直入上海沙船势力范围,明火执仗地动了沙船业的"奶酪"。外忧未除,内患又起,十九世纪七十年代后,李鸿章创办轮船招商局,将江苏漕运生意悉数划归招商局火轮承办,火轮运载量大、速度快,运输成本与风险都较沙船更低。三年狂澜,五载巨涛,上海沙船业被迫末路狂奔,大量船户沦为贫民。

但历史不会忘记沙船对上海城市发展不可磨灭的贡献,它推动了近代上海商业、金融、航运及港口贸易的发展,也见证了上海海商的奋斗史。1990年,沙船和螺旋桨作为主题元素被纳入上海市徽中,正是基于航海与上海这座城市深厚的历史渊源。

三、一个路名代表了一种业态

今天,我们仍可从老城厢的许多路名中发现一个秘密:一条马路就代表了一种业态。这是上海邑城文明的鲜明印记,也是自给自足内循环的生动写照。

明清时期,从大东门到小东门,这一带是上海最繁华的商业区,集中了银楼、棉花、绸缎、绣品、皮货、参茸、药材、木器、京广杂货、洋货、海味、南货、腌腊等生意,著名的商号有童涵春、万有全、老德泰等。故有文人作诗曰:"一城烟火半东南,粉壁红楼树色参。美酒羹肴常夜五,华灯歌舞最春三。"

再具体到每条道路,就像血管那样显现出老城厢的鲜活生命力。

比如花衣街,形成年代很早,全长仅 235 米,本地商人在此开设棉花堆栈和棉花商行。每年到棉花采摘季节,由江南一带车船载来的大量棉花在此交易,经过商行转手,卖给广东、福建客商,装船南下。还有相当一部分从这里运往日本、东南亚以及英国。十九世纪中叶,这里是中国最重要的原棉交易市场。

这条小路上后来还开设了上海最早的钱庄。因为靠近十六铺,也是鸦片战争之前洋人窥察风土民情与商业机密的窗口。

道光二年(1822),上海的棉花商贩在小南门外"圣贤桥东梅家弄小武当余地"建立了"花衣公所"。

再比如面筋弄,自然是制作豆制品的,豆腐、百叶、素鸡、油面筋、油豆腐和烤麸都是上海人的家常食材,油面筋和烤麸从严格的意义上说不是豆制品,它是由面筋粉发酵而成的,当年一帮大男人在粗陶缸里踩面筋的情景,早已经化为历史影像了。据文史专家杨忠明回忆:民国时期上海《图画日报》刊登营业写真,就有一幅制作面筋的照片,当时从事面筋生产的多为无锡人。他还从《光绪上海县续志》里得知,有一位叫作薛二官的浙江平望人在东门内开设面筋作坊,因为质量上乘,县城内外许多饭店都使用薛二官生产的面筋。后来,这里集聚了多家面筋作坊,这条小马路便叫作"面筋弄"。面筋属于淀粉业,有常州、湖州、崇明三帮,淀粉的销售对象为纺织、印染、造纸、医药、味精、食品等行业,油面筋则批发给菜场和饭店。

在面筋弄西侧还有一条火腿弄,在这条不足 200 米的小街上曾经开设过不少南腿店。青果巷因水果商贩集中而得名,青果本指橄榄,后泛称一切水果,民国时这里已经有芒果、木瓜、樱桃和菠萝等面市。

芦席街上有许多编织经销芦席、草席的商店,引线弄就是缝衣针作坊及刺绣用品商店的集中场所。大东门外南北向的内箎竹街和外箎竹路,集中了三十多家竹木器作坊,生产箎席、竹帘、竹篮、竹匾、竹篓、竹椅、竹榻等,是箎匠的炫技所在。与箎竹路相交的一条小路名叫洗帚弄,是专门经销洗帚的地方,从刷锅的到刷马桶的,都给您备齐了。那么筷竹弄呢? 其功能也一望而知了。靠近薛家浜还有一条鸡毛弄,过去是收购、整理家禽羽毛并制作、销售鸡毛掸子的地方。这些街道的店铺大都为前店后作坊的形式,小本经营,和气生财。直到二十世纪八十年代,豫园商场核心位置还开着一家专营竹木日用器的商店,就是老城厢箎藤竹木业的流风遗韵吧。

汤罐弄是专门生产经销汤罐的,这种铸铁的大腹汤罐俗称"铁牛",不仅一般家庭的行灶上要用,在饭店酒家更是不可缺少的吊汤制卤炊具,砌灶时就埋在两只灶眼中间,靠炉膛内逸出的火苗加温。与汤罐弄有异曲同工之妙的是铁锚弄,位于外咸瓜街东侧,以专营铁锚生意而得名。铁锚弄与十六铺码头一箭之遥,南来北往的各色船只如需要铁锚、铁链、五金配件等,就可以到这里来购买。不远处还有一条悦来街,可不要以为它是娱乐一条街,它其实是"沙船维修保养中心",集中了一些专供沙船保养与维修的用品——比如桐油、苎麻和铁钉、铁链条的店铺,其性质与今天的汽配一条街相同。

糖坊弄就在我家东北面,近在咫尺,在南方的砂糖大量进入上海之前,这里以熬炼麦芽糖(饴糖)而得名。这条小路呈 Y 字形,分作北弄与南弄,可以想见当时这条小巷子每天都弥漫着甜叽叽、酸溜溜的味道。后来闽南泉州、漳州的商人将蔗糖源源不断地运进上海,豫园的点春堂也被糖商租赁而作为"花糖业公所"。砂糖甜度高、口感好,运输与贮存都更加方便,饴糖生产遂大幅萎缩,在中药房、糕饼铺和饭店还有些用途。老城厢实施旧城改造后,这条小马路自发形成了废旧木料市场,旧门窗、旧家具堆积如山。

硝皮弄与糖坊弄相去不远,就是加工皮革的场所,想必当年这一带污水横流、蚊蝇群舞、臭气冲天。沉香阁西南处有一条王医马弄,大概因一位姓王的兽医而得名吧。清末民初,马匹作为交通工具,用武之地还是相当大的。

四、市场经济成就了豆市街和粮厅路

《南京条约》签订之后,广州、厦门、福州、宁波、上海五口被迫通商,这几座城市的制衣行业深受西方服饰风尚的影响,同时对中国近代制衣业也产生了巨大的示范作用。宁波裁缝和苏州裁缝挟一技之长登陆上海,形成了"奉帮裁缝"(也称"红帮")和"苏帮裁缝"(也称"洋广衣业")两大势力,所谓"洋广衣业",就是反映这一新旧交替阶段世俗审美的洋服行业。至此,原本加工皮革的硝皮弄就成了洋广衣业集中的地方。

1856年,上海的宁帮和苏帮洋广衣业在硝皮弄89号建立了同业公所,在公所内供奉被老百姓认为无所不能、百业始祖的黄帝,公所由此也被称为"上邑洋广衣业轩辕殿",简称"轩辕殿"。后来,轩辕殿还设立了专门传授西式服装制作技艺的学习班,培养了上海最早的一批新式裁缝。

白衣街也是一条很短的小路,与医生、厨师、剃头师傅的白大褂无关。此地曾有一座白衣庵,供奉白衣观音,于是这条小路也被老百姓叫成白衣街了。

还有一条猪作弄,一看就知道是"二师兄"英勇就义的地方。后来又改为萨珠弄——"杀猪弄"的谐音。这条小路在福佑路沉香阁的后门,又与俗称"北寺"的清真寺挨得很近。不久,当局将杀猪场所迁至城东,老地方便更名为"萨珠弄"了。光绪年间的《上海县志》里也记了一笔:"萨珠弄,老北门内,原名杀猪弄,宰作徙出更今名。"

对了,以谐音起路名的还有许多。比如钩玉弄,一开始我以为这里是玉器加工作坊的集中区域,后来当地老人告诉我,这里以前是杀狗卖狗肉的场所,原名叫狗肉弄。"狗肉"两字不免伧俗,不知哪个士绅大笔一挥改成钩玉弄,雅驯多了。再比如府谷街,原先叫佛阁街,因为以前这条街上有一座佛阁。还有一条和顺街,这里原来有一座火神庙,叫火神庙街,新中国成立后改成和顺街了。

紧挨着黄浦江边的生义码头街,早在清顺治年间就成市了,是安徽商人坐镇的小天下,经营安徽来的杉木,销往杭嘉湖地区。上海开埠后在沪的安徽商人还筹资造船,运销建杉而致巨富。

靠近十六铺的豆市街在清代上海的版图上是一块不可缺少的板块,有过一段辉煌的历史。这条小街仅235米,以豆业"宋菽堂"所在以及豆市集中而得名,曾经是上海乃至全国最大的豆类及豆制品的交易市场。许多生产大酱、酱油的作坊在豆市街周边云集,这里也成了最早的酱油制品批发市场,其中著名的商号有致祥、义昌、益康、恒久等。如果受台风影响,从牛庄来的海船数天不到,上海县城里的豆米行情就会出现波动。

为了完善市场管理,上海的饼豆业于嘉庆十八年(1813)在豆市街建立了"饼豆业公所采菽堂",在采菽堂陈放着经县政府批准的标准大小的斛,叫作"公斛"和"庙斛",相当于现在的"公秤"或"公平秤",规定市场上使用的斛一律以公斛为标准,同时规定只有饼豆业公所监制的斛才能进入市场使用。同治年间,饼豆业公所迁到豫园萃秀堂,公斛也随之移置。今天豫园边上有一条仅十余米长的小路——粮厅路,就是这段历史的见证。

江南的大豆、花生一类可榨油的作物种植量不多,民间一般种植油菜,用油菜籽榨取菜油。于是,东北的豆油就成了食油的主要来源。传统的榨油方法,需先将大豆碾碎后再放入榨油箱中压榨出油。碾大豆用一种巨大的碾子:将一方直径约一米五的饼状花岗石沿边缘凿一圈槽,再用两块直径约一米五的轮状巨石架在槽上,转动轮状巨石将大豆碾碎。这种碾子被上海人称为"油车",于是榨油坊也随之被称作"油车房"。今天南浦大桥下面的油车码头街,以前就是油车房集中的场所。

位于方浜路上的城隍庙可说是明清两朝及民国时期的市民文化娱乐中心,它包括一座庙、一个豫园以及与庙市有关的街区,小巷窄弄纵横交叉,几如迷宫。如果说城隍庙是市井文化的原乡,湖心亭便是庙兴市的街市中心,连同湖心亭在内的豫园曾聚集了四十多个会馆公所。但三牌楼路、香雪街上的旧书摊、古玩店对文人墨客有着极大的吸引力,郁达夫、阿英以及日本作家芥川龙之介等就去逛过并留下文字。百翎路上的花鸟鱼虫商店对孩子来说,便是微缩版的自然博物馆了。

五、码头与会所公馆

在小南门至小东门之间有一条巡道街,因为雍正八年(1730)正式批准成立分巡苏松兵备道,将苏州巡道衙门移驻上海,第二年便在大东门内建造了一座新衙门。衙门西大门原有一个道教水仙宫,供奉那个很有人缘的吕洞宾,水仙宫前街则改为巡道街。南大门新筑一条马路,叫巡道前街。

二十年前我在巡道街散步时还能看到一些老房子,形制古朴,规模不大,粉墙、黛瓦、木窗、古树,大多数建于清末民初,仍饶有古意。现在巡道街后面天灯路上的书隐楼被保护下来了,但沿街面的这些老建筑的命运尚不知如何。

外咸瓜街、里咸瓜街是一对孪生兄弟,它们均为南北向,平行延展,南端至复兴东路,北端至东门路。以城墙为界分作一里一外,这是一两百年前约定俗成的。以此类推,里仓桥与外仓桥,里郎家桥与外郎家桥,都是这么来的。

咸瓜,不少人望文生义,认为也许是腌制、经销酱瓜的地方。错!这里曾是上海海产腌货的集贸市场。话说清朝乾隆年间,福建泉州、漳州一带的海船商人是最早进入上海的商人群体之一,后来还在小东门建造了泉漳会馆,这个会馆就在今天的白渡路以北,外咸瓜街与里咸瓜街之间。

那时,每年五月为东海大黄鱼的汛期,渔民大量捕捞后,成为福建船商运抵上海的主要物产之一。按照行业习惯,大黄鱼捕捞后,渔民即在船舱内加冰块进行冷冻处理,一部分也会撒上海盐腌渍风干。福建人和宁波人都将冷冻后的海货叫作"冰鲜",将腌渍风干后的大黄鱼叫作"咸瓜"。直至今天,福建人还将黄鱼叫作"黄瓜",所以"咸瓜"一词在这里就专指腌过的咸黄鱼——也称作黄鱼鲞!

清朝末年的《申江竹枝词》是这样描述咸瓜街的:"市场咸货亦开行,海味纷陈备客尝。紫蟹黄鱼难耐久,因将鲜物和盐藏。"

靠着泉漳会馆和市场的影响力,这两条街就慢慢发展成为冰鲜和腌鲜咸货的集贸市场了。直到二十世纪六七十年代,外咸瓜街还是上海主要的海产品集贸市场。

补充一句,与咸瓜街交叉的还有一条很短的盐码头街。这一带真是海风强劲,咸味十足啦!

再后来,里咸瓜街开出了一些小规模的金银饰品店,成为城隍庙金饰品市场的延伸。天津水果业公所、信业公所、药业公所、参业公所、腌腊业公所等都建在这两条街上。现在里咸瓜街已经消失,外咸瓜街还在,但街上一家腌咸鱼店都找不到了,新建的楼盘濒临黄浦江,属于"看得见风景的房间",每平方米至少二十万。

咸鱼咸蟹有了,那么上海人要吃新鲜的鱼腥虾蟹怎么办呢?别急,在靠近十六铺小东门的地方就有一个鱼市场,集中了数十家鱼行,俗称鱼行街。鱼行老板分为宁波帮、福建帮、潮州帮,呈三足鼎立之势,虾有虾路,蟹有蟹路。从浙江、江苏、福建来的渔船在金利源码头靠岸,鱼行老板即去船上看货色,与货主谈妥价钱,收取一部分佣金,叫来秤手、栈司和挑夫开卖、卸货,再发往码头周围的鱼贩和各个菜市场。

小东门还有一条洋行街，并非洋行集中的地方，而是专做广货、南货生意的场所，也是上海糖业的贸易中心，集中了好几家糖栈。这里海参、燕窝、鱼翅、鲨皮、蚝干、蔗糖等应有尽有，老板多为闽粤人士，后来洋行街改名为阳朔路，现在也被新起的高楼覆盖了。

如果说糖坊弄、面筋弄、火腿弄、花草弄、咸瓜街、鱼行街、豆市街、芦席街等均因业态而得名，那青龙桥街、小普陀街、净土路、南仓街、梦花街、多稼路、紫霞路、甘谷街、一粟街、桑园街呢？仿佛还弥漫着农耕文明的气息。老上海记忆深处还残存着红栏杆街、摸奶弄和鸳鸯厅弄，就相当暧昧啦。先棉祠弄因为有吾园内建有纪念黄道婆的先棉祠而得名，三十年前还有先棉祠的遗址，如今春梦了无痕。再比如药局弄，因为里面曾建有药业公所而得名。药业公所设有药王庙，供奉唐代"药王"孙思邈，上海创办最早的民间慈善机构——辅元同仁堂也在药王庙的南面。这座庙在三十年前还有些痕迹，如今只剩下一个高浮雕石门当嵌在过街楼下的砖墙里，"药王"孙思邈坐像经重塑后移至旧校场路童涵春药房。

再比如万豫码头街、公义码头街、竹行码头街、赖义码头街、王家码头路、油车码头路，同样见证了上海在开埠后快速取代广州跃升为中国外贸中心的奇迹。至于俞家弄、孔家弄、姚家弄、顾家弄、艾家弄、孙家弄、谈家弄、唐家弄、梅家街、沙家街、金家坊、金家旗竿弄、黄家阙路、毛家园路、乔家路等，都是穿插在老城厢编年史中富户旺族蚁聚而兴的历史经纬。比如黄家阙路，因为万历进士黄体仁晚年归隐于此而得名，黄体仁是徐光启的老师。

董家渡路南侧有一条蔡阳弄，这跟《三国演义》中被关云长一刀斩于马下的老蔡阳没有一点关系，历史上此地曾经建有一座许蔡阳殿，为纪念道教人物许真君。这座许蔡阳殿的前身，是建于道光二十一年

(1841)的豫章会馆,也就是江西会馆。

从清代康熙年间到民国肇始,城厢内外先后建造了商船会馆、钱业公所、徽宁会馆、泉漳会馆、浙绍公所、建汀会馆、潮州会馆、四明公所等147座会馆公所,占全市248座会馆公所的一半还多,飞檐翘角的厅堂,斗拱藻井的戏台,以及石狮子、关帝像、妈祖像、金字匾额等文化元素,为上海这个"大码头"涂上了传统商埠的色彩。你可以想象——从柴米油盐到布帛金银,各个行业里的头面人物天天在这里不是开会议事,就是吃茶看戏。

老街，城邑的二维码（下）

一、邹韬奋在宜稼堂避过风头

在介绍了老城厢内某些路名与业态的关系后，读者朋友也许会问：今天上海的核心商务区在南京路，或者也包括淮海路和徐家汇，那么在上海开埠前后，县城里哪条街道最繁华啊？

说到这个话题，我可以肯定地回答各位看官，从方浜到方浜路（含小东门）肯定是当时最繁华的商业街，但是老城厢里还有一条乔家路，算得上是富人区。《解放日报》记者倪祖敏在乔家路的修仁堂出生并度过难忘的童年生活，他对这一带的情况比较熟，前不久还专门写了一本《乔家路》。他认为，乔家路"是明清时期与民初时的'高档住宅区'，也是上海中心城区整体性最好，规模最大的一处以上海传统地域文化为风貌特色的历史区域，留存着上海七百多年城市发展的历史痕迹，蕴藏着丰富的物质与非物质的历史遗存，集中体现了明清以及民初以后上海的传统城市生活文化"。

乔家路位处东端，略带弧度，这证明它本是一条小河乔家浜，民国后填河筑路,道路两边陆续建起了不少豪宅。比如明朝万历年间宣府守备乔一琦的最乐堂,我摸进去看过几次,典型的江南城镇民居,客堂加两厢,院落加回廊,规整而有气派。有一次,还看到有个中年男人对准一根雕满了花卉图案的横梁使出吃奶的力气在敲钉子,看情景是想利用廊檐挑出部分搭建一只雨棚。最乐堂的门口还有一方旗杆石埋在人行道上,正面图案是插在瓶内的三支画戟,意为"连升三级"。主人是武将,这个图案对他来说很合适。有一次,里面的住户准备将这块石头卖给古董商人,幸亏被我的朋友、上海历史博物馆研究馆员王毅发现并及时制止,才得以保护下来。

往东走十几米,则有清朝道光年间沙船业大亨郁泰丰的宜稼堂,我也进去看过,原本十分敞亮的房子现在挤了十多户人家,好在走马廊保存得还算完整。郁泰丰是郁遵堂的儿子,与堂兄一起合营沙船业后创办了森盛沙船字号,他喜爱读书,为道光年间贡生,在家手不释卷,是标准的儒商,曾耗银 10 万两搜集历代名著典籍 50 万卷,建造了"宜稼堂藏书楼",编纂《宜稼堂丛书》计 229 卷。他的森盛沙船字号在上海具有举足轻重的地位,最多时拥有两百多条沙船,是沙船业朱、王、沈、郁"四大天王"之一,为当时上海建成航运业中心奠定了坚实基础。

郁家有多牛呢?原南市区文化局副局长、民俗学家顾延培告诉我:郁松年被称为"郁半城",当年他的孙子郁荣培"郁老三"迎娶红顶商人胡雪岩的女儿,其嫁妆用船来上海,居然有清军的战船一路护卫。在十六铺码头上岸后,吹吹打打的队伍绵延两三里,市民一路跟随围观。郁家大摆喜宴的那天,连左宗棠也莅临郁府祝贺,而上海县的县太爷就只能委屈一下,坐在最靠近门口的那一桌,因为里面宾客的地位都比他高。太平军横扫江南,上海周围陆上交通堵塞,城里出现粮荒,全靠郁家用沙船从大江南北运了一百多船粮食来,稳定了民心与局势。

再补充一点,《生活周刊》主编、著名记者邹韬奋与郁松年的玄孙郁鸿治是同窗好友,"九一八事变"后,全国各地抗日救亡运动风起云涌,为躲避国民党特务的追捕迫害,邹韬奋与夫人沈粹缜在郁家大院里避过风头、养过病,并利用曲径通幽的环境为地下党刻印文件。国务院原副总理邹家华出生在上海,在这处宅院里留下愉快的童年印记,二十世纪九十年代初,他在上海公干间隙悄悄来此"微服探访"过。

著名的经济学家于光远也是郁家的后人,他的本名叫郁锺正。以前有人说他就在这座大宅子里降生,于光远在 1991 年专门写过一篇寻根问祖的文章,回答了"我从哪里来"的问题——"我家住在上海大南门的顾家弄。一头是凝和路,一头是阜民路。阜民路南口就是大南门。"于光远的出生地离我现在的家只有几百米,散步经过顾家弄,常常感到与有荣焉。顾家弄与郁泰丰故居尚有五六百米,他既然是郁家后人,为何没住在一起呢? 于光远在文章中也写得一清二楚:"作为上海首富的郁家就是这一家,在我们族人中间叫作'大郁家',而我们这一支后来成为大财主的弟弟后代,便叫作'小郁家'。'大郁家'在上海有钱有势,'小郁家'就是大郁家的附庸,靠'大郁家'过日子。高阳笔下(高阳的多卷本历史小说《胡雪岩》——笔者注)的'郁老大'就是'大郁家'的人。"

二、梓园接待了爱因斯坦

在最乐堂和宜稼堂之间的是王一亭的梓园。王一亭是同盟会员,参加过辛亥革命和二次革命,他笃信佛教,在日资企业当买办,赚了不少钱,便从宜稼堂后人手里买了一小块地,造起了梓园,门额上"梓园"

两个篆字出自吴昌硕的手笔。王一亭与吴昌硕关系密切,实际上成了老缶的经纪人。如果不是王一亭将吴昌硕的作品引入日本办展,吴昌硕的成名可能还要晚几年。王一亭本人也能书善画,曾拜任伯年为师,画佛像尤其出神入化,有人将他与吴昌硕并称为"海上画坛的一对双璧"。

1922 年 11 月 13 日,爱因斯坦去日本讲学途经上海,在汇山码头上岸后得知自己获得了诺贝尔物理学奖。爱因斯坦夫妇在上海只待了两天,其中一天游玩了城隍庙,并在梓园赏画宴饮。关于这一节,他在日记里这样写道:"然后,与稻垣夫妇驱车穿过迷宫般的黑暗街道去一位富裕的画家家里吃晚饭。房子外墙高冷,外面黑暗,节日般灯火通明的走廊环绕着浪漫的带有如画般池塘和花园的庭院。……晚饭之前,所有参加晚宴的人合影留念,……无穷无尽、特别丰盛的佳肴,超出欧洲人的想象力。东道主的脸不同寻常地健康。"当时《民国日报》也有报道:"由王一亭接见爱因斯坦,正是为了藉便博士观中国家宅情形,并赏览中国美术品。"

十年前,我随黄浦区政协领导爬上很陡很暗的楼梯去看个究竟,遥想当年王一亭住在楼上,一般不下楼,有事出门,必须由身强力壮者驮着他才行。在三楼一个平台上可以看到王一亭当年为他母亲建造的亭式佛阁。西式洋楼加中式佛阁,民国初期老城厢的建筑常常就是这般画风。在走廊的一面墙上,我还看到嵌了一块仅比 A4 纸稍大一点的石碑,记录了爱因斯坦"到此一游"这件事。

乔家路上还有一处古建不能不提,它就是明朝万历年间所建的徐光启祖居。据《徐氏家谱》记载,徐光启于嘉靖四十一年(1562)四月二十四日出生在"太卿坊祖宅"。据文史专家顾延培先生考证,太卿坊祖宅就是这处九间楼。这处建筑外形呈"纱帽式",中间较高,两旁较低,楠木梁柱，斗拱、替木、柱础等不少仍是当年旧物，宽厚的楼板也是明代遗存。太卿坊祖宅最早有三进百余间，在经历了战乱之后，这处极有价值的住宅大部分被毁，藏书与书稿也损失殆尽，仅剩下最后一进，实际上只有七间房。

不得不说一句，万历三十六年(1608)，意大利耶稣会传教士郭居静从南京来到上海，寓居在九间楼内，第二年，徐光启就在住宅的西侧造了一座小教堂。这也是上海第一座家庭教堂，至今还看得出大致的痕迹。1640年，在徐光启孙女的资助下，由长驻上海的意大利籍传教士潘国光在梧桐街建造了敬一堂，这是上海第一座真正意义上的天主堂，这座飞檐翘角的中国楼阁式教堂现已成为文保单位。

1983年，徐光启逝世350周年之际，九间楼被列为市级文保单位，马路对面有一个小菜场，整天市声喧哗，污水横流，春节期间还有小贩在路边卖咸鱼、咸肉、咸鳗鲞。平时九间楼里的居民也不把路边文保单位的石碑当回事，常常将拖把、布鞋等搭在上面晾晒。

前不久，我还七转八转找到了建于明代崇祯年间的徐光启祠堂，真想不到，徐氏祠堂深藏在一条弯弯曲曲的小弄堂里，经过文管部门的修缮，挂了铭牌，白墙灰瓦十分古朴。朝里张望，可见大梁上雕刻着花卉云头图案，髹了广漆，饶有古意。这座平房被一家制衣作坊所用，一旦电熨斗使用不当引发火灾，后果不堪设想啊！乔家路动拆迁开始我又去看了一下，所幸无恙。而在不久前光启路拓宽工程中，因拆除违章建筑而"浮出水面"的一根方形石柱，可能是徐光启去世后建立起来的阁老坊遗物。光启路在历史上曾经被叫作"太卿坊大街"。

九间楼对面这个菜场也是有来历的，在清代是一个小校场，面积并不大，与今天一所普通中学的操场差不多。我曾在一张清末的老照片里看见一位武将在校场上指挥操练，冷兵器与汉阳造步枪混编的军队将面临中国社会的千年大变局。

在上海的"老味道"风味小吃中有一款擂沙圆,许多"资深吃货"也不一定吃过。讲得粗糙点,擂沙圆就是可以干吃的汤圆。这款小吃的创始人是一个姓李的安徽人,人称"小光蛋",清宣统年间到上海来讨生活,先是挑担串街叫卖徽帮汤团,后来在凝和路乔家小弄(百子弄)栅门旁有了一个固定摊位。经过若干年的打拼,生意做大,"小光蛋"就借了栅门内街面双进市房一间,开了一家永茂昌点心店,但市民为便于表达和记忆,便将永茂昌呼作"乔家栅"。后来这条乔家小弄堂就叫乔家栅弄,至今还在。

擂沙圆是乔家栅的招牌产品,开始是将包有豆沙、芝麻的汤团煮熟后沥干,滚上一层熟赤豆粉趁热吃,风味独特。上海人将汤团上粉的动作称作"擂",于是这款小吃就叫作"擂沙圆"了。后来还有一些小贩每天到李老板那里批发擂沙圆,串街叫卖,辐射远近,老城厢其他地方的市民也可享此口福了。

擂沙圆可作为快餐外卖的初级教程。因为这道点心当初是可以送进茶楼书场的,不需要任何餐具,如果宁波汤团连汤带水送进去,不仅麻烦,还可能给势利眼的伙计赶出来。

台湾作家唐鲁孙在一篇文章里回忆乔家栅的擂沙圆:"上海乔家栅的汤圆,也是远近知名的,他家的甜汤圆细糯甘沁,人人争夸,姑且不谈;他家最妙的是咸味汤圆,肉馅儿选肉精纯,肥瘦适当,切剁如糜,绝不腻口。有一种菜馅儿的,更是碧玉溶浆,令人品味回甘,别有一种菜根香风味。另外有一种擂沙圆,更是只此一家。后来他在辣斐德路开了一处分店,小楼三楹,周瘦鹃、郑逸梅给它取名'鸳鸯小阁',不只是情侣双双趋之若鹜,就是文人墨客也乐意在小楼一角雅叙谈心呢。"

小时候吃过妈妈做的擂沙圆,糯米圆子外面滚的是黑洋酥或者黄豆粉,没有一次是赤豆粉,但想象中赤豆粉应该不比黄豆粉差。近年来在怀旧气氛中,有些饭店老板也努力让擂沙圆"复活",我试过几款,相差仿佛,聊胜于无。

乔家路向西在凝和路拐个弯,就到了蓬莱路,171号由三幢民国风格的建筑组成,其中一个八角亭相当别致,这里曾经是南市公安分局。但它的前身更有意思,是1914年到1933年间上海地区最后一个县署、县政府所在地,再往前追溯,是南市杨家桥清代提标右营游击署。

蓬莱路也是很有历史底蕴的,这里曾有一座半泾园,园内有一座为慈禧祝寿而建的万寿宫。1925年,民族工商业者主张"提倡国货,与洋货抗争",无锡人匡仲谋在这里建立了一个国货市场,除了推广国货日用品,还带动了餐饮业、娱乐业在南市的拓展,尤其是1932年针对抵制东洋布的"土布运动大会",声势浩大,也体现了国民的爱国情操。"八一三"后日军进驻南市,就将国货市场烧毁了。

往西走点路,有一处杳无踪迹的"黄泥墙"。以顾绣驰誉天下的露香园在清初因顾氏家族的衰败而荒废,露香园内的水蜜桃便被邑人引种到这里,因为桃园周围用一圈黄土墙圈起来,便有了"黄泥墙"的俗称。每年桃子成熟的时候,桃园向市民开放,付点费用可得一饱,但不准带走桃核,这种保守思维影响了良种的传播。再后来,黄泥墙水蜜桃被人折枝引种到龙华,然后流传到日本。今天许多人只知道龙华水蜜桃,却不知道它的"前世"在黄泥墙和露香园。

孙甘露在他刚刚出版的长篇小说《千里江山图》中,也安排了一出发生在黄泥墙小桃源的戏。国民党特务头子叶启年对他的学生卢忠德说:"这一带以前叫黄泥墙,咸丰年间种有三百多棵桃树,结的蜜桃色如颊晕，甜美至极。插根麦管一吸，满口甘香，手指上就只剩下一层桃皮。可惜早就绝种，如今空余其名，连龙华浦东的桃子都敢说是黄泥墙。"

三、画像馆里的电影明星

以前老城厢内外还有十几座私家园林，比如豫园、露香园、日涉园、也是园、吾园、省园、宜园、半淞园、半泾园、丽园等，现在豫园是国保单位，南园也得以重建，其他均烟消云散，只留下路名以资想象。恒大集团在河南南路吾园街北侧重建了一个"也是园"，但一看便知是想当然的赝品。

方浜路是进入民国后市政当局将原来贯通县城东西两头的方浜填没后修筑而成的，大大便利了城内的交通，方浜中路也由此借了城隍庙的光而成为重要商业街，它东端接通小东门，是十六铺人流、物流进入老城厢腹地的必由之路。填河之前及筑路后，聚集了许多饭店酒楼、绸缎店、国药堂、施诊所、南北货号、画像馆等，比如口碑极佳的老庆云、杨庆和、东来升、凤祥、景福等银楼，还有至今屹立不倒的童涵春堂。

与鲁迅关系相当不错的内山完造在上海虹口生活了三十年，可能为了生意或观察上海市民社会的需要，偶尔也会入城游览，在他的《上海夜话》一书中，就有一段对方浜中路的描写："从大东门走进城里，街两边有各色商店，帽子店、鞋店、化妆品店、扇庄、玻璃器皿店、洋杂货店、算盘店、笔墨庄、纸张店、吴服店、药店、毛皮店、珠宝店、烟草店、线香店、卖中国乐器的乐器店等等。在乐器店门前，晾晒着一尺以上的锦蛇皮，贴在木板上，蛇皮的纹样清晰鲜亮，胆子小的日本妇女见到之后一定会掩面而逃吧。店里有贴上了蛇皮的胡琴、月琴、琵琶……"

方浜路西段，以前是纸玲珑商铺集中之处。纸玲珑是一种纸扎艺术品，指民间婚丧仪礼及岁时行事中纸扎的用品，如婚事中的喜庆窗花，丧仪中的纸扎的陪葬品，祭灶时用的灶果、灶桥、灶元宝，正月初五的财神元宝，正月十五的宫灯，八月半的香斗，等等。城镇出现专门生产这类纸扎品的"扎纸作"，就叫作"纸玲珑"。

这条路上过去还有一种业态，就是画像馆。我小时候，从方浜路到城隍庙，一路上开了七八家，门口挂着赵丹、白杨、秦怡、王丹凤等电影明星的画像，外国明星当然也不能少，比如嘉宝、褒曼、赫本、泰勒、秀兰·邓波儿、劳莱、哈代、卓别林、派克等。在一般情况下，家里老人去世了，小辈会拿着小照请店家画一张像供在客堂间里。过去在上海人家的客堂间，这是常见的景观。

如果时间允许，可再去旧校场路看看。唐宋以后，凡有驻兵的县城基本上都会有校场，上海县城的校场搬过几次，故在名称上有新旧、大小之分。旧校场路于1911年修筑，因校场而得名，清代咸丰年后，大量外来移民入住于此，在荒废校场周边见缝插针地乱搭建，成了城隍庙西侧的外围街市，我小时候此处还有一个露天菜场。经过二十世纪九十年代的改建，如今这里是一水的仿古建筑，因出售假古董和旅游纪念品而从早到晚充斥着喧嚣的市声。

清代嘉庆、道光年间，校场周边已有一些年画作坊，咸丰年间，一部分苏州桃花坞年画的业主、画师和工匠为躲避太平天国的战火而来到上海，在校场一带谋生，年画作坊数量进一步增加。上海开埠后，受到欧风美雨的浸润，华洋共居，五方杂处，各种新物新事层出不穷，民俗风情也呈现出中西交混的特色，这一切都刺激着画工即时反映现实生活，从而形成了富有上海地方特色的小校场年画。

桃花坞年画以"一团和气""富贵长命"为典型界面,是中华民族道德文化的载体,小校场年画则以时事新闻和西洋风物体现海纳百川的特征。

如果再将行走范围稍稍扩大几步,就会看到有一条沙场街,与吴昌硕同时代的海派画家钱慧安曾在这里度过晚年。在中华路小南门的某幢沿街房子里,胡适在那里降生,后又在附近的梅溪学堂接受启蒙教育,现在那一片石库门房子也被拆得片瓦不存。

四、天主堂与商船会馆比邻而居

董家渡路上有一座气势不凡的天主堂,大名"圣方济各沙勿略堂",它的资格堪与徐家汇天主堂比肩。从我现在的家走过去也只消十来分钟,十多年前又被自发形成的董家渡露天轻纺市场所包围,所以我经常会去看看。董家渡天主堂的建筑外观属西班牙风格,中段山墙采用具有典型巴洛克风格的卷涡式样,使得建筑正面的轮廓线妩媚秀丽,有点像当时流行于世的法国座钟。墙面正中嵌入一座圆形大时钟,两端则各耸立一座钟楼,楼内铜钟据说是一个半世纪前的原物。它的内部结构仿欧洲耶稣会总会耶稣大堂式样,墙饰、窗饰以浅浮雕表现仙鹤和松竹梅等中国传统图案,水泥立柱上还刻了中国的楹联,虽然有些笨拙,但生动有趣地体现了当时东西方文化在宗教建筑上的交融。

要细说这座教堂的来历,可得花上三五千字,这里简单地说一下吧。1844年中法《黄埔条约》签订后,法国教会利用上海道对老天主堂的赔地(一为小南门外大悲阁,二为老北门外张家祠堂,三为大南门外教会墓地)。于道光二十七年(1847)2月在董家渡建造教堂。三年后竣工,1853 年 3 月 20 日,这天是圣枝主日,赵方济主教主持了开堂典礼。一艘法国军舰特派两艘小炮艇停泊在董家渡外的黄浦江上,法国首任驻沪领事敏体尼和领事馆的全体官员参加了典礼。

教堂的建筑面积 1835 平方米,可容纳 2000 人,其规模在当时的上海乃至全国都是首屈一指的,也是鸦片战争后中国第一座大型天主堂。

教堂正立面为三段式,下段以四对爱奥尼克式柱划成三开间,使大门开有一个入口。中间入口两旁的双柱间嵌有中国式对联,两端两个入口旁的两对立柱间则供有神龛。中段墙面正中嵌入一座圆形大时钟,上段山墙采用具有巴洛克风格的卷涡式样,中间留出一额,直书"天主堂"三个大字。顶上竖起铁十字架,长近四米,重达一吨。我曾在这里欣赏过董家渡街道教友合唱团与法国某市教会合唱团的联袂演出。

往南走几步,可看到一条东西走向的小路:会馆码头街,已是一片瓦砾,野草蹿至齐腰高,中间孤独地伫立着一幢中式宫殿式建筑,它就是市级文物保护单位商船会馆。这个会馆太重要了,它建于康熙五十四年(1715),是上海最早建立的商船组织,有如各帮沙船业巨头聚会议事、制定各种交易规则的行业协会,也是上海以港兴市历史的重要见证。

昔日的老城厢已成为上海黄浦区的一部分,并进入旧区改造的关键阶段,这对改善民生而言是必要的,也是令人欢欣鼓舞的,不过我也担心,隐藏着丰富历史文化密码的小街小巷将在推土机下化为乌有,事实上有些小路已经消失了。我曾在黄浦区两会期间向政府建言:在开发建造新楼宇、新道路以及绿化公园时,要尽可能保留原有路名,为后人研究城市史留下一些物理线索。接着也有不少有识之士提出相同的呼吁,后来区政府终于明确表态:在建设董家渡金融城的时候,在拓展黄浦江滨江步道的时候,将尽可能地保留有历史文化价值的老路名和老建筑。

现在,趁着老城厢的老房子、老街道、老树木、老店铺还残留一些,不妨在风和日丽的日子里去走走看看,想象一下一百多年来在历史这根时间轴上的上海人是怎样集聚、生活、经营的,街尾桥头,花开花落,人间烟火,苍狗白云……

二

变焦镜里的群像

上海女人是"茄人头"

一、奋斗的任务是一样的

王安忆在《上海的女性》一文中不容置疑地说："上海的女性心里都是有股子硬劲的,否则你就对付不了这城市的人和事。"她还说："这里的女性必是有些男子气的,男人也不完全把她们当女人。奋斗的任务是一样的,都是要在那密密匝匝的屋顶下挤出立足之地。……要写上海,最好的代表就是女性,不管有多么大的委屈,上海也给了她们好舞台,让她们伸展身手。"

"奋斗的任务是一样的",王安忆说到了点子上。上海女性有着自强不息的风骨,自尊自爱的品性,百折不挠的柔情。

在漫长的农耕时代,中国女性的生命就是一部不断重复的悲剧。但是在上海城市化和现代化的道路上,源源不断涌入的移民大军中,尤以"小珍珠"那样的花季少女,在更宽广的界面上参与了大工业生产、大商业流通,机敏而勇敢地抓住千载难逢的机会,于艰难困苦中忍辱负重,实现耸身一跃,登上历史舞台。

1949 年后，上海女性在美丽梦想的召唤下，走出家门、融入社会，投入热情澎湃的工厂、商店、学校、机关、社区，领受建设新社会的奋斗任务，也为自己争取到了独立的经济地位。独立的经济地位，也是独立人格的基本保证。在上海庞大的产业工人大军中，成千上万"有股子硬劲"的女职工、女服务员、女理发师、女设计师、女工程师、女会计师、女警察、女干部……不仅撑起了半边天，而且现代女性应有的通达、敏锐、干练、勤勉等品质一项也不缺，数十年来在鼓动性、号召力兼具的口号之下，为工人阶级队伍增添了似水柔情、迷人风采。上海市妇联至今还是一支很有话语权和影响力的社会力量。

在家庭生活、社交场合以及有些重要时刻，上海女性给大家的印象就是端庄、知性、光彩照人，别有一番韵味，她们颈上微微飘动的那条丝巾，似乎也有着凝聚时代风貌的审美价值。

研究上海，绝对不能绕开这道人文景观。

二、掐准男人的七寸

上海女性的持家能力是有目共睹的。有作家写道："属于市民阶层的上海女人，一般知识面都不广，对外面的世界知之不多，也没有太多的兴趣，但只要涉及家庭建设和家庭生活，则无所不知、无所不精。在这方面，她们的学问往往超过她们的丈夫（她们的丈夫则超过外地男人），她们的精明也往往超过她们的丈夫（她们的丈夫则比外地男人精明）。因此，她们就理所当然地应该享有家庭的主导权和领导权。"

没错，从弄堂里出来，穿过人民广场，走到外滩，跨过外白渡桥……经过风雨，见过世面，上海女人的思维能力、劳动能力、社交能力以及持家能力就与别处的女人不同。她们当中总有一些"茄人头","茄"字须用上海方言读出，才能体会其中的奥妙。"茄"，就是特别能干、掌握多门生活技巧、在许多方面胜人一筹的意思。她们多半是中国式的贤妻良母，将老公照顾得无微不至，对孩子的教育也有行之有效的一套办法，在诸如置业、购车、装修、添置家用电器、请客送礼、择业相亲、就医养老等方面也有一锤定音的话语权。

像《一江春水向东流》《万家灯火》《世上只有妈妈好》《渴望》《四世同堂》《饮食男女》《喜宴》《我的父亲母亲》《激情燃烧的岁月》《媳妇的美好时代》《儿女情长》《小偷家族》等在不同时空诞生、强调家庭观念、探讨婚姻道德的影视作品，在上海永远不缺忠实观众和激赏风评。而且，上海女性在观剧时投入的感情也是极其饱满的——她们太当真了。

上海人逛超市，一般是太太在前面挑挑拣拣，先生在后面推车子，亦步亦趋。同样的商品，非要货比三家。先生可以提供意见，但最终由老婆大人说了算。经过上海女人考察、使用后的生活必需品，大多价廉物美，品质有保证，能在市场上站稳脚跟。

大多数上海男人是银样镴枪头，你别看他在公共场合欢喜"豁胖""冒野"，吵起相骂来眼睛瞪得铜铃大，脑门上根根青筋像蚯蚓一样暴出。回到家里，老婆杏眼一瞪、蛾眉一竖、狮吼一声，他马上服服帖帖、俯首称臣。大概也只有在上海，"茄人头"能一把揿准男人的七寸。

上海男人可能会藏点私房钱，不过一旦见光，后果相当严重。男人的藏私房钱可能是为了"小来来"，或者与狐朋狗友吃点小老酒，但女人有理由怀疑你"在外头有花头"。这盆脏水泼上来，真是百口莫辩，所以后来上海男人都不敢冒这个风险了。"茄人头"真是比《红楼梦》里的凤姐还要厉害！

"茄人头"自己不需要藏私房钱，家里的经济大权在小家庭组建之初就被她攥在手里。什么叫"经济基础决定上层建筑","茄人头"告诉你答案。计划经济年代，家家都有一本难念的经，当家人财政大权在握，并没有什么好威风的，如鱼饮水、冷暖自知，必须迎着困难勇敢冲锋。除了"开门七件事"要搞定，还要费尽心思地添置收音机、缝纫机等撑门面的家当，手表也要二十四钻全钢的，自行车要 28 寸凤凰的。自己的出客衣裳要体面，男人的行头也要经常翻。街上流行什么式样，布店里推出了什么新面料，小姐妹之间看起来在交流信息，其实也在攀比。一步落后，被人轻看。娘家那里，公婆那里，四时八节都要有所表示。在这种事情上，男人都像白痴一样，必须由女人一抓到底管起来。所以"茄人头"眼观四路、耳听八方，神经像琴弦那样紧绷着。日常开销，只能是"鹭鸶腿上劈精肉，蚊子腹内剜油脂"。喏，在单位食堂里，两日小荤，四天纯素，发工资的日脚才舍得买块红烧大排。有时候看到食堂里有刚刚出笼的包子，菜包子自己吃，肉包子往饭盒里一塞，带回家给孩子吃。

上海女人天生就是巴菲特。据一位证券分析师说，上海女人炒股、投资基金、买理财产品或者买保险等，明显比男人赢面大，她们敏锐、果断、克制、思路清爽，比起整天盯着 K 线图的技术派来，感觉派如有神助，即使在行情不好的形势下每周也能赚个小菜钱。

有人说上海是一座阴盛阳衰的城市，这话让"跪搓板嫌疑人"的上海男人相当郁闷，抬不起头来。但也有些男人乐得一壶茶、一包烟、一只手机玩半天，无事做神仙。我有个朋友就自我嘲解："小事情都由太太管，大事情由我说了算，太太管好了小事情，家里也就不会出什么大事情了。"

1995 年 9 月 14 日,南京西路的一个瞬间　　摄影:雍和

三、"贫瘠的审美"

上海女人善于捕捉一切有助于提升生活品质的信息。比如二十世纪七十年代,即使在上海这样的大都市,来自海外的时尚信息也相当稀缺,上海女人只能从外国电影里女主角的服饰上捕捉蛛丝马迹,比如用所谓的"阿尔巴尼亚花"编结毛衣或滑雪帽,后来还从越南电影里见识了一种轻便的布衫,一块碎花细布,对折上面后剪一个洞,两边对称剪两个洞,略微收一下腰,左右一缝,就成了一件轻便的夏季短衫,即所谓的"越南衫",凉快、省钱,隐含了一点难以确定的性感。罗马尼亚电影《爆炸》上映后,"茄人头"拿着《人民画报》去理发店,"师傅,请侬帮我照这个样子烫一只'爆炸式'"。

被上海女人奉为"教母"的张爱玲早就说了:"文明社会的集团生活里,必要的压抑有许多种,似乎小节上应当放纵些,作为补偿。"不过跟张爱玲给自己设计奇装异服不同,在物资匮乏的年代,一件普通衣服在上海女人身上首先要维护的是体面,体现一种"贫瘠的审美",在小细节上花点心思,只有眼尖的小姐妹才能看出来。那时候上海的布店经常会出售一些零头布,所需布票很少或干脆免票,价钱也便宜,有时还论斤卖,这个就成了"茄人头"的最爱。零头布利用得当,亦可出人意料地展现城市文明的底色。

裁缝界有一个术语:套裁。这是利用有限的票证和预算,获取利益最大化的小窍门。通常是两个小姐妹合买一块布料,然后通过巧妙的"排兵布阵"做成两件衣服,比单独做一件节省不少。衣服做好了,她们"鲜格格"穿上身,并肩走在淮海路上,向世人展示自己的理财能力和生活品位。女式棉布风雪大衣一般是浅灰色的，领子容易脏，也有点单薄，上海女人就用编结绒线衫的富余材料织一只套领，既保暖又时尚，使大衣领子免遭污损。

很长一段时间里，上海姑娘出嫁，嫁妆里要有一台缝纫机，织锦缎荷叶边罩子一套，就是一件沉甸甸的家当。小孩子的四季衣裳倘若自己做的话，不仅省钱，也比店里买来的合身，又可刷一刷成就感。有些经济条件较好的家庭在季节更迭时会请裁缝师傅来家里度身定制，但上海女人的执念就是要有一台缝纫机。"茄人头"做事体真是"一烙铁烫平"，缝纫机进门后做的第一件"作品"，就是公婆的新衣裳。

二十世纪八十年代初流行的连衣裙、背带裙、百褶裙，上海女人都会做，但一定要比店里买来的更短，露出双膝，方显得俏丽修长、冰肌玉骨。上海的风尚，大多从女性的小腿开始。

我还想补充一句：缝纫机在清朝末年就引进魔都了，自行车、汽车、划船、西餐、酒吧、跑马、热气球、斯诺克、高尔夫、夜花园、游乐场、海滨浴场等时髦玩意儿也随后渐次登陆，上海女人充当了消费与传播的急先锋，如果你看过《点石斋画报》就会明白。

外省人总是弄不懂，计划经济年代，大家都是"三十六元万岁"，为什么上海人看上去山青水绿，别有一种味道，其实奥妙全在"茄人头"手里。

在小菜场排队买时鲜货，在路边摊买大饼油条，在弄堂里洗衣服，在医院里打吊针，在树荫下等候公交车……经常能看到女人们热情洋溢地在交流烹饪、养生、育儿、编结、裁剪、节水节煤等生活经验，倒是不大会打听彼此的工资奖金。

平时，弄堂里的老太太聚在一起喜欢对小辈女人评头论足，若说这个女人"风骚"，她即使听到了也不大会生气，顶多假装生气一下。女人知道在上海的世俗语境中，风骚意味着年轻漂亮、姿色撩人，假如遇到贵人，也可晋升为"窈窕淑女"。要是被一帮九斤老太说成"好吃懒做"，那么她的人设就瞬间雪崩了。如此重量级的负面评价，上海女人是不能接受的。

上海人对改革开放的真切感受，首先是从物质方面获得的，加班加点有奖金，米面、猪肉、鱼虾、食用油、白糖等敞开供应；其次是旗袍与烫发、口红、高跟鞋、牛仔裤一起，成为风尚重返女性世界的标志。在我的单位里，领导鼓励女性中的劳模和党团员干部带头烫发、抹口红、穿高跟皮鞋，榜样的效应立竿见影，她们一亮相，赛过为"小资产阶级情调"正了名，姐妹们激情燃烧，拥抱时尚。

后来，上海人手里的钱稍稍多了点，"茹人头"仍然是弄堂里或小区里一帮同龄女人的精神领袖，穿什么衣服，烫什么发式，烧什么小菜，去哪里逛街，怎样给小孩请家教，怎样击败小三、收拾男人的花心，怎样拿捏与婆婆及小姑的关系，从理论到实操，真是精彩纷呈。她们是市井文化的营造者与推广者，许多案例都被文人写进了《新民晚报》《青年一代》《现代家庭》等报纸杂志。

四、风尚中闪烁的身影

《世界时装之苑 ELLE》于 1988 年创刊，在中国内地出版发行。一经面世就成为许多年轻人领略世界时尚风气的窗口，法国人认定上海女人是他们的目标客户群。三十多年前，当世界名牌一波波涌入上海这个时尚之都，因为非一般收入者所能消费，华亭路服装市场成了上海女人的淘宝圣地，世界名牌的"B角"及时地抚慰了一颗颗脆弱的心。

"茄人头"通过狂风暴雨般的砍价,以较低的成本来包装自己,成为初级阶段的风尚注脚。

在有一年《新周刊》策划报道的《中国城市魅力排行榜》中有这样的评价:"一件东西或一种享受要让上海人满意,并不是只要价钱昂贵、能显示身份炫耀财富就行的,它们还'必须好看、精美,有象征的价值,而且是在最小的日常生活细节上'。这需要修养与品位,而这正是上海让其他城市难以望其项背之处。"《新周刊》的记者肯定考察过华亭路服装市场和陕西南路那几十家一开间门面的时装店。据我所知,美国的《纽约时报》《时代周刊》和德国的《图片报》等也有记者来采访过,都发了大篇幅报道。

又过了一段时间,上海女人就信心满满地奔向美美百货、锦江迪生、恒隆广场、中信泰富、环贸广场,还有奥特莱斯。当然,华亭路服装市场、七浦路服装市场和董家渡路轻纺面料市场至今还凝结着无数"茄人头"的美好记忆。

如今,链式商区转身为岛式商场,产品设计、迭代、引进、更新的速度日新月异,上海女人对时尚服饰追寻的劲头就更加足了。她们的眼光是挑剔的、敏感的、尖锐的,审美意识也与国际接轨,对一二线名牌知根知底,对名牌与代言人的关系了如指掌,某位明星一年可拿多少代言费,绝对比自己老公一年的收入还要清楚。资深的"茄人头"更有心机,比方说,她对某件名牌衣服有眼缘,一开始只是摸摸面料,试试长短肥瘦,寻找上身后的感觉,再看看吊牌谈价钱,摸清卖家底线后向店经理索要一张名片,最后微笑拜拜。她要到了换季打折时才会出手,以时间换空间,至少便宜四成。

有些骨灰级的"茄人头"公关能力超强,与店家混得熟稔,营业员也乐意跟她互加微信,向她透露优惠酬宾的时间表,还会将她属意而存货不多的那个款式、那个号码的货品埋伏起来,到打折那天拿出来回报她。

但上海女人的虚荣心也会暴露在一些"没有腔调"的小动作上,比如有的服装店为了促销,承诺出售的衣服,如果顾客不满意可以无理由退货。于是有些女人就买来穿上身,逛街、拍照、吃吃下午茶,甚至赶赴一场盛大的草坪婚礼,十天半月后随便找个理由全款退掉。

五、"一星期经济菜单"的密码

"茄人头"善持中馈也是传统。前不久有人从1938年上海孤岛时期的《申报》中翻出了一个"老古董",是副刊上的一个专栏——"一星期经济菜单",署名"华英女士",也许真有一个名叫华英的"茄人头",也许是编辑托名的,反正就是以女性角度对一个中产阶级家庭日常伙食的精心安排。这个专栏"横空出世"的时间节点也值得注意:《申报》刚刚借了美商的名义在租界复刊。

华英女士的经济菜谱专栏一星期一篇,从物价反映战时一般民众的生活状况,体现了《申报》编辑的用心和报纸的风格。

华英女士是一位做了十多年的家庭主妇,全家一共有八口人,先生的月收入在200元左右,这在当时属于中产。既然定位在"经济菜单",精打细算就是专栏的核心价值观,或者说亮点所在。华英女士在第一期时便开宗明义,她每天买菜的预算上限只在"六七角"。退一步说,对一项文字游戏而言,设定的条件越苛刻,玩起来就越刺激。

专栏写作持续了四年左右,战乱之中,物价果然一路飞涨,华英女士对家常菜单的设计兴趣却与日俱增。她和全体上海人民都明白,生活还在继续,再苦再难的日子也要坚持下去,天亮得很慢,但总会亮的。

不过谁也没有想到,外部力量一直在粗暴改写游戏规则。据《国民太太的厨房》一书作者李舒女士统计,1939年年底至1940年,上海的物价上涨超过了货币发行速度,到抗战结束的1945年8月,与1937年6月比较,上海物价上涨了36399倍。脱缰野马般一路狂奔的物价,对华英女士的专栏形成了巨大的挑战。但愈战愈勇的华英女士还是为读者贡献了许多经济菜谱,二荤二素,有菜有汤,让今天的我们非常具体地感受到了一个"茄人头"的风采。

青椒炒肉片、生煎小黄鱼、油豆腐嵌肉、雪菜豆瓣酥、白蟹豆腐、淡鱼干烧肉、乌贼红焖肉、醋熘黄鱼片、银鱼炒鸡蛋、咸蛋炖肉饼、洋葱牛肉丝、咖喱鸡翅膀、红烧塘鳢鱼、香干绿豆芽、清炒枸杞头、肉圆菠菜汤、糟卤肠圈汤、虾米蛋花汤、油条黄豆芽、干丝煮芹菜、葱油萝卜丝……这些家常风味,直到今天还是上海人餐桌上的大杀器!

这位了不起的家庭主妇,将餐桌视作战场,照顾全家老小的营养均衡,维护市民阶层的体面,体现了上海人民战胜困难的决心与信心。当然,她也像所有家庭主妇一样,一方面炫一把勤俭持家的本领,另一方面抱怨米珠薪桂,纾解一下沸腾的民怨。

华英女士为上海女人的血脉注入了坚贞不屈和乐观向上的精神,今天,本帮馆子里长销不衰的美味佳肴:四鲜烤麸、油爆虾、干煎带鱼、面拖排骨、外婆红烧肉、腌笃鲜、八宝辣酱、油酱毛蟹等,也是"茄人头"的拿手好戏。一条青鱼,中段可以做香辣爆鱼,也可剔骨刮肉剁茸做鱼圆,尾巴剞花上浆油炸做成糖醋味,鱼头一劈两加粉皮煲汤。一只鸡,半只做白斩鸡,半只做咖喱鸡,鸡汤加白菜线粉就是一锅味道清鲜的汤。闺蜜家庭聚餐,最受欢迎的手信不是巧克力,而是亲手烹制的俄式色拉或苏帮秃黄油,自制的苹果派、提子曲奇、蝴蝶酥、榴莲青团、陈皮豆沙粽子亦是极好的。今天做私房菜的女老板不少就是从自家厨房跨前一步而获得成功的。

上海女人——从"白骨精"到街舞大妈，与闺蜜一起下个馆子不算稀奇，近年来还发展成小有规模的同学、同事茶叙餐会，她们到哪里，哪里便成为一个热热闹闹的小世界。

上海女人在外吃饭有两个特点：一是点菜经济实惠，适可而止，吃剩有余要打包。许多饭店都备有打包袋或餐盒，还会印上店名和订座电话，欢迎下次光临。有些上海男人比较爱面子，表示将餐余带回去给小狗吃，大家也心照不宣，照顾他的面子。但上海女人就很直爽地说"带回去微波炉里叮一下又是一顿"。至于下午茶，先在网上订一套，两个人去的话再加一杯咖啡就行了，人均消费额度就降下来了。二是AA制，谁也不要抢、不要躲，蜻蜓吃尾巴，谁也不欠谁。当年张爱玲跟炎樱一起吃个下午茶，不也是AA吗？AA制使人际交往变得务实而简单，也维护了个人尊严。

六、勇立潮头的上海女性

上海是时尚之都，梦幻之城。百年沧桑，上海女性从尘埃里站起，向着光明，勇立潮头，领风气之先。1850年4月，美国基督教会率先创建了上海最早的女子学校裨文女塾（裨文女中）；1851年，美国圣公会的女传教士琼斯在虹口设立文记女塾；1892年，美国的基督教卫理公会创建了中西女塾（中西女中），宋氏三姐妹都是从这所学校毕业的，然后去美国留学，成为卫斯理安女子学院接收的第一批中国女性。在1912年之前，由教会创建的女校还有圣玛利亚、惠中、徐汇、清心、晏摩氏、启明等。教会女校一般实行寄宿制,膳食由学校免费提供,并给予衣物和津贴,课程设置除了文理各科,还有英文或法文,以及根据女性特点开设的纺织、缝纫、园艺、烹饪等课程,争奇斗艳、各领风骚。还有一点极为重要:鼓励学生参加体育运动,反对缠足。

康有为、梁启超等知识分子也看清了世界文明潮流,大力主张发展女子教育,于是在光绪二十四年(1898),维新人士经元善创建了经正女校(中国女学会书塾),随后雨后春笋般出现了由中国人创办的爱国、务本、启秀、民立、善导、宗孟、养性、城东、崇德、博文等,这些女校的教学内容除了中国传统文化,也设置了历史、地理、数学、物理等课程,大多设有英文和法文课,有条件的女校还开设了艺术欣赏、近代体育、生理卫生、家政等方面的课程,培养出一大批在知识结构和人格特征上不同于旧式文人的新型知识分子。

暴风雨来临之前总是令人窒息的,当时有一些学校竟然还在顽固地抵制女生入校,但在进步人士的努力下,在女性解放的呼声中,上海诞生了上海女子美专、两江女子体专、上海女子商科学校等。尤其是外语教学,使女学生具有世界眼光,为她们接受更高级别的近代教育打下了坚实的基础。女学是新旧交替中一道绚丽的文化景观。

诚如资深报人、编辑家龚建星所言:"女校是一定历史阶段的产物,一种历史现象。女校是对男女不平等现状的反拨。女校的出现,本质是开放意识作用的结果。"而在开放的上海,文明、进步、革新的潮流一旦形成,保守势力是挡不住的。

随着妇女眼界的开阔、文化水平的提高,水到渠成地出现了《女学报》(中国第一份女性报纸)、《中国女报》、《女子世界》、《神州女报》等纸媒。

真不愧是"鉴湖女侠"秋瑾冒险联络会党、试制炸弹、创办《中国女报》的城市,辛亥革命时期的上海成立了全国最早、影响最大的参政团体"女子参政同志会",这是近代中国妇女在新时代觉醒的标志。接下来,还成立了上海女权运动同盟会,在法律层面争取妇女的政治权利。说上海是女权运动的发源地,应无异议吧。

别以为身穿大襟小袄加玄色短裙的新女性光说不练,在辛亥革命期间,上海的女中豪杰带领一班志同道合的姐妹,雷厉风行地组建了各种女子军事团体,比如女子国民军、女子北伐光复军、女子军事团、女子尚武会、女子经武练习队等。"不惜千金买宝刀,貂裘换酒也堪豪。一腔热血勤珍重,洒去犹能化碧涛。"(秋瑾《对酒》)上海妇女在历史的紧要关头英姿飒爽,丝毫不让须眉啊!

清末十余年间,在上海创办的女界期刊有 13 种之多,知识妇女争取男女平等,在政治、文化、经济等领域拓展女性表现空间的呼声越来越高。二十世纪二十年代到四十年代,上海先后出现了一百多种生活时尚类杂志,以《妇女杂志》《妇女生活》《玲珑》《上海妇女》等为代表的女性杂志,在传播生活时尚、探究感情世界之外,更用心的地方在于新女性的人格塑造,"号召全国妇女行动起来,成为国家强盛的中坚力量"(《妇女杂志》发刊词)。《民国日报》《申报》《新闻报》《神州日报》《大公报》上的副刊,也成了女性读者的精神家园。

1934 年,上海一批女画家成立了中国女子书画会,作为中国第一个女子美术社团,汇集了当时中国大多数的女性书画家,其中有何香凝、陆小曼、潘玉良、唐蕴玉等。实业方面为人津津乐道的有徐志摩原配夫人张幼仪参与创建的云裳服装公司和女子商业银行、董竹君创建的锦江川菜馆、吴湄主政的梅龙镇酒家等——三个"茄人头"中只有董竹君有自传和电视剧,其他两位的故事其实也十分精彩。

中国共产党在妇女解放运动中一直处于主导地位,上海在 1919 年创建了旨在推动妇女平等解放的上海中华女界联合会，1922年中共以中华女界联合会的名义在南成都路辅德里一幢两楼两底的石库门房子里创办了平民女校，李达、蔡和森、陈独秀、陈望道、邵力子、高语罕、沈雁冰、沈泽民等都先后义务兼过课，张太雷、刘少奇来女校做过报告。丁玲、王剑虹(瞿秋白的妻子)、高君曼(陈独秀的第二任妻子)、钱希均(毛泽民的妻子)都是从这里走向更加广阔的天地，平民女校也是上海大学的"母本"。

1922年7月，中共"二大"通过了《关于妇女运动的决议》，标志着共产党人对妇女运动的认知已不再局限于男女平等、经济独立、婚姻自由等具体问题，而是进入一个领导妇女在社会实践中提升地位、发挥能力、实现价值的新阶段。

在抗日救亡的腥风血雨中，上海又出现了中国妇女抗敌后援会、劳动妇女战地服务团、中华妇女战时服务团、中国妇女革新会、中国职业妇女会、中国女青年会、妇女文化促进会、中国妇女界难民救济会等进步团体，举止优雅而心有朝阳的上海女性投身于时代洪流，展现出别样的风采——比如茅丽瑛，就是一位时尚女性。她出生于穷苦家庭，少女时代在启秀女中半工半读，课余兼幼稚园教师，还因为英语说得流利，兼了小学部英语老师的课。1931年从启秀毕业后，考入苏州东吴大学法学院，这是通向法官的一条路径，可惜半年后她却因付不起学费而辍学。过了一年，她又报考上海海关，凭借着英文速记和口语成绩名列考生之冠，被录取为英文打字员，工作之余她阅读中外文学名著，接受进步思想。1935年，参加上海中国职业妇女会，1936年，加入中国共产党领导的抗日救亡组织——海关乐文社。后来的故事大家都知道了，她为中华民族的解放斗争献出了年轻的生命。经历过人世间的苦难，绝不向命运屈服，有知识、有追求、有骨气、有爱的情怀和国家存亡的责任担当，她是上海女界一朵美丽的血色玫瑰。

七、时尚就是文化

在一座现代化的城市里，文化常常通过时尚表现出来，时尚消费品是大众最乐意接受的文化载体。而作为时尚观念的勇敢实践，妇女解放的范例同样具有不可小觑的号召力。上海女性大概是全国最早，也是最热心参加公共文化娱乐活动的群体，或者说也是领略欧风美雨最有激情的群体，比如游园、观看龙舟竞渡、观看跑马、打高尔夫、骑自行车、坐马车兜风、吃西餐、喝咖啡、学外语、参加夜校学习、参加舞蹈或音乐培训班、撰写女性题材文章、去海滨浴场游泳、参加选美比赛、观看时装表演等。

中国第一代女电影演员、女油画家、女律师、女教师、女医生、女护士、女记者、女编辑、女翻译家、女演员、女歌手、女企业家大多是在上海走进高光时刻的。女作家在上海如鱼得水，也许成名作就是在上海写成的。1949 年后还出现了女科学家、女工程师、女建筑师、女飞行员、女导演、女法官、女司机、女船长……上海堪为职业妇女的摇篮。

上官云珠、王人美、张织云、秦怡、胡蝶、周璇、徐来、阮玲玉、张瑞芳、黄宗英、白杨、王丹凤、祝希娟、龚秋霞、姚莉、白光、白虹、吴莺音……她们不全是土生土长的上海人，却在这里绽放出生命的绚烂，至今仍是上海城市的形象代言。上海的花季少女是看着她们的照片，听着她们的故事成长为"茄人头"的。

1946 年，上海举办了中国历史上第一场选美大赛。那一年苏北地区久旱不雨，蝗虫肆虐，祸不单行的是天花、疟疾、霍乱等瘟疫性疾病同时突发,加重了灾情,数十万灾民流离失所,有相当一部分逃难到上海。上海难民救济协会决定筹措救济款,举办"上海小姐"选举。这段历史后来也被王安忆写进了长篇小说《长恨歌》,成了推动人物性格发展的楔子。许多人对发起人和主持者、苏北赈灾委员会执行主席杜月笙表示钦佩,我却对勇敢地站到台上的佳丽们遥致注目礼。

还值得一说的是电影明星潘虹,她在崇明农场插队落户时考取上海戏剧学院表演系,自此改写了自己的命运。后来她在几十部电影中扮演过女主角,但留给上海观众印象最深刻的还是《寒夜》里的曾树生、《人到中年》里的陆婷婷、《独身女人》中的欧阳若云、《股疯》里的范莉,虽然这几个角色处在不同时空,但一言一行无不体现了上海"茄人头"的鲜明性格。

不能再说了,再说就没法收笔了。上海女性之于上海,就是一本读不完的书,一道看不够的风景,一首激情昂扬的歌,一个猜不透的谜语。

上海女人靠上海文化滋养,靠上海男人呵护,终于出落得山清水秀,同时也为海派文化做出了卓越贡献。王安忆早说了:"谁都不如她们鲜活有力,生气勃勃。要说上海的故事也有英雄,她们才是。"

自立、自强、自爱、自重、自信,"茄人头"由此显得优雅而富有情调——这大约就是魔都之所以成为时尚之都的底气。

最是那一低头的温柔

一个优雅的背影

《新民晚报》晒出一张民国时期的老照片，照片主人是一位名叫李伟华的少妇，她那优雅、端庄的身姿与春风拂面的容颜引发了读者的疯狂点赞，并勾起老上海人对过往岁月的怀念与想象，年轻人喜欢贴标签，将她誉为"海上女神"。微信群里更是热火朝天，成千上万的读者将自己家里的老照片晒出来，母亲、祖母、外婆、阿姨、姑妈、姐姐……代表东方审美情调的上海女性，再次成为大众记忆和美好想象的引爆点，从不那么遥远的过往穿越至当下，成为沸腾的公共话题。

"最是那一低头的温柔，像一朵水莲花不胜凉风的娇羞……"上海女人美在哪里？其实对一直生活、工作在上海的"土著"而言，这不算什么问题。一个人的出身、性格、修养、命运都写在她的脸上，李伟华未经风霜剥蚀的容颜，加上她后代饱含感情色彩的回忆，让我们能够洞悉她的一生——无微不至的母爱，坚定不移的家庭观念，素面朝天的丰美仪容，大方得体的端庄气质，勤勉节俭的持家作风，隐忍含蓄的性格脾气，爱岗敬业的职业操守。

其实，这些优点也或多或少地出现在成千上万的上海女人身上，比如在奶奶身上、在妈妈身上、在老婆大人身上，嘿嘿，还在邻家小妹身上。

每条干净整洁的弄堂里、每个阳光灿烂的小区里、每条流光溢彩的马路上，每棵树下、每座桥上、每个十字路口，都可以看到李伟华们的优雅背影，听得见她们吴侬软语地说着家长里短。

在故纸堆里偶然曝光的老照片只是李伟华生命历程中的几个瞬间，更多的故事已被历史沙砾淹没，而照片背后的城市生态，则是我们所熟悉的并时时浮现于日常话语中的碎片。今天我们所讲的海派文化，或者城市性格，或者魔都的缤纷色彩，就因为有成千上万个李伟华代代相承，才变得如此活色生香、丰富多彩。

上海女人的硬气和"嗲"

数十年来，甚至再往前数十年，上海女人一直是茶余饭后的谐趣话题，从贩夫走卒到文化闲汉，都津津有味地咀嚼再三。张爱玲在《谈女人》一文中，提到了"地母精神"："女人纵有千般不足，女人的精神里面却有一点'地母'的根芽。"一般人不大容易理解，更多的人喜欢凭直观来研判，上海女人风轻云淡、风姿绰约，似乎是不易之论。特别是上海女人的"嗲"，更容易激起广泛的激赏。

那个黄浦江上桅樯林立、汽笛声回荡、十六铺码头一片雾茫茫的混沌时代，成千上万年轻女人被一个朦胧的愿景所指引，来到一个完全陌生的大上海，或者去棉纺厂、缫丝厂、印染厂、卷烟厂、服装厂、被单厂、蛋品厂、啤酒厂当女工;或者去富人家当女佣,经同乡介绍去小业主、小老板那里打工的也有。操着一口江苏话或浙江话的她们,就这样无可选择地做了配角,拿最低的工资、做最苦的活,承受着沉重的生活压力,还要受东洋婆的欺侮和流氓阿飞的骚扰。这个张开血盆大口吞吐着巨大人流和资金流的城市,没有给她们更多的机会。上海一开始就亏待了她们。

这个时候,上海女人大概是"嗲"不起来的。1897年《申报》上有篇文章如此描写:"近岁吴淞江以北,丝纱各项厂局方兴未艾,附郭及近乡妇女之尚此为生者,或业缲丝,或业拣茧,或业织布,或业纺纱,朝而往暮而归,其人亦以数千计。虽大半乱头粗服,而其中小家碧玉,挈妹呼姨,娉婷婀娜而来。"字里行间带了些感情色彩,主观镜头有点漂移,在场的小家碧玉或许是有点茫然的。

也因此,小几年后有些青年女性就赶在花样年华匆匆嫁人了,她们需要庇护,需要一个家,哪怕很破很烂,她们也心甘情愿在一方手帕大小的屋檐下释放过早觉醒的母性。从此她们不再有闪亮的机会抛头露面,社会分配给她们的职责是相夫教子。她们打起精神,整理衣衫,绾起青丝,柴米油盐一把抓,在生活的磨砺中变得精明强干,有意无意地把故乡学到的规矩和习俗带进了弄堂,这大概也是中国传统文化在城市的成功渗透。当然,也必须在生活安定之后,在男人的肩膀壮实到足以让她们依靠时,上海女人才有可能"嗲"起来。

所幸,上海女人都有着一双明亮的眼睛,在光怪陆离的世界中审视这个蓬勃生长的世界。她们发现,租界里的洋太太、洋小姐永远是男人宠爱的对象,她们经常在公园、剧场、舞会、茶馆、饭店等场所抛头露面,每到一处都有绅士腔调的男人抢着给她们拉门、挂衣服、拉椅子、斟酒,送上冒着气泡的香槟和新鲜的奶油蛋糕,将她们伺候得像公主一般。

她们与男人平等地参加社交活动,甚至比男人受到更多的尊重。你看那个"好白相"的张园,早在 1897 年的冬天,一百多位中外妇女就在安恺第反对缠足并讨论设立上海女学的议题。

女人原来可以这样骄傲地活着!于是,就像上海俚语中的"有样学样",上海女性的主体意识开始觉醒,她们三五成群,去公园、去会场、去俱乐部聆听关于妇女解放的演讲。除了在中国寺庙进香之外,她们还可去教堂参观、聚会,扩大自己的社交圈,获取本埠以外的社会信息和知识。

上海方言中的"双重认同"

"嗲",似乎是上海女性的专利,别的城市里肯定也有"嗲"劲十足的女性,但这个字的方言特征太强,只能归上海所有。上海女人的"嗲",有一点妖娆,但不是很多;有一点妩媚,也不是很多;上海"煮妇"擅长做色拉,一盆地道的色拉必须要加几滴白醋,不能没有,又不能太多。

但实际上,"嗲"的内涵相当复杂,难以用风情、风采、风骚等词汇来界定,在日常生活场景中,它还可以是一种声音、一种气息、一个背影、一个眼神、一个手势、一种戏剧效果……上海人在形容具体事物时也会用到这个词,比如一个创意、一种设计、一幅画、一段视频、一顶草帽、一次服饰搭配……"瞎嗲""太嗲了""嗲煞来",直白的置顶评价,脱口而出便能产生惊天动地的效果。

曾有作家说:"'嗲'这个词,完全是属于南方的。……它就是某些女孩子身上特有的,能够让男人心疼怜爱的'味道'。一个女孩子之所以能有这种味道,则多因为身材娇小、体态妩媚、性格温柔、谈吐文雅、举止得体、衣着入时，静则亭亭玉立，动则娉娉袅袅，言则柔声轻诉，食则细嚼慢咽，从而让男士们柔肠寸断，疼爱异常，大起呵护之心。其中，除先天气质外，后天修养也很重要，而以此征服男性之功夫，则上海人之所谓'嗲'。"

因为，上海方言让上海女人的"嗲"别具一种都市风韵。上海女人在街坊里弄与人打交道时，喜欢说自己的家乡话。从宏观层面看，或从集体无意识上讲，她也许是要确认自己的文化背景，建立一个有归属感的朋友圈，同时也在寻找与模仿中，被一个相宜的小社会所接纳。但事实并非那么简单，苏州话、嘉兴话、无锡话、杭州话，甚至震感强烈的绍兴话和宁波话，在社区里都有着宽敞的通行范围，原籍非江浙两省的居民也愿意接受，甚至乐意模仿。做家务、乘风凉的时候听听评弹、沪剧、越剧、独脚戏、宁波滩簧，也是寓教于乐的风化。

我觉得方言其实可以是用"嗲"字来评级的。经过岁月的淘洗，上海人已经达成共识：苏州话是最嗲的，接下来大概是无锡话、常熟话、杭州话、嘉兴话。"宁可跟苏州人吵架，也不要跟宁波人讲话。"这是上海人对两种方言所代表的两个族群的精准分类。虽然上海方言中的"阿拉"两字来自宁波话，但总体上看，上海话从本地话脱胎出来能够自成体系，主要得益于苏州话。

苏北话也很有特色，但一般在特定的范围内通行。上海市民乐意接受苏北话的戏剧效果，抑扬顿挫，别有一番烟花三月、断霞半空的韵味。

熊月之在《上海人解析》一书中也提到这一现象："说乡土话，交乡土人，吃乡土饭，供乡土神，做家乡生意，上海来去自由，这些都强化了各地在沪居民对移出地的情感。于是，寓居上海的各地移民，大多保持着对上海与家乡的双重认同。"

对那个时代的上海女人而言,或许还没有"双重认同"的意识,她们只是嫁鸡随鸡、嫁狗随狗,扎根上海就要尽快地融入这座光怪陆离的都会。这种一往情深的感情倾向,加上苏州话、无锡话、杭州话、宁波话的通行,在上海弄堂的语境中一来一去,便能让大家感受到一种"嗲悠悠"的市井气息。前不久《爱情神话》热播,成为现象级电影,片子中的三个女人"嗲"吗?太嗲了,嗲就嗲在她们的坦荡做派和现代性人格,嗲在她们是用上海方言交流和表达的。

　　还有作家说:"上海女人是这样一种人,要是有一点点漂亮、一点点娇嗲的话,也可以做出很漂亮的样子来,她们天生地很懂得自己有女人味。"其实上海女人也不是最嗲的,最嗲的在苏州,"苏州嗲妹妹"嘛。杭州女人的嗲,也有一种曲院风荷断桥雪的诗意。有些上海女人假若天生不那么漂亮的话,她也没法怪自己爷娘,只能认命了,但是她可以跟别人拼气质、拼修养、拼阅历,照样能成长为引人瞩目、受人尊敬的女人。这类禀赋略有欠缺的聪明女人,特别善于将自己最好的一面呈现在公众面前,明亮、通透、善良、坚定、自信,她的眼睛在与你说话。

　　我喜欢听上海女人在正式场合讲上海话。上海有不少方言推广团队,她们在微信平台用上海方言朗读千字散文,为文学作品拓展了生存空间。我的散文一经她们朗读,就知道在哪些方面还可以改进。上海电视台新闻坊节目开播已经二十周年了,用来"吊鲜头"的上海话使它获得了芳香的酵母,拉近了与观众的距离;我也喜欢看电视台几位主持人用上海话做的抗疫公益广告——"双手还要经常汏,窗户还要尽量开!"

上海女性的禀赋

放在今天的时空里来讨论，上海女人在总体上可称风情万种，但骨子里相当坚韧、刚强，就像王安忆在《寻找上海》一书中说的："上海的女性心里都有股子硬劲的，否则你就对付不了这个城市的人和事。"她们在单位里特别能干，在社交场合也落落大方，下班后马上往家里跑，孩子是她永远的牵挂。你请上海女人吃饭，至少要提前三四天预约，最好提前一周，让她把家里上至公婆、下至儿女统统摆平，才会打扮得山青水绿赴一场"有价值"的饭局。上海女人挤公交车时奋不顾身，走路时就像急行军——哪怕足蹬一双"恨天高"，争分夺秒是从小养成的习惯，她要是在路上慢吞吞地走，那一定是有心事了。但是她们在应该拗造型的时候就那么一立，自成一道美景。

也因此，上海女人不是"白、富、美、傻"的"嗲"，不是"侍儿扶起娇无力"的杨贵妃，不是"樱桃樊素口，杨柳小蛮腰"的古典美女，更不是"回眸一笑百媚生，六宫粉黛无颜色"那般撩人的红颜，而是成熟、知性、善解人意的、有着一定阅历的社会性美女，有着较高理解力、执行力和创造力的职场美女。

玫瑰铿锵、光彩照人，却也是有度有节的。如果过于硬气，浑身带刺，不知转圜，就会给别人造成压迫感。上海人看到胡润财富排行榜上的女企业家总是敬而远之的，而电视剧里的董竹君被视作女老板的典范。《花样年华》里的张曼玉、《色·戒》里的汤唯、《我的前半生》里的马伊琍、《爱情神话》里的吴越，也是上海女性的偶像。

弄堂是没有围墙的大学堂，女孩子从外婆、妈妈、老师、街坊邻居那里知道女人应该有怎样的姿态、语调和吃相,应该找一个怎样的男人。结果,即便她们本来不算最漂亮、最出色的,也能变成最漂亮、最出色的了——修为发挥了形象再塑的魔力。上海这座城市因为有了上海女人,才有了别样的风采和魔力。

所以,外省人经常把上海男人当作嘲笑对象,但是对上海女人不得不刮目相视,肃然起敬。1949 年后,上海各个领域涌现出成千上万的劳模,百分之七十以上是女性,"女劳模"成了上海的名片。特别是一个世纪的风云变幻,上海女人处变不惊的从容、如沐春风的优雅,尤其是作为社会名流、文化巨匠背后的贤内助,集睿智胆识与柔情风韵于一身,差不多就有了对"东方女神"的完美诠释——比如巴金的夫人萧珊、傅雷的夫人朱梅馥、刘海粟的夫人夏伊乔、曹天钦的夫人谢希德、顾维钧的夫人严幼韵、周信芳的夫人裘丽琳、张骏祥的夫人周小燕、俞振飞的夫人李蔷华、柳和清的夫人王丹凤……

一个令人不敢近亵的女神

接下来,在短暂的犹豫之后,我还是决定换一种稍稍低缓的语调来讲述一位上海女性的故事。她叫郑念,被有些人称为"上海滩真正的名媛",我觉得这样的称呼有点不严肃,也不能涵括她的传奇人生。郑念原名姚念媛,1915 年生于北京,父亲是日本留学生,曾任北洋政府高官。郑念毕业于南开中学和燕京大学,在学生时代就上了《北洋画报》的封面,二十世纪三十年代负笈英伦,就读于伦敦政治经济学院,成为令人生畏的学霸。

温柔贤淑、气质不凡的她后来认识了本校博士生郑康琪,并嫁给了这位帅哥,泰晤士河见证了他们的爱情故事。有意思的是,姚同学婚后随了夫姓,这是英国的"古例",也是中国南方有些省份的通例。1939年,夫妻俩完成学业并取得了相应的学位,此时抗日战争的硝烟已遍布大半个中国,希特勒的炮声也震惊了欧洲,他们选择了回国,辗转来到重庆。郑康琪进入国民政府的外交部,被派驻澳大利亚,一待就是七年。陪都的战时生活尚且还能保障留守夫人的体面与优雅,郑念在她的社交圈还不怎么寂寞。

1948年,他们来到上海,丈夫出任外交部驻上海办事处主任。1949年百万雄师过大江之前,赴台的飞机票就放在他们面前,但是他们对新政权、新中国有信任,也有期待,最终选择了留下。上海解放后郑康琪被陈毅市长看中,成为市政府的外交顾问,后来又出任英国壳牌石油公司驻沪办事处总经理,直到1957年因癌症去世。

按照西方评论家的说法,"壳牌公司是当时唯一留在红色中国的外国石油公司。红色中国需要外国的石油,需要郑念丈夫这样既受英国人信任,也没有那么多政治背景的人工作。在这种幸运之中,郑念一家的生活方式成为新中国危石之下仅存的几个完卵之一,继续维持过去的中产阶级生活"。这个说法虽然有点刺耳,但还算比较客观。丈夫去世后,郑念应邀进入英国壳牌石油公司,担任英籍总经理的助理,她的仪容仪态和一口地道的英语征服了在上海的所有外国人。

我是读了郑念定居美国后用英文撰写的《上海生死劫》(中文版,程乃珊、潘佐君译,浙江文艺出版社,1988年)才了解她的传奇人生。作为一本传记色彩浓厚的小说,真实的细节往往比虚构类作品更具直抵心灵的力量。我对中产阶级的日常生活兴趣不大,但对郑念狱中生活的描写印象深刻。一个门庭显赫的名媛、中产阶级的知识女性,在饱受凌辱之时仍然保持着人的尊严。替换衣物已破烂不堪,她还是凑了些碎布缝制了一只胸罩,使自己能够体面地站立在铁窗之下;监房里整天亮着刺眼的电灯,她就用手帕做了一个眼罩,使自己能够入眠。

二十世纪八十年代,迫害她女儿的凶手也已伏法,郑念将发还的所有古董字画捐给了上海博物馆,然后心无挂碍地远赴加拿大,后定居美国。2009年7月,老太太在家中洗澡时不小心被热水烫伤,送进华盛顿一家医院后又导致细菌感染,于11月2日不治病故,享年94岁。

我有位朋友从小住在五原路,二十世纪七十年代末见过郑念。他说:"傍晚时分,她走在马路上,素面朝天,目不斜视。有时候也会停下来,看看人家窗台上摆放的盆花。她的面容就像大理石雕像,她优雅端庄,仪态万方,女人味十足,确实是一个令人不敢近亵的女神。"

栀子花开的夏夜

坚强不是蛮横无理,独立不是唯我独尊,优雅也不是装出来的。

在今天喧嚣浮夸的世俗氛围中,上海也有不少女人滑入了炫耀财富、喜欢搞怪的庸俗中。三十年前是"蝴蝶的尖叫",今天呢? 高调出镜的小视频最容易博得极高的点击率,"发飙"这一热词被许多年轻人解读为有个性、有风格、有腔调。

一位曾经做过居委会主任的阿姨跟我说:"靠发飙来体现自尊心,一不小心就会闹出笑话。"上海人从来低调含蓄,低调就是不张扬。我们小区里有个老太太,一头白发,穿着朴素,见人都客客气气打招呼,还义务帮大学生补习外语。直到她去世后,我们才知道老太太不是一般人,中科院院士,化工专家! 她的优雅与端庄是靠彬彬有礼赢来的,是靠她的朴素低调赢来的,是灵魂的外化。

咋咋呼呼其实不是上海女人认可的做派，她即使对你有意见，甚至看不起你，也不会写在脸上。表面上还跟你客客气气，甚至撸你顺毛，给你吃"糖精片"，但是绝不会与你共情。另一方面，你看弄堂里共进共退的小姐妹，不开心的辰光也有，但眼睛一眨又粘在一道了。

我从小生活在一条建于 1922 年的石库门弄堂里，在我读小学一年级时，有三个女人给我留下了深刻印象。一个是倒马桶的阿姨，每天天不亮就推着笨重的粪车进弄堂，高喊一声："居民朋友们，马桶拎出来啊……"新的一天就这样开始了。她与一般的环卫工人不一样，三十岁左右，长得小巧玲珑，鼻梁坚挺，楚楚动人，算得上绝色美女。她哪怕穿一身细帆布工作服，也是干干净净的，每一缕头发都被发夹收拢。她对居民客客气气，见到老年人走来就会帮一把。有人说她是某大资本家第三个老婆所生，1949 年她父亲带着大老婆逃到香港，她与自己的亲娘就被抛弃了。

"现在落魄到这种地步，真是造化弄人！"弄堂里的"老克勒"不免心生怜香惜玉之意，但这位阿姨相当淡定。我多次看到她下班后，换上一身熨烫过的衣服，或浅绿，或粉红，从我家弄堂口走过。后来知道她这是去参加京剧票友的活动。夏天她还会撑一把杭州纸伞，上面画了西湖的三潭印月。当时我不明白，一朵鲜花已经插在粪堆上了，再这样打扮有什么意义？是否像报纸上所说的——她还在"追求资产阶级生活方式"吗？

还有一个女人年龄要大几岁，稍微发福，在路边木头搭建的小亭子里卖酱菜，万家灯火的时候，她孤独地捧着一本小说在看。我曾经在与小伙伴玩耍时，打碎了她的柜台玻璃，也向她借过长篇小说《青春之歌》和《晋阳秋》。在一个深秋的黄昏，路灯还没亮起，我无意间看到她手持一块粉饼偷偷地在脸上拍了几下，这个场景何等妩媚，以至于我驻足不前,痴痴地看了好几秒钟,此时她也看到了我,脸上顿时飞起一抹少女般的红晕。在那个特殊时代背景下,妇女同志放弃化妆已经很多年了!

还有一个老太太,在菜场旁的路口摆一只葱姜摊,箩筐上面搁一块洗得雪白的木板,葱姜经过清洗筛选,分堆摆放。她本人一身烟灰色的大襟布衫,永远洗得干干净净,讲一口小孩子不大听得懂的常州话。等待客人光顾的间隙,她从箩筐里拿出一副黑色直贡呢鞋面,一针上一针下地绣起花来,据说是为周边弄堂几个固定老客户定制的。夏至时节,我去买葱姜时就能看到她在衣襟上仔仔细细地别了一朵栀子花,那股幽幽清香,就是上海的气息!

我曾跟妈妈谈到这三个女人,妈妈说:"一个女人,如果你没有看不起自己,那么别人永远也不敢看不起你。"这句有点拗口的话,成为我日后认识上海女人的指南。

上海女人的"内家拳"

有人说,上海女人喜欢"作"。这倒不假,女人不"作",男人不爱!我的青创班同学蒋丽华早就说过:"'作'是上海女性的一个著名共性,是上海女性的性别智慧,也是上海男人有意无意地怂恿的结果。""作"的含义相当丰富,有点撒娇的意思,"非原则"不妨蛮不讲理,但更多情况下是争取话语权,提醒男人要欣赏她、呵护她,重审她的价值。再说上海女人的"作"是有分寸的,火候拿捏得相当到位。会"作","作"出情调,"作"出本事,因"作"而更显其嗲,将女人可人的资源发挥到极致,那才是风情万种的上海女人。

上海女人跟自己男人吵起来也是蛮凶的,但吵得越凶,好得越快。

上海女人跟自己老公再有什么别扭，在亲戚朋友面前还是给足他面子，淡妆浓抹，珠光宝气，十指紧扣，步调一致，闲话里句句帮衬，一般人根本看不出来他们昨夜可能吵得天翻地覆、落英缤纷。

"香烟不碰，老酒少吃，远离毒品、远离小三，听老婆闲话，跟共产党走"，这是上海女人为老公制定的铁律。在日新月异的城市风尚中，在鸡毛蒜皮的弄堂生活中，上海女人练就了一套以柔克刚的"内家拳"，这一点也是让外省女人羡慕嫉妒恨的。

上海曾经是女人的课堂，现在当然也是，上海有歌剧院、交响乐团、芭蕾舞学校、电影制片厂、译制片厂，优秀的女性就是近在眼前的偶像。还有国内一流的大学、医院、图书馆、美术馆、博物馆、音乐厅、大剧场等文化场所，工业锈带、滨江步道、郊野公园也可放飞一下灵魂。百货公司的橱窗、外滩的情人墙、电影院的海报、时尚杂志的封面、电视里的访谈节目，也是女人的良师益友。从行止到声音再到妆容，上海女人一直有模仿对象、有学习机会，也一直有自我修为的动力。所以，张爱玲说了："可爱的女人实在是真可爱。在某种范围内，可爱的人品与风韵是可以用人工培养出来的，世界各国不同样的淑女教育全是以此为目标……"

对新时代的女性，王安忆说得最贴切："她们的经验与感情的能量很大呢，难免会有点杂芜，可是不怕，她们兜得住，经得起，扛得动，岁月淘洗，自然会洗出真金。"她又说："上海的女性中，中年的女性更有代表性，她们的幻想已经消灭，缅怀的日子还未来临，更加富于行动，而上海是一个行动的巨人。……她们明白，希望就在自己一双手上。她们都是好样的。"

上海女人聪明、能干、勤奋、坚韧、优雅、时尚。上海有宋庆龄，也有谢希德；有茅丽瑛，也有郑苹如；有张幼仪，也有董竹君；有周錬霞，也有关紫兰;有赵清阁,也有张爱玲;有周璇,也有黄英;有秦怡,也有陈冲;有孟小冬,也有史依弘;有胡蓉蓉,也有朱洁静;有印海蓉,也有吴尔愉……若论颜值,她们自有一低头的温柔,也不缺姚黄魏紫的娇美;你说主要靠气质,行啊,她们绝不输给任何城市的女人!

旗袍重塑了上海女人

　　上海女人对美的追求，不能只从物质消费层面去理解，而应该从人性回归、思想解放等层面上进行考察。一百多年来，上海的经济繁荣、文化包容、社会开放，使上海女人眼界开阔、观念开放、思想活跃、性格坚忍，她们从电影戏曲、报纸杂志以及爱情小说、流行歌曲等方面汲取精神力量，追求人格独立、心灵解放，女性的主体意识获得了觉醒，女性从身体到心灵都希望收获一次大幅度的解放。

　　男人穿长衫，女人穿旗袍，这是历史的选择，也是时代的印记。1921年上海《妇女杂志》刊登文章《女子服装的改良》，认为东方女性服装要体现曲线美，为改良旗袍的登场大造舆论。果然，接下来的几年里，上海人对原先满族妇女专属的旗袍进行了多次改良，袖子剪短、领口拔高、腰身收窄、开叉引上，使女性形体曲线毕露、娇媚动人。

　　二十世纪二三十年代，鸿翔等时装店的老板很有商业眼光，他与著名的电影导演建立默契的合作关系，一部电影开拍之前，会无偿提供给主要演员数十套旗袍。同时悄悄地批量生产几款女一号、女二号穿的旗袍，等该部电影上映后，橱窗里就推出那几款旗袍应景，借影星的号召力促销。可以说，旗袍在上海的普及与时装店的运作是分不开的。

　　同时，旗袍与新女性也发生了"化学反应"，上海的学生受新思想、新文化的影响较深,在公众场合代表着自由与解放的女性形象,其行事、着装往往也成为社会时尚的风向标。于是,女学生穿旗袍自然成为文明、时尚的象征,对社会各界妇女的示范作用相当大。无论在历史老照片中还是在今天的影视作品里,一袭阴丹士林布旗袍就代表了都市的全新景观。

1929 年,国民政府公布《民国服制条例》,正式将旗袍定为国服,即国民礼服。女子礼服有两款:一款是蓝上衣加黑裙,另一款是长身旗袍。二十世纪四十年代末,旗袍一度成为中国的"国服",成为中国妇女最重要的日常服饰之一。

张爱玲对服装有一种天然的敏感,她一眼识破了时局与服装的关系,"在政治混乱期间,人们没有能力改良他们的生活情形。他们只能够创造他们贴身的环境——那就是衣服。我们各人住在各人的衣服里"。

旗袍让上海女人的身体获得解放,清新、摩登、性感、自信满满,回头率领其他城市女性。今天我们看到这一时期老照片上的新女性,无论亭亭玉立还是疾步生风,无论居家思春还是外出交游,无论在麻将台上还是在歌舞欢场,多穿裁剪合身的旗袍。经过摄影师的构图与光影处理,那根线条、那种姿态、那般风情,比起月份牌上的"画中人",要端庄就更加端庄,要摩登就更加摩登。

甚至可以说,作为一种世纪图像,上海的名媛淑女以"摩登时代"为背景闪亮出镜的话,一定要借助旗袍的意象。张爱玲穿旗袍,不管时新的高领头还是古典的宽袖筒,都是那么得体,因为她有着强烈的主体意识:"现在要紧的是人,旗袍的作用不外乎烘云托月,忠实地将人体轮廓曲曲勾出。"

胡蝶如此,周璇与阮玲玉也如此,丁玲如此,陆小曼与潘玉良也如此。宋氏三姐妹受西式教育成长，也经常穿旗袍，宋美龄穿着旗袍在美国国会做演讲，她的风采征服了西方民众。

旗袍重塑了上海女人，上海女人又重塑了上海。

当然，旗袍太轻太薄，容易被风吹皱。再说张爱玲，1950 年 7 月，她获得参加上海市第一届文代会的机会，却依然穿了一件旗袍进入会场，外面还罩了一件装饰功能大于保暖功能的白色绒线衫。当她看到不少女作家都穿了男性化的服装后，忧心忡忡地对闺蜜说："我害怕失去自己。"多年以后，柯灵在《遥寄张爱玲》一文里说："那时大陆最时髦的装束，是男女一律的蓝布或灰布中山装，后来因此获得西方'蓝蚂蚁'的徽号。张爱玲的打扮，尽管由绚烂归于平淡，但比较之下，还显得很突出。"

二十世纪八十年代，旗袍接续三十年代的春梦，回归魔都的烟火人间。特别是在《花样年华》《一世情缘》《金粉世家》等影视作品中，女主人公几十件旗袍走马灯般的"翻行头"，大大撩拨了女人的心。

我们还能从纪实类老照片上看到与旗袍并行的城市景观，至二十世纪三十年代，有一部分上海女人的服饰已经相当欧化了，西装短裙晚礼服，体现出一种开放、包容、自信满满的心态，这是上海女人的另一个界面。时装每年都会发生变化，旗袍则守护着"老上海"超稳定的审美原则。

1949 年后，以列宁装、布拉吉为标志的服装体系，借了革命的名义，借了便于劳动、节省布料等理由，大幅度地向男性世界靠拢，直到军绿色服装在生活空间的强势膨胀，基本上消解了性别特征。即便如此，上海女人也没有放弃对美的追求，于幽暗处蛰伏，伺机捕捉那稍纵即逝的光亮。一次次"资产阶级生活方式回潮"，正是上海女人与主流意识形态巧妙周旋的表现。

1980 年年底，新中国第一支时装表演队——上海时装表演队成立，刚刚接受了短期形体训练的二十几位时装模特在万众瞩目中登上了改革开放的 T 台。今天呢，上海女人拥有几十个旗袍协会，各有各的圈子，圈子与圈子还有重叠，她们还组团去米兰世博会走秀，为上海这座城市争光。旗袍协会中还有外国友人，说不定还是某国的领事夫人、大公司的副总裁、大学教授和网站主播。在一些重要场合，她们喜欢穿着旗袍、戴着翡翠手镯妖娆出镜，你若与她们合影，她们最开心了。

　　数年前一个暮春的下午，在绵绵细雨之中，我前往上海美术馆参加"百年旗袍展"的开幕式，必要的程序走完后，我便来到二楼展厅欣赏展品。其中十几件清代的旗袍弥足珍贵，更有文物价值的是宋庆龄穿过的三件旗袍：一件是麻的，一件是咖啡色香云纱的，还有一件是真丝的，朴素而高雅。那件香云纱的旗袍很有特色，领口和袖口都是编织的，透气性很好。突然在我眼前掠过一位女性，她穿了一件半截头的旗袍，月白色，与展览的气氛很协调——她就是上海艺术研究所的张莉，也是本次展览的策展人。

　　我叫住她，聊了几句后她告诉我一件事：展览开幕前一天，来了一位眉清目秀的老太太，看上去快八十岁了，交谈中得知她是名门之后，在纺织系统工作了几十年，曾当选过两届劳模。她母亲是大家闺秀，留下十多件旗袍，她想将家传旗袍捐给上海艺术研究所。老太太不需要任何回报，连一张捐赠证书也不要，如果有什么要求的话，就是不接受媒体采访，她甚至表示从此也不会与我联系了。老太太说："这些旗袍很重要，我个人并不重要。"张莉说到此，心有戚戚焉。

　　我相信这样的老太太在上海肯定还有，她们很重要。

"做人家"的上海人

外省人都晓得上海人最最"做人家"。"做人家",有点勤俭持家的意思。比如说:"张家阿嫂真真做人家,一块红腐乳筷头笃笃,要过两顿泡饭呢。"

"做人家"作为特定时期、规定情景下的常用词汇,谨小慎微地体现出上海人勤俭持家的秉性,顽强地表达着对生活品质的追求,它是城市文明进程中,一个族群生活智慧的高度概括,也是一种"被低调"的生活态度。

"做人家"的上海人集体性格,或许可以从张爱玲、苏青的作品中窥到一点端倪,在今天千军万马奔向小康的 E 时代,这种性格特征依然化身为无数只小虫子,爬行在琐碎的生活细节中。它既是外省人讥讽上海人的话柄,也是上海人引以为傲的生活态度,甚至在某种程度上还能延伸到投资置业、家居装潢、招商引资、环境绿化、市政建设等方面——并不会刻意掩饰或以此为耻。就像有些外省人所说,上海人不大会浪费,这是优点;但同时也不会发大财,这又成了通病。

在打造节约型社会的今天,若能心平气和地重新审视,或许能会心一笑。做一个可爱的上海人,应该包含"做人家"的缜密与谦逊。

艰难时世中有几样东西,有点可笑,也有点心酸地证明了上海人

"做人家"的集体性格。

节约领（俗称假领头）是上海人对中国服装史的杰出贡献。在凭布票买布料、买衣服的二十世纪六七十年代，发明者真是用了置之死地而后生的灵感来剪裁这只领子。节约领裁剪得体、做工精良，领子是有硬衬的，冬天穿在棉毛衫外，看上去像一件完整的衬衫，体面过人，即使系领带也不会露马脚，所需纺织品专用券一寸——那是最低计量单位。节约领用最少的布料撑起了上海人的面子。南京东路时装商店底楼专门设了一个很长的柜台出售节约领，花式之多、质量之高，得到了广大人民的高度赞赏。有那么几年，从早到晚排队，人头攒动，几十只节约领挂在货架上，整整齐齐，那种开诚布公的气势，是上海人自信心的写照。那种亦宽亦窄的条纹或斑斑点点的图案，实现了计划经济时代上海人试图打破审美僵局的努力。我本人与节约领亲密接触的历史有十年之久。

与节约领有异曲同工之妙的是绒线领头，那是贴在女性大衣领子上面的。聪明的上海女性用毛线编结，既保暖又时尚，不仅能使大衣领子免遭污损，还可以经常更换，这让我想起托尔斯泰的《战争与和平》里没落的贵族夫人更换袖口的细节。

那时候服装店里还有一种可双面穿的两用衫，一面是咖啡色的灯芯绒，一面是宝蓝色的咔叽布，式样变换之间，外人是看不出来的。"一鸡两吃"的设计方案温柔地滋润着上海人枯萎的虚荣心。写到这里，我不由得想起张爱玲的一句话："衣服是一种语言，随身带着一种袖珍戏剧。"

计划经济时代，上海是一座值得骄傲的工业城市，产业工人的数量为全国之冠。于是作为一种资源，厂里的劳防用品也被聪明的上海人开发利用。比如纱手套，按照不同的工种，一个工人每年可以领取几双或十几双，用得仔细些，一年就可以省几副下来，交给家里的女主人，拆开来染成红的绿的，再结成一件件纱衫，让孩子穿着上学去。纱衫的保暖性稍差，但总比没有要好得多。

有一次，一位纺织局的领导告诉我，他当年接待几位市领导的夫人，名义上是请她们试用新产品，实际上就是让她们享受成本价优惠。有几位领导夫人脱了外衣，露出了里面手工编结的纱衫，相视一笑，真有点不好意思呢。

工厂职工每年能领到一套劳动布工作服，有些工种还配给了棉大衣，如果老师傅穿得仔细，两三年一过就能省下一套来，给"长发头上"的孩子穿，有时候怕左胸前"安全生产"那四个印上去的红字过于暴露，家庭主妇也会用一块同样颜色的布贴上去。也有不贴的，以示来路正宗——那是工人阶级昂首挺胸的年代。

今天的年轻人可以指责上一代人"揩公家的油"，拿劳防用品做生活资料，但老上海会用一句话来教训你：小赤佬，你没经历过这种日脚，不要讲风凉话！

那时候有一句响亮的口号，"新三年，旧三年，缝缝补补又三年"。在淮海中路一家服装商店的橱窗里，我也看到这样的口号，店家同时还展出了一件做工十分精良的皮夹克，猎装风格，针脚严密。但这件皮夹克很小，一岁的"小毛头"恐怕也穿不上，纯粹就是件标本，就像古玩行的一句行话：小器大模样。更大的奥妙在于这件皮夹克的原料，是从一只旧沙发上割下来的。

一方面要不折不扣地遵循来自高层的指令，另一方面又要巧妙地体现自己的聪明才智，大概就是上海人的"心机"吧。

实际上呢？"缝缝补补又三年"之后，那件历经迭代的旧衣服还舍不得扔掉，女人的巧手会沿着线缝将它拆开，刷了糨糊褙硬衬，可以用来做鞋面。硬衬是鞋面的里衬,外配黑色直贡呢鞋面,内衬白布。那年头男的穿松紧鞋,女的穿搭攀鞋,冬天则有蚌壳棉鞋。黑色直贡呢面子加白塑料底的松紧鞋属于时髦货,要卖到三元六角一双,对多子女家庭而言确是一笔不小的开销,如果自己做就能省下不少钱。

鞋底有两种,一是布的,自己纳,穿起来很轻巧,缺点是容易磨损。为了增加耐磨性,同时防潮,就到皮鞋摊钉一副前后掌,旧自行车外胎提供了充足的原料。二是塑料鞋底,商店里也有,一种是白色的,一种是咖啡色的,价格相差不小。鞋面鞋底配齐后,送皮鞋摊请老师傅缚一缚。如果遇到聋哑师傅,则手艺更加精进,盖因不受外界干扰耳。在我读中学时,逢年过节才能穿一双白塑料底的松紧鞋。

破布的另一种出路是扎拖畚。上海人爱清洁,蜗居虽然仅能容膝,但地板始终干干净净。

再说一句,上海女人做绣花拖鞋的本领大概是苏州人教的,从精致程度看,简直就是一件工艺品。我家附近的八仙桥是副商业中心,人间烟火相当炽烈,早在二十世纪三十年代就专门有人在屋檐下摆个小摊出售绣花拖鞋的花样,这也是街头职业之一种。手艺人的功夫十分了得,一把剪刀、一张白纸,看上去剪刀没动,而对折起来的白纸则在他手里转圈,一眨眼工夫,从他手里就"飞"出来一头鹿、一条龙、一只蝴蝶、一尾锦鲤、一朵牡丹,而且揭开来就是一对,神乎其技。上海女人买了花样回去,贴在鞋面上,配上各种颜色的丝线,就能绣成赏心悦目的鞋面。旧时新娘出嫁,都要备几双绣花鞋的。在我小时候,绣花拖鞋还是一种遗风流韵,我家里就有十几枚鞋样,夹在泛黄的旧账簿里。略带夸张的图案,舒展灵动的线条,启蒙了我的审美意识。

有"剪纸大王"之称的王子淦,十三岁从南通来上海谋生,拜街头艺人武为恒为师,八仙桥是他练摊的场子。二十世纪五十年代,他被聘为上海工艺美术研究所专职艺术家，从事剪纸创作与研究，后被评为"工艺美术特级大师"。北京亚运会期间，王子淦参加上海参观团赴京表演，被时任上海市市长的朱镕基称为"神剪"。

鞋样其实是一种通称，也叫纸样，其实还有许多花样可供上海女人绣帽子、手套、枕套、台布等。

那时候上海的主要商业街，总要配置几家有点规模的布店，比如"三大祥"——协大祥、信大祥和宝大祥，这些老字号经常出售零头布，因为所需布票很少，价钱又便宜，是家庭主妇经常光顾的淘宝之地。零头布若买得巧，可以做衬衫、短裤、假领头、背心等。还有一种边角料论斤买，比如才手掌大小的三角形彩色织锦缎零料，这大概是生产外销产品的"厨余垃圾"。这种"垃圾"有什么用？有！心灵手巧的上海女人照样能拼出一床色彩斑斓的被面子，或者一条窗帘、一块台布，让外省人目瞪口呆，自愧弗如。

在日常开支方面，上海的家庭主妇也是精于算计的。水，早就懂得分类利用了，淘米水可以用来洗菜，洗衣服水可以拖地板，最后一桶脏水还要用来冲门前的水泥地。随着水汽的滋滋蒸发，地面就降温了，过一会儿乘风凉就舒服多了。乘风凉用的蒲扇，扇面上烫了自己的姓氏以防流失，滚了布边经久耐用。

上海的弄堂一般都有一两口井，近井楼台先得水，可以镇西瓜啤酒、洗衣服、拖地板，每周一次的弄堂大扫除用的也是井水。

电，也不能浪费。特别是夏天，户外活动时间增加，家里的灯就尽量少开，孩子看书、打牌、吹牛皮都围聚在路灯下。也有从家中窗口拖一根电线出来，看电视、吃老酒，打"大怪路子"，左邻右舍也来借光。

上海石库门房子里的水龙头和电表都是一家一只的，有时水龙头上还会罩一只马口铁罐头，以防他人盗用；用上煤气的，煤气灶具上的开关也要加装简便的防盗装置。此种场景常遭外地人嘲笑，但这些"只防君子不防贼"的措施到位后，上海人的小日子就过得踏实点了，邻里之间也可保持长久的和平。

外地人嘲笑上海人：你们是吃泡饭长大的。这一点上海人没什么好反驳的，上海人早上确实是吃泡饭的，大饼、油条、粢饭、豆浆——"四大金刚"，也不会经常吃。泡饭最实惠，隔夜冷饭用开水一泡就成了，过泡饭小菜也是皮蛋、咸蛋、大头菜、酱萝卜、腐乳之类，尴尬头上买一根油条剪成十几段，也可供一家之需。这场景着实寒酸，但上海人也会阿Q地告诉你：我们吃的毕竟是大米而不是窝窝头、小米粥！另外，上海人也爱吃菜泡饭，隔夜冷饭加吃剩冷菜一锅煮，小菜也节省了。

不过，上海人在家接待外地亲戚，一般不会请他吃泡饭。小笼馒头或生煎馒头还是请得起的，借了钞票也要办到，这是上海人的面子。

上海人居家不可能顿顿有红烧肉，平时改善伙食以小荤为主，二两瘦肉可以大做文章，肉饼子炖蛋、肉末烧茄子、花生肉丁、辣椒塞肉、蚂蚁上树、肉圆毛菜汤……"有心相"的朋友喜欢切肉丝，分别与咸菜、茭白、芹菜、白菜、青椒、榨菜等为伍，在烈火烹油中共情。咸菜一年四季不断，又便宜又入味，有了肉丝的加持，宜饭宜粥，经得起吃。负笈海外的游子回国探亲，最解馋的早餐往往就是母亲下厨做的一碗咸菜肉丝面。

上海人对单位福利是很在意的，邻里之间也会攀比，小青年谈恋爱，这也是一块砝码。比如食堂里有馒头供应，买几只回家哄孩子，肉馅、菜馅、豆沙馅的都有，比点心店里的便宜。我们弄堂里有个男人在肉类加工厂，上下班路途遥远，但因为单位伙食好，让人羡慕嫉妒恨。"我就是天天吃炒青菜，油水也比你们足。"这就是他骄傲的理由。他还会隔三岔五地带一茶缸猪油渣回来，只需付一角钱菜票，撒点盐就是很好的下酒菜。猪油渣包馄饨、包萝卜丝馒头,都是让人垂涎欲滴的国民小食。

有一老先生,爱吃王家沙的鲜肉汤团,但他只吃汤团皮,留着鲜肉馅心带回家,中午放几棵菜心一煮,就是一碗菜心肉圆汤了。还有一位老先生,在橡皮鱼大行其道的时候,将其拆骨取肉剁成茸,再买根油条,剪成一段段,将鱼茸调味后塞到里面,油里一炸,就成了一道下酒菜。后来汪曾祺在文章里写到自己发明了油条塞肉,外脆里酥,嚼之"声动十里人"。老先生不服气地说:"这怎么是汪曾祺发明的呢? 我比他早,你是知道的。"

以前上海人很少在外吃饭,招待亲戚朋友,一般就在家里炒几个菜,烫一壶酒。那时候上海街头经常有卖熟菜的小铺子,猪头肉、桂花肉、卤大肠、糖醋小排、红肠、方腿等,这些是简便的下酒小菜,更是家里留客吃饭时酤酒添菜的急需。后来有条件在饭店打牙祭了,也不作兴铺张,吃不完一定要打包。办喜庆婚宴,客人一定要把走油蹄髈留下,让主人带回。一来大家已经吃得差不多了;二来沪滨旧时风俗,新郎新娘要向媒人送十八只蹄髈。"十八只"当然是个口彩,但全身而退的蹄髈在婚礼之后确实有很大的用处。这也是上海人的厚道所在。

上海女人善于持家,上海男人也不赖。上海女人结毛衣是一把好手,在那个年代,上海女人在街上多看几眼外国女人,或在电影里看到女主角身上的服饰,马上就会"变戏法"似的结出这种花式的毛衣,还一本正经地命名为"罗马尼亚式铰链棒""阿尔巴尼亚花"等。不过,上海男人也会结毛衣噢,结得最好的男人在哪里? 在远洋轮上! 万吨轮在一望无际的大海上漂泊,船员无所事事,就靠结毛衣消磨时光。上海到欧洲一个来回,老婆、孩子、丈母娘的毛衣都有了。上海男人还理直气壮地对外省人说:"二战时期的英国首相丘吉尔,不也是结毛衣的高手吗?有一次电视台举办结毛衣比赛,最出彩的就是男嘉宾。"

曾有一度,节能高效的十二芯煤油炉十分流行,那是用废旧马口铁罐头剪开来,再用小榔头叮叮当当敲出来的。三角铁可以焊成金鱼缸,养热带鱼。旧铅皮敲成台式八瓦小日光灯(含灯罩灯座),灯管、启电器、小开关等配件在五金店里都有售。段位高的男人,到中央商场淘二极管、三极管,各种线路板在虹江路旧货市场有的是,装一台半导体收音机,也是颇有成就感的。如果装成六管以上的,就能关起门来收听短波电台的"靡靡之音"了。

二十世纪七十年代,弄堂里到处可见上海男人做木工活,刨花随风轻扬。喇叭箱、小菜橱、床边柜、写字台、沙发……就这样做成了。这些家具都是用废木料做的,比如造房子的水泥壳子板、旧家具的碎料等,凭户口簿划区限量供应。一度,油漆店和五金店生意奇好,泡立水、腊克、猪血老粉和抽屉锁经常断档。

那时候如果家里有一辆自行车,绝对"体面过人"。男人有了自行车后,一般就要学会保养修理,比如换个胎啊,给轴承上牛油啊,这也是休息天的功课。

有些男人在厂里是受人尊敬的老法师,车钳刨镗样样拿得起,那么他就会淘来各种零件,鼓捣两三个月也能装配成功一辆十八型凤凰锰钢牛皮鞍座自行车,家门口一停,真比现在新买一辆大奔还风光呢。

大人的节约秉性当然也影响了孩子,在多子女家庭,当爹的得学会理发,休息天依次给老大、老二、老三、老四理发,剃成马桶头的别哭,头发短了才是硬道理。剪下来的头发用来镗煤炉。碎头发与黄泥混合,赛过混凝土里插了钢筋。

新学期来临,孩子领到的新课本也可用过期的挂历包封皮,有三点式泳装美女的最好别用,免得孩子上课时想入非非。草稿纸有专门的纸品店供应,从印刷厂出来的纸边,两三寸宽,三五分能买一大沓,包用一学期呢。孩子放学也有事情可做,在夏天则收集西瓜籽,摊开在竹匾里晒干,炒一下就是乘风凉时的小零嘴啊。把晾干的甲鱼壳、鸡肫皮、文丹皮等送到药房卖了,换来的钱买游泳票。年末到了,将积至一叠的旧信封拆开,翻个身再糊成一只信封给大人用,或者用旧挂历做成一只只小粽子,串起来就是一副很好看的门帘啦。"穷人的孩子早当家"——这可是《红灯记》里唱的。

不乏学者认为,精明的上海人,是能够把他们的俗气和窘迫深藏在雅致背后的。而且在特殊的年代,他们也仍然能保持和营造整个城市的雅致氛围;即使是走遍海角天涯,他们也能把那份雅致带到那些边远地方,不动声色地体现在每一个生活细节中。

在今天物质丰富的时代,有人认为上海人"做人家"的生活态度不利于刺激市场、拉动内需。错,今天的上海人在衣食住行方面的开支在总体上比以前多得多,在旅游、教育、健康、养老、艺术品收藏等方面的预算也占了相当重要的比例。而且,上海人的银行存款并不是很多,他们更喜欢投资基金、保险、股市和房产。上海人因此踩雷的也比较多,这个话题以后我们再聊。

当然,也有些"做人家"的办法已经跟不上时代了。比方说对自来水的再度利用,进入新世纪,至少一半以上的上海人搬进了新买或动迁安置的商品房,居住面积大了,卫生间也有一大一小两间,但有些大妈一盆接一盆地将卫生间铺得几无隙地,家里有儿子媳妇住在一起,往往不知所措。儿媳妇要上个卫生间,不得不"爬山涉水"。更过分的是,大妈自己小解后马桶不冲,一个劲儿地动员儿媳妇:"你要不要小便呀,来呀,小一小,你小好后一起冲,不就节约一桶水啦?"弄得儿媳妇十分尴尬。供电部门为了削峰填谷,晚上 10 点后到次日凌晨 5 点电费半价,有些大妈就等到10点后再开动洗衣机,次日凌晨一早起来熨衣服。如此这般,不仅自己休息不好,也会影响子女休息。

力戒骄奢淫逸,节约是中国人的美德,当然节约也要适应现代社会的生活方式和消费理念。在打造节约型社会的今天,上海人的生活智慧应该得到肯定,上海人对物质消费的审慎精神更应该发扬。社会越进步,投资越理性;社会越文明,消费越理性。

这个道理,"做人家"的上海人早就懂了。

上海人都是小木匠

　　三十年前，或者再早一点的二十世纪七十年代末，如果走在上海的街头巷尾，常常会看到有人在做木匠活。他们可不是正儿八经的木匠师傅，而是业余木匠，耳朵上夹一支扁铅笔，手里拿一把锯子，作凳摆好，一脚踩住一块木板，一招一式看上去还真像那么回事。有风吹来，刨花被吹向远方。转眼间，一张床头柜（俗称夜壶箱）就立起来了。就在此时，小木匠的娘端来一碗酒酿圆子："好歇歇啦，看你的汗衫都湿透了呢！"为娘的心疼儿子，其实还有点向左邻右里炫耀的用意：瞧我家的小赤佬，手艺活还不错吧！

　　上海人，不是一贯的养尊处优吗？不是五谷不分、四体不勤的吗？为什么在那个时候却自讨苦吃地做起木匠活呢？

　　唉，说起来都是泪啊！

　　哥那会儿就在弄堂里做过木匠活，那么就听我从头说起吧。

　　上海人说起木匠，总要在前面加一"小"字，既表示亲热，又有一点轻看的味道。手艺人嘛，在大上海的地位本来就不高，如今知识经济时代，木匠更与民工同一个档子。但是在"工人阶级领导一切"的时代，木匠师傅在我们这个城市是风光过一阵的。手工劳作对清贫生活也许是一场生产自救，在大时代的背景下也许是对劳动者的礼赞，在下就积极性颇高地学过几招。

套用一句貌似辩证法的俗语,对我来说,"向鲁班同志学习"既是受客观环境所迫,也是受主观愿望所驱动。客观环境是,二十世纪七十年代初到八十年代末,正是中国经济的短缺时代,木材供应严重不足,从国外购买木材又没有足够的外汇,所以家具行业常处于"巧媳妇等米下锅"的尴尬局面,这也是中国家具史上的"黑暗期"。一方面,传统的老红木家具被当作"四旧"抄了、烧了,剩下的堆在仓库里,有一些流到旧货商店里,价钱之便宜,等于白捡。但还是没人敢买,怕引火烧身。最后,红木家具被送到厂里拆散了做成秤杆、琴杆和算盘珠。另一方面,新家具供应不上。我大哥是七十年代初结婚的,买家具得排队过夜。我参与了这次伟大的抢购,裹着棉大衣在淮海路一家家具店门口排了个通宵。还不能买全套的,只能在大衣柜和五斗橱中选一件。所以我大哥结婚时,家里没有五斗橱。四年后,用了朋友的额度才补齐一套。

而主观愿望是,本人出身于劳动人民家庭,穷人的孩子早当家,动手能力一直比较强,那就自力更生,改善居家条件。

我对鲁班爷的致敬始于对学校课桌椅的改造。我进中学的那年,校园一片萧条,教室里的门窗玻璃绝大部分是破碎的,课桌椅能凑齐算不错了,黑板大面积掉漆,上地理课就有现成的世界地图。大多数课桌椅就跟教科书里对资本主义经济基础的描绘一样:摇摇晃晃、濒于崩溃。有一天,班主任号召动手能力强一点的男同学利用课余时间将课桌椅修理一下,我与几个要好的同学就义不容辞地担当起这个重任。经过好几个星期天的敲敲打打,缺胳膊少腿的课桌椅又焕发了青春。我们哥几个顺便为自己开了小灶,在桌板下面的口子前加一块翻板、上一把锁,这样一来,我们不必背书包,就像甩手相公那样进出校门。

从此,我就迷上了木工活。几年里,我陆续购置了刨子、锯子和凿子，先将家里的凳子、桌子当作"大白鼠"，然后自我膨胀地做起了床边柜、书柜、桌子、书桌等。中学毕业前夜，我一支扁铅笔夹在耳朵上，一把锯子上了手，就很有点小木匠的腔调了。

做木工活的好处是明显的，比如说，我的代数成绩一塌糊涂，但几何总能得满分，这跟我无师自通地学会看图纸、画图纸有关。再比如，学工劳动时，所有的同学都下车间"三班倒"，我被厂里的技术员看中，帮他打下手，画一套标准的机床图纸。活轻松不算，又学了一门手艺。还有做上了木工活，吃饭香，睡觉也香，眼瞅着胳膊上、胸脯上的肌肉一块块鼓了起来，叫学校里那帮小流氓不敢欺侮俺。

工作后，我在单位里也做过几年木匠，做过工作台、更衣箱、搭过违章建筑、学会了使用电刨电锯，最痛快的事莫过于放开手脚使用三夹板，赛过叫花子吃酒席，海了去啦。也因为干的活马看得见，很有成就感，赢来老师傅们的夸奖不算，还可以在师兄师妹面前自吹自擂一番。

那时的上海人在结婚时讲究"三十六只脚"，男方要是缺一只脚，新娘子的脚也不会跨进男方家的门槛。不过这也难不倒上海男人，自己动手，丰衣足食。于是，整个上海滩打响了一场做家具的"人民战争"，不少业余木匠"在游泳中学会游泳"。在我家那条弄堂里，就有不少手艺很了得的鲁班私淑弟子，与他们接触，不仅可以借到一些特殊的工具，技艺也突飞猛进。

做家具要木材，但当时上海的木材供应十分紧张，只有少量从建筑工地或旧家具上拆下来的木材通过少数几个供应点出售，那是要凭户口簿限量供应的。我在通北路买过一次，在卢家湾买过一次，有一次在浦东塘桥购买——之前听说这个供应点的东西比较好，运气好的话能买到大料，但要起得早。于是我在凌晨四点就从摆渡船赶到塘桥，在刺骨的寒风中排了四个小时的队,与队伍中的业余木匠轮流去一个小店吃了早点,然后熬到开门后爬到高高的木柴堆上挑选三分钟(商店规定)。我挑到了一块长约两米的厚木板,引起不少人的眼红。付了钱,扛着它一路走到码头,坐摆渡船回到十六铺,欲上12路电车时却被售票员赶了下来,理由是它太长了,会影响其他乘客的安全。没办法,只得扛着它走回家,半路上还遭遇了一场倾盆大雨,将我淋成一只落汤鸡。如今回想起来也常被自己感动,那个时候我真是吃得起苦!

买来的零星木料其实是很难伺候的,有些还是水泥壳板,刨子一推就崩出了缺口。最可恶的是暗藏钉子,常让小木匠踩雷。中国传统家具最讲材质,什么黄花梨、紫檀、鸡翅,次一点的有榆木、榉木、樟木。而那时就不管了,只要是木头全凑在一起处理,油漆一刷谁也不知道谁了。

我有四个哥哥和一个姐姐,自制家具的必要性和迫切性就体现出来了。我为三个哥哥每人做了一口书柜,还将自己新做的书桌送给了姐姐。前几年我大哥搬进新居,别的旧家具都扔了,我给他做的一口书柜却舍不得扔。最近轮到我迁居新家,我将儿子房间里的一套家具送给了最小的哥哥,了却多年的心愿。这套家具虽然不是我做的,但图纸是我精心绘制的。最大的特点在于书柜里的阶梯式搁板,可以前后放两排书,后排略高,露出一截书脊,便于寻找。而且,错层搁板还增强了耐压力,不易弯曲。这个发明后来还惠及许多读书的朋友,就差没申请专利。

我还为父母家里做了两张床、一张八仙桌,搭了一个阁楼。至于凳子、箱柜之类的小件,就不好意思再评功摆好了。

木工是一门好手艺,它的优越性在我谈朋友时充分体现出来了。我作为"毛脚女婿"第一次见过丈人阿爸,并没引起他老人家的特别关注。后来他得知我会一点木工活就发了话：做一对沙发。受命于考察之际，我死心塌地奉献出几个休息天，精心设计、精心施工，并坚守"质量第一"的初心，终于做成了一对弹眼落睛的沙发，连沙发套都是我在缝纫机上一脚上、一脚下踩出来的。老丈人是从小闯荡上海滩的手艺人，眼光很毒，当他坐在沙发上使劲地颠了颠屁股后，终于露出了慈祥的笑容。至此，我心里一块大石头终于落地，这份考卷算是及格了，当晚与女朋友外出看印度电影《大篷车》并 KISS。

但我没想到的是，这份考卷还有附加题。女朋友的哥哥姐姐不比我少，他们在认真考察了"老丈人工程"后，立即流露出继续考察的强烈愿望。于是我又接连牺牲几十个休息天，做了两对沙发(含茶几)、两口装饰柜、一只喇叭箱，还为女朋友的大姐搭了一间违章建筑，同时又为女朋友的娘舅做了一对沙发(含茶几)，并参与搭建了一间三层阁。

令人感到欣慰的是，每当我在阳台上赤膊短裤、背负骄阳努力劳作的时候，女朋友就会送来汽水、递上毛巾。于是，单调乏味的锯板声听起来就像"娶你、娶你"。由此说，我在女朋友家中的地位是建立在刨花堆上的。

当时，上海业余木匠做的家具真是五花八门，各种式样连自己也说不清。但上海人一向是注意细节的，比如家具的脚就很讲究的，有老虎脚和调羹脚，还有后人做出了内翻马蹄脚。拉手也有讲究，先是树叶状的，后来流行香蕉形的。最有代表性的是所谓的捷克式，谁也说不上真正的捷克式是什么样，有的话又是怎样的，反正在那时的捷克式有一个明显的符号：家具的侧板突出于面板，并在上下三分之一处以一个三角形向前面突出，中间的门板再加一根贯通左右的横档，四只脚是外翻的，上粗下细。后来又出现了钢琴式，外形与捷克式差不多。

这种式样以今天的眼光看是要笑翻人的，但在当时是一种时尚。

连上海体育馆的建筑外形也是捷克式的,那叫时代风尚!

等到我自己成家时,家具供应的紧张局面还没有缓解,但总算可以凭结婚证订到一套,一年半后到货。住房紧张的局面只能自己解决了,于是,我们将并不宽敞的房子一隔为两,半间做了新房。我为自己做了一口书柜,又利用隔板做了一个装饰柜。后来书籍多了,又在阁楼隔板上挖出两个口子,做成两个书柜。每次到老家抬头看一眼年轻时的杰作,仍为"置之死地而后生"的巧思惊叹:我当初怎么就那样聪明!

再后来,我分到一间在浦东的新房,为自己设计了一个挂壁式书柜,占了整整一堵墙面。结构巧妙、布局紧凑,既可以陈列图书,又可将空调做在里面,这一案例充分体现了上海人在逼仄空间中对每一寸面积的充分利用和对美好生活的追求。再后来,我们搬到田林地区。装修队开进来后,师傅不按图纸作业,随心所欲,浪费了不少材料。我也不多说,当着他们的面捡起一根木条,不用画线就锯出一个 45 度角,两截一对,不偏不倚对成 90 度角,让木工师傅领教了我的基本功,从此不敢拆烂污。

俱往矣,经济短缺的时代过去了,我们不再需要自己打沙发了,不再需要搭阁楼了,也不允许搭建违章建筑了。但每一份苦难都可以被视作精神财富,心灵手巧的上海人,在计划经济的窘迫状态中,继承并发扬南泥湾精神,靠自己一双手,将清贫的日子过出"诗和远方"的情调。在打造城市精神的今天,上海小木匠的先进事迹值得总结和发扬。

上海人的小气

　　上海人的生活方式一直被外省人模仿，但上海人一直被外地人嘲笑。

　　既然被模仿，为何又被嘲笑呢？

　　也许是：一直被模仿，从未被超越。

　　在上海的大街小巷，或者外滩、新天地、思南公馆、田子坊、上生新所、陆家嘴滨江中心等，甚至在大剧院、音乐厅、美术馆、博物馆等所谓殿堂级的公共场所，外省人与上海人水乳交融，一切都是那么的美好。有些美女衣着入时、珠光宝气，巧笑倩兮、美目盼兮，但是上海人从一个动作、一个眼神就能看出她是流星、是候鸟、是蒲公英、是外来客。

　　上海人嘴上不说，心里刷清，已经想好如何与你对话，如何接近或保持距离。所以，外省人都有一个感觉：上海人很难接近。

　　那么外地人就要从模仿对象身上找出一些毛病来，挖苦一下、嘲笑一下，甚至在茶余饭后爆个粗口让大家爽一爽，这样心理上就取得了平衡。我有个外地朋友来上海为他的新书首发做宣传，在外滩被上海人"鄙视"了一下，心里颇为不爽。当晚我与几位上海作家设宴为他接风，酒过三巡，这家伙用筷子蘸着酱油在桌布上写了一副对联：既无红拂扫风尘，亦无绿林驱虎豹。

没错，外地人对上海人的负面评价非常多：小气、自私、排外、胆小怕事、崇洋媚外、精明不高明……

句句戳心，无法否认，这是上海人揭不掉的标签，也是上海人的软肋。我无意在此辩解或粉饰，事实基本如此，上海人的人设并不伟大，人格也谈不上崇高，甚至某些上海人表现出来的可笑、可怜、可恼、可憎，真的令人丧气。

一、半两粮票是精细化管理的经典案例

讲到上海人的小气，外地人就会嘲笑上海人在那个年代居然"发明"了半两粮票。半两粮票，25克，能买什么东西？上海人吃油条，排半天队，只买一根，半两粮票大概就是为一根油条定制的。北方人买油条是论斤的，预先炸好摊在门板上，阵容十分壮观，买好后扎成一捆提着走，也许他们认为这样吃油条才痛快啊！上海人一根油条拎回家，剪成十几段，蘸酱油、过泡饭，全家分来吃，还有比这更寒酸的事情吗？不过在大多数情况下，上海人是一人一根吃的，但讲究现炸现吃，"香脆酥"三个字成了一根油条应有的味觉指标。张爱玲吃油条的"审美原则"至今还被上海姑娘遵循：一口咬开，吃的就是那口又热又香的空气。

票证时代上海人还"发明"了一两油票、一寸纺织品专用券，豆制品票的最低购买额度是三分钱……上海人过的是小日脚。

大家都是计划经济年代过来的，用这个话题嘲笑上海人有意思吗？点心点心，本来就不是给你吃饱的，精神安慰大于物质需求。小巧、精致，体现了吃的艺术。半两粮票是精细化管理的典范，也体现了精打细算的禀赋。半两油票专门用来买麻油，上海人拌茄子、拌皮蛋、拌海蜇

皮、拌香椿芽豆腐,不淋几滴麻油那是说不过去的。三分钱额度的豆制品票正好买一块豆腐,可以烧一碗荠菜肉丝豆腐羹。一寸纺织品专用券是用来买假领头的,外地人到上海,采购计划中必定有这劳什子。你想得出在物资匮乏的年代,还有什么东西能比假领头更迅捷而又低成本地撑起男人的自信? 你若去城隍庙湖心亭喝茶,一壶茶配四件茶点,十几粒五香豆,一小碟切得比邮票还小的豆腐干,迷你茶叶蛋是用鹌鹑蛋做的,火腿粽子才拇指那么大,一丝不苟地箍了十三道红丝线。1984年英国女皇伊丽莎白二世访问上海,在市长陪同下品了香茗,吃了船点,听了江南丝竹。这不就是中国的江南情调? 这不就是上海人精心守护的生活情调吗?

吃面,上海人喜欢加只浇头,浇头烧得好,面馆就有了立足之本。"老上海"吃浇头面一般是辣酱、雪菜肉丝、素鸡、大排、面筋等,日子好过后才讲究"绝代双浇",一荤一素。也有两荤的,比如熏鱼和红烧羊肉,红两鲜。会吃的"老上海"特别关照"硬面紧汤,浇头过桥"——浇头另外装盆,再来一杯黄酒,用面浇头下酒,黄酒喝光,吃剩的半盆浇头往汤面上一盖,实惠而不失体面。有些退休职工舍不得吃浇头面,只吃阳春面,服务员也一视同仁,热情招呼:硬面还是烂面? 重香头还是免香头? 宽汤还是紧汤? 一碗素直的汤面有如此讲究,真让人宾至如归。

以前,上海有些面馆还供应馄饨面,二两阳春面,加一两馄饨,既能吃饱,又模拟了浇头面。在饭店吃饭,盆底还剩一些菜脚,服务员就会给你加半块豆腐或青菜心再回烧一下,不另外收钱。早几年时兴吃象鼻蚌和龙虾,一道海鲜所费不菲,但上海人讲究实惠,吃剩的龙虾头尾或象鼻蚌内脏,烦劳厨师烧一道泡饭,可抵一道点心,店家不另外收费。在饮食方面,上海有许多体贴人、照顾人的举措,这是在外地生活、工作了数十年的上海人特别怀念的地方。

上海人招待贵客，很注意分寸，不作兴铺张浪费，吃特色、吃风味、吃时令、吃厨艺，环境雅致、服务到位、气氛和睦、把酒言欢，这才是重要的。冷盆热炒叠床架屋，洋酒陈酿东倒西歪，鱼翅、鲍鱼、燕窝、大闸蟹一起上，在旧上海做黑市生意，拜老头子，坐地分赃，搞定官府要人，才要摆这种排场。上海人一般不劝酒、不划拳，不会将客人灌醉，东道主始终要在清醒状态下带节奏，不能出洋相。

如果说这就是上海人的小气，那么上海人含笑接受。这种小气，就是自我约束、自我规范，也可说是一种对都市人的身份确认，也是上海人的文化自觉。

上海人还要将吃剩的菜肴打包回家。对，在同学、同事、邻居的聚会上，上海人还主张 AA 制。假如你每次都冲在前面买单，欲掩还露地一掷千金，别人未必领情。但是在同一个餐厅里，上海男人看到向隅之处恰巧有朋友小聚，也会偷偷地替他买好单再离开，据说这是老派上海男人的传统。

极端的例子或许他还没听说过呢，上海益民食品一厂生产的光明牌冰砖全国驰名，方方正正、奶香浓郁、香甜适口，俗称"中冰砖"，每块四角钱，可供两个人分享。有些食品店为了满足消费者的需要，分割销售，两角钱可得半块。手工切割必须保证公平，否则容易引发纠纷，营业员想到了对角斜切，这是比纵切横切都要科学的操作。想象一下营业员当着顾客的面像医生动手术那样专注地切割一块冰砖的场景，是不是很滑稽啊？

后来厂家推出了一款简易包装的冰砖，体量约为中冰砖的一半，俗称"简砖"，售价一角九分，这也许就是文化意义上的"度身定制"。

空间局促、人口密集、工作节奏快、生活成本高，又要维持基本的体面，端稳杜先生所谓的"三碗面"（情面、场面、台面），还要追回"老上海"

传说中或欧美电影里的那份优雅,上海人唯有精打细算,才能在弄堂里、在马路上、在风轻云淡的季节,牵着自己的影子,从容不迫地走过。

二、亲兄弟,明算账

上海人是善于利用游戏规则争取利益最大化的族群。

也许是租界文化促使上海人很早就懂得要遵守规则,并利用规则争取利益最大化。今天的上海人血液里仍然流动着这样的因子,并以此为荣。新的游戏规则在上海推出,成功的可能性远远大于外省市。比如在银行、机场、邮局的办事窗口设置一米线,在上海执行的程度就明显优于外地。因为上海人懂得,你如果不遵守规则的话,每个当事人都没有好处,这种亏,以前吃过太多,现在不能再吃了。在重建秩序和强调法制的大环境下,上海人的自觉性始终很高。

如果没有现成的规则,为了维护整体利益,避免矛盾冲突,上海人也会自己制定一些规则。比如在"上山下乡"时,后来又在留学潮中,上海人结帮下乡和出国,就会制定相关的口头约定,带有承诺性质的,使大家在外不至于太吃亏,相互之间也可有个照应。上海的契约化程度较高,口头约定也管用,如果一个人不守信,那么他的臭名声就会毁了他的前途。如果在商店买衣服,看你有点犹豫,营业员就会说,穿了不合身可以来换。第二天你如果真的去换,她必定兑现承诺。对一些老顾客,有些商店还可以赊账。菜场里的商贩这几年名声不大好,但遇到老顾客,他们还是不敢要滑头的。

1949 年后,弄堂居住人口日渐增加,几家十几家居民挤在小小空间里,涸辙之鲋,相濡以沫,太阳底下无新事。近距离聚居容易产生逼

1984年,虹口公园内单位组织年轻人在假日里跳集体舞　　摄影:雍和

迫感和摩擦,于是窥视、偷听(俗称听壁脚)、猜忌、争吵成了家常便饭,有些人还养成了说人闲话、传布流言、拨弄是非的习性。

在相对封闭的小弄堂或许庭院深深,古井无波,相安无事;而在体量较大的弄堂里,鱼龙混杂,出身不同,层次有异,虽说不一定形成帮派团伙,但看菜吃饭,看人说话也是人情世故。加之虾有虾路,蟹有蟹路,彼此的差距也会越来越大,摩擦放电就不可避免,有时候风云突变,也会被视作阶级斗争的反映。外省人评说上海人眼睛尖、门槛精,处世待人有一套,刀切豆腐两面光,可能这与从小身处这个微妙的小世界,接受市民文化的处世教育有关。

但上海人是善于变通的,知道抬头不见低头见是一种无法绕过去的现实,唯一的办法就是将抬头相见变成"找朋友"式的游戏。于是潜规则就成了制衡的法宝。潜规则的通行,或许得益于上海社群的自治传统,它们可能来自旧时代的江湖习俗或帮派规矩,也可能袭承了租界的公共守则,通过日常操练而提炼出一种形而上的东西。反正,上海人嗅得出危机逼近的气味,善于及时搬出规则来应对。

试举一例,在弄堂里,一幢房子常常只有一只电表,供电局来抄表后,电费由数家租户平摊,计量单位就是"灯"。比如家里有三盏电灯、一台收音机,就以四盏灯计算。你会说,电灯照明时间最长,而收音机是不常开的,能不能算半盏灯?没有这个道理,大家都这样算,你能例外吗?也因此,在尴尬的时候有些人家就不开收音机了。

自来水也是如此,按人头分摊水费。后来有人用起了洗衣机,邻居发现洗衣机耗水量比手洗的多得多,就提出洗衣机要算两个人头。这样为水电费引发的纠纷,常令居委会干部头痛。后来上海人为避免不愉快,干脆每家每户安装独立的水表、电表,不占便宜也不吃亏。就像《读城记》里所说:"上海人与上海人之间,一般账都算得很清。我不占你的便宜,你也别想占我的便宜。"

如此一来,纠纷是少了,但上海人的形象受到损失。比如在公用厨房里,我们可以看到有多少人家,就有多少只水龙头,水龙头用马口铁罐头一套,梢子一插,再挂一把小锁。煤气开关也要弄一个特殊装置,可以上锁。电表装在走廊里,蛛网般的电线有走火之虞,非常难看,但每个火表都转得从容不迫、怡然自得。前几年《新民晚报》上还刊登了一条社会新闻,在一幢煤卫合用的老公房里,两户居民怀疑对方偷用了自家的水,争吵中导致一个八十多岁的老太太跌跤骨折。

余秋雨在《文化苦旅》中说:"上海人的这种计较,一大半出自对自身精明的卫护和表现。智慧会构成一种生命力,时时要求发泄,即使对象物是如此琐屑,一发泄才会感到自身的强健。这些可怜的上海人,高智商成了他们沉重的累赘。"

外省人嘲笑上海人的小气,在不少地方表现为精明,工于心计,不肯吃亏,肥水不流外人田,争取利益最大化。但也因为过于精明,患得患失,反而失去了许多机会和合作伙伴。如果具体分析的话,可以举出不少例子。

碰到生活中的问题,再比如说社会资源的分配,北京人想到的找哥们儿、通路子,皇城根下办事不难。上海人也会找朋友,更简单的办法则是找黄牛。艰难时世中谁都会遇到山穷水尽的尴尬,然而黄牛一出场,一切迎刃而解,柳暗花明。在北京是"权力+资源"的模式,在上海就变成"黄牛+资源"的模式。权力需要寻租和套现,黄牛倒是购买服务,每分钟的付出他算得清清楚楚,一手交钱,一手交货。

学者对上海人的成长经历与现实境况是了如指掌的,《读城记》里写道:"上海人也是从传统社会过来的,他们不会不懂这个道理。但是上海人不能不精明。因为上海不是一个与世无争的世外桃源,而是一个充满竞争的现代社会。在这样一个社会里,未经算计的生活是没有价值的,不会算计的人也是无法生存的。因此对于上海人来说,精明就不但是一种价值、一种素质,更是一种生存能力。生存能力是不能批评的,所以我们也不能批评上海人的精明。"

三、贪图小利的上海人

上海人的小气常常表现为患得患失,这跟计划经济时代供应匮乏有关,住房小、收入少,生活压力大,又要维持一张面子,胸襟就打不开。那个年代,每家每户凭粮票、布票、纺织品专用券、香烟票、肥皂票等安排日子。如果精打细算的话会有些富余,上海人就用这些票证从市郊农民那里换一些农副产品和生活用品。二十世纪八十年代,十六铺东门路还形成了一个马路市场,一溜排开的农村姑娘少说也有五六十个,每人面前满满一篮鸡蛋,她们因此获得了一个称号:"蛋妹"。

太会算计,容易养成贪图小利的毛病。有些人搬进了商品房,就千方百计地损公肥私,比如在自家门口的公用部位放一个鞋柜,柜子里塞几双根本不会再穿的旧皮鞋。开发商在阳台一侧预留了空调外机的位置,他偏要将外机装在外墙上,阳台用铝合金窗子封起来,这几个平方就成了一间阳光房。

上海女人在这方面也是有天赋的,在菜场买菜,趁小贩转身找零时再揪几棵葱,现在菜贩已经完全融入市民生活场景了,买菜就送葱,反正羊毛出在羊身上。上海人还特别容易陷入有奖销售、买一送一、满百送十之类的促销圈套。传销这套上家吃下家的"合法理论",上海人理解得特别快,当然因之倾家荡产、呼天抢地的也不少。

上海博物馆的朋友告诉我，新馆开馆之初是收门票的，但对六十岁以上市民实行免票。一大早在人民广场锻炼的老头老太等到博物馆开门就蜂拥而入，他们不是去展厅，而是直奔卫生间。后来清洁工惊愕地发现，这批积极性高涨的观众都挤在卫生间里洗脸、刷牙，然后瓜分手纸。最疯狂的时候，一个卫生间在一天之内用掉了二十多卷纸！为了证实这一说法，我去实地看了一下，目睹了戏剧性的一幕，两个老头在抽卷筒纸，一个双手交替，快速抽取，就像出海的渔夫在拉网；另一个在旁边不停地嘟哝："可以了，可以了，你可不能吃独食啊。"

除了纸，还有一个可瓜分的"福利"就是水。博物馆在每个楼面安置了饮用水，老头老太自带空瓶子来，装满后乐呵呵地带回家。这帮老朋友还有一个共同特点：对正在展出的书画、青铜器、陶瓷、石刻等兴趣不大。

超市里的朋友也告诉我，杂粮、蔬果、禽肉等区域免费提供塑料袋，但有些人什么也不买，刷刷刷扯下长长一大条塑料袋，将两个裤袋塞得鼓鼓囊囊，环顾四周、怡然自得。上海人有句话——"有吃不吃猪头三"，后来引申为"有拿不拿猪头三"。他们就是这句俚语的忠实践行者。

当记者的时候我跑文艺条线，参加画展的开幕式是我的日常工作。大多数画展在开幕当天是很热闹的，第二天参观人数呈断崖式下降，到了闭展那天，收拾残局的情景就相当仓皇了。于是有些画展走小众路线，开幕式不邀领导站台，也没剪彩，谁愿来就来，图个热闹。展厅入口处摆几张长桌，摊开签名簿，再弄点饮品和小点心，主宾们手执酒杯，三五成群、天南地北地聊，也算一道怡人的文化景观。

不过闻讯而来的观众中，总会有那么几位对画展内容不感兴趣，直奔长桌而去，拿起气泡酒、可口可乐、奶油蛋糕就开吃。"物事不错，不过比上次在嘉里中心那一场差了点,那次的烟熏三文鱼和西班牙火腿你吃了吗?人家有后台老板出铜钿,派头就是大。"大妈在说,另一位大妈也是开过眼界的:"这算啥呀,有一次我在西岸美术馆吃到了哈根达斯,一口气夯掉两罐。可惜不能带走,不然的话带两盒回去给小外孙吃,脚路钱就赚回来了。"

我非常希望看到大妈大叔在吃了奶油蛋糕之后,将嘴巴抹抹干净,相携而入场转一圈,对参展作品品评一番,如果看不懂就不响,装深沉。但是,这一剧情在他们抹抹嘴巴之后就结束了。

四、不要向上海人借钱

上海人较早受商业文明熏陶,承认人情社会的传统与现实,却也深知有钱能使鬼推磨,一钱逼死英雄汉。经历了计划经济年代的重重磨难,每个人都有跌落到尘埃里的伤心经历,所以再紧巴的日子,也要从牙缝中抠下一点钱来存入银行,以备不时之需。改革开放后上海人的钱袋子终于有点鼓了,但忧患意识还是蛮强的,对家庭的预算和开支仍取保守策略,不敢冒进、不敢浪费,以不向别人借钱为底线。上海人对购买人寿保险、财产保险、医疗保险以及保本理财产品是比较积极的,而向银行贷款买房心里却是"搭搭动"(忐忑不安之意),千方百计提前还清,图的就是身无债务的"扬眉吐气"。我本人就是这样,我的绝大多数朋友也是这样,而且也不会想到贷款再买第二套、第三套房,由此错失了千载难逢的致富机会。

当然也有不少聪明绝顶的上海人充分利用房贷政策,一套接一套地购房,抵押贷款、以租还贷,谈笑间实现了财务自由。我有位朋友拥有八套房子,还专门雇了一个人来管理他的物业出租业务,腾挪之间实现利益最大化。

询问上海人的收入状况与打听女士的年龄一样是不礼貌的,借钱更被视为具有冒犯性质的无礼行为。倘若真的山穷水尽,上海人宁可送你一些钱救个急,也不愿借钱给你。

上海人或许会有多个朋友圈,在他所处的社会阶层,小心谨慎地行走在一个平行的世界。每人有一份比较稳定的工作,收入差不多,支付能力大体相当,添置冰箱彩电,使用移动通信,买房买车、出国旅游等消费行为也以相似的节奏实现,若有相互攀比、暗中较劲等剧情也很正常。上海人在同一条小康路上前呼后应地边跑边看,心情是愉快的。

所以当某位爷的账务出了状况,一般来说有这么几种可能:(1)"暴特了"——投资失败;(2)"输特了"——参与赌球之类的博弈;(3)"昏特了"——为婚外情买单;(4)"戆特了"——比如迷上了某项收藏而知识储备不足,掉坑里爬不出来,害得全家赔他吃糠咽菜。那么上海人一方面对借钱朋友的理财能力和个人信用表示质疑;另一方面他知道"站着借钱,跪着讨债"的老话,或者借钱之后遇到逾期不还的失信者,或不得不上门索讨——哪怕是最温情脉脉的暗示,也意味着友谊的小船撞上了冰山。

家庭成员之间的借款,儿子向父亲借钱,女儿向母亲借钱,上海人也主张立个借据,还款日期要明确,利息好商量。由此,上海人也被外省人视作"无情"。

我太太有个几十年的闺蜜,一时凑不齐购房的首付款,太太知道后主动表示有一笔空闲资金可供她调头寸,但她硬要将一枚翡翠手镯作为象征性抵押。我们掂量着这枚沉甸甸的镯头,心里很不是滋味,大有人心不古的惆怅。

我认为上海人在借钱这档事上的踌躇，其心理原因比较深。如果一百多年前，十里洋场水到渠成地完成了从传统钱庄过渡到现代银行，最早引进并完善了金融制度，同时培养了上海人的信用意识和契约精神，而且在 1949 年后企业工会中建立了具有互助性质的应急机制，那么，上海人不愿借钱给一个偿还能力可疑的朋友，是不是也有不愿削蚀这个信用传统的潜在考量？

现在网络诈骗相当厉害，经常有所谓的"妙龄美女"或"独身熟女"向某大叔、某大哥放电，先是甜言蜜语、卿卿我我，接下来讲故事，悲欢离合、孤星血泪，隔空大跳华尔兹，最后伸手借钱，几个来回，累计数百万。某一天那个"她"突然人间蒸发、杳无踪迹，梦醒时分，已然倾家荡产。这种剧情近年来在魔都也经常上演，而且魔性十足。上海以前有句俚语："老鬼不脱手，脱手变洋盘。"老鬼者，就是精明过人的主；洋盘者，就是自以为是而不领行情者。今天，乱花渐欲迷人眼，洋盘真是越来越多了。

从老前辈的文章里得知旧上海社交环境十分宽松，朋友外出旅行、求学、逃难、躲债、追女人、避风头、找工作，投宿朋友家是经常性的事。现在住房条件改善了，上海人反而比较抵触朋友来借宿，宁可帮你在附近酒店开个房间；有朋友来访，除非特别亲近随意的，一般约在附近咖啡馆喝一杯。设家宴这样的事现在也难得一见了，去饭店里吃不是更省事吗？这也被北方朋友视作上海人的小气、见外、矜持、有距离。

上海人的小气，也许是农耕社会留下来的习性，人多地少的沪渎，资源紧张，必须牢牢守住自家的一亩三分地，再从小买卖和小作坊里得到一点补贴，方能延续家族的繁衍大业。也许又是商业文明的磨砺结果，饱受亭子间居住空间和前店后工场生产模式的束缚与熏陶，一伸一屈地拓展，一分一寸地转圜，活得像一条软体虫子，纵然有八条十条的腿,也需不停地运动才能前进,前方稍有动静,马上缩成一团。

当然,在改革开放后,富起来的上海人也表现出慷慨的一面,凡遇地震、洪水、泥石流、森林大火等自然灾害,捐款总额在全国范围也是排名靠前的。汶川大地震后,全国人民都积极响应捐钱捐物号召,上海有一位沈粹英妈妈就将徐家汇钻石地段的一套房子拍卖,所得 450 多万元的房款全部捐给了灾区,后来又将自己居住的一套房抵押给银行,所得 400 万元用于支持都江堰的果农扩大猕猴桃的生产。

五、螺蛳壳里做道场

二十世纪七八十年代,随着知青回沪、大龄青年成家,上海的居住空间面临严重挤压。大家就动脑筋在底楼搭阁楼,在二楼搭三层阁,开个老虎天窗,在阳台、天井等公共空间小搭小建,灶披间腾出来做卧室,这样一来,原先就不宽敞的走廊和弄堂出现了"肠梗阻"。弄堂房子从外面看还是二楼三楼,内部却早已是五楼六楼,赛过发生了一场微型的宇宙大爆炸。再就业大潮中,沿街面房子的居民破墙开店,下面挖地三尺做生意,上面搭一个直不起身子的阁楼供一家老小睡觉。今天不少财大气粗的老板,当初就是这样掘到第一桶金的。

上海人从来不会放弃对品质生活的追求,虽然居住空间逼仄得让人透不过气来,但是对自己的那个窠还是要精心设计、精心施工,浪漫主义和现实主义双管齐下,以有限的资源在螺蛳壳里做道场。每一寸空间都不能放弃,每一件家具都安排得服服帖帖,人在蜗居、移步换景,这一点让外省人不得不服。

直至今天,上海人的家居布置已成为全国人民在小康路上的初级教程。唯一叫人不满的是，不管你是身居要职、颜值担当、富甲一方，也不管你是名门望族、网络达人、江湖传说，都得脱了皮鞋换拖鞋。上海人的小气，似乎又是一例。

是的，到上海人家里要脱鞋子曾一度也是外地人嘲笑上海人的话题，但现在呢？全国各地大中城市，只要你家是装修过的，不也是要换鞋吗？

我们甚至可以说，上海人对居住空间的设计理念已经影响到市政工程了，比如政府对老式公房实施的"平改坡"工程，就是秉承了"螺蛳壳里做道场"的精神。平顶的公房在房顶有一个笨拙的水箱，确实很难看，尤其是在高架两旁，足以影响城市形象。于是加一个彩色瓦片的尖顶，坡顶上开几个窗口，成本不高，效果却很好，夜间有泛光照明的加持，转眼间就成了水晶宫。

然而我们也不必过度赞美上海人的"螺蛳壳智慧"。螺蛳壳里做道场，是一种精致的算计，更是一种无奈的选择，如果满足于内敛型思维，就容易养成小富即安的心态，固化为一种保守的心理定式，在社交场合中，也在不知不觉中将螺蛳壳视作自己的堡垒。马尚龙在《上海分寸》一书中说："上海开埠之后，世界文明和江南文化在上海有机发酵，产生了上海特有的生活守则和公序良俗，分寸成了城市生活的要素。一方面，个人物理空间逼仄，另一方面，社会天地无限；既要天天面对凶险的竞争，又必须时时温文尔雅；生活成本高，不能失了体面和尊严。如何协调各种无法摆脱的对立面组合关系，都可以上升为学问。分寸是对修养的把握，是对城市生活的把握，是对个人角色的把握。或尊或卑，或雅或俗，或喜或嗔，知所言知所不言，知所行知所不行，总是被一条隐约的界线约束着。"

如果从这个意象上来讨论上海人的格局，打碎精神的螺蛳壳比走出物理的螺蛳壳要难得多。

比方说三十年前,除了下岗工人不得不换副筋骨走上再就业之路,一般上海人很少会扔掉铁饭碗而自主创业,他们不愿放弃劳保、医保、年度奖金之类的眼前利益。有一技之长的朋友更愿意兼职,偷偷地在外面打一份工,比别人多赚几百元就会半夜笑醒。即使被逼上梁山自谋出路,也不敢将身家性命全部押上。

有一次,我看到某机构发布的"理财指数调查报告"称:与其他接受调查的城市相比,上海的高收入阶层并不倾向于"企业直接投资"这一投资行为。数据表明,上海接受调查的高收入群体最看好的前五项投资工具是:房地产、股票、储蓄、外汇和收藏。而其他六个城市前五项都包含"企业直接投资",在这一项上北京位居榜首。分析认为,这意味着上海的创业门槛比较高,从而使得上海的"有钱人"更倾向于一些金融工具投资,这也是上海金融市场活跃的一个体现。

毫无疑问,今天的上海仍然是冒险家的乐园,"冒险家"三个字也被加载了新时代的正能量。上海被评为"最宜创业的城市",它的活力与魅力就体现在时时刻刻能提供无穷的机会,但上海人已经缺少冒险精神和创造精神了。

六、胆小怕事的上海人

由小气引申,上海人还被外省人讥笑为胆小怕事。

上海男人在马路上因为一点小事引起冲突,吵得面红耳赤脖子根粗,吃相十分难看,但吵了老半天也不见动手。旁边的北方爷们看得火气往上蹿:干号有啥意思呢?在我们那里早就叫他满地找牙了。

其实上海人心里有本账，一旦动手，双方都没有好处，你一拳我一脚，保不准谁都鼻青眼肿，在单位在家里都不好看，所以只能以"打嘴炮"的方式来维持男人残存的尊严，直到有人来劝，找个台阶各自散去。

我看到有些小酒馆在墙上贴着一张印刷精美的卡通风格告示："本店严禁斗殴闹事。打输了进病房，打赢了进班房。"告示下面还有派出所的电话号码。喝高了容易冲动，上海男人也不例外，双方拍桌子、摔酒瓶，服务员就请他们看看这份告示，两只大公鸡就收起了怒开的羽毛。现在有关方面还出了法规，在公共场合吵架，不论对错，只要动了手，双方都得接受处理。每人各打五十记大板，上海男人又被"阉割"了一次。

在旧时代，上海男人也是有胸毛的，有人还像梁山好汉燕青一样满身刺青。上海开埠后，青洪帮在租界发展得风生水起，渗透到许多行业，关键时刻连租界当局也要借他们一举之力。像《茶馆》里吃讲茶的剧情，在五云日升楼或春风得意楼可是经常发生的。挑水工在苏州河边疾步而行，黄包车夫顶着骄阳在街上奔波，老虎灶老板在路边摆开八仙桌，码头工人吭唷吭唷地捆包子……你可不能小瞧他们，更不能得罪他们，他们说不定是拜过老头子的。他们是彻头彻尾的无产阶级，在社会底层讨生活，住滚地龙，穿百衲衣，吃猪头肉，喝高粱酒，可是在三教九流、弱肉强食的旧上海，他们必须建立自己的保护机制。工人闹罢工，最终出场将事情摆平的，或许就是青帮大亨。二十世纪四十年代，中共中央上海局还专门设立了一个帮会工作委员会，利用、引导、改造帮会组织。杜月笙开香堂，他的门徒中就有报馆主笔、戏院老板、著名律师、行业工会主席等，有些人说不定就是肩负秘密使命而来的。

1949年后，工厂里老师傅遇到麻烦，一声招呼，徒弟们就棉大衣一披，皮带一扎跟他走了，眼睛一眨，恺撒的归恺撒，上帝的归上帝。又因为他们血管里流淌着工人阶级的血，派出所对他们也不能怎么样，教育教育,网开一面。这种情景其实也有帮会的余韵,金宇澄的长篇小说《繁花》里有一个情节,师傅怀疑自己的妻子与人有奸情,就叫了几个徒弟来帮忙捉奸,在路边面馆一人一碗排骨面吃好,就穿过马路直扑"作案现场"。现在呢,师傅在哪里,徒弟在哪里? 所以在处理男人之间的矛盾时,上海男人只好打落牙齿往肚里吞,洗洗睡吧。

有时候上海男人在街头争吵时,各自散去前,其中一个也会撂下一句:"你有种就等着!"吃瓜群众就乐了,你到哪里去搬救兵啊,别说老头子一脚升了天,肯为你摇旗呐喊的小喽啰也凑不齐啦!

现在,上海的治安状况被公认为全国最好的,至少是相当好的,外省人在上海的马路上走一走就有感觉了,双肩包可以背在后面。探头密布、出警迅速是一个因素。更重要的一点是,上海人法制意识强,社会风气比较正,加上几十年的有效整治,流氓的生存空间越来越小,梦醒时分,说不定也改行了。

不过话也要说回来,在弄堂笃底摆一张小方桌打麻将的那几个老头,也许就是电影《老炮儿》里六爷那样的狠角色。美人迟暮、英雄末路,都是上海滩传奇的一枚楔子。

上海人知趣、识相,患得患失,怕招惹麻烦,所谓能屈能伸,基本上就是屈的时候多,伸的机会少。但这不妨碍他们成为热情的"吃瓜群众",以前是在弄堂里、单位里看热闹,进入网络时代后信息就多了,不过上海人一般不造谣,但辨别真伪的能力不强,无意间就充当了流言的传播者。我不清楚上海人发布信息的质量在全国可以排到多少位,但洗稿、抄袭的情况比较严重。

上海男人怕老婆也是出了名的。虽然胡适早就说过,一个国家怕老婆的故事多了则容易民主。但在上海这座城市里,民主的结果是变本加厉地怕老婆,外地人至今还在嘲笑上海男人"跪搓板"。

上海男人讲究衣着打扮,追逐名牌的劲头在全国名列前茅,个别男同志还热衷于喷香水、磨面、文眉、隆鼻、瘦脸等。我任职的《新民周刊》有一次刊登某位房产评论员的文章并配肖像,美编发现这位老兄为了美化自己的形象居然涂了口红。

一百年前,西方人就认为上海人温文尔雅、性格柔弱,这也是工部局的每一项措施都能落地的基本保证。一个英国人还在报纸上说:"如果我们可以凭麇集在窄街上的一大群人的安详、稳重、谦逊的态度来评判文明程度,中国人肯定是应该得到优胜的。"

不过今天的上海人不要被这样的赞美所陶醉。也许因为安详、稳重、谦逊的禀赋,也许因为胆小怕事、瞻前顾后的集体性格,即使再加上理解力和执行力较强的优势,在十里洋场的历史时空中,上海人也只适合做买办而不适合做老板;在改革开放的急流狂潮中,上海人做 CEO 都很称职,但叫他出任董事长,就不见得也能统驭全局。

诚如余秋雨所言:"上海人长期处于仆从、职员、助手的地位,是外国人和外地人站在第一线,承受着创业的乐趣和风险。众多的上海人处于第二线,观看着,比较着,追随着,参谋着,担心着,庆幸着,来反复品尝第二线的乐趣和风险。……这种整体角色,既使上海人见闻广远,很能适应现代竞争社会,又缺少自主气魄,不敢让个体生命灿烂展现。"

再补充一点,上海人安分守己的性格在"二把手"的角色上体现得十分完美,甘当绿叶,衬托红花,到位不越位,帮忙不添乱,补台不拆台,不使绊子,不打横炮,察言观色,深刻领会,永远让老大走在前头。所谓"吃菜要吃素,穿衣要穿布,当官要当副",就是上海人的处世之道。但你要想让上海人屁颠屁颠地做你的贴身跟班,也不大可能。当年杜月笙的大管家万墨林已经给老二们做出了榜样,听话好使,危难时刻顶得上,当然杜先生对他也足够尊敬。

许纪霖也说过:"……凡是想过太平日子的规矩人都想去上海,而喜欢折腾的不安分人都想来北京,于是上海变得越来越规矩,这又使得海派文化越来越单一,缺乏多元和生命的原创力。"

不过,今天新生代的上海人对同一年龄段新上海人取得的成功有很浓的酸葡萄情结,认为他们在上海发家致富,是因为豁得出,善于搞关系,狗洞能钻,龙门敢跳,三两颜料开染坊,更在于政策和机遇帮了他们的忙。但当初你为什么没有去做呢?没有敢为天下先的勇气,没有统领全局的强悍,新生代的精明也就只能与怯弱、沮丧、妒忌相伴了。

七、对公共事务的态度

上海人的集体性格还影响到他们对公共事务的介入。

上海人对政治,特别是国际政治一直有着浓厚的兴趣,美国总统大选,英国女王生日,欧洲国家的首相、总理跳个热舞或骑个自行车,都会津津乐道,甚至据此评估对中国的影响。这当然是好事,也许跟一百年前上海就作为一个口岸城市,国际化程度较高有关,也与今天出国留学、移民的上海人较多有关。以前居委会在石库门房子里贴春联,有一条就是"站在家门口,放眼全世界",这恐怕也是上海人的传统。

在我的青少年时代,绝大多数上海人蚁聚在石库门弄堂里,居住空间狭小,矛盾冲突比较频繁,但左邻右舍的相互帮助、抱团取暖也是市井常态。如今住房条件大为改善,但是进入新的社区后,上海人的性格变了,与邻居"老死不相往来",以至于同一楼层的邻居都不知道姓什么,似乎被人知道了大概,就暴露了隐私,会造成不可预知的损失,被对方看低一头。所以在外地人眼里,上海人的形象又加上了——冷漠、自私、矜持、傲慢。诚如马尚龙所说:"上海是移民大城市,城市的结构,决定了生存空间相对私密,人与人之间则是裹挟了各自的底细,坚决而柔和地守住自己的方寸之地,是比什么都重要的事情。"他还说:"以前上海人在石库门弄堂里相互照顾,现在通过购买服务就能完成以前邻居们的关切,所以没必要与邻居贴得太近了。"

当然,上海人一直有相对固定的朋友圈,圈子里可以谈得比较放松,但与初次相识的人打交道也就客客气气,说话是留了几分的,你也不知道他对你的真实印象如何。或许他是在考察你,包括你的身份、家庭、职业、性格以及经济能力等,如果有价值——包括利用价值和交际价值,气味对头、三观相近,他才愿意跟你交往下去。

实际上,上海人的内心充满了矛盾,他们的日常行为也不乏悖论。比方说,上海滩原本是开放的,正是海纳百川不拘细流,造就了繁华的大上海。然而因为拆白党、仙人跳、放白鸽、阿诈里太多,又因为后来风里来雨里去,窝里斗得厉害,吃过亏的上海人只得走向沉默,学会了察言观色、明哲保身,城府越来越深,坚决不当挨枪子的出头鸟。北方朋友是这样的:"见面自来熟,无话不可言,煮茶称朋友,斗酒成兄弟。"而上海人是这样的:"见面互加微信,从此不相往来,偶尔一声问候,忘记对方是谁。"

许纪霖在一篇文章里说:"上海在文化上是个一元的社会,精英阶层和市民阶层在身份上是流动的,但是在文化上是整个的,属于都市的有文化追求的市民阶层。文化人有市民气,市民阶层有小资气。"

我认同他的观点。所以上海需要营造、完善、捍卫自由开放的环境,进一步强化宽松包容的文化氛围和深沉优雅的人文气息。上海市民在建设公民社会的过程中,应该更自由、更坚强、更友好、更热烈,在面对世界和畅想未来时,还应该更开放、更独立、更包容、更宏阔。

上海人真的排外吗？

一

最近几年，九月开学季一到，我就会应邀去大学做一个讲座，题目叫作"认识上海人"。成千上万的外地新生从五湖四海汇聚到上海，梦想成真的一刻，一切都让他们感到新奇吧。"认识上海人"不是旅游指南，但也有助于他们了解上海的前世今生和上海人的性格特征。有些新生还是第一次踏进这座城市，摩登、繁华、拥挤、高消费、快节奏、活力无限，是他们对上海的印象。然而他们在兴奋和欢愉之外，还有一种莫名的紧张，个别同学还会有些自卑或厌恶。寝室里有七个外地同学、一个上海同学，外地同学对上海同学常常不够友好，猜忌、警惕、对峙从注册入学这一天就开始了。也可能表面上客客气气，但"受伤的"总是上海同学。

后来我在与不少学校的新生交流时都得知有这样的情况，他们的眼神中透露出焦虑与困惑：为什么是这样？校方请我做这个讲座，也是希望通过我这个"老上海"的解读，消除同学之间的误解和成见。

其实,讲座的作用很有限,有一次我刚说出"上海人其实并不排外",会场里就有四五个同学"抽签"了,他们甚至不想听我的解释。所以偏见也好,成见也好,都是一堵厚重的城墙,我能做的大概就是告诉大家,城门在哪里。

我首先向同学们坦言,本人也是移民的后代,我的父母来自浙江绍兴,家乡地少人多、民生维艰,他们听说十里洋场机会多多,便跟随同乡来到陌生地。历史上绍兴出师爷,其实也是置之死地而后生的选择。父辈们在十六铺码头登陆后,第一要务就是向上海人租一间栖身的房子,学说上海话,熟悉上海环境,了解上海规矩,交几个上海朋友,走投无路的情况下可去找同乡会,浙绍会馆在那时也有相当的势力。

我想同学们在上海学习,将来大概率也会在上海工作、生活,按照你们父母的想法,最好在上海建立家庭。那么你一路向前,将面对形形色色的上海人,包括你未来的岳父岳母或公公婆婆。你总要过语言这个关啊!

学说上海话不是纯粹的技术问题,而是融入上海的一门必修课。虽然上海的同学也说不好上海话了,但要是你掌握了上海话,就能在上海的社区环境、市井文化的氛围中如鱼得水,关键时刻或能助你乘长风破万里浪。

我这么一说就像搞传销的了。其实我希望外地同学多结交一些上海同学,也不要错过去上海同学家做客的机会,上海同学的家长肯定是会热情接待的。如果能与上海的大妈大叔成功交流,肯定有助于对上海人情世故的了解。

也有同学不以为然:我并不想跟上海同学打交道,认不认识上海人对我来说意义不大,我只是借上海这方宝地博一张文凭而已,三四年后"拜拜"。

不过我相信,他的想法很快就会改变,至多一年。

1850 年,初来上海的老外编了一本英文周刊,名叫《北华捷报》,对上海近代史感兴趣的朋友应该知道,它既是在沪侨民的论坛,也是为侨民服务的平台,这本周刊就有一个专栏叫《学习上海话》。你看外国人、殖民主义者,他们不是来打砸抢的吗? 为什么还要学习上海方言呢? 这还不算,老外还用上海方言编了《圣经》,还编了专供上海人学英语的《汉英对照手册》。不难看出,他们与上海人交流的心情、融入上海市民社会的心情都相当迫切啊!

一百多年前老外能做到的,今天的大学生为何不试一试呢?

近年来上海吸纳的外省市精英很多,他们从文经商,大展宏图。通过考试进入政府机关的公务员也有志于建功立业,如果他们对上海这座城市有所隔阂,也首先体现在与同事或市民的沟通上。

在普通话已成为机关、学校、媒体等工作语言的环境里,新上海人学习上海话的主动性和积极性似乎不高。上海话难学,是他们视为畏途的原因之一。也有人认为上海话是一个陷阱,学上海话就意味着向上海人和上海的市井文化屈服。事实上,有些肩负城市管理重任的领导干部,在工作中遇到了一些麻烦,听不懂、不会说上海话也是一个原因。上海话中的有些动词、名词和形容词,特别是一些俚语俗语,与普通话不能完全对应,如果不能体察其微妙的含义,就无法真切地感知民众对某人某事的真实态度。

"我能感觉到,老百姓对我们外地干部是不大信任的,甚至是看不起的。"这是一位街道干部对我说的,他的话代表了一部分人的感受。我建议他多与上海人交朋友,对上海人的集体性格和处事待人的方式、习惯也要多了解、多研究。我还告诉他:"上海老百姓其实是最听话的,比较讲道理,也是容易管理的。问题是你怎么说话,有没有法理依据,管理方法是不是合法、科学、有效,有没有人情味,与上海通行的规矩和习俗有没有违和。比方说,你想推行的管理办法有法律依据,理论上也符合逻辑,有一定的科学性,但是实操效率低下,那么上海人是不会买账的。"

所以,我也经常与市区和街镇的公务员交流"认识上海人"的话题。我发现他们与初来乍到的大学生差不多,对上海的了解,基本上来自文本阅读和道听途说,关于上海市民生活的影视作品也被他们当作知识积累,他们与上海人推心置腹的交流太少。所谓"上海人排外"的说法让他们有点紧张。

二

上海开埠后,从一个东海之滨的小县城转身为引领中国工业文明、商业文明的大都会,走过了风狂雨骤的一百多年。上海人的故事注定精彩纷呈、跌宕起伏,墨水瓶里有春潮秋波,也有思乡的泪水;霓虹灯下有衣香鬓影,也有劳工的血迹。

1885 年以后上海的历年统计,公共租界非上海籍的人口通常占80%以上,华界非上海籍的人口通常占 75%以上。原先踞守在方圆不足 3 平方公里县城内的"城里人",在改朝换代之际表现出自治的意愿,后来也不可避免地被改造成近代城市意义上的城市人,或者说是在学习租界模式的过程中"自觉转型"过来的。

二十世纪二十年代,上海这座日新月异的城市与大时代一起波谲云诡、苍黄翻覆,各种思潮、各种主义、各种风尚此消彼长,但任何一省一市的人都可以在上海安身立命、大显身手,不会因为籍贯不同、文化背景不同而受到排挤,上海大概是全国会馆公所最多的城市,比今天的驻沪办还多。从社会学的意义上说,上海这座中国第一大城市,是建立在移民历史之上的神话。

熊月之先生在《异质文化交织下的上海都市生活》一书的引言中说:"近代上海,市政管理机构多元,制度多元,法律多元,货币多元,建筑样式多元,交通工具多元,人口多元,饮食多元,服饰多元,婚丧习俗多元,年节假日多元,娱乐方式多元,语言多元,宗教信仰多元,价值观多元……是一个举世罕见的异质文化交织的都市。"

上海是中国工人阶级出发的起点,工人阶级就是由成千上万的外来者和漂泊者组成的,他们的核心力量是马克思的信徒。全世界无产者,联合起来!工人阶级海纳百川,团结一切可以团结的力量,天然地从不排外。

那时出现的罢工、罢市、罢学,也是为了争取普罗大众的利益,是为了提倡国货,抵制洋货,抗议欺侮中国平民,反抗帝国主义侵占中华民族的利益,反对不平等条约。把帝国主义赶出去,收回租界,在北伐、大革命的洪流中,在党的文件中体现了无产阶级的意志,也是政治策略和行动纲领。但斗争是要讲策略的,还要讲步骤,考虑力量对比,当时国共两党都没一举翻盘的实力,再说把上海的外国人都赶走了,工人阶级就要饿肚子。单纯地依靠罢工,不能实现夺厂夺权夺资产、颠覆政权的目标,只能从最低纲领开始,增加工资,提高待遇,改善劳动条件,灭煞资本家的威风。

1949 年后,上海迎来了一个春光明媚、欣欣向荣的新时代。一直受惠于外省市,四海一家,互通有无,患难与共,肝胆相照,上海人心里是有数的。

中华人民共和国成立前夕,上海人口约有 550 万,其中 85％的城市居民来自外省市，这不可能是排外的结果。二十世纪五十年代后，实行计划经济体制，上海成了全国的上海，肩上的担子越来越重，许多外省人来到上海，融入凤凰涅槃的烈焰中。为保障上海市区居民的物质供应，国务院将原属江苏的青浦、松江、嘉定、金山、奉贤、崇明等十个县划归上海。本来的外乡人，一夜之间成了上海人。上海城里人排外了吗？没有啊，跪谢都来不及呢。在此后很长一段时间里，上海的城乡关系非常融洽，堪为全国楷模，城里人对郊区农民是感恩戴德的。中学时代下乡劳动，就像走亲戚一样开心。

从 1955 年开始，在支内、支边、疏散人口的政策下，有将近六十万的工人、干部、工程师、会计师、高级技工、文艺工作者迁出上海，落户偏远省份，像蒲公英种子飘洒在天南海北，上海的城市文明（包括那些称之为时尚的东西）随着他们的日常生活和社交活动产生持久的影响力，他们落地生根的场域就形成了一个个"小上海"，与上海关系密切的城市，大抵都有一条"上海路"。政府大楼、文化宫、剧场、电影院、商场都刻意模仿上海的同类建筑。

1958 年，中国的户籍制度发生改变，上海人家户口簿的含金量一下子提升了。上海设置了门槛，外地人来上海找工作就成了"不可能完成的任务"，唯一路径就是考进上海的大学，毕业后留在上海工作，找个上海人成家。在这个时代背景下，你说上海人排外，有点不讲道理了吧。

在计划经济时代，上海的轻工产品优先供应外省市，科研成果和先进技术也是无偿提供的。当然上海也获得了粮食、副食品及原材料等有力支援。上海人家谁没几个外地亲戚啊，逢年过节来上海探亲访友，游玩了南京路、外滩、城隍庙，喝了咖啡，吃了冰激凌，更重要的节目在后头，就是照着小笔记本一样样地采购啊。印了上海大厦、和平饭店的人造革包包还好办,光明牌奶粉、大白兔奶糖、红灯牌收音机也好办,最让人头痛的是上海牌手表、海鸥牌照相机,那都是紧俏货啊,得凭票,而且是劳动模范、先进生产者优先;还有的确良衬衫、涤咔中山装、可双面穿的茄夹衫、哔叽裤子、风行一时的假领头,所需的布票和纺织品专用券,都要靠上海人东拼西凑!临走再带几条牡丹、大前门香烟,那也要凭票供应的呀,左邻右舍众筹一下,也得办个八九不离十。这个时候,大家都在弄堂里混,见谁嫌弃过外地人啦?你要是时不时地蹦几句胶东话、沈阳话、天津话、开封话、重庆话,大家还觉得怪有趣的呢!

二十世纪六七十年代,知识青年去广阔天地接受再教育,或者分配到市区城郊的工商企业,各级领导照例要给知青或青工办一个学习班,重温伟大领袖毛主席的谆谆教导。彼时青年人的结婚证书上,也这么印着:"我们都是来自五湖四海,为了一个共同的革命目标,走到一起来了。"

"五湖四海"差不多成了攻无不克的魔咒,出门办事,请求援助,对方假如有所怠慢,只要这么一嘟囔,大前门香烟再这么一递,对方马上就将你视作同路人。那个时候物质虽贫乏,社交环境却十分友好,也成为老百姓最温馨的记忆之一。

改革开放后,特别是浦东开发开放起步,上海再次敞开胸怀接纳了一波波移民大潮,其总数超过此前一百年的总和。上海市政府也很快地制定了蓝印户口政策,户籍制度终于出现松动。现在应届生落户、留学生落户、引进人才落户、特别通道落户等,大概实行积分制,反正条件大大放宽。我曾经工作的新闻单位,半数以上都是新上海人,领导对他们很照顾,容易出成绩的工作派给他们去做,他们的收入也经常比我们这些"正宗上海人"高出一截。我们也没意见啊,他们的生活成本比我们高嘛。

源源不断的外来务工者，怀揣着梦想来到上海，干着最苦、最累、最脏、最危险的工作，所获报酬也不高。他们经过简单培训就转身为保姆、计时工、保洁工、护理员、营业员、服务员、保安、辅警、出租车司机、快递小哥等，要不就摆个路边摊卖菜卖点心，他们是这个城市最活跃的群体，给老百姓的生活提供了方便，上海人是心存感激的。没有他们，上海将陷入全面瘫痪。

　　哪怕是对树荫下、车站旁、公园里的街头艺人，上海人也没有排斥他们，二维码一扫，打起赏来是不会吝啬的。

　　长期以来，外省市的朋友认为上海人排外，这是对上海人负面评价中最具杀伤力，也最能引起共鸣的指摘。上海人觉得很冤。

三

　　为什么会形成"上海人排外"的说法呢？

　　大概有这么几个原因：

　　第一，在语言上有明显的冲突。新上海人中大多数是有理想、有抱负、有情怀的，他们希望融入上海，在上海实现自我价值，不过对上海话的语言环境并不认同。也有人是来上海镀金的，他们知道三五年后按照发展轨迹将调任或升迁，那么学上海方言不是白费劲吗？

　　还有一些新上海人在企业当领导，他就有理由认为"我们是世界著名企业，平台和渠道都是国际化的，要跟全世界客户打交道，所以上海方言不符合企业文化的发展方向"。在公司开会，与客户洽谈，整个语言环境是为他设置的。下属要是不小心露出几句上海话，就被视作排外，就是对领导不尊重。

第二，上海人生活在中国现代化的大城市，见识广、眼界宽，稀奇古怪的事情经历也多，久而久之就见怪不怪了。这在上海人的心理上形成了一种优势，改革开放后，台湾人在上海经商、建厂，带来了不少时尚玩意儿，然而上海人觉得台湾人不够活络、不够圆通、不够精明，于是称之为"台巴子"。所谓"巴子"，就是乡下人的意思。上海人对外省人最概括的贬斥就是"乡下人"，这当然是很伤感情的。不过对香港人却不会称之为"港巴子"，因为香港人与上海人在很多方面是相通的。

这个话题谈起来颇费笔墨，我很想专门谈一次，这里就只能点到为止。根本一点，上海人要在这座城市里维护数代人约定俗成的内心规范、生活秩序和行为守则。这些规则也被有些人判定为租界的殖民者用佩剑与大炮编写而成的，这种刺耳的声音并不公允，也不客观，我更愿意认为是中西方文化融合的结果，上海人更愿意称之为城市文明，具体表现为普遍默认并自觉遵守的公序良俗。

同时也要看到，上海人对自己的身份是十分珍惜的，过去是，现在也是。虽然今天的上海人不算最有钱，房子不是最大，车子不是最豪，衣服、皮鞋、包包都不是一线品牌，支付能力更不好意思说了，有全国影响的明星也屈指可数，但是上海人有一样东西，他们将之视为通灵宝玉，那就是身份证开头的那几个数字。旧城改造时有人哀叹，有人伤感，舍不得离开那间透风漏水的危房简屋，就是担心一旦搬到郊区陌生地，他的"老上海"身份会随之褪色。

不少上海人还认为，与上海人身份共存亡的，有一种叫作"品位"的东西。这是家族代代相传的，是父母和祖辈潜移默化的，也是要努力捍卫的。

上海人特别相信"三代学会穿衣吃饭"这句话，所以在有些人眼里，外省人不懂穿衣、不懂吃饭，气息不对，与自己不是一路人。"有品位"

和"没有品位"也成了上海人评价某个人的标准,这种自以为是的主观意识,可能建立在大众审美或并不坚实的优越感之上,是有失厚道的。

改革开放后,有些外省人还没准备好融入这个时代,就如滔滔江水般涌入上海,他们无意识地携带着农业文明环境中形成的生活习惯,他们的文化背景、成长环境、集体性格等与上海所代表的城市文明是有些违和的。比如过马路乱闯红灯,随地吐痰,乱扔垃圾;排队购物时旁若无人地加塞;在医院门诊、检查等也不守秩序,直接冲到医生面前;地铁车门刚刚打开就一窝蜂地冲进去,甚至把到站下车的乘客又堵了回去;走路时看到老人小孩迎面过来不知避让;在女士面前无所顾忌地抽烟;酗酒闹事,撒野逞威;在公共空间用家乡方言旁若无人地高谈阔论,影响别人交流。其实这些毛病上海人或多或少也有,但是通过外省人的举止表现出来,有些上海人就格外地看不惯。

第三,很多新上海人不是来打工的,而是揣着资金和计谋来的,事业做得风生水起。与一百多年前的情景相反,上海人成了他的伙计,吃他的饭,看他的脸色。有些人的心态相当复杂,酸、涩,都是有的。问题是某些人鼓捣的是无良企业,监管盲点也很多,中国企业中的种种弊端他一个都不少,有时还要求上海员工做出违背自己原则和良心的事。在这种情况下,不管是上海还是别的城市,一个正直的人都会产生抵触情绪。这也不能算排外,个体的不合作,不应该视作对群体的排斥。

第四,上海在历史上有过几次排外行为,比如小刀会起义失败后,上海地方政府认为小刀会的主体是广东人和福建人,要追究他们的责任,在采取的惩罚措施中就包括"闽、广商民会馆一律迁出城外,永禁闽、广人入城居住","所有城内从前建造会馆会产,并私置房府,一概入官,变抵充公"。但事实上还是有不少广东人和福建人偃旗息鼓留在城内,与上海人融为一体,或者转移到虹口、杨浦的公共租界落脚,以图东山再起。道台大人和县太爷做出的决定当然不能代表上海民众的意志，不能算上海人的排外行为。

今天，上海人的概念已经发生了变化，外来人口（包括外籍人士）已占上海常住人口的四分之一，在有些区域出现了倒挂，外来人口具有压倒性优势，成群结队的年轻人意气风发，与中心城区的老龄化形成鲜明的反差。普通话成了"地区性官方语言"，在这里川菜馆、湘菜馆、日料店和咖啡馆比较多，许多大公司在这里包下几个楼面的公寓房，让员工安心生活，福利端得不错啊。在虹桥、古北、陆家嘴、碧云、联洋、前滩、徐汇滨江等地还有不少"国际社区"，联排别墅、高层公寓、绿树成荫、道路平坦，老外在专用跑道上慢跑或骑自行车，中国保姆带着"中外合作"的孩子在公园里嬉戏，超市里进口商品琳琅满目，健身房设备齐全，网球场、篮球场也是标配。年轻人交流时喜欢夹几句"英格利西"，而老外的中国话说得很溜，有些老外的上海方言讲得不要太好噢。新鲜血液注入上海的无数条血管，为这座特大型城市增添了活力和免疫力。这些新上海人会排外吗？

最后我要说，上海是伟大的城市，上海是海纳百川、兼容并包的城市，上海是本地人与外来移民共同打造而成的国际化大都市，坚持开放、鼓励多元、欣赏竞争、关怀弱者，历来是上海的城市品格。我对所谓"外地人过度消耗公共资源，而对 GDP 没有贡献"的说法表示反对；对所谓"上海对外来务工人员提高准入门槛"的说法表示怀疑，如果真有人在这样操作，那么上海离衰败也不远了。历史证明，小国寡民不能成就伟大的城市，唯有开放才能保证城市的持续发展。

上海是一座英雄辈出的城市，是中国共产党的诞生地，一大、二大、四大都选择在上海召开，中共中央政治局机关和江苏省委机关长期驻扎上海，在上海人民的帮助、掩护下开展艰难的工作。上海是工人阶级诞生并走上国际舞台的城市，血与火是上海的底色。

我还坚信，上海是世界范围内最好的创业城市、投资城市、消费城市、宜居城市，也是最好的文艺创作、展示、表现、传播城市和最适宜谈情说爱的城市。许多外省人和外国人将上海视为第二故乡、心灵港湾，也是放飞梦想的地方。

上海人与新上海人并不在鄙视链的两端，我们来自五湖四海，追求共同的目标。上海本来就不应该有所谓的鄙视链，评价上海人是你的权利，是你的自由。你爱上海，才在乎你在上海的一切感受。我本人欢迎全国各地的有识之士随时随地批判上海人，但是请不要把上海人推到对立面上。

节俭成癖的"老宁波"

一百七十多年前,开埠后的上海来了深目隆鼻的洋人,不久因为小刀会起义和太平军挥师北上,被动地成了一座移民城市。潮水般涌来的移民中,尤以广东人和浙江人体量最为庞大。他们在中国历史上曾被称作"南蛮子"或"百越人",但在中原文化的影响下胼手胝足、克绍箕裘,经过数百年的历练,成为中国面向太平洋的"先头部队",最能忍辱负重、最具开拓精神。特别是在中国面对李鸿章所言的"三千年之未有大变局"时,他们充分展现了经商理财的天赋,自信人生二百年,会当水击三千里!

广东人以百货业和娱乐业在十里洋场开疆辟土、虎踞龙盘,南京路上的永安、先施、大新、新新四大百货公司都是广东人创办的,规模超过福利、汇司、惠罗、泰兴外资四大百货公司。章含之的生母就是在永安公司站柜台的"康克令小姐"。驰誉沪上的冠生园、杏花楼和新雅粤菜馆,老板都是广东人,引进粤菜的同时,还在餐厅里安装空调设备,播放背景音乐,画栋雕梁,配以名人字画,登报招聘眉清目秀的女服务员,颠覆了旧中国酒楼饭馆清一色由男性跑堂的传统,开一代风气。没错,上海代了中国电影业的半壁江山,但广东人是中国电影业的先驱。

吃过奉化芋艿头,跑过三关六码头,在上海的宁波人则是另外一股势力。据史料记载,1852 年,来上海谋生的宁波人已有 6 万人,1907 年达到了 40 万人,为上海总人口的六分之一,而到 1948 年则发展至 100 万之众,占全市人口的五分之一。中国近代史研究专家李瑊女士曾经跟我说过:"不论过去还是今天,上海人与宁波人都可以用亲戚关系来比喻。在很多家庭里都可以曲曲弯弯地找到祖籍宁波的亲戚。"

宁波人大多在制造业、金融业和服务业抢占市场,筚路蓝缕以启山林,栉风沐雨砥砺前行。从十九世纪初开始,宁波的钱庄业就是比较发达的,这些人到了上海后继续经营钱庄,这种"旧式银行"对上海的经济发展起到极大的推动作用,也为宁波同乡的创业提供了资金保证。在上海早期的九家钱庄中,宁波人开的占了五家半。

宁波人还在上海工业、商业、建材业、医药业、航运业等领域大显身手,以前有"无徽不成市"一说,后来上海市民更强烈的感受则是"无甬不商"。上海乃至全国的第一家银行、第一家证券交易所、第一家期货交易所、第一家榨油厂、第一家机器轧花厂、第一家火柴厂、第一家染织厂、第一家化学制品厂、第一家灯泡厂、第一家印刷厂、第一家五金店、第一家南货店、第一家绸布店、第一家国药店、第一家钟表店……都是宁波人创办的。宁波人在上海社会经济生活中至少创下了 50 个"第一"。

苏州河北岸的上海总商会被称为"中国最早的商业首脑机关",第一任首脑称"总理",就是宁波人周晋镛。

与上海市民日常生活关系密切的宁波奉帮裁缝,执上海服装业牛耳。1930 年,中国第一套西装就在上海诞生,是奉帮裁缝王睿谟为徐锡麟做的,花了三天三夜得以完成。做出第一套中山装,开出第一家西服店,编写第一本英语会话教材的也都是宁波人。

宁波人中诞生了像朱葆三、虞洽卿、叶澄衷、方椒岑、严信厚、张尊

三、宋汉章、余芝卿、包达三、包玉刚、黄楚九、黄延芳、刘鸿生、盛丕华、周祥生、邵逸夫、董浩云等一批在中国近现代史上留下赫赫名声的实业家。尤其想说的是,"买办"一词,从我接受初级教育开始,直到二十世纪八十年代,无论在主流话语还是在街谈巷议中,都不是一个好词,都与"帝国主义侵略""官僚资本主义"等印记重叠或连缀在一起。"晚清四大买办",唐廷枢、徐润、郑观应三人来自广东,席正甫是苏州人。而宁波人中的买办也不少,像穆炳元、虞洽卿、王槐山、王铭槐等。他们在洋商和华商之间穿针引线,社会舆论对这个职业尚不能正确理解,基本上是贬斥和轻视的。然而正是他们最早与外国人打交道,熟悉了西方经济运作的模式和规则,熟悉了对外贸易的程序,对现代民族工商业的起步起到了积极作用。虞洽卿等人致富后还不计回报地投资公益事业,办学校、办医院、办慈善机构,改善华界的公共设施,推动了上海华界跟上城市现代化的步伐。

上海法租界的道路颇具殖民色彩,工部局用法国人的名字来给新开辟的道路命名,但有两条路是属于中国人的:一条是虞洽卿路,就是今天的西藏南路;另一条是朱葆三路,就是今天的溪口路。显然,这两个宁波人受到了法国人的高度重视和表彰。不过千万别搞错啊,虞洽卿获得法国人的尊敬,并非他出卖民族利益或挟洋自重,恰恰相反,在维护公共利益、捍卫宁波商帮合法地位等方面,他是敢于跟洋人抗争的。在轰动一时的"四明公所事件""大闹公堂事件"以及设立万国商团中华队等紧要关头,他凭借着自己稳固的社会地位和交际智慧,审时度势、积极周旋,一次次化解中外矛盾,争取到了应有的利益和尊严。抗日烽火一起,他便与日本企业断绝了来往,表现出一个民族资本家的爱国立场。

1893年,租界当局为了纪念上海开埠五十周年,举办了一系列庆祝活动,其中场面最大的就是游行。按照以前历史教科书的编写思路,帝国主义羞辱、欺压、掠夺我大清帝国,中国人民理应奋起反抗,至少也得给他扔几个烂番茄、臭鸡蛋不是吗?事实上,上海市民对开埠纪念活动表现出浓厚兴趣,尤以粤商、甬商参与热情最为高涨,一路上吹吹打打、兴高采烈,各种商号的幡旗迎风招展。他们是上海开埠的既得利益者,也是勇敢无惧的竞争者,当然对租界的游戏规则高度认同。

到二十世纪二十年代,旅沪宁波人在南北货、钱庄、银楼、绸缎、药材、海鲜、咸货等行业都有举足轻重的地位,宁波帮与福建帮、江北帮、广东帮等并列为沪上颇有势力的民间帮口,而此时徽、晋、陕等商帮的风头已经过去。

与广东人执着于"叹早茶"不同,宁波人早上在家里喝粥吃泡饭。清粥小菜无非这几样:黄泥螺、咸炝蟹、咸烤笋、臭冬瓜、霉菜梗、霉千张、龙头烤(腌渍后晒干的九肚鱼)。家里来了客人,才会蒸半条咸鲞鱼。宁波人的家常小菜有四个特点:价廉、臭鲜、极咸,易于保存,可以"杀"下几碗干饭,宁波人因此独享"咸骆驼"的雅号。在上海滑稽戏《宁波空城计》里,杨华生扮演的诸葛亮就在城头表示,要用这几味经典小菜招待率领三军杀向西城的司马懿。

在我小时候,弄堂里的左邻右舍中,总会有一两个宁波阿娘,绾着紧紧的发髻,戴一副金耳环,穿一件浅灰的对襟衫,瘦骨嶙峋的样子,讲起话来哐哐响,走起路来倒像神行太保。"三日不吃咸齑汤,脚骨酸汪汪",咸菜豆瓣汤、咸菜洋芋汤、咸菜炒毛豆、咸菜炒百叶丝、咸菜烧豆腐、咸菜烧小黄鱼,都是阿娘的心头好。

广东人在南京路创建四大公司,引进环球百货,在商场里安装了中国的第一台商用电梯、第一台玻璃电台、第一个夜花园,永安公司还发行了《永安月刊》,及时报道时尚信息,确立新的生活方式,噱头十足。

"老上海"都说,没有广东人就没有南京路。宁波人在南京路也有一席之地,他们走的是传统路线,清朝同治年间就在南京路创建南货店了,尤以邵万生和三阳这两家老字号最为显赫。在老明信片上,我们可以看到清代末年邵万生保守风格的店面,雪白高墙,徽派门楼,墙上写着两排唐楷:"闽广洋糖,两洋海味;浙宁茶食,南北杂货。"南货店中央大厅有天窗采光,周边一色老式柜台,高爽宽大,店员身后的货架是敞开式的,各种咸货、干货陈放在一张张竹匾或一只只木箱内。百样吃食琳琅满目,桂圆、蜜枣、扁尖、香菇、淡菜、紫菜、开洋、干贝、金华火腿、南风肉、海蜇头、黄鱼鲞、三曝咸鳓鱼、苔条饼、水塔糕、橘红糕……这些腌渍并发酵、风干的鱼干肉脯,作为地方性菜肴也成为上海的味觉基因,既可一解乡愁,又是下饭送酒的经济食物。

有位老作家告诉我:旧上海南京路两侧商铺的广告牌密密麻麻,五颜六色的百脚旗迎风飘扬,十分热闹。三阳南货店的广告别出心裁,过年前采购旺季一到,他家就会从二楼窗口挂下一条霸王大鳗鲞,尾巴一直拖到底楼门口,足足有五米长,仿佛来自侏罗纪的这条鳗鲞,就成了南京路上的亮点。

有个嗜酒的"老宁波",到酒馆买一碗酒后已身无分文了,但还是煞有介事地来到酒馆隔壁的南货店,在咸货柜台前挑选炝蟹。炝蟹是宁波人的杰作,活蟹腌制,重盐重味,膏如琥珀,肉如脂玉,被称为"压饭榔头",一般是码在钵斗里待沽。这位老兄翻来覆去挑了半天,一个劲地摇头,似乎均不入他的法眼,最终连一只蟹脚也没买,弄得小伙计很是郁闷。其实他哪里知道,酒鬼返回酒馆,依次吮着五只指头上残留的咸蟹味,美美地将一碗浊酒喝了。

这类笑话还有一个绝致版。有户人家,吃饭时不置汤菜,只在房梁上悬一条咸鲞鱼,几个孩子抬头看一眼咸鲞鱼,扒一口白饭。小儿子不小心多看了一眼,即遭父亲呵斥:"你就不怕咸死吗!"

如果你对现实生活中的宁波人有所接触,就不会认为那两个笑话过于夸张了。

节俭成癖,大概是宁波人代代相传的秉性。我认识一个宁波籍朋友,早年靠做外贸服装起步,踏三轮车进货发货,人晒得像只乌贼鱼。家中排行老四,又因为他的小店就开在八仙桥龙门路上,大家都叫他"龙门阿四"。经过多年打拼,积累起相当数额的资金,在周家嘴路上开了一家大饭店,冠名"龙门饭店",大有英雄不问出身之慨,又有鲤鱼跃龙门之意。

"龙门阿四"不置宝马、大奔,就买一辆中外合资的小客车,可乘八人,又可装货。自己驾驶,省下雇用司机的开销。出门洽谈生意,先在家里灌一瓶纯净水带上,这比在超市里买矿泉水便宜一元多。如果两三个人居家吃饭,他就将一次性塑料桌布一剪为二,用半张,剩下半张留着下回用。他买袜子都是一打一打买的,同一颜色、同一花式,如果一只穿出破洞,就换一只,绝不会两只一起换。

还有一个宁波籍女老板,做进出口贸易,至今还是风风火火冲在第一线,进货、催款、谈生意都是亲力亲为。她轻易不请人吃饭,也从不欠合作伙伴人情,吃饭时间到了,自能金蝉脱壳,一出门就赶快打手机关照员工:把盒饭留着,我回来了。有一次,我被她拉去虹桥迎宾馆参加一个国际会议,因为她还要赶回公司办点事,会后的晚宴就不出席了。一路上我们俩肚子咕咕直叫,车行至古北新区的家乐福,她好像醒悟过来:"要不我们就去买一只好一点的面包垫垫饥?"她特别强调"好一点"三个字,想必是做过一番思想斗争了吧。

还有一个宁波老板倒是经常请客户吃饭,但每餐结束总要打包,哪怕半条炸肋排。他养了一条叫"鲍弟"的哈巴狗,宠物狗吃嘴边残羹,情有可原。后来爱犬不幸病死了,他还是将打包进行到底。有一回朋友登门拜访,正在进餐的那位老兄慌忙将盆子倒扣在碗上。朋友不解,掀了盆子一看,原来是前一天晚餐桌上打包来的冷羹残汤。他可是有着三家五金交电企业、身价上亿的民营企业家啊!

二十世纪八十年代初,有个香港老头进京开会,入住北京饭店,次日早晨郑重其事地将一件换下来的汗背心交给服务员。但送洗衣房后,洗衣工都不敢下手,因为这件汗背心快成出土文物了,对光一照,薄如蝉翼,怕一洗洗出洞来。一服务生语出讥讽:"都什么年头了,还将一背心穿成旧社会。"领班跑来说:"知道那老头是谁吗?'船王'包玉刚!"

"船王"早年在上海赤手空拳打天下,三十多年后重回上海滩,吃到正宗的宁波汤圆和火腿冬瓜汤,激动得热泪盈眶。

但一个铜板恨不得掰开来用的宁波人对社会公益事业向来是非常热心并身体力行的,早在1899年,实业家叶澄衷就创办了澄衷蒙学堂,这是当时上海最早的三所私立学校之一。此后他还创办了南洋公学和光华大学及职业补习学校等十数所学校。除个人外,1920年后,宁波同乡会还先后办了十所小学,其他地方来的移民子弟也可以入学。改革开放初期,宁波人对上海文教事业的贡献也是很大的,海外的宁波籍企业家和在宁波的企业家,捐钱捐物从来是不含糊的。就在今天的上海,不少文化教育设施也都是由宁波人解囊援建的。福州路上有着百年历史的天蟾舞台,是上海最大的戏院,过去梨园名家来上海跑码头,如果不在天蟾这个场子演几场,就不能说"红遍上海滩"。1989年,天蟾舞台一根柱子发生倾斜,不得不进行抢救性改造,邵逸夫闻讯后鼎力相助,从此天蟾舞台也叫"天蟾逸夫舞台"了。

1984年8月1日,邓小平在听取谷牧汇报宁波工作时欣然表示:"要把全世界的'宁波帮'都动员起来建设宁波。"海内外的宁波企业家大受鼓舞,摩拳擦掌。改革开放后,宁波经济突飞猛进,在长三角乃至全国都居于举足轻重的地位。在上海的宁波籍企业家和新来上海创业发展的宁波人也取得了骄人的成绩,宁波同乡会在上海商界仍然是一股举足轻重的势力,在发展经济、助学帮困、社会慈善等方面都做出了令人瞩目的贡献。

在工商联聚会或企业家联谊会之类的场合,我也经常遇到宁波籍老板,与他们沟通起来没有任何障碍,而且我更愿意从他们石骨铁硬的宁波方言中捕捉到属于海洋文化的智慧。这与宁波人开拓创新的胆略和经商素质有关,想必与他们节俭成癖的集体性格也有关。

有位经济学家说过这样的话:"与其他商帮不同的是,宁波帮一直都站在中国商业的高峰,至今没有被淘汰。这些从小闻惯了海腥味的人们,既带着商业的精明,又不失书生的道德操守,是他们,让中国完成了传统商业到现代商业的转型,促进了近代中国民族工业的发展。"

谢之光,是真名士自风流

"野路子"是那个时代的叛逆表达

艺术评论家陈鹏举这样评价谢之光:他是我们这个城市一个难以忘怀的画家。可惜,因为他的广告画名声和成就太大,他那安放了不羁的艺术灵魂的可以称之为"谢之光的画"的画,却被看轻了。以至于今天,谢之光的画还没有被这个时代和画坛清晰记住。

其实,谢之光没被时代忘记,我特别注意到中华艺术宫"海上升明月"常设展里就陈列着他的三幅作品,肯定了他在上海美术史上的地位。

照现在人的说法,谢之光的路子有点"野"。辛亥革命后,谢之光从浙江余姚来到上海谋生,14岁时师从周慕桥学习国画,随后又跟随张聿光、刘海粟学水粉、油画。后人说他眼界宽阔,不是没有道理的,人物、鸟兽、花卉等信手拈来、无所不包,尤其擅长表现含苞待放、楚楚动人的古典仕女,貌似古典情韵,却与明清画师笔下的美女不一样,谢之光让她们的眉宇间散发出摩登时代的气息。

从上海美术专科学校毕业后，漂在十里洋场的谢之光尚不能成为职业画家，吃饭、住宿、衣着打扮都是当务之急，好在市中心有许多戏院，他就到那里画布景、爬上爬下，一身油彩、一身臭汗。

二十世纪二三十年代的上海，正处于所谓的"黄金十年"，魔都的声色犬马促进了娱乐业和戏剧界繁荣，大大小小的戏院、书场、电影院建了很多，新闻出版业也步入蓬勃发展的阶段。而这些都是需要吆喝的买卖，各种广告信息铺天盖地，无孔不入地渗透到市民的日常生活之中。

照今天的审美眼光来看，那个时候的广告形式比较土，清末民初出现的月份牌、香烟广告就是进入千家万户的载体，自命清高的画家是不肯放下身段"染指"这路东西的，但初出茅庐的谢之光并不在乎，而且乐此不疲。23岁那年，他创作并出版了第一张月份牌《西湖游船》，虽属传统题材，但因为运用了西画的透视原理与色彩浓淡过渡晕散等技法，使美景如彩色照片那般鲜艳夺目而宛在眼前，很受市民欢迎。他画了一枚美丽牌香烟烟标后，名声大噪，家喻户晓，南洋兄弟烟草公司和华成烟草公司还为延聘他为广告部主任而闹得不开心呢。此时，谢之光一张广告画开价500块大洋也不愁出路，他的兄弟姐妹全靠他供养。今天回顾上海美术史时，史家将他与金梅生、李慕白放在三足鼎立的位置。

将画中美人迎来栩栩斋

成名后的谢之光娶了个银楼老板的女儿，叫潘锦云，与她育有一子一女。潘锦云性格开朗，爱好跳舞、打麻将。谢之光负责赚钱养家，她负责吃喝玩乐。这个时候社会风气已新，画家请模特儿来画室已不再大惊小怪，有一个名叫芳慧珍的青楼女子与谢之光熟识，自愿做他的模特儿。

谢之光画中的仕女身着时髦衣裳，粉臂玉腿、肌肤凝脂，薄施脂粉的脸蛋特别惹人疼爱，按小报记者的说法就是"吹弹得破"。日夜厮磨，仿佛旧小说里的情节，两人便产生了感情。谢夫人得知后怒火中烧、狮吼震天，于1930年春节过后离家去了澳门，据说后来嫁给了一个富商。

谢之光冲破世俗偏见与芳慧珍喜结连理，在圈内也引起了不小震动。芳慧珍曼妙可人，但自从进入谢家之门后，除了探望自己父亲外，一直幽居不出。

著名书法家、篆刻家陆康是陆澹安的孙子、陈巨来的学生，在二十世纪六十年代初的上海书画界就是一位令人瞩目的白袍小将，经常随祖父走访文化名流，后来几乎成了澹公的联络员。见到谢之光的第一面，印象有如刀刻般深刻："他第一句话就是：'你要我画什么快点说，宣纸就在竹榻上，要长要短自己裁！'后来我发现，他见到任何一个陌生人都是这么说的。有一次在他家里见到来楚生，他就指着我对来先生说：'小康是陆澹安的孙子，你快点给他画一张。'"

谢之光住在山海关路山海里5号，典型的石库门弄堂，二楼老长老长的通厢房割成几间，卧室兼画室名为栩栩斋，而厨房就紧挨着后面。有一次陆康前去拜访，谢之光正在生煤球炉，一张清瘦白净的脸颊上已经留下了几道煤炭污痕，却兴致勃勃地向陆康介绍起生炉子的秘诀："柴爿要架空，使空气上升，煤球才会引着而燃烧起来。画画也一样，留白顶顶重要，有些人画得密不透风，结果一团乱麻。"厨房内烟雾缭绕，陆康被熏得眼睛也睁不开，眼泪水答答滴，谢先生依然津津乐道。他抽烟厉害，一天三包，这点柴火烟奈何他不得！

陆康还说："正是史无前例的年代，乌云密布，万马齐喑，一家人就靠谢之光在上海中国画院每月五十元过日子，不免捉襟见肘。谢师母每天还是要喝点酒的，从早喝到晚，面前摆了五六只碟子，看上去蛮有排场，只不过每样一点点，一块排骨一个碟子，几颗油氽花生也是一个碟子。一只高脚玻璃杯倒了一点点白酒，吱的一声抿个一小口，扑在窗前看弄堂里邻居淘米、烧饭、哄孩子，一时技痒，也会吟诗填词聊以自娱。日出日落，一天就这样平平淡淡地过去了。"

每从台前见玉客，今朝不与昨朝同

1949 年后，谢之光进入中国画院任画师，与周炼霞和张迪平分在人物组。谢之光文化程度不大高，他便扬长避短，不按常规出牌，纯粹凭自己的感觉来，日常生活中的任何一件东西都是他的表现对象，作品多落穷款，唯"之光"二字。谢之光的作品，形式上是中国画，却时常借用西画的技法，花卉的颜料可以堆得很厚，甚至出现了宝蓝色的花朵！

陆康家中挂着一副谢之光专为他写的对联。陆康说："他写这副对联时极有意思，先用一块湿毛巾扔在宣纸上，随便抓几下，便留下几摊湿痕，再用浓墨去写，就会出现不规则的晕散，后人若不知，肯定搞不懂如何会出现这样的奇特效果。"

当年谢之光是以绘月份牌名扬海上的。陆康有一篇回忆文章里写道："在我那时经常踵门叩教的日子里，偶有一次谢老从床底下取出数件以前还未落款的画稿，画面是时尚的旗袍女子，丽质娇客，含情无语，端坐阳台上，不知道为什么，我当时脑子里只闪出二句旧诗：'每从台前见玉客，今朝不与昨朝同。'"

在"春风杨柳万千条"的时代背景下，这路题材的画不招人待见了，就必须告别旧我、再造新我，所以除了传统的山水花鸟，反映社会主义建设成就的宏大题材他也画得聚精会神，同样精彩。他画过工人、农民,还画过工厂、电站,比如《万吨水压机》《造船基地》《教爷爷识字》《拆旧轨,铺新路》《毛主席和我们在一起》等,为那个火红的时代留下了难得的美术珍档。前不久露面的一幅《南湖红船》,就是他实地写生了一个星期创作的,现在是令人望而感慨的红色经典。

谢之光学了近四十年的任伯年,看画真假立辨,后来他又学了石涛、八大山人。他最佩服两个人,一个是齐白石,愿做他门下"走狗",另一个便是钱瘦铁,毕恭毕敬地称之为"老师"。二十世纪七十年代,谢之光一改画风,用抽象概括的手法画山水,善用赭石和花青,参灵酌妙,色墨交融,显示了"峭壁上瞰尽云海,双足下拂干江流"的意境与灵气。

两毛钱一天的"神仙日子"

回头再说"史无前例","金猴奋起千钧棒",书画家都成了牛鬼蛇神,一个个落到了尘埃里。谢之光砚田荒芜、颗粒无收,心里闷得发慌,有一天带着陆康瞎逛至新华电影院门口,一屁股坐在人行道的台阶上。陆康怕弄脏裤子,略有迟疑,他就说:"你这个人气量这么小? 不就是一条裤子嘛!"陆康只得坐下。谢之光说:"我请你在这里看电影,可惜我没有钞票买票子,不过在这里照样可看。你看这些路人在我们眼前走过,这是没有导演、本色出镜的电影。他们好看吗? 好看极了,线条、色彩、动感、对白一样也不缺。旧社会上海滩的男男女女不是穿长衫就是旗袍,一般情况下良家妇女绝对是不露小腿的。现在解放了,大家可以露出小腿了,当然好看。还有,以前这条路上跑的是黄包车,后来是三轮车,现在是'乌龟车',时代不同了,那么画画也要跟上形势。"

兜了一个圈子,原来谢之光还想着如何画画。

有一天,陆康在谢之光的栩栩斋闲聊,正好评弹演员杨振雄来访,耷拉着一张苦瓜脸。家被抄了,工资也被割了,又因为张春桥的一个指示,也不能与太太见面了。本来口若悬河、闯过三关六码头的评弹名家,实在想不通啊。谢之光是如何开导这位名演员的呢?

谢之光对杨振雄说:"我每天从太太那里领取两角钱的零花钱,从家里出去,走到北京路,四分钱买张电车票坐到静安寺,花三分钱买张门票进静安公园,看看花草晒晒太阳,中午出来到静安寺对面一个小摊头上,花三分钱买块焢饼,慢慢啃完,坐在椅子上打个瞌睡,醒来看看风景,眼看太阳快落山了,再坐公交车原路返回,两角钱还没有用光!吃喝不愁,即为神仙,你总比我要有铜钿吧,还有啥个心事呢?"

谢之光不会饮酒,有些回忆文章说他善饮,那是瞎说,但他喜欢喝咖啡。那个时候上海还有喝咖啡的地方吗?金陵东路、马当路就有两家点心店,一边供应大饼、生煎、馒头、小馄饨,一边供应咖啡。中央商场以出售廉价小百货和日用品维修著称,也是饮食摊店的集中场所,所以有现煮咖啡供应,天气好的时候,谢之光就会叫陆康陪他去喝一杯,消磨时光,一老一少就坐在长条凳上呷一口,表面悠闲,内心沧桑。

有一次,陆康陪他在中央商场喝了咖啡后一起回家,谢之光摸钥匙开门,从兜里带出一枚硬币,叮叮咚咚滚得无影无踪。石库门房子的楼梯口很暗,陆康俯身去找,被他一把拖住:"这只角子滚落了,是它的造化,再说它让你听到这么好听的声响,还不满足吗?"

有一年春节前,谢先生的女儿给他做了一件的确良棉袄罩衫。大年初一,谢先生穿了这件新衣裳,神清气爽,朋友一个个来拜年,他照例要画画给大家,题目随你点。谢先生心情好,挥洒起来格外豪放,水墨淋漓,色彩缤纷,俯身收拾细部时,笔头仍是那么随意,那么新罩衫的袖口难免要沾上颜料,大家看到有点急。

谢先生看看大家,再看看新衣裳,突然大喝一声:"我吓侬点啥!"干脆将整个衣袖压在画纸上了,待他再抬臂时,新衣遂成花衫,于是满房间笑声起。

谢之光的咖啡瘾头是当年在广告公司里画广告时养成的,一辈子难戒,当时上海第一食品商店偶尔有听装咖啡出售,但谢之光没钱买,就拖着陆康到朋友家里蹭咖啡。朋友关了门窗,小心翼翼烧好咖啡让他们喝,同时在桌子上摆了笔墨纸砚,谢之光喝好咖啡起身:"要我画什么说吧,买路钿总要留下的。"

谢之光与南京路绿杨村饭店的员工相当熟悉,有时积攒下三五元钱就会叫上几个青年朋友去打牙祭,跑堂的服务员会偷偷地多给几个菜,让他们吃得稍许尽兴些。饭后,谢之光就会当场画画分送他们,无论厨师还是服务员,人人有份。一时没笔,饭店里刷墙壁的排笔、抹布甚至旧报纸卷一卷,也可以画,而且画得相当生动传神。

生命最后时刻的遗憾

二十世纪七十年代后,形势有所变化,亲朋好友都来求谢之光的画,一包香烟、一包咖啡,甚至几只番茄都能换得他一幅画。朋友多骑自行车来,他在窗前看到墙根下一溜的自行车就非常高兴,马上铺纸磨墨。据一位朋友说,有一天谢师母卧病不起,想吃鸡蛋,谢先生马上到菜场去买,可是口袋兜底翻转也没有几个钱,卖蛋姑娘知道眼前是个响当当的画家,就开玩笑说:"你可以用一张画来换鸡蛋呀!"谢之光一听来劲了,转身跑回家找了两本册页,换回十几个鸡蛋,乐呵呵地对夫人说:"你看,我的画居然可以换鸡蛋,今晚你可以吃番茄蛋汤啦。"

谢之光在生活中极为幽默，而且十分超脱，早把生死置之度外。晚年他参加同仁的追悼会，就对人家说："本来应该是我去的，想不到这位老兄性子太急，插在我前面了。"

谢之光的儿子大学毕业时才23岁，正是风华正茂之际，不幸罹患血吸虫病，在当时是不治之症。晚期肚胀如鼓、滴水不进，弥留之际流露出对死亡的恐惧，谢之光坐在床头噙着泪水，紧紧握住儿子的手："不要怕，每个人都要走这条路的，你先走一步，我随后来陪你。"

谢之光晚年患了肺癌，但他在去世前一个月仍作画不止，因为向他索画的人实在太多了。他对家人说："来我家索画的人，要待他们客气点，他们有的赶老远路来上海，还要买来宣纸毛笔，其实是给我练功的机会，我应该感谢他们才对啊！"

秋凉来得太早，陆康等朋友把谢先生抬进肿瘤医院。那天早上，他靠在叠起的被子上，地板上摊开一早偷偷画好的六张花卉册页，水墨淋漓，华光四射。陆康责备他不该违背医嘱，他笑着对眼前这位青年书法家，也是患难之中的忘年交说："小康啊，魔鬼上身啦，但看到自己的画还存在毛病，急啊，可惜时不我待啦。"

危急时刻，女儿谢碧玉急唤医生来抢救，他摇手制止，轻轻吐出两字："等死。"1976年9月12日，谢之光在穷困潦倒中与世长辞。女儿整理病床时发现枕头下压着200元钱，这是他为自己一点点积蓄下来的丧葬费用。几个学生把他的遗物送回家，芳慧珍正从棉被一角扯了一团棉絮，捏成一朵白花戴在头上，接过丈夫的遗像抱在怀里，一言不发地坐在床上，从此茶饭不进。

三个星期后的一个黄昏，突然一股秋风吹来，四扇窗户"砰"地一下全部打开，家人连忙关上，回头看时，她已安详地闭上了眼睛，追夫君而去。

海老与美专

1912 年,刚刚当上临时大总统的孙中山忽而又转野,北京紫禁城里的爱新觉罗·溥仪已脱下龙袍,被一群宫女围着在后花园躲猫猫。此前的半个世纪里,老大帝国经历了两场鸦片战争、一场圆明园打砸抢烧、一场马尾海战、一场甲午海战、一场义和团中国功夫与八国联军洋枪洋炮的昏天黑地大对决,中华大地到处残垣断壁、饿殍游魂,但民国肇始的新气象也叫麻木而慵懒的中国人连打几个响亮喷嚏,脑子清爽起来。特别是上海,在西方文化的熏染下,一下子涌现了不少新事物。

刘海粟在这一年与同学乌始光从周湘所办的背景画传习所里跑出来,又拉了张聿光入伙,每人出资 1000 块大洋,在苏州河南岸的乍浦路租下一幢小洋房,创办了上海图画美术院(后改名上海美术专科学校)。这一年,刘海粟还不满 18 岁。

民国初年的风气令野草疯窜,鹰击长空,年轻人志向很高,眼界也高,脸上每块肌肉都活泛着天降大任于斯人的豪迈与自信。一百年后的今天,我端详着彼时刘海粟的照片,一副金丝边眼镜架在高高的鼻梁上,目光炯炯,西装笔挺,领带系得一丝不苟,一股天不怕地不怕的英气逼人而来。大师就是大师,青衿白袷就意气风发地决定了命运的走向。

如果梳理海派新式美术教育的脉络,可以追溯到 1864 年——那是很早的事了，徐家汇已经有天主教会开设的"土山湾美术工场"。土山湾美术工场引进了相对完整的西式教育理念和体制，授业的老师大多是在西方接受过专业训练的传教士。土山湾的美术教学模式也可看作西方美术教育体系的微缩版（简约版），课程包括素描、透视、人体解剖以及水彩、油画等，这与中国传统美术教学是迥然不同的体系，也是后来刘海粟及其他现代美术教育的创办者模仿和借鉴的范例。上海近现代美术教育史上赫赫有名的周湘、刘海粟、张充仁、吴昌硕、任伯年、徐咏青、张聿光等，都在土山湾受业或经受熏陶。

但是，上海美专是上海新兴艺术的策源地，这一共识不容置疑。

后来，乌始光去创办广告公司，张聿光去创办马利颜料厂，刘海粟乐得"大权独揽"，动作渐渐大起来。以前中国人学画都是靠师徒传承，程门立雪被传为佳话，学生主动寻找或经人介绍投到一位已经相当有名气的画家门下，拜他为师。如果学生比较有出息的话还可能形成一种流派、一个山头，足以影响画坛和后世的美术景观。科举废除后，维新派和改良派以及革命派都大办新学，在美术教育上，也促使写实主义成为对城市文化和人的现代形象的一种新的表达方式。刘海粟在五四运动发生的前夜着手创办上海美专，显示了他领风气之先的勇气与胆识。

将西方现代的教育理念与机制引进，通过现代教育模式向社会大量输送经过严格训练的艺术人才，是上海这座近代崛起的大都市的重要文化遗产和历史印记。在刘海粟历年延请的教师名单里，我们可以看到张聿光、黄宾虹、丁悚、吕凤子、朱屺瞻、陈抱一、姜丹书、李超士、汪亚尘、潘玉良、陈之佛、吴印咸、张弦、滕固、倪贻德、庞熏琹、诸乐三、蒋兆和、潘思同、潘天寿、许幸之、张大千、关良、丰子恺、傅雷、唐云……随便挑出一个放在今天，都是让人仰望的大家。

1918 年,蔡元培在上海美专礼堂落成之际,专门写了"闳约深美"四个字加以褒勉,刘校长将此视作校训,学生们将此奉为座右铭。有必要补充一点,美专不仅是教授西洋绘画的阵地,1922 年,刘海粟在吴昌硕的推荐下,引进了留日归来的诸闻韵,请他担任上海美专的中国画教师。由是,诸闻韵也被誉为"现代中国画高等教育的奠基人"。后来,美专还陆续增设了工艺图案科和初等师范科、高等师范科,课目方面则引进了哲学、国文、美术史、文学等,甚至连中国画的题跋也有专门的教师来讲授。刘校长还请陈独秀、梁启超、欧阳予倩等来校演讲,并通过举办画展来打破学校教育与社会传播的边界。美专的"闳",绝非虚誉。

丁悚是刘海粟美专初创时的第一任教务长,二十世纪四十年代他在《艺术叛徒》一文中写道:"刘海粟作画,曾自署艺术叛徒,人家辄目为狂妄夸大。我认为他这个别署,并不过分。他自信力特强,一切不肯人云亦云,生平对于作品,力主创造。惟在初期,他的书画实在谈不到独具一格,魄力确伟大的,世人毁誉,皆置之不顾,我行我素,无论对于洋画国画,一股蛮力,可以在他的画面上观察得到。他事业的成就,也全恃他的一往直前的蛮干。假使要像我这样的个性,实事求是、按部就班的,恐怕一百个也抵不了他一个。所以,我很佩服他的。"

把刘海粟推上风口浪尖的是"裸体画事件"。1917 年,美专成绩展览会在张园举行,因展品中出现了人体画习作,一时舆论哗然。不仅很多市民不能接受,在教育界内也有反对声音,比如上海城东女校校长杨白民看后大骂:"刘海粟是艺术叛徒,教育界之蟊贼!"还有人称刘海粟是中国"三大文妖"之一(另两位是性学博士张竞生和创作流行歌曲的黎锦晖)。

果然,称霸东南的孙传芳放出口风来要捉他,江苏省教育会还通过了禁止模特儿的提案,刘海粟当然要据理力争。因为美专开在法租界的地盘,法国领事馆领事出来表态,最终刘校长还是被罚了50大洋。

在教室里画裸体,刘海粟的美专是中国第一。放在今天的文化背景下,美术学校请一位女模特来不算什么事,但在民国初年保守势力还很强大的情境下并不容易。据丁悚回忆,刘海粟请来的第一位女模特并非外界传说的四马路青楼女子,而是他姐姐身边一个唤作"来安"的丫头,穿了随身服装勇敢出场,全裸则由刘海粟家中一名唤作"阿宝"的"粗做大姐"为始。第一个男性模特是美专的茶房,"先从半裸入手,渐达全裸",以后则向外界征求,比如在荐头店里寻找待聘的女佣。

今天我们能看到的一张老照片,就是上海美术专科学校第17届西画系毕业班的教师、学生与裸体模特合影,学生有男有女,那位为艺术献身的女模特,站直了身体,线条优美,将脸稍稍转向右后方……这应该是二十世纪三十年代的情景了。

其实刘校长也有一本难念的经啊,学校创办以来,财务状况时起时落,最困难的时候应该在抗战初期,学生要么流亡,要么因为付不起学费,一个个走为上计。有个专业开始有二三十个学生,到三年级时只剩下五六个啦。

就在刘校长焦头烂额的时候,贵人出手了。贵人中居然出现了黄金荣、杜月笙、王晓籁,靠贩烟土、开香堂、敲竹杠、吃讲茶——在上海滩打打杀杀的黑老大,怎么会资助起教育呢?尤其是资助刘海粟,不等于鼓励他的学生们画赤膊女人吗?所以对黑老大,我们要从多个层面来考察,也许他们是附庸风雅,也许是为了漂白自己的形象,也许是巴结像刘海粟那样的文士可以让自己的脸面增光,他们经常一掷数千大洋,眼睛也不眨。而且这三人都是校董会成员。

美专的校董会可不是麻将搭子噢,成员中有梁启超、蔡元培、胡适、黄炎培等文化巨擘,也有孔祥熙、孙科、褚民谊、吴铁城、张君劢、戴季陶、叶恭绰等政经界名流。对了,蔡元培也曾在张园跟黄金荣、杜月笙外加"阿德哥"虞洽卿等大佬合影留念,看上去很热络。

在中国军民抗战最艰难的时期,刘海粟在南洋群岛举办画展,筹赈灾款,将南洋各地的卖画收入全部寄给中国红十字会支援国内抗战。太平洋战争爆发,美专部分师生转到浙江、福建继续办学,1943 年 5 月,刘海粟被日本特务彬彬有礼地"请"回了国。

日本人要买刘海粟的画,委托中间人来商谈,他一分钱也没少收。但 1949 年后,这都成了刘海粟的罪状,有人甚至要将他打成汉奸。反右时,刘海粟吃足苦头,但他神静气定,在家里喝白兰地,大块吃肉,对学生大加勉励:"你们还是要好好学画!"

二十世纪八十年代末,夏振亚导演要拍一系列上海老画家的纪录片,题目定为《画苑掇英》,第一个拍摄对象就定了刘海粟。可万万没想到,他与大师的第一次见面并不愉快,当海老听了夏振亚的构想后,欣然同意,但紧跟着问:"还有谁会出现在电影里?"夏振亚简略地向海老汇报了拍摄计划,拍摄对象中还有唐云、程十发、谢稚柳、朱屺瞻、陆俨少、王个簃……想不到刘海粟连连摇头,并说:"我已经上黄山好几次了,现在决定成全你,大不了再上一次黄山,但是影片中不能有甲、乙、丙、丁。"望着目瞪口呆的夏振亚,他又明明白白地补了一句:"没有系列,要拍就只拍我一个人。"

夏振亚在电影界也是一条汉子,他毫不妥协地向海老表示:"《画苑掇英》肯定要拍甲、乙、丙、丁。如果先生坚持己见,我倒怕今后影片完成了,一大批一流的画家一一出现在荧幕上,唯独缺少你刘海老,那会给国内外观众留下什么样的遗憾? 社会舆论将会出现什么样的评说呢? 我希望海老以推广中国文化的大局为重,三思而行!"

眼看海老陷入沉思,夏导收拾好随身物品向门外走去:"告辞了。"

此时刘海粟着急了："慢,请吃了饭走……"

不久,适逢刘海粟九十大寿庆典,夏振亚抓住这个机会,再作试探,通过他的秘书传递拍摄构想:请海老画一幅最能展现艺术家个性,同时也最有画面感的泼彩山水。海老终于同意了:只能拍一遍,不可重来。

正式抢拍刘海粟九十大寿即兴作画的电影开机了,摄像机和灯光在画室安置妥当,一张丈二匹宣纸铺在地上,老画家逸笔草草地勾勒出山势轮廓,在重峦叠嶂之间,渐渐出现松林和山路,随后将两大碗清水与浓墨、颜料调和,先后泼向画稿。顿时,一"泼"激起千层浪,松涛呼啸、云海滔滔,一幅气象万千的《黄山松云》被定格在胶卷上。而最能体现人物性格色彩的镜头,便是刘海粟一边低头审视元气淋漓的作品,一边连连跷起大拇指,似乎在告诉世人:我是 Number One!

后期处理时,剪辑师建议夏导删去这段"自吹自擂"的影像,夏振亚不同意:"非但不能拉掉,一格也不能剪,镜头全部用足。这才是真正的刘海粟!"

上海美专创办至今已有 110 周年了,它在中国现代艺术教育史上是一座坚挺的里程碑,碑的顶端就是海老的雕像,还有白兰地、烟斗、鸡腿、调色盘。

三

不可改写的剧情

1978 年的阳光

1978 年的阳光在我头顶燃烧,直至今天,我仍在享受它的热量与光芒,疾风暴雨也不能扑灭它。如果没有这团烈火,我不知道在当下喧嚣的物质时代,自己对艺术宗教般的热情还能维持多久。

1978 年的春天,道路两边的梧桐树已经暴出了鹅黄色的嫩芽,人们还穿着蓝色或灰色的卡其中山装,那时候肥胖者相当稀缺,所以大家的衣服总是空落落地晃着,但苍白无光的脸上绽放出兴奋与希望。政治风波结束,高考恢复,黄封面的教辅书成了最紧俏的书籍,新华书店门口经常排起长队,解禁的翻译小说一上柜也被卖空。

这一天的场景深深地刻在记忆深处,我从报纸上得到了这个消息,在一个休息天的下午,我换了一身干净衣服奔向上海展览馆(上海人仍然称它为"中苏友好大厦"),我记得排队买门票的窗口设在马路对面的中国旅行社,长长的队伍一直拖至旁边的模范邨。模范邨是一条新式弄堂,三十年后我才知道著名学者冒广生的故居就在这里。形势不容我有半点迟疑,便以一种赎罪的心情找到了队伍最后的位置。这个时候我二十出头,对人生的意义尚在摸索当中,前途渺茫、不知所措,但我知道这个展览必须观看,因为它是"法国十九世纪农村风景画展",是1949 年以来第一次在公共空间展出的原作。这个时候的中国老百姓,做梦也想不到今后有一天能够走出国门。

我从小热爱绘画，如果没有"文化大革命"，我或许能成为一名美术工作者。我的三哥是正儿八经的画家，他在"文化大革命"前考入轻工业专科学校。后来他告诉我，当时上海只有三所学校有美术专业：美专、轻校和纺专，但成绩最好的考生让轻校先挑，然后是纺专，最后是美专。这是特定时期我国教育制度设计思路的体现，优先满足实用美术。所以我三哥在他那一届考生中的成绩，不是第一，也应该位列前十。因此，我在读小学时就能看到他偷偷带回家的在当时非常罕见的西洋美术资料，那些丰满的女人裸体画，春雷般的唤醒了我的性意识。有时候我还将要好的同学带到家来分享，那种"偷食禁果"的乐趣，令人难忘。

三哥每周回家一次，他在家画画的时候，我就在他身旁静静观摩，帮他换换水、削削铅笔。我最初的理想就是这样确定的。

现在，1978 年来了，我在理想破灭之后再次走进美术馆，走近法国高度写实的古典主义油画。惊叹，喜悦，惆怅，悲伤，我就像偷吻了一个匆匆嫁给别人的情人，泪流满面。

这个展览先在北京展出，然后移师上海，农田、耕牛、河流、收获、晚霞、农民、村妇，都让人感到亲切，激活了人们对于故乡的联想。农妇们裸露在外的手臂红润而粗壮，脸庞鼓鼓的十分健康，可惜观众中绝大多数并没有真正懂得美术，"太像了！""像真的一样！"此类评价充斥着展厅，令人烦躁，但是它对中国人思想意识上的冲击无比猛烈。

许多比我年龄大一点，但依然是学生模样的年轻人，捧着速写本这里画几笔，那里画几笔，交头接耳，或面对展品张大嘴巴不知所措。还有些白发苍苍的老人，他们相互搀扶着在名画前慢慢移动脚步，嘴里念念有词。我还看到一位穿着极其寒酸的老先生独自坐在墙角，无声抽泣。当安保人员过来询问他时，他终于哭出了声。

三哥毕业后分配去了青岛,在一家玻璃厂烧制啤酒瓶,专业等于荒废,但这个画展,他是提前用了探亲假坐火车来看的。回家后他托着脑袋沉默了半天,我陪他沉默,直到妈妈开了灯叫我们吃晚饭。在他返回青岛前,我买了几张法国农村风景画的印刷单片,他选了一张巴比松森林,临摹了一幅灰调子的油画。

1981年秋天,上海美术馆(位于今天的仙乐斯广场)还有一个画展也是轰动一时的,那就是"波士顿博物馆藏美国名画原作展",这是中美建交后,美国在中国举办的第一个大型画展。展品中有46幅近现代现实主义绘画,也有12幅当代抽象绘画。若按照美国通常的历史叙述方式来梳理的话,包括殖民时期、独立战争时期、内战时期、成熟时期、现代时期。有一幅题为《守夜者———一切平安》的油画获得了广泛的好评,在一些议论中,这个守夜者代表了工人阶级,他头上的一口铜钟就是资本主义的丧钟。至少我大学里的中文系讲师就是这样对我们说的。是的,他还对画展中出现的现代派绘画极尽嘲讽之能事:"那几根红的蓝的线条,笔直地刷下来,像床单一样,我也画得出。"他的观点是有代表性的,在展厅里我就听观众这么说。

这个时候我已经在谈朋友了,这个画展是与女朋友一起去看的。她看得懂现实主义绘画,对现代派也有一种不知所措的慌张。我的艺术积累也不丰厚,但我知道应该对这些看起来谁都能画的作品有足够的尊重与心理准备,而不能粗暴批判,将它们一律视为腐朽、没落和颓废的。

这一时期是中国思想空前开放、活跃的黄金岁月,西方文化频频冲击中国人的心灵与文化场域。也有一些人在观察西方文化的同时,顽强地表现出那么一点批判精神,但总是找不准靶心,在报上看到这样的文章,我总是禁不住笑出声来。人们的热情依然高涨,甚至连罗马尼亚的一个版画展也引起了不小的动静。我也去看了，知道在木版画、石版画之外还有蚀刻版画和丝网版画，还有一个日本现代画展，让我知道了丙烯画和喷绘画。后来在北京举办的"哈默藏画500年名作原件展"和"毕加索画展原作展"也是当时的文化大事件，照样轰动一时。

每当外国重要画展在上海举办，三哥就要想方设法回上海一次，此时的出版物也开始多起来了。有一次三哥叫我打一只油画框，绷上画布后他就飞快地临了一幅美国著名女画家卡萨特的作品，完成后下面多出2厘米的一条空白。我问为什么，他说不清楚，就觉得框子不应该这么长。我拿来卷尺一量，原来是我打框子时一不小心多了2厘米，可见他的基本功还是很扎实的。

当时还在上海油画雕塑院的俞晓夫对我说，那时院里有组织地安排他们去临摹原作，陈逸飞也去过几次。不过在回忆这段经历时，他却表示法国农村风景画展对他的影响更大些，"从原作中发现，欧洲油画与苏联油画大不一样，那种细腻与丰润，给我很大的震撼。我们是在苏联教育模式下成长起来的，所以有一种恍然大悟的感觉，似乎一切要从头开始了"。美国波士顿的那个画展中，他也肯定了现代主义绘画，而对抽象画不以为然。他还说："一个伟大的历史时刻的到来，居然是由几个美术展览会作为先声，这在其他国家是不可能的。作为美术工作者，我感到骄傲。"

时间很快进入八十年代末，中国和世界都发生了巨大变化，正如当年热衷于行为艺术的评论家吴亮在他的回忆录里所写："尘埃落定，梦已经结束，一切都终于结束了……这不是形容八十年代的最后一年，而是指大洋彼岸的美国，八十年代第一个圣诞节将要来临之际，列侬连中五枪，1980年12月8日在纽约达科塔大厦的门口，他遭遇了守候已久的狂热歌迷查普曼，倒在他自己的美丽血泊之中。据说和平总是要战胜暴力,无论这暴力是来自正义或者非正义,还是来自蓄谋或者疯狂,暴力从来没有被战胜,看来梦的结束往往宿命般的要以一次流血作为它最后的谢幕式……"

现在,伟大的米勒、伟大的库尔贝再次造访上海。"米勒、库尔贝和法国自然主义:巴黎奥赛博物馆珍藏"在中华艺术宫展出,我又可以近距离欣赏到伟大的传世之作了。《拾穗者》中三个农妇的身影将再次感动困居城市已久的人们,库尔贝的《泉水》也将给我们美的享受。还有许多精美的现实主义作品,同样会在我们心里激起朵朵洁白的浪花。四十年后的今天,我个人已经有了相当的社会阅历与艺术经验,在艺术层面,感受会稍有不同,不过可以肯定的是,我依然会在它们面前久久盘桓,想得更多更远……

1978 年的阳光,依然照耀在浦江两岸每个角落,照耀着我的心。

淮国旧，叫我大开眼界的窗口

二十世纪七十年代初我还在读初中，那时候读书也就装装样子，课堂里乱得就像茶馆店，老师讲的东西你根本别想听清楚。好在作业也没多少，也可以抄同学的，或者干脆不做。下了课就在外面瞎逛、抽烟、打架、议论女人——后来我改邪归正了，立志做个文艺青年，到处借外国小说看，再后来就学起了小提琴。按当时的政策，中学生毕业后大多数发配到广阔天地去"大有作为"，只有极少数可以留在上海，去工厂当学徒或读技校。于是，有几个前景不妙的学生就"鸡鸡狗狗"地学起了小提琴，希望有朝一日部队来招文艺兵，一旦穿上军装就可以摆脱"修地球"的命运。按有关政策，我已经有四个哥哥在外地务农或当工人了，我铁定留在上海，但经不起同学的怂恿，也加入了学吹打的行列。

对了，一开始我先是从同学那里借了一把吉他玩，嘿嘿！当我扛着吉他雄赳赳、气昂昂地走进弄堂时，正在晒太阳的几个老太太说："噢哟，迭只琵琶介大啊！"

学了几天，弦线断了，跑遍整个上海滩也买不到，有人建议我去淮国旧看看。淮海中路与重庆路相交的丁字路口，这里有一家面积达数千平方米的大商店，正式名字叫"淮海贸易信托商场"，但上海人还是叫它"淮国旧"。我去了，找到乐器柜台，一开口，老师傅就指着墙上的大字报说:"侬要选个啊,侬自己看看。"抬头一看,不得了! 大字报的标题正好是《彻底砸烂资产阶级乐器吉它》。文章严厉地指出:吉它演奏的是靡靡之音,必须从无产阶级文化阵地上消失。我吓得头皮发麻,耳朵嗡嗡响,赶紧开溜。

但也不是所有西洋乐器都会被砸烂,比如小提琴,因为它加入了弦乐五重奏《海港》而实现了"洋为中用",全市很快掀起了学小提琴的狂潮,据说当时学小提琴的青少年达到 20 万之众,那么我就学小提琴吧。

当时小提琴也是很难买的,市百一店偶尔会上柜一批,得到消息的民众天不亮就去排队。居然也要 44 元一把,超过普通工人的一个月工资,问题是音色极其难听。为了适应几十万人学小提琴的"大好形势",淮国旧就将乐器柜台搬到门口来了,门板上像挂火腿一样挂了好几把小提琴,可能还有意大利的名琴呢,琴背有楸木或枫木的自然纹路,音质一流,每把也只有七八十元。卖琴的老师傅是个石骨铁硬的"老克勒",板烟斗含在嘴里,吹起小提琴来头头是道,他让我第一次听到瓜纳里尔、阿玛蒂、斯特拉瓦迪里"三大制琴家族"和他们的传奇。当然他也会突然冒出一句:"国产的百灵牌,工农兵拉拉蛮不错了。"

大家笑了,他则故意一脸严肃。这个时候乐器店里卖出的小提琴弓子,弓毛都是杂色的,纯白的就是没货。对此"老克勒"也弄不明白:"白马大概都死光了。"他的柜台前总是围满了人,对我而言就是一堂免费的西洋乐器鉴赏课。

等到我毕业时,果然有两个同学被昆明部队招去当了文艺兵。我幸运地留在上海,在一家饮食店当学徒,因为干体力活,很快我的手指就变得像胡萝卜一样粗了,拉《山丹丹花开红艳艳》把不准半音阶,我急得哭出来。

但是淮国旧还是经常去,因为那里有许多物品是清贫人家急需的。

我不是有四个哥哥在外地吗？他们经常来信，要家里寄点日用品去，我就跟老爸到那里淘旧货，军用毛毯、手套、解放跑鞋、搪瓷脸盆、玻璃花瓶、煤油炉、闹钟、西洋钟等买的人比较多，还有旧手表，英纳格只要五十元一只，浪琴、汉密尔顿差不多也是这个价。当然，绝大多数人是买不起的，只能看看，与店员一起点评一番。上海滩的"老克勒"是死不光的，他们的生活质量大幅度下降了，但对好东西还保持着很高的鉴赏力，这一点很厉害！

还有几百件裘皮大衣！高高挂在天花板上，密密麻麻，只看得到它们毛茸茸的下摆，挂一小布条，上面写着价格，也只有几十元，一百元以上了不得了。它们是从有钱人家里流出来的，灰狐、灰鼠、银貂……

上海这个城市很怪，一旦气候有所回暖，所谓资产阶级的东西又破土而出，茁壮成长。

到了七十年代末，它们似乎在一夜之间消失，无影无踪了，据店里的老法师说，都弄到外贸部门去了，广交会上也有，国家需要创汇。这或许是资产阶级奢侈品的最好归宿。后来，大约是八十年代末，谢晋执导的白先勇的《最后的贵族》，里面有四个大家闺秀，有一场戏是她们披着裘皮大衣出门赴宴，但你叫上影厂到哪里去弄这四件名贵的裘皮大衣啊？谢导只得在报上刊登广告，向市民租借。后来我在电影中看到了这个场景，四位小姐鱼贯而出，前三位是裘皮大衣，最后一位披的是坎肩——偌大的上海滩啊，四件老货裘皮大衣都凑不齐啦！

从淮国旧后门出去就是长乐路，那里有几只简陋的大棚，里面的红木家具堆得叠床架屋。口号喧天的时刻，人心惶惶，谁也不会欣赏红木家具的西式浮雕与明亮的花旗镜子。但我们没事可干，就在那里看热闹，一张红木八仙桌只卖区区 50 元，一只蛋凳卖 4 元。还有一次，我看到一辆大卡车装了满满一车红木家具开走了。听老师傅说，这是卖到民族乐器厂去的,拆散之后做胡琴、扬琴,再小点的碎料也不浪费,送到算盘厂做算盘珠。

后来——二十年后我已经当记者了,采访一个专做旧家具生意的老板,叫陈长宝,原是淮国旧的老法师。他告诉我:淮国旧在沙泾港有一个仓库,很大很深,都是国民党逃跑前来不及运走的东西,当年的他跟着老师傅去清点造册。成箱的古董与机器设备混杂在一起,更令他惊讶的是不起眼角落里还卧着一辆水陆两用坦克。因为物资很多,又涉及军事机密,后来上海军管会就派了一个警卫班到淮国旧来执行保卫任务。在淮国旧后来经销的商品中,还包括在"三反五反"等政治运动中清查抄查的物资,以及经全市法院转来的罚没物品。

二十世纪六十年代,陈长宝负责在民间收购旧红木家具,稍许整修一下后卖给外贸部门。有一次店里收进一只红木大橱,他在登记时觉得这只大橱特别笨重,仔细一看,发现抽屉里有夹层,打开夹层,乖乖隆地咚! 里面居然夹了金银首饰、钻戒、宝石、祖母绿,还有几根金灿灿的大黄鱼。但那个卖主没有留下地址,怎么也找不到了。"文革"后期的某一年,他在静安区一条弄堂里收到一张紫檀雕花大床,付了 2400 元,单位里的领导认为太贵了,属于生产事故,要他赔 400 元,每月从工资里扣除。等这笔钱赔清爽,他也退休了,自己单干,倒也发财了。"这几年我一直在寻找这张紫檀大床,照现在行情它至少值 300 万!"

陈长宝说:"我们淮国旧里有好几位老法师本事真大,服装柜台的老张,皮货到了他手里面就像活的一样,女人喜欢的狐狸围巾,他瞄一眼就能讲出好坏,保管上出了什么问题也逃不脱他的法眼。他开出的价钱相当公道,让人心服口服。"

还有一次,一位客人拿来一颗珍珠求售,老师傅给出的收购价是五万元,把那个顾客也吓了一跳,这可是个天价啊! 但老师傅知道这颗珍珠的来历,是安装在乾隆皇帝便帽子上的。这可不是随口乱说的,他曾经在哪里见过,记住了它的特征,光凭这点就需要几十年的经验积累。

我还有一个朋友,喜欢跑到淮国旧看西洋钟,法国钟、德国钟都有,他有几个小钱就买一只两只,后来到国外发展,到处搜寻,积累了五百多只,其中不少是遗世孤品,他就成了全国有名的西洋钟收藏家。"是淮国旧的师傅引我走上这条路的。"他念念不忘地说。

那个时候物资供应极度匮乏,南京路、淮海路等主要商业街的橱窗里,醒目的位置放着两句话,一句是"为人民服务",另一句就是"发展经济,保障供给";而淮国旧则不同,它的口号是"厉行节约,勤俭持家"。在这个口号下,许多象征资产阶级生活方式的物品也被无产阶级合情合理地开发利用了。

所以说,即使政治运动频仍,淮国旧仍给市民打开了一扇窗,让市民有一个透气的地方,通过承载西方文明的陈旧器物,可以大致想象另一个世界的生活状态,同时,也成了许多青年人窥视与认识西方文明的启蒙之地。这也是海派文化的机巧与通达之处。

上海方言面临的尴尬

一、方言是生命的密码

在国内许多大城市,方言的存在就跟江河与山脉一样,与城市共生共荣,提供了日常信息交流与语言操练的平台,甚至构成一座城市的文化特征和集体性格。我去外地出差或开会,入住宾馆后打开电视机,就希望看到节目主持人用方言来讲述社会新闻。我还会去附近的菜场或集市观察当地人做生意、吃早点,讨价还价,打情骂俏,那种抑扬顿挫的声调被我深深地刻在耳膜上,成为日后回想起这段经历的"背景音乐"。有些方言我几乎听不懂,但也不妨碍我满怀欣喜地去欣赏它,恰似欣赏溪边不知名的花朵、林间不知名的小鸟。

在城市强硬扩张的形势中,有些乡村还顽强地保持着原生态的方言,仍然有着歌唱般的节律与音韵,这大概与山形地势、农作物及风土人情等有关。方言从历史长河中奔来,在生产劳动中形成,在日常生活中丰富,在爱恨情仇中燃烧,在与外部世界的抗争与交流中吸纳、消融外来语,在城镇与村落的兴旺繁盛中代代相传,也在历代乡贤及过埠文人的文字中,获得彰显的身份。

方言,是一个地区、一个民族的生命密码。

这些年来,不少省市都在创造条件让方言重返现场。不,这句话应该这样说:方言是一条河,一直流淌着民间的日常,我们需要用它来濯洗自己的思维和文字。在全球化的浪潮中,在经济繁荣、信息爆炸、人口流动、文化多元,以及学界致力于寻根溯源的历史打捞中,方言既是一种文化场景的搭建,又可对抗语言霸权的滥用,帮助我们思考"我从哪里来? 我是谁,我到哪里去?"这样的终极问题。

语言文化的多样性和多语种的诉求,有着显然的必要性与深远意义。

二、方言不应成为撕裂社会的"元凶"

不过讲起来终究有点尴尬,也有点郁闷,上海方言在很长一段时间里,几乎成了"敏感词"。有一段时间,媒体上稍稍对方言进行学术层面的讨论,常常会挨一记闷棍。哪怕是副刊上的文章,作者为了增加地域色彩,谨慎地引用一些方言词汇,也难逃朱笔勾销的下场。

更过分的是,上海原住民对方言的习惯性应用,竟被视作"排外"的证据,哪怕在气氛友好的小环境里,三四个上海人兴致勃勃地说起方言,在座的外地朋友脸色就会"晴转多云,多云转阴",更别说那几位外地朋友恰恰有一官半职在身。

有一次我在派出所看到办事窗口贴了一张 A4 纸,上面醒目地打了一行字:请说普通话。我婉转地对一个户籍警说:"据我了解,辖区内确有不少外来人员,但至少还有百分之七十的本地人。有些老年人不怎么会说普通话,你们这项规定或说是告示,对他们而言是不小的压力。"

户籍警振振有词地说:"我们是根据国家有关部门的要求推广普通话。上海是全国人民的上海,上海居民应该跟上形势,学说普通话。"

我说:"推广普通话是没错,学说普通话也只是一种自觉,但在公安机关的派出机构,你们应该照顾到语言能力比较差的老年人,他们到这里来办点事,希望得到政府部门应有的关切和服务,不能用公务员考试的标准来要求他们。"

户籍警说:"我们也没有强制要求所有人都说普通话,他真要说上海话也可以,我们照样为他服务。"

这就有点强词夺理了。"请说普通话",是有点居高临下的祈使句,如果改为"欢迎说普通话",或许会好一点。后来我知道,不少年轻民警也不大会说上海方言了。户籍警不会说方言,对社区管理而言,肯定算能力欠缺的一种。

上海居民应有这样的感觉,很长一段时间以来,上海方言被逐出了政府机关的会议室,被逐出了幼儿园、学校和青少年活动中心,被逐出了商店、宾馆、剧场、电影院,被逐出了车站、机场、公园……几乎所有的公共场所都很难听到字正腔圆的上海方言了。

上海是全国的上海,上海是开放的、热情的,包容多元、鼓励创新,但是大家也看到了,通过各种途径进入上海机关、事业单位的"新上海人",方言这一关过没过,他们更希望在工作环境中设置或强化普通话的"文化圈"。

"我们都是来自五湖四海,为了共同的革命目标,走到一起来了。"这没错,但是为了革命的需要,能不能放下身段学几句方言呢? 有些部门的公职人员经常要面对面地与本地居民打交道,不懂方言,拒绝方言,特别是公然嘲讽、挑战、诋毁捍卫上海方言的上海人,肯定会产生误会。

上海人一定记得,即将与 2009 年告别的时候,广播电台一位 DJ 用上海方言与听众聊天,这种节目一般受众锁定在本埠,主持人也喜欢用上海人听得懂的"密语"来增加一点"佐料",一名外地听众给节目热线发了一条短信:"求你们不要说上海话了,我讨厌你们!"

主持人几乎不假思索地怼了回去:"请你团成一团,用比较圆润的方式,离开这座让你讨厌的城市。"话音甫落,就在舆论场上引起轩然大波,外省人群起而攻之,上海听众则力挺主持人。"团成一团,圆润离开"也上了热搜,成为流量话题的又一引爆点。

有个从黑龙江来的公务员跟我抱怨:"上海人对我们外地人有一种骨子里的轻蔑,表面上温文尔雅、无可挑剔,但是他们永远不会有发自内心的热情,一句多余的话也没有。"他是副处级干部,这番话是对同僚及部下讲的,如果与居民打交道的话,情况似乎更糟。"他们动不动就说:你们不懂的,拎不清。"

黑龙江朋友所感受到的"轻蔑",多半是他的主观感受,也可能是客体不耐烦情绪的映射,你只有做人做事都不地道,才会"享受"到上海人的骨子里的"轻蔑"。外省人认定上海人高傲、冷漠或排外的情况,经过改革开放四十年,已经改善了很多。至于什么叫"拎不清"? 首先要搞懂"拎得清",就是对约定俗成的规则的遵循,或者对某些词语的微妙含义的体悟。听不懂方言,常常会拎不清。

在新闻单位,越来越多的记者、编辑来自外省,他们与考进上海的公务员一样,高学历、高智商,可能情商也很高,但不懂上海方言,"后果很严重",在采访时难免磕磕绊绊,面对原住民常常"拎不清"。

我甚至听说,有个高新科技企业招聘中层干部,在现场贴出一张告示："本次招聘不针对上海户籍人口。"管理岗位聘用外来人员,肯定会增加用工成本,这家企业的老板一定吃过上海人很大的亏,不然为何会做出如此偏激的决定？同时,我也听说有不少本地企业在招聘时暗中设置门槛:外来人员一律不收。

上海方言居然成为撕裂社会的元凶!

三、移民带增加了方言的丰富性和黏合度

改革开放四十年,也是上海移民大潮汹涌澎湃的特定时期。这一波移民大潮带来的外来人口比上海开埠一百年里吸纳的移民总和还要多。移民是"活泼化学元素",不同的移民携带不同的地域文化,汇聚在一起彼此参照学习、彼此竞争融合。如果一座城市的移民来源丰富,那么移民文化也就丰富。

上海作为一个具有国际影响力和竞争力的特大型城市,与时俱进地呈现出大气、开放、多元、包容的新气象。在社会管理、文化交流、商贸活动中,人们可以无障碍地使用官方语言普通话,也可以在特定场合使用英、法、日、韩等外语,中国主要的地区方言也有自己的空间。但是我们也应看到,在现代化的进程中,上海方言使用的范围和机会越来越狭窄,并且出现了一种悖论:上海的国际化程度越高,吸纳的外来人口越多,上海方言的存在空间就越小。

上海方言在最近几十年里,面临着覆盖面积萎缩、使用人数减少、交流机会不多等窘境,特别是在青年人及中小学生中间,能熟练使用上海方言的人更为稀少。在大力推进旧区改造、造福于民的同时,"方言动迁"也不可避免。社会各界人士为之担忧:方言是我们共同的遗产,

上海方言面临着消亡的危机,应该引起全社会的关注。

上海人自嘲:陆家嘴地区以讲英语为时髦,内环以内通行普通话,外环以外才能无障碍地使用上海方言。

上海方言属于吴方言区的一个组成部分,有着独特的价值和一定的使用范围。上海原处吴文化圈欠发达近海地区,上海本地话在开埠前是吴语中发展相对滞后的一种方言,至今还保存着比别的地方更多的古代语音、古词语和语法现象及其反映出来的古代江东文化信息,甚至还保留着历史上曾经在这块土地上生活过的百越民族语言文化的遗迹。

上海开埠后,形成了华洋杂处、中西交融的格局。在大量移民进入的态势中,本地语言水乳交融地吸收了周边省份的方言,在洋泾浜英语推行之际又吸收了一部分外来语,从而形成了适应现代化城市文明,同时又便于书写和口头传播(包括戏剧和曲艺)的上海方言。

方言告诉人家"我从哪里来",代表着某种生活习惯与集体性格,日常生活中表现出来的饮食、衣着、礼仪、风俗、处世方式、思维方式等,都与方言以及方言代表的地域文化有关。

熊月之先生认为,上海话在十九世纪八十年代已经形成。1892年,上海出现了韩邦庆的小说《海上花列传》,所用的语言即上海话。此书出版以后颇受欢迎,在清末便出了六版。说明在那个时候,上海方言已在市民社会通行,并成为人们学习方言的文本之一。

上海方言有着城市化的特质,与开埠前的上海本地方言是有区别的,不是简单地延续,它在语法和语义上有着更明确的指向性和更灵活的交际性,也更接近书面语,同时照顾到外省移民的便利。民国年间,一位研究过上海方言的日本学者认为,上海方言由四部分组成:第一是苏州语系,包括上海、宝山、南汇、昆山、嘉兴、崇明、湖州、无锡、常州、杭州等地方言。第二是宁波语系,包括绍兴、金华、严州、台州、衢州等地方言。第三是粤语系。第四则是其他方言,包括苏北方言等。这四部分中,苏州语系占 75%,宁波语系占 10%,粤语系占 0.5%,其他方言占14.5%。

驳杂,是上海方言的一大特点。就像上海人来自五湖四海一样,上海方言中杂糅了各自的乡音。徐汇区居民与杨浦区居民讲的上海方言就可能有细微的差别。还因为上海有工人阶级和帮会,有外侨和跑街先生,有投机商人和技术人员,那么上海方言中的切口与流行语就会特别多,无孔不入地影响到社会生活,每隔一段时间就会出现一批,使得上海方言具有非常活泼的特点。

上海方言杂糅了农业社会、工业社会,还有商业社会的种种精细的词汇,包含成语、谚语、俚语,使各类词语发展得丰富多彩,尤其是通过文学作品的修饰及格式化,句法和语法也发展得相当完备。上海方言不是一种高纯度的方言,却是一种成熟的、语义丰富的方言,没有辜负上海的发展历史与城市能量。

上海方言中所包容的这些上海文化的精神积淀,和上海的石库门、近代建筑这些物质文明融和,交相辉映,成为上海人民智慧和勤奋劳动的结晶和遗产。

上海方言的特殊意义,还在于有些单个的字和词汇,很难书写,但内涵非常丰富,是普通话所不能覆盖和替代的。如果你对上海方言中的微妙含义与使用规则没有足够的了解,就不能对海派文化有充分的、准确的解读。从这层意义上说,上海方言也为中华文明做出了一份贡献。

四、上海方言有强大的渗透力

上海方言具有鲜明的文化、情感价值，尤其在中老年中拥有坚实的群众基础。上海市民的生活方式、趣味情调、集体性格都能通过方言表现出来，那些流传了两三百年的民歌、童谣、顺口溜、谜语等，也成了上海人的注脚。二十世纪三十年代至六十年代前期，江南江北诸如沪剧、滑稽戏、评弹、越剧、淮剧、锡剧、甬剧等十多种地方曲艺都在上海草创、定型、汇聚并走向繁荣。完备的城市文化生态使上海成为一个开放多元、活力无限、各地移民和睦相处的大都会，也为海派文化的形成贡献了重要力量。

最近几年，上海方言的使用环境得到了较大改善，上海电视台开辟了方言新闻类节目《新闻坊》，《新民晚报》在多年前开出的上海方言专版保留到今天，上海报业集团还有一个用方言进行网上直播的谈话类节目。再往前追溯，剧中人物使用方言的海派情景喜剧《老娘舅》《开心公寓》《红茶坊》等在上海东方电视台黄金时段播出，创造了较高的收视率。还有许多在政府主导下的民间社团利用网络平台，通过朗读优秀的文学作品来推广上海方言，也取得了全社会的关注和支持。

影视作品中有过上海方言版的尝试，比如《孽债》《股疯》，收视率都很高。前几年，上海女作家唐颖根据自己的小说导演了一部用上海方言来演绎的话剧《小世界》，在圈内引起热烈反响，电影导演贺子壮还写了一篇文章力荐："长久以来，'话剧'似乎只是用普通话表演的剧，其他地方语言的戏剧，要么被归入戏曲，要么被称作'方言剧'，总有点不那么正宗的味道。不过正宗的话剧也有其自相矛盾之处，北京人艺的《茶馆》明明讲的是北京方言,却被推崇为中国话剧最高峰。其后东北方言、陕北方言、四川方言都以一种'准普通话'的姿态在电影电视乃至舞台剧领域登堂入室,并未引发多少异议。"

无论是电影、电视还是舞台剧,用上海方言来讲述上海故事,就像上海人吃生煎馒头、小笼馒头一样,最能领悟其中的真味。它可以大幅度地还原故事中的氛围和细节,表现人物的背景、性格以及他们共生共情的关系。过去有不少上海城市题材的作品,导演和演员虽然倾尽全力,通过布景设计、服装道具乃至音响灯光来还原上海的城市氛围,但演员一开口就是拿腔拿调的普通话,艺术效果就大打折扣了。

所以贺子壮认为,把不讲本地生活语言的话剧奉为正宗,使话剧远离了真实而质朴的生活。

上海作家金宇澄的长篇小说《繁花》,最早在以上海方言为讲述路径的"弄堂网"上以笔记体的形式"开开无轨电车",结果引发网民的极大兴趣,逼着老金一路写下去,人物渐次登场,故事越发离奇,最终在《收获》上发表,出版单行本,国内各项小说奖拿到手软,直至摘得茅盾文学奖桂冠。这部被贴上"沪语小说"标签的长篇小说,一年内的发行量就突破了三十万。2021年年底热映并普遍叫好的都市电影《爱情神话》,再次将上海方言置顶讨论,成为一个吸附性很强的"文化现象",显示了上海方言的顽强生命力。这两部作品的市场反馈表明了上海方言的环境有了较大改善。

在中心城区,好几路公交车上已经使用方言播报站名,不少学校也在义务教育阶段引导学生学说上海方言,"沪语进校园"的工作取得了一定的成效。

不知各位是否注意到这个现象:上海女性是上海方言最坚定、最热情的捍卫者,上海现在有许多方言类 App 或视频节目,都由上海女性主持并朗读。方言与旗袍,成为上海女性的两大特征。

与某些省份的方言相比,上海方言并不具有天然的优势,它甚至不能说是一种便于广泛交际的工具,但是上海女性在字正腔圆、清浊分明的朗读中,坚持着一种声音美学,坚持着自己的身份,以及对这座城市的记忆与爱。

上海的城市特征之所以特别鲜明,就因为海派文化渗透到市民生活的方方面面。上海方言和吴方言共建的良性生态有利于创造高度繁荣的地域文化,为中华文化的提升做出贡献。上海人应该珍惜上海语言文化的这份遗产,使上海这座国际大都市更温暖、更和谐、更有活力。

一百多年前的"外语热"

上帝来了,他是说"英格利西"的

上海开埠以后,西方传教士和外国资本加快了抢滩上海的步伐,建教堂、办学校、开洋行、修马路、造房子……他们自比上帝的牧羊人,将中国人视作羊群,当然目的还是为了宣扬资本主义的文明,推行资本主义的生产方式。

甲午战争之前,由传教士、外侨开办的允许中国学生入学的学校有徐汇公学、裨文女塾、文纪女塾、明德学校、格致书院、清心书院、经言学校、圣芳济学院、圣约翰书院、中西书院、中西女塾、法文书馆、惠中学塾、英华书院、圣玛利亚女校、麦瑟尼克学校、汉璧礼蒙童养学堂等。

徐汇公学创办于上海开埠后不久的 1849 年,当时江南一带农村发大水,很多难童无家可归,徐家汇圣依纳爵天主堂传教士收容难童 12人,供给衣食,一面教书,一面传教。第二年正式建校,取名徐汇公学,也叫圣依纳爵公学。1851 年,学生增加到 31 人,马相伯就是在这一年入校的。首任校长是意大利人晁德莅,深通中文,在公学教学十余年,曾用拉丁文写了一部《中国文学读本》，为初来中国的传教士们使用。看，文学是开启中国城门的一把钥匙。

徐汇公学的教学十分严格，从院长到教导主任均由传教士担任，学校以法文和宗教课为主要课程，学生若有一门不及格就不能升级，教室的前两排座位叫"光荣座"，是为成绩优异的学生安排的。毕业时，要求学生对法文、拉丁文能读会讲，否则就拿不到毕业文凭。因此，徐汇公学的毕业生均通晓法文和拉丁文。在南洋公学任教的蔡元培还带了二十多个学生向马相伯请教过拉丁文呢。今天徐汇区有关方面意欲将漕溪北路打造成"拉丁文化一条街"，可能也缘出于此吧。

1886 年由法国公董局创办的法文书馆，初衷是为解决华人巡捕不懂法文，影响传递命令等问题。当年招收学生 100 人，夜间附设补习科一个班，专为法租界执勤巡捕教授初级法文。书馆实行法国学制，除国文外，全部使用原版法文教材。

1891 年创办的工部局男校与女校，老师全部为外籍人士，还实行英国剑桥考试制度。中西女塾创办于 1892 年，是近代上海著名的女子学校，从一开始就极其重视外语，所用教材除了国文均用英文教科书，连中国的历史和地理也是由美国人编写、在美国出版的，并由美国教师讲授。此外，外籍老师还指导优秀学生排练课余节目，比如用英文朗诵长篇诗歌和戏剧片段，毕业前还要举办表演会。这里我还要说一句，坐落于美国佐治亚州梅肯市的卫斯里安学院是全世界第一所女子大学，原名为佐治亚女子学院，建于 1836 年。

裨文女中创办于 1850 年，创办人是美国公理会传教士裨治文夫人格兰德女士，地点在今天方斜路上的西白云观（已迁移），这是外国人在上海创办的第一所女子学校。文纪女塾由美国传教士琼斯女士创办于 1851 年，地点在虹口，学生除了学习西方文化和"四书五经"外，还要学习纺织、缝纫、园艺、烹饪等居家所需技艺。这个学校后来改建为圣玛利亚女校，1949 年后与中西女塾等合并为市三女中。

清心书院由美国长老会传教士范约翰夫妇创办于 1861 年，一开始只是一所男塾，后来范夫人希望为女孩子再办一所学校，于是就有了清心女中。

清心学校在 1958 年后改为市八女中，1967 年改为男女兼收的市八中学，与我家隔着一条马路，我在阳台上就能看到他们的校舍和操场。2012 年，市八中学又增设了"上海市男子高中基地实验班"，一时哄传，但许多民众包括记者都不知道"他从哪里来"。不过严格来说，所谓的"清心男中"不能算上海男中的嚆矢，早在 1846 年，美国传教士文惠廉创办过一所男童学校，而且一开始就设置了英语课。

除英语、法语、意大利语和拉丁语以外，一些小语种也被纳入教会学校的教学纲要。比如 1847 年创办的圣芳济学校，开设的外语课程中除了英文、法文、拉丁文外，高级班还有希腊文。1905 年，学校派四名学生赴英国剑桥大学参加公开考试，其中三人获得及格文凭，于是圣芳济声名大振。

这些早期的教会学校都将外语列入教育大纲，但也不废国学，"四书五经"照读。有天主教背景的学校还十分重视手工技艺的传承，比如由法国传教士创办、位于徐家汇的经言学校，就设有医科、刺绣、手工等课程。

一开始，教会学校的学生多来自穷苦人家，学校免费供读，大约从十九世纪七十年代起，逐渐变为从富庶家庭的子女中挑选学生。这也真实反映了上海洋行与新式机关的增长，一般中国旧式学塾出来的人才不大适应新业态与新经济形势的需要，于是教会学校成为新的人才培育基地。

在上海开埠后的半个多世纪里,教会学校的总趋势就是学校数量由少到多,教育程度由低到高,生源由贫至富。

广方言馆比北京同文馆靠谱

传教士和外侨在上海创办新式学校之际,中国人也开始兴办新式学校,这些学校或由中国人独办,或由中外合办,但都非常重视外语教学。比如南洋公学(交通大学前身)在 1898 年设立译书院,专事翻译,1901 年附设东文学堂,教学日语。交通大学在 1910 年开设西文科,为学生补习外语,所设课程有英、法、德和拉丁文。后来又成立了一个英文大会,规定全校学生一律为会员,以班为单位建立分会。英文大会经常举办英文演讲,每学期组织一次全校范围的英文辩论会,获胜者由校长亲自颁发金牌。英文作文比赛更是经常性的节目,最让学生“压力山大”的是在上英文课时,不小心漏出一句国语就要被罚款,虽然只有区区两枚铜板,但大家仍深以为耻。

这一时期,有些小学也开始重视外语教学,著名的梅溪书院创办于 1882 年,初设课程包括国文、舆地、经史、时务、格致、数学、歌诗,体育课更有意思,有击球、投沙囊、投壶、蹴鞠、八段锦等,两年后即开设英文和法文课程,后来胡适在这里完成了基础教育。梅溪书院是“上海最早实行军事训练的学校,同时是上海童子军的老祖师”(李纯康《上海学校溯源》)。

除了综合性学校应时开设外语课程外,专习外语的专门学校也在上海出现了。比如广方言馆,就是上海地方政府创办的第一所着重外语方面人才培养的学校。

早在 1861 年,寓居上海的苏州翰林冯桂芬就向清廷提出在上海设立翻译公所。次年,在北京同文馆成立后,时任江苏巡抚的李鸿章奏请仿例照办。又过了一年,他在委托作为幕僚的冯桂芬代拟的《奏请设立上海学馆》中,所陈述的主要理由有四条:一是研究外国需要;二是与洋人交涉需要,各国在上海设有翻译官,而上海官方没有这方面的人才,为避免外交事务中吃亏,需要培养自己的外语人才;三是原有通事不可靠,须另育新人;四是上海是洋人总汇之地,书籍较富、见闻较广,是培养外语人才的比较理想的地方。

最后,李鸿章还强调:"外语学校要聘西人教习,学生学成以后,凡通商督抚衙门及海关监督需添设翻译官,即于学馆中遴选。"也就是说,一开始就确立了定向培养外语人才的办学方针。

在冯桂芬所拟试办章程中,定名为"学习外国语言文字同文馆",简称"上海同文馆"。十七天后,朝廷奏准,上海同文馆即破土兴建。上海同文馆这个名字只用了四五年,1867 年改名为"上海广方言馆"。

当时中国,相对于京畿使用的官话,地方语言一律被叫作"方言"。所谓"广方言",就是推广方言的意思。但清政府把外国语也当作"方言"看待,在吃了两次"鸦片战争"的苦头之后,仍以老大自居,没落帝国的无知与傲慢可见一斑。

广方言馆初设在上海城内旧学宫之后,敬业书院之西。1896 年秋,江海关道涂宗瀛提出江南制造局已设译书局,与文方言馆事属相类,禀准南洋通商大臣后,将文方言馆移入江南制造局。"馆在南门外制造局旁,重楼杰阁。门外种竹万余竿,浓荫夹道,幽雅宜人。……三阅月一考核,如有才能出众能办洋务者,即授以职。"葛元熙在《沪游杂记》里也记了一笔。

广方言馆学制三年,免费住馆就读,课程以外文、算学为主,兼习经史辞章,后来增加天文、地理、勘探冶炼、机械制造、行海理法等。

广方言馆开设的外语有英、法、德等语种,聘请的外籍教习中有林乐知、傅兰雅、金楷理等知名人士。学生在学习期间就进行译书练习,江南制造局所出版的中译西书中,有不少就是广方言馆学生翻译的。只要翻检一下《晚清新学书目提要》便可知道,广方言馆的学生在这方面做出的成就,足令今天外语学院的骄子汗颜。

孩子学外语,领导很重视。江海关道和江南制造局总办是广方言馆的行政首长,在学习业务上也有具体的管理措施。比如江海关道每个星期下午都要对学生进行考试,方法是叫学生将简短的英文照会译成中文。这些照会都是道台最近一周从外国领事馆收到的。由于这些照会同时附有中文译文,道台大人虽然连 26 个英文字母也背不全,但也能对照这些文件来掂量学生的翻译水平。

著名史学家、京剧改革家及风俗学家齐如山曾在北京同文馆学习过,他在回忆录里对彼时学习生活的描述,有诸多可笑可恨的现象,比如外籍教师不学无术,饭堂主管贪污伙食费,八旗子弟花天酒地,学了十年八年还识不全英文字母。他甚至断言"同文馆办了四十年的工夫,花了多少钱则无从知晓,但可以说是一个人才也没有造就出来"。

与此相反的是,上海广方言馆历时 42 年,培养了五六百名擅长外语、懂得近代科技的新型人才,他们后来或在外交部门工作,或充海关翻译,或到工矿办实业,或到学校教书,在近代外交、教育、文化界都产生了重要影响。其中陆征祥、胡惟德代理过国务总理,担任过外交总长,此外,还至少有九人担任过驻外公使。从广方言馆出来的吴宗濂在日后所著的《上海广方言馆始末记》中写道:"一馆之中,极勋位于首辅,展奇韬于秘府,遍使节于环球,振古以来未有若斯之盛也。"

补习班里也能练出盖世神功

早在十九世纪六十年代，即与教会学校创办同步，上海就出现了外语补习班。比如1864年有洋泾浜复和洋行内的大英学堂，专教中国10岁至14岁的儿童学习英语，他们中有不少人后来成了外国人的"西崽"。1865年，英商在租界的石路开办了英华书馆，这是上海最早一批的外语培训班和夜校。

后来，这类学校如雨后春笋般的冒出来，仅1873年至1875年在《申报》上做广告招生的就有15所，比如由外国人开办的英话文法所、英语夜校、英文书馆、洋文书塾、英语学馆、西文私塾等；还有中国人开办的英语夜校、番文馆、英语培训班和英话英字班。当时的竹枝词也注意到了这一盛况："英语英文正及时，略知一二便为师，标明夜课招人学，彼此偷闲各得宜。"

职业外交家顾维钧少年时就在上海英华书馆学习英语。这是一所由外侨与沪绅于1865年合办的学校，教授英语汉语双语，兼及其他课程，每年学费50两银，着实不便宜噢！顾维钧在日后的回忆录里还生动地提及当年与年龄比他大的同学进行英语单词比赛的情景，其规则有点像今天《中国好声音》的淘汰赛。"我们每周上三次英文课，每次上课，拼读比赛对全班学生来说都是一件令人兴奋的事。"

大家知道上海有个广方言馆，一开始叫同文馆，可能是为了区别北京和广州的同文馆才改名为广方言馆的。不过三十年后，上海当真出现了一个同文馆，它创建于1893年，由英国传教士布茂林创办，一开始叫"上海外国语言文字学馆"。布茂林曾经应台湾巡抚刘铭传之邀在台北西学堂教授英文、史地、算术、理化等,1891 年到广州同文馆担任英文教习,并受湖广总督张之洞委托,与傅兰雅等人一起编纂《洋务要辑》。也许是对"同文馆"三个字特别有感情吧,他创办的这个上海外国语言文字学馆后来就称之为上海同文馆。

上海同文馆的地址就在离外滩不远的江西路上,起初只设日班,后加设夜班,教学内容偏重英语。1900 年后,中外衙署、铁路矿务及洋行、律师等行业的专门人才需求告急,同文馆就从优秀学生中选拔助教,帮助管理学生并适当教点低年级学生,酌付报酬。据同文馆在 1904 年的一份告白中称,"计由海关、邮政、电报诸局业考取者约百余人,外则如洋行司事、买办及翻译与写字之职为数不少"。

同文馆内还设有一个翻译公所,接办官商文件、合同、机器安装说明书、交往礼仪、水陆兵法、万国公告等文件的翻译业务,有点像今天的翻译事务所。翻译业务所得的利润,可以充实办学经费。外国人办事的务实精神,对上海人是有启发作用的。

据历史学家熊月之介绍,著名学者、出版家王云五就是同文馆的学生,他的西学基础便是在同文馆打下的。后来由于师资短缺,而他本人成绩优良,"被布先生拨充教生,以承其乏",每月还可领取 24 元津贴。布茂林对王云五关爱有加,任他借阅自己的上千册藏书,这些书大多是英文名著,对于王云五开阔视野大有裨益。在布茂林的指导下,王云五阅读了《英国史》《富国论》《教育论》《英宪精义》《社会契约论》《法国革命史》等世界名著。

另外,还有郑观应、穆藕初,前者是近代著名思想家、买办,写过影响深远的《盛世危言》,后者是著名实业家,他们都没有进过正规的外语学校,是在英华书馆或海关外语夜校进行补习的,其间所学在他们日后的事业中发挥了极大的作用。

包括英华书馆、上海同文馆在内的各种外语培训班,有的延续多年,有的旋办旋停,此伏彼起,蔚为壮观,体现了上海人学习外语、研究西学的热情。

张爱玲的英语很不错

随着上海的经济发展,一方面,"吃洋行饭"逐渐成为一种高大上的职业,后来清末中国政坛的买办阶层也在迅速形成并崛起。那么,有了这一股来自富裕阶层的"高质量"生源后,教会就不大愿再从贫苦人家中去挑选了。另一方面,传教士们认为从中国富裕阶层和权贵阶层中选择可造之才,可以扩大教会的影响力。创办中西书院的美国监理会传教士林乐知就说过这样的话:"倘若让富有和聪明的中国人先得到上帝之道,再由他们去广泛地宣传福音,我们岂不是可以少花人力物力,而在中国人当中无止境地发挥力量和影响吗?"

由此可见,教育对象的变化反映了西方殖民势力的扩大,以及他们对文化影响力升格的谋略。

我有位亲戚是圣约翰毕业的,他认为在近代上海外语教学方面,圣约翰大学首屈一指,影响巨大。1879 年,美国圣公会上海主教施约瑟将原属教会的培雅书院和度恩书院合并成为圣约翰书院。自 1881 年起圣约翰成为中国首座全英语授课的学校(除中文课程外),1905 年升格为大学。1890 年创办英文杂志《约翰声》,此后学生剧社用英语排演莎士比亚戏剧,成立英语辩论会,借以提高学生的英语水平。进入二十世纪后,校园内英语氛围更浓,课堂内外均用英语交流,校方通知、年级墙报、失物招领、饭堂菜单均用英语书写。学生向老师请假出校办事，如用中文请示，就得不到批准。

高标准的英语教学，使得圣约翰大学毕业生在赴欧洲留学的竞争中处于优势地位。1910 年在上海举行的庚子赔款奖学金考试，31 个名额，圣约翰的学生获取 26 个。二十世纪二三十年代留学美国耶鲁、哈佛、哥伦比亚、宾夕法尼亚等世界一流名校的约大毕业生相当多。复旦大学新闻系曾被视作新闻记者的摇篮，事实上复旦新闻系的源头就在约大。1920 年，圣约翰大学设立了中国乃至整个亚洲最早的新闻专业，1949 年后约大土崩瓦解，新闻系、历史系和中文系的一部分并给了复旦，其他各系流到了同济、交大、财大、华政、华师大等，也算枝开叶散、瓜瓞绵绵吧。

直至二十世纪四十年代，约大的英语氛围与优势还被保持着。程乃珊曾写过一篇文章，讲到上海沦陷期间，她母亲就读于圣约翰大学教育系，张爱玲也在那里，读的是英语系。此时张爱玲已经发表小说并引起文坛围观，但圣约翰学生课余读的都是外语原版小说，对张爱玲并不在意。后来张爱玲在一次极其严格的英语考试中得了全校第一名，这是一种类似现在托福考试的试题，一不留神就会出错。成绩单张榜后，大家才知道执牛耳者原来是那个拒人千里之外、衣着打扮出奇的女同学。程乃珊的母亲还说，此后很长时间里，再也没有一个同学能考出如此的高分。

学外语成了上海人的生活常态

英国人在租界长期掌握着绝对的话语权，制定游戏规则的也是英国人，在相当长的时间里，英国人是上海外侨社团的盟主。

1894 年 2 月 2 日,《申报》上刊登了一篇题为《论西国学堂教习华童之善》的文章,也许可以帮助我们了解当时英文与就业的关系。"上海为通商大埠,客籍之寄寓者最多,有志西学者亦较多于他处,故租界中教习西文学塾竟有数十处之多。为之师者,或为西人,或为华人,不一其格,而所教者大都系英文。盖英国商务最广,驾乎诸国之上,故贸易场中皆用英文,而寓居租界中之子弟有志西学,或为经商起见,或为学艺起见,则必择西国通行之文字而学焉,故所学者皆属英文,而为之师者,亦必榜于门首,大书'教习英文'字样。夫以学塾如此之多,学西文者如此之众,似其所成就者必有可观矣。"

　　进入二十世纪后,国际环境发生了明显变化,美国人和法国人的势力慢慢增强,甲午战争后日本人在上海一直企图谋求更多的利益,但受到英、美、法的制约。再后来,上海接纳了大量的犹太人和白俄以及朝鲜人。据上海档案资料统计,最多时上海聚集了 58 个国家的外侨,包括英、美、法、德、日、俄、意、奥、瑞士、比利时、荷兰、挪威、丹麦、葡萄牙、西班牙、希腊、波兰、捷克、罗马尼亚、土耳其、印度、尼泊尔、越南、朝鲜、乌拉圭等。外侨在上海除了从事商业和宗教活动,还涉及公共卫生、市政管理、市政建设、工业制造、司法、新闻、文化、娱乐、餐饮服务等领域。所以在二十世纪二十年代后,除了英语,其他语种在上海也有不小的使用空间。

　　1901 年,南京同文书院移至上海高昌庙,成为上海东亚同文书院,会长是日本贵族院议长近卫笃麿,一个典型的亚洲主义者。东亚同文书院的办学宗旨为"讲中外实学,教中日英才",学生有中国的也有日本的,毕业后多为日本方面重用,分散到日本领事馆、银行、商社等部门任职。鲁迅、胡适都到东亚同文馆做过演讲,鲁迅讲了一次《流氓与文学》,在当天日记里记了一笔:同文书院"给车资 12 元"。

但必须指出的是,东亚同文书院后来设立了支那研究部,书院的教师都是研究部部员,他们非常注重收集中国方面的研究资料,包括书籍、新闻、货币、地卷、商业文件,甚至传单,还让日本学生利用假期去内地旅行,散发随身带去的牙膏、味精、人丹等日本小商品,起到广告宣传的作用。

1923年后,上海至长崎的航线开通,日本侨民来上海增幅加大,他们主要集聚在上海虹口一带,最多时达到近十万,此时侨民举办的日语补习班和译书所也不少。

俄罗斯侨民也是上海外侨中的重要群体。十月革命爆发,大批俄侨涌入上海避难。白俄在上海建立了自己的社会组织,比如保护上海俄难权利委员会、俄侨普济会、俄侨各机构联合会、俄侨律师协会等。白俄非常重视文化教育,开办电台、出版社、书店,出版的报刊之多,是其他国家侨民所不能比拟的。白俄还办了许多学校,从托儿所到专科学校及女子学校都有,还有一所上海俄文专修学校,招收的对象主要是华人。至于俄语补习班,在淮海路沿线的支路及弄堂里就有不少,许多中共地下党人就是在这里学习了初级俄语会话,然后再秘密去苏联深造的。

是的,还有无比生动的一幕,对上海而言已然是珍贵的红色资源:法租界霞飞路渔阳里6号,红砖砌成的石库门弄堂房子显得相当幽静。1920年8月,俞秀松等人在这里创立上海社会主义青年团。9月,上海共产主义小组在这里开办"外国语学社",为输送青年赴俄留学做准备。社长杨明斋,秘书俞秀松;俄文教员有杨明斋、库兹涅佐娃、王元龄,日文教员李达,法文教员李汉俊,英文教员袁振英。刘少奇、任弼时、彭述之、蒋光慈、王一飞、任作民、柯庆施、罗亦农、萧劲光等在学社里学过外语。陈望道翻译的《共产党宣言》就是在这里作为教材,予革命先驱醍醍灌顶之感。

1921年5月,迫于法租界当局的追查,外国语学社一夜之间消失,但革命的星火在这里已经点燃了。

如果允许我再将叙事语言转成电影镜头,回放至1925年1月11日那个寒冷的冬日下午,任由镜头摇至虹口东宝兴路一条小弄堂的一幢石库门房子里,我们便会看到——当底楼的黑漆大门被推开后,迎面的客堂间已经布置成一个典型的英语补习班教室,讲台、黑板、课桌椅一应俱全,课桌上也整整齐齐地摆放着英语教材,但是没有一个学生。

学生都到哪里去了?原来都挤在二楼,差不多二十个成年人围坐在一张由三张八仙桌拼成的长桌周围,表情严肃又兴奋,这里正在召开具有历史意义的中共四大,共产国际代表维经斯基此刻正装扮成外教,作报告的就是46岁的陈独秀。由此可见,外语补习班在上海已是一道经常闪现的风景。

夕阳下的摆渡船

　　当一条河流穿过城市中心,它就有了别样的风致,波光、水色、帆
影、渔火、汽笛、潮汐……以 S 形一路逶迤北上的是黄浦江,旁枝横逸卧
着的是苏州河,上海因为这一江一河而显得空灵秀美,又如水墨的渲
染,成为上海近现代史的底色。夜幕降临,一轮明月如约而至,照亮城
市人的心思,再将两岸的轮廓线次第勾勒。而月亮的另一半,也许是它
的灵魂,也会漂浮在无定的波纹之上,将远方的思念传递。

　　河流是城市的血脉,也是界限,又是屏障,或者暗含着某种指向性,
每个度角对应着不同的功能。于是,建于 1873 年的威尔斯桥开启了在
苏州河上建桥的历史,闸北、虹口、普陀等地区境界大开,流动性大大增
强。但在上海建城以后的六百年里,黄浦江上没有桥,江面太宽,水流
太急,彼时的生产力不能实现"隐隐飞桥隔野烟,石矶西畔问渔船"的
想象。

　　那么渡船来了。江风吹来,波涛涌动,似有一苇渡江的惊险,又有
夜游赤壁的畅快。早期渡船都是小舢板,两头尖尖地翘起,中间有一顶
芦席棚,可供乘客避风遮雨,入夏后也可撤去,一般只能坐四五人,船夫
飞棹摇橹,需半个小时方能抵达彼岸。

　　据史料记载,至迟在明代,黄浦江上就出现了摆渡船,以前在江上

捕鱼的渔民或专门在两岸跑运输的船民相继转行,以舟渡人,即"民渡",老百姓则称之为"摇摆渡"。由于民渡资本薄弱,一般由一户借用码头承担过江摆渡的任务,常因江宽水急,或乘员超载,稍有不慎就会发生翻船落水的事故。清代乾隆年间,上海有民间慈善团体——同仁辅元堂,集资创办了董家渡到塘桥的"义渡",此后又陆续收买了老白渡、杨家渡等民渡,在船只和码头选择上都有较大改善。上海开埠以后,由于浦东码头一带的工厂、外轮、船坞越来越多,往返两岸的人员增加,摆渡这一行业也越做越大。租界当局为运送海船船员,在外滩黄浦江边修建了一些浮码头,这些浮码头也临时承担起工厂码头职员的上下班业务。

《沪江商业市井词》是一组竹枝词,其中有一首写到摆渡船:"纷纷舢板荡风波,亦是谋生险若何。日在水中招渡惯,若逢生客得钱多。"为什么遇到生客就可以多得点钱呢? 在《申江浦竹枝词》里我找到了答案:"红头舢板快如冰,守住江干对夕晖。载得人来争索价,扭牢衣服不教归。"替人摆渡,坐船付费,天经地义对吧,但是总有些船主欺生,将船摇到江心,便称风急浪高,格外费力,要求客人加价。客人据理力争,他便脚下使力,让舢板大幅度摇晃起来,乘客尖叫认输。到了对岸码头,乘客若不兑现,他就扭住你的衣服不松手。旧上海许多行业都有黑社会背景,各帮各派错综复杂,码头与舢板是共生关系,唇齿相依,最终吃亏的肯定是乘客。

不过也有老实人,提起这个人大家都知道。他叫叶澄衷,13 岁从浙江慈溪来上海讨生活,先在亲戚开的一家小杂货铺学生意,17 岁那年开始在黄浦江上摇舢板。出没风波里当然有风险,竞争也十分激烈,同行间为抢生意而大打出手的情况时有发生。

这个时候,有不少外国货轮停靠在浦东,吨位大点的就在江心抛锚,"烂水手"要登陆找乐子、办事情,得靠摆渡船往返。大多数舢板主人不懂外语,叶澄衷也不懂,在争夺外国渡客时吃了不少亏。但"小宁波"不服气,他买了一本用宁波话注释的英汉对照辞典,利用做生意的间隙抓紧学习,搭载了外国船员也主动与他们交流,联络感情,小半年一过,借助手势也能与外国人简单对话了。一声"哈罗",再一声"古德毛宁",外国船员就愿意上他的船。后来他就专做外轮生意,帮外国船员摆渡,船上需要维修船舶的机油、缆绳及五金配件,他帮助采购;船董需要补充生活物资,比如蔬菜、鱼肉、蛋奶等,他也能保质保量地买来,劳务费赚得合情合理。

叶澄衷22岁那年,有一天将一位英国洋行的经理送到浦西十六铺,这个"马大哈"居然将一只皮包落在船上。"小宁波"打开皮包,阿娘嗳,钞票莫老老,还有合同跟支票!他替外国人着急,生意也不做了,就在码头上坐等。等到夕阳西下,英国人慌慌张张地赶来,接过皮包激动得不得了,掏出一叠外币表示酬谢,被"小宁波"婉拒。英国人为他的纯朴、善良所感动,有心帮他一把。

拾金不昧,本是中华民族的优秀品德,但在那个鱼龙混杂、泥沙俱下的上海,利欲熏心、见利忘义的人也真不少。老实人坐摆渡船会被宰,坐黄包车也会被宰,买东西一不小心就被行商掉了包,打个茶围、喝杯花酒,被宰得血淋嗒滴,只能打落牙齿往肚里吞。外国人初来乍到,这种亏也吃了不少,所以碰到皮包失而复得这样的小概率事件,当然要感动。

叶澄衷凭着英国人的关系,在生意上得到许多便利,后来英美商人还将上海市面上紧缺的小五金批发给他,一转手获利无算。叶澄衷克勤克俭,慢慢做大,1862年,他在虹口百老汇路开了一家顺记五金洋杂货店,这也是"宁波帮"在上海开设的第一家五金商店。最厉害的是,美

1992 年 12 月 10 日中山南路渡口,黄浦江轮渡因大雾
停驶,警方正在安排卡车搭载市民通过隧道去浦东　摄影:雍和

孚石油公司以优惠条件委托他经销火油,当时煤油灯作为一种明亮而省钱的先进照明开始在上海及江南各地的市民阶层推广,买火油送油灯,那生意做得真要飞起来。接下来的二十多年里,叶澄衷在上海开了新顺记、南顺记、北顺记、义昌顺记等十余家,此后又涉足钱庄、沙船、房地产、钢铁、煤炭等,在上海商界具有一言九鼎的地位。

从小没有机会读书的叶澄衷懂得教育与医疗的重要,赚来的钱除了扩大再生产,他还拿去创办学校和医院。清末上海创办最早、声誉最隆的民办中学——澄衷蒙学堂,也是他创办的。可惜校舍造到一半,叶澄衷因病谢世。但他的遗嘱被儿子忠实执行,蔡元培曾担任该校校长,李四光、胡适、竺可桢、钱君匋都是从这所中学毕业的。至今,澄衷中学的操场里还立着他的铜像。

1885年,先后担任过英国驻广州、上海总领事、驻华公使的巴夏礼去世,上海的英国侨民于1893年在南京路外滩为他立了一尊全身铜像。这个巴夏礼就是在电影《火烧圆明园》里被蒙古王爷僧格林沁扔进水塘里的英国使臣。大多数上海市民觉得"巴夏礼"三个字用上海话来讲相当拗口,也不好听,就干脆称此为"外国铜人",后来上海浚浦局在此铜像身后的江边建造了一个码头,这个码头就约定俗成地被叫作"铜人码头"。由此,铜人码头就成了专门接运海员及解决外国人过江的专用码头。而许多民渡舢板仍围在码头周边做生意,我见过一张老照片,俯视的拍摄角度下,上百条舢板集聚在铜人码头,如过江之鲫,密不透风。

渡客愈众,而民渡船设备简陋,很难跟上黄浦江两岸发展的节奏。于是嗅觉灵敏的日本商人捷足先登,引进相对安全的小火轮,可载客二三十位,一时称雄江面。1910年,浦东塘工善后局租赁小火轮往返于浦东东沟与浦西铜人码头之间,成为最早的官办轮渡。今天在复兴东路渡口候船室楼上有一堵墙,用老照片和简单的文字梳理了上海轮渡的历史,就是把 1910 年当作起始点的。

1927 年上海成为特别市后,公用局专门成立了轮渡公司,黄浦江的对江渡全部收归国有,"市轮渡"获得了长足的发展,渡口、渡船及航线越来越多,又很快出现了钢质码头、水上饭店、水上旅游等新生事物,上海总是踏在风口浪尖的。

不过小舢板并未退出历史舞台。据"补白大王"郑逸梅先生在文章中所记,抗战胜利后,国府接收大员来到上海,从敌伪手中收缴了大量黄金,一时金库充盈,便允许市民凭居住证以较低的代价换取黄金一两,由外滩的中国银行兑发。不少上海人每天清晨即在银行门口排队,但每日兑换额度有限,晚到者往往白忙一场。有些人就想出妙计,前一天晚上来中国银行门口占个位,偏偏那时仍在戒严状态,天亮之前马路上不许行人滞留。"摇摆渡"见有机可乘,便把舢板停泊在靠近中国银行的江边,招呼市民在船上蛰伏。天一亮,戒严解除,即可一跃而上江岸,直冲银行门口排队。这个办法甚好,不少船家纷纷效仿,弄到后来争吵斗殴频发,最后军警只得把所有的舢板赶走,从此不许他们晚间在浦西码头停泊。

眼睛一眨,改革开放,黄浦江上的摆渡船进入它的黄金岁月,要数核心区域内的泰公线、东金线、东复线、杨复线等几条线最忙。上下班高峰时,乘客挤得前胸贴后背,气也透不过来,还有横七竖八的自行车和助动车。最可恶的是有些人缺乏公德心,为贪图方便,助动车不肯熄火,突突突地弄得船舱里烟雾腾腾,民怨沸腾!我在浦东住了四年,坐了四年的轮渡,吞了四年的废气。

摆渡口出过一桩重大事故,成为上海人民永远的痛。时间在 1987年 12 月 10 日,地点是陆家嘴轮渡站。这天清晨雾锁浦江,两岸轮渡迟迟不开,赶着要上班的工人急得跳脚,迟到要扣奖金的呀!陆家嘴渡口地处核心区域,在黄浦江两岸所有的渡口中也许是最繁忙的,每天有20多万乘客在此往返,六艘轮渡对开,仍然人满为患。按照轮渡站的规则,乘客先进入轮渡站,在浮码头上站停,等对面的渡船过来,抛缆靠岸放全部乘客,这边的浮码头才会打开铁网移门,让乘客经过浮桥进入渡船。从轮渡站到渡船,共有三道铁门,单从安全方面看已属相当周全。

　　但是陆家嘴这个轮渡站有个先天不足:外面是一条狭窄的、半封闭的小马路,只有两车道,一侧是立新船厂的围墙,另一侧是毛纺厂的仓库。在这段路的东端是81路、82路公交车的终点站,许多工人坐公交车到这里,再转乘轮渡到浦西上班。

　　当天江面大雾弥漫,能见度只有二三十米。根据有关规定,黄浦江上所有的轮渡全线停运,只等云开雾散。到了上午9点,等待摆渡的乘客已经将候船室和外面这条小路塞得满满当当,据后来统计,至少有三四万人。

　　那个时候上海的企业已经实行奖金制了,按照企业的规章制度,每月迟到一次,当月奖金可能就保不住了,甚至还会影响到年底的全勤奖。1987年,上海企业职工每月的工资也就100多元,有一次我拿到200元年终奖,就吵着要请朋友吃饭了。所以哪怕几元钱的当月奖金,也不是一个可以忽略的数字。何况那时的上海人还相当守规矩,不敢迟到,考勤卡可是不认人的啊。

　　好不容易等到上午9点,雾气散掉大半,第一艘轮渡终于满载着乘客向浦西驶去。船舱内挤得如沙丁鱼罐头般的乘客有四五百人,首班出发尚属幸运,但既然前方出现了松动,后面的乘客就急着往前冲,年轻人个个身强力壮,又满腹怨气,挤起来简直不要命了。一时间你推我挤,人声鼎沸,浮码头、浮桥上都挤满了人,轮渡管理人员的警告根本没人理会。

十分钟后第二艘轮渡靠岸,乘客蜂拥而上,瞬间爆棚,当轮渡驶离码头后,可怕的事情发生了——在码头与轮渡之间唯一能阻挡人群溢出的电动门出了故障,但后面的人流还在汹涌澎湃地涌上浮码头,这一波巨大的推力根本挡不住,五分钟内,数百人被挤倒在地,人压人、人踩人,叫喊声、求救声、呵斥声、号啕大哭声,响成一片。有些人连自行车一起被挤到了冰冷的江水中,也有特别机灵的人干脆跨到浮桥栏杆的外面,紧紧抓住钢绳铁链,才免于被人流冲走的厄运。

事后统计,在赶来维持秩序的40多位民警中有10多人受伤,一位干警牺牲。稍后的事故报道是"16人死亡,78人受伤"。多年后这个数据得到更正,"死亡66人,重伤2人,轻伤20多人"。

事故发生后,市政府做出规定:凡极端天气造成交通不便,职工迟到不扣奖金。陆家嘴轮渡站事故的教训是非常深刻的,上海市政府进一步坚定了改善黄浦江两岸交通的决心,1989年,延安东路隧道开通。不久,南浦大桥和杨浦大桥也相继建成,两岸交通状况才有了根本性改善。

今天,这个渡口还在,周围的环境已经彻底变样了,它属于滨江步道的一部分,绿化极好,四季花开,还有一条贯穿整个陆家嘴地区的自行车道。黄浦江有了隧道和大桥,渡船的历史也进入尾声。前不久我坐了一回杨复线,傍晚时分,以往的经验告诉我,正是企业职工下班回家的高峰时刻,但眼前的情景令我不解,船舱内空空荡荡,只有五六个渡客,马达声显得格外空旷。通过舷窗眺望江面上飘荡的薄雾,海关钟声悠悠传来,我心中涌起莫名的悲凉。

但很快我又坐了一回东金线,浦江两岸华灯初上,景观殊异,几百位外地游客兴奋至极,浮码头上的移门一打开便争相抢占船舱靠窗的位置,船动而呼,掏出手机狂拍。后来才知道,这是"上海一日游"的最后一项节目,美其名曰:"夜游外滩灯光秀。"

黄浦江边的游船码头还真不少,十六铺、东方明珠、秦皇岛码头、白莲泾码头、定海路码头等,都是游客体验浦江夜游的起始点。以十六铺游船码头为例,游船起锚后往南至南浦大桥,然后掉头北上,在陆家嘴拉出一根漂亮的弧线后一路向东,到杨浦大桥折返,全程1小时,两岸夜景尽收眼底。票价从100元至200元不等,对"一日游"的游客来说未免有点贵。所以码头上常常会幽灵般的闪出一些"黑导游",热情地安排他们坐"游船",每人收30元,将"羊群"赶上船后,"黑导游"就玩失踪了。等外地游客发现自己乘坐的只是用于通勤的轮渡时,已到了江心,旁人拍照都来不及呢,谁还管这些? 而且他们要上了岸后才知道,上海的轮渡票价才2元钱。

个别"黑导游"设置的骗局,使上海城市形象受损,当然受到了媒体和舆论的谴责,在有关方面的整治下,这种情况才有所改变。近几年来,恋爱中的小青年倒热衷于将逛街的线路延伸到轮渡上,靠着栏杆自拍的场景也引来了渡客的欣赏。"他们是幸福的一代"。一位上了年纪的船员说。

吃饭与涉外

　　改革开放四十年,餐饮业这一块的发展着实令人吃惊,无论大街小巷都有吃的,"销品茂"这一块也主要靠大小餐厅撑市面,你看那几家网红店,饭点未到就吃客盈门,小几排椅子就是为他们准备的。热气蒸腾、酒香四溢时分,叫号声此伏彼起,只有在医院里看专家门诊的盛况可以一比。人头攒动处也少不了老外的身影,手执箸匙的腔调,早与中国老百姓打成一片了。身陷此景,不免生出隔世之感。

　　二十世纪八十年代初,国外媒体记者纷至沓来,想看看中国发生了怎样的变化。这些不远万里来到中国的记者倒也并非公子哥儿,除了官方安排的节目,更着意串街走巷考察民风民情。彼时彼刻,交通基本靠走,走着走着肚里唱起空城计,看到小饭馆就一头钻进去。但问题来了,你有粮票吗?什么,粮票?老外一头雾水,自出娘胎从没听说过这玩意儿啊!收银台后面的阿姨取出几张邮票大小的花纸片一晃:"没有这个就不能买米饭!"老外兜里有的是美元和兑换券,就是没粮票。在原则性很强的收银员面前他只能两肩一耸,吃了松鼠鳜鱼,喝了酸辣汤,图个虚饱,继续他在红色中国的探秘之旅。

　　我亲眼看见两个老外在金陵东路围着一口炸油条的铁锅指手画脚,趣味盎然,照片拍了又拍,最终也想买几根油条尝尝。但是没有粮票,如此卑微的小确幸也将落空。还有些饭店见老外进门,立马坐地起价,菜价翻几倍,爱吃不吃,让老外相当不爽。

后来老外向外交部提意见,外交部又上报国务院,于是就有了议价粮。简单来说,一碗 150 克的米饭卖六分钱,你如果没有粮票的话付一角两分钱也 OK 了,外国记者对这样的变通表示理解。但不久问题又来了,他们在有些油腻小饭馆吃了闭门羹,警惕性很高的营业员认为他们跟那个意大利"反华小丑"安东尼奥尼是一伙的,想出中国的丑,就严厉拒绝:本店不接待外宾。

时值 1989 年春夏之交,有些西方国家对中国不够友好,旅游业受到严重影响。为了向世界证明中国坚持改革开放的政策与决心,必须创造条件让更多的外国人来中国看一看,事实胜于雄辩嘛。于是,上海旅游局着手评定一批涉外旅游餐馆,并委托市、区两级饮食公司组成一个专家团队来实施这项工作,我因为能写写总结报告之类的东西,就被领导抓了壮丁,跟在老法师后面拎包。

考察的重点是一看环境,二看服务,三看菜肴。半个月里天天大鱼大肉,一天两顿,有时下午还要加塞一顿。每家饭店都让最好的厨师上阵,亮出看家绝活,冷盘热炒外加汤品点心有二十多道。一开始我这个穷小子偷着乐,老鼠跌进白米囤啦!但三五天下来就吃不消了,肚子有欲望,牙齿要罢工。然而不吃不行,吃完饭得开会讨论无记名打分,色香味形帮派特色,评分表上标注得清清楚楚,不亲口尝尝梨子的味道,打分就没个准头。再说各申报单位眼睛瞪得像铜铃,两三分的落差就可能造成"冤假错案",谁都不是让人随便捏的柿子。吃饭,原来也是件苦差事啊!

好在当时年轻气盛,消化能力也强,考察评审虽然像一场舌尖上的马拉松,但我不仅了解了各帮派菜肴的历史与特点,还有机会聆听老法师讲的奇闻轶事，见到了几位江湖上赫赫有名的大厨，值。有一次，在美心酒家见到一位白发苍苍的老者，西装革履，拄着司迪克，落座后脱下铜盆帽放在桌子一角，不用点菜，服务员就给他送来一盆蚝油牛肉，一盆白灼菜心，一碗白饭，一盅例汤。饭店经理告诉我：这位老者是宋美龄的英文秘书，天天来美心吃晚饭，雷打不动，两菜一汤一饭，数十年不变，只有生日那天，才会给自己加一道菜。老人见我好奇，就大拇指一翘：美心酒家的蚝油牛肉，very good！

在梅龙镇听到的故事更富传奇色彩了，那是关于原资方经理吴湄女士的，我觉得她的人生故事可能比锦江饭店的创始人董竹君的都要精彩。后来上海电影制片厂邀请创作《春风得意梅龙镇》的电影剧本，我就一口答应。虽然这部贺岁片没有涉及吴湄，但这个人物一直在我心里挥之不去，以后有机会一定要为她写一部作品。

经过严格评审，杏花楼、新雅、燕云楼、梅龙镇、红房子、天鹅阁、老饭店、绿波廊、人民饭店、扬州饭店、小绍兴等都挂上了"涉外旅游定点餐馆"的铜牌，这些饭店大致集中在黄浦、卢湾、静安等中心城区，闸北、普陀、杨浦、宝山等区几乎无一家入选，浦东就别提了，我们连黄浦江都没过，可见当时在硬件、软件上符合接待外宾条件的社会饭店严重不足。我记得还有一家自称专门接待旅游团队的饭店虽然申报了，但我们跑过去一看，从大堂到厨房居然大唱空城计，连一个值班的师傅都不见！

评上"涉外旅游定点餐馆"有什么好处呢？有！可以名正言顺地接待外宾了，在服装、设施、原材料配额等方面都可获得有关部门的关照，知名度当然也更加响亮了。对老外来说，吃饭可以不用粮票了，英文菜单也有了（虽然像"Lion Head"这类笑话在所难免），店堂里也配了一两个能说几句"英格利西"的服务员。

过了几年，粮票终于退出历史舞台，老外与中国人一起谢天谢地！

　　随着上海餐饮业、旅游业的长足发展，涉外旅游定点餐馆这块铜牌的含金量就渐渐稀释，饭店更看重的是米其林这颗星。这些年来不少老外在上海创业开饭店，异域情调，风味别饶，中国人推门而入，打开英文菜单，右刀左叉，倒属于涉外行为了！

手背上的一撮盐

　　改革开放四十年,对于老百姓的日常生活而言,感受最深刻、最真切、也最具戏剧性的变化来自餐桌。当国门刚刚打开,身处票证时代尾声的人们,做梦也不会想到今天食品供应之充足,恰似滔滔江流奔来眼前,令人眼花缭乱、不知所措,还可能因为亢奋、紧张、困惑、急躁而导致肾上腺素飙升。

　　先说一个笑话,二十世纪八十年代末,那会儿我在单位里做工会工作,还兼文宣和美工,有一天领导交给我一个任务:给一家西餐馆做广告灯箱。那时候还没有喷绘、电脑刻字之类的新技术,全凭愚公移山的精神加一张钢丝锯把彩色有机玻璃锯成美术字。文字显示有菲力牛排和西冷牛排两个菜品,我不太明白,就跟西餐馆经理打电话:这两道菜应该是菲利浦牛排和西冷牛排吧? 菲利浦也许是一位亲王,他爱吃这种牛排,于是……用名人为一道菜加持在欧洲是有传统的。西冷牛排也许应该叫西泠牛排,杭州有一个西泠印社,这道菜大概是为迎合中国人喜好而发明的吧。

　　店经理在电话里支支吾吾,大概被我的振振有词吓蒙了:"我们一直是这样叫的,也许真的……那么就照你说的办吧。"灯箱做好后挂在店门口,通电后便闪烁起市场经济刚刚启动时那种大红大绿的艳俗光芒。我当时已经在杂志上发表了几篇小说，在这件"作品"上也实现了勘误与传播的使命感，有点小得意。直到三四年后，我从一本食品杂志里得知，菲力和西冷都是特指牛身上的某个部位，跟亲王和印社没有一点关系。我把杂志卷起来狠狠抽自己，脸庞烫得像刚蒸熟的山芋，无知者无畏，这个玩笑开得太大啦。静下来再一想，这家西餐馆坐落于南京西路，顾客中又有经常光顾的"老克勒"，难道就没有人看出问题来吗？

直至今日我要是去吃西餐，菜单出现菲力或西冷的字样，目光就一扫而过，我要为此羞愧一辈子了。后来我发现，类似这种指鹿为马的笑话，在许多朋友身上也都发生过。中国与世界疏隔太久了，在食品流通上也是如此。

其实，在上海人的日常语言中，经常会蹦出"沙司""白脱""起士""布丁""曲奇""别士奇""忌廉""太妃"等带洋味的词汇，它们是一百年前"魔都"引进外来食品的历史印迹。所以我们就不难理解，当肯德基与麦当劳先后登陆上海，在中山东路和淮海中路黄金地段开出第一批具有样板意义的门店，自然就成了轰动全城的新闻。我至今记得，我们全家第一次去外滩前上海总会、前国际海员俱乐部（今华尔道夫）底楼吃一顿鸡腿薯条汉堡包时，花去一个月工资，窗户外挤满了垂涎欲滴的看客。

改革开放的脚步越来越快，也越来越坚定有力，在食品及食品技术引进这档事上，我们的见识常常跟不上形势。有一年，上海派出一个厨师代表团去欧洲参加国际烹饪奥林匹克大赛，点心师到主办城市的超市采办原材料，发现小麦粉居然有几十种，高筋、中筋、低筋、无筋、增钙、富铁、全脂、脱脂、全麦……而他们在国内从业数十年，可以选择的只有两种：标准粉和富强粉。最后只得每种都买一点，揉在一起居然歪打正着，拿了大奖。还有一次在一个重要会议上，我听说有许多老同志写信给市政府，要求严格控制合资企业生产可口可乐，理由是生产饮料罐头要消耗许多宝贵的铝材，这样下去会影响到我们的国防建设。老同志说话是有分量的，可口可乐真的减产了，饭店里断供了，但很快就反弹了，而且产量成倍增加，连百事可乐也来分了一块奶酪。这就是大趋势，就是市场需求。

接下来，我们知道雀巢咖啡"味道好极了"，相信"人头马一开，好事自然来"，也乐意看到费列罗巧克力在喜庆时刻让新郎"把最好的送给最爱的人"，看，外公小时候喝过的"荷兰水"重返大上海，如今叫"七喜"。干邑、轩尼诗、蓝罐曲奇、品客薯片、马卡龙、依云水、哈根达斯、澳洲牛排、三文鱼、金枪鱼、龙虾、必胜客、星巴克……适时切入庆生、寿诞、升学、就职、置业、买车、买钢琴、领取年终奖、旅游度假以及合家团圆的每时每刻，"今夜万家灯火时，或许隔窗望，梦中佳境在!"

进入新世纪，为了扩大开放，满足市场需求，上海开始在浦东新国际博览中心举办进口食品博览会，一年一次，百舸争流。我以记者身份去过两次，以美食评论家身份去过两次，每次擦破眼皮，惊喜连连。中国是世界公认的美食大国，产生过伊尹、易牙、太和公、膳祖这样的名厨，出现了宋五嫂、董小宛、萧美人、芸娘等素手做汤羹的绝世佳人，还有谢讽、陈达叟、苏东坡、林洪、倪云林、贾铭、袁枚、李渔、朱彝尊等一帮会吃的文化人，但我们也不会自高自大——世界上有太多的美味，我们还没机会尝鼎一脔。

展览期间，来自世界各国的供应商设摊竞秀，风味美食琳琅满目，食品机械千奇百怪，供观众和采购商试吃的食品在长桌上拗成各种造型，美女的吆喝声就像歌剧咏叹调那样婉转动听。那会儿大妈们还没有"醒过来"，脖子上挂着吊牌的各位爷浅尝辄止，举止文雅。有一次我被一位老外唤住,递来一小杯酒请我试味,色如月光,香气馥郁,小啜一口,全身像被熊熊烈火裹住。一打听,才知道是墨西哥大大有名的龙舌兰酒。龙舌兰酒被称为墨西哥的灵魂,以龙舌兰(形状像芦荟)为原料经过蒸馏制作而成的一种蒸馏酒,怪不得如此凶猛。在马尔克斯、略萨及其他美洲作家的小说中,龙舌兰酒为故事增添了异国情调,也是令我神往的饮品,在展览上终于与它互致问候。

还有一次经过韩国客商的展台,这家供应商花了不小的代价,请了多位演员身穿民族服装,在一个模仿宫殿的场景内"开琼筵以坐花,飞羽觞而醉月",以《大长今》剧中人物的形象与中国观众拉近距离。"大长今"笑吟吟手捧刻花青瓷小杯请我啜饮,金黄色的液体也让我享受了一下血液奔流的快感。经过翻译,我知道这是杜松子酒。哇,在美国或西班牙的犯罪小说里,这种烈性酒经常出现在嘈杂的酒吧里,为畸情或凶杀做铺垫,怎么会出现在韩国人的展柜上呢? 看了商品说明书我才恍然大悟,杜松子酒本名金酒,在中国台湾也叫琴酒,最先由荷兰人发明并酿造,在英国形成产量后闻名于世,被视为世界第一大类烈酒。这种酒里含有杜松子的特殊香味,所以也被称为杜松子酒。金酒的度数与品性特别适宜调制鸡尾酒,遂有"鸡尾酒心脏"之誉。如今韩国的金酒产量已居世界第一,北京也有了专门的金酒酿造厂。

又有一次,我在一个俄罗斯客商的展柜上看到了一种深红色果酒以及用于酿造这种酒的浆果,这种浆果与桑椹相似,通体也布满了鼓起来的小圆点,但红艳艳的,玲珑剔透。同行的朋友懂点外语,一边琢磨着,一边自言自语道:"难道就是覆盆子酒?"我听了不免有些激动,在青少年必读的《从百草园到三味书屋》里,少年鲁迅吃过又酸又甜的覆盆子,在左拉、莫泊桑、屠格涅夫、托尔斯泰的小说里,这种浆果往往出现在女主人公迷茫或忧伤的诗意场景里，但我从来没有见过它的真身。后来才知道，覆盆子也叫悬钩子、树莓、木莓、乌藨子。

我平时一滴酒下肚脸上就有强烈反应，与上述三种酒邂逅纯属偶然，也不知道后来它们是不是落地上海被更多的消费者享用。此外，我还在展览上喝过各种啤酒和葡萄酒。有一次在法国葡萄酒协会的展柜上，我发现有三四个国会议员为供应商站台吆喝，这让我颇感奇怪。法国人却理直气壮地说：国会议员如果不为地区经济服务，那么下一届选举时就没人给他选票了。果真如此，后来我与法国食品协会有多次交集，这几位议员差不多每次都来，成了熟面孔。奶酪不也是法国人的骄傲吗？所以在每届博览会上他们都会大造声势，布排壮阔阵容。

有一次，供应商派出一位年轻职员与中国记者玩个小游戏：看谁能吃下更多的奶酪。比赛规则很不公平，法国人天天吃奶酪，具有绝对优势。我应声而出，小帅哥吃一块，我也吃一块，Gouda、Cheddar、Emmentaler、Gorgozola、Brie……软的、硬的、半硬的、新鲜的、陈年的、钻孔的、布满蓝色霉点的，还有味道最冲的山羊奶酪，一块接一块。围观群众越来越多，我越吃越带劲，小帅哥是衬着一片苏打饼干吃的，我则将麻将牌大小的奶酪直接扔进嘴里，最后为了在气势上盖过对方，还切下一块火柴盒大小的蓝纹奶酪一口吞下，尖叫与掌声立马响起。我获得了奖品——一块产自图卢兹的蓝纹奶酪。我也向法国人解释了本大叔之所以不惧奶酪的秘密：我的故乡在浙江绍兴，从小吃惯臭腐乳，是不思改悔的逐臭之夫。臭腐乳是"中国奶酪"，味道更加强烈，而且纯素，或许更有利于健康。

自此法国食品协会与我交上了朋友，多次请我参加他们在上海举办的葡萄酒、奶酪推介会以及新书首发式。

在进口食品博览会上，我还第一次见识了藜麦、黑米、松露、朝鲜蓟、白芦笋、释迦、莲雾、番石榴等,也品尝过用仙人掌、芦荟、秋葵、黄耳做的菜肴,还有西班牙橡果火腿、加拿大冰鱼和意大利摩德纳巴萨米克醋,看到上百种啤酒、上百种巧克力、上百种饼干,迫不及待地要挤进中国市场。有一年,我还应邀为一场由法国人主持的烹饪大赛当评委,现场摄像机架好,十几位法国、西班牙、意大利厨师头戴高帽子,用同一种食材操作,网上直播,那天我吃了至少八只"小青龙",接下来的三天里顿顿吃粥。

更让我吃足苦头的是,有一次看到秘鲁供应商的展台上竖着一块小牌子,歪歪斜斜的中文字极具挑战性:你敢尝试一点点吗? 我不知轻重地拿起他们准备好的牙签,在一小碟淡黄色的辣椒酱里沾了一下抹在舌间,哇! 辣得我泪水哗哗,不,这不是辣,而是强烈的刺痛感,好像被电钻在舌尖上钻了一个洞。原来这是产自秘鲁的白哈瓦那辣椒,经过改良辣度已大大减轻,如果是野生的,辣度可达到 35 万斯高威尔(Scoville Heat Unit),分分钟把一个猛男辣趴下。

令人欣慰的是,博览会上露面的大多数食品后来陆续进入中国的超市和饭店,让我久等不来的也有——比如要在阁楼上沉睡几十年的巴萨米克醋①。

有关报道称,我国已成为全球第二大食品消费国,近两年我国食品年销售额增长率高达 30% 左右,2017 年销售额近 3000 亿元。随着消费水平的提高以及对食品安全的关注,越来越多的城乡居民提高了对进口食品的消费意愿。特别是上海自贸区建立后,世界上任何一个国家、地区的食品都能与我们的餐桌对接。

最后再说一下我对伏特加的体验。有一次,一位身穿民族服装的

---

① 巴萨米克醋要在私人作坊的暗室里发酵、沉淀数年,甚至数十年,产量有限。

亚美尼亚美女请我品尝一款云雀牌伏特加,据说这款酒曾为皇室专享。她斟了一小杯递给我,又把一小撮盐撒在我的手背上。好了,她优雅地示意我将盐快速吸入口中,再将伏特加一饮而尽,把酒液在口腔里含一会儿后再慢慢咽下。这时,伏特加发生了神奇的变化,非常醇厚,非常甘甜!盐是咸的,但与酒精融合,能引渡我们抵达甜蜜的乐园。

四

SHANGHAI

味觉引导人生

泡饭和它的黄金搭档

　　在上海人的食谱中,泡饭的定义很简单:隔夜冷饭,加水煮一下,或者用沸水泡一下,即食。有人从这个定义中读出了一个潜台词:寒酸。没错,上海人的"寒酸史"相当漫长,绵延数代人,但寒酸不是上海人的错。相反,在上海人的记忆中,泡饭充满了温馨的细节,甚至可以说,一碗看似平淡无奇的泡饭,铸就了上海人的集体性格。

　　泡饭具有极强的草根性,是寒素生活的写照,是艰难时世的印记,但它与奶油蛋糕构成了一枚银币的两面。

　　银币的比喻,一定会招致外省人的讥笑:什么银币!充其量也只是"货郎与小姐"吧。其实,早就有人以泡饭为题嘲笑上海人了,比如梁实秋在《雅舍小品》中写道,有一次他到上海投宿一位朋友家,早起后朋友请他与一家数口吃粥,四只小碟子,油条、皮蛋、腐乳、油氽花生米,"一根油条剪成十几段,一只皮蛋在酱油碟子里滚来滚去,谁也不好意思去挟开它"。上海人的寒酸,被梁实秋一笔写尽。不过,要是梁老前辈在世的话,我倒要告诉他:端出四只碟子来吃粥,排场相当隆重呢!他若是在灶披间里看人家吃泡饭,一家老小围着一块红腐乳,筷头笃笃,有滋有味着呢!而放在今天,上海人请你下馆子是毛毛雨,请你在家里吃,并由老婆大人素手做羹汤,关系就进了一层,要是再请你吃粥吃泡饭,那就是铁哥们了! 梁公,有呒搞错!

　　吃泡饭,并不是上海人的主动性选择。上海在从小县城向大都会快速膨胀的过程中,导入了大量移民,移民的涌入推动上海告别农耕社会,进入工业社会。在江南农村,像我的家乡绍兴,早上是吃干饭的,上海郊区的农民也是"忙时吃干,闲时吃稀"。而在上海城区,工人阶级一大早赶着去轧公共汽车上班,根本没有时间烧饭熬粥,大多数弄堂房子里也不通煤气,老清老早生煤球炉不仅麻烦而且浪费,那么当家主妇就会前天晚上多烧点饭,第二天早起开水一泡,让一家老小马马虎虎扒几口,嘴巴一抹出门,该上班的上班,该上学的上学。

　　当然,上海的工人阶级也可以到街头巷尾叫一碗阳春面,叫两客生煎馒头,或者买一副大饼油条,再来一碗热乎乎的豆浆。但事实上,还是吃泡饭的日脚多。像脱口秀里所说的一根筷子串起十根油条的豪举,确实值得在弄堂里秀上一把。

　　隔夜冷饭直接吃,既伤胃也伤心,在秋冬天里必须煮一下。再讲上海人虽然穷,也不会吃冷饭团,那是瘪三腔。煮过的隔夜冷饭变得又软又烫,一碗入肚,浑身热融融。在夏天,冷饭可以不煮,开水一泡也相当烫嘴,米粒颗颗分明,入口相当爽快。我要说明的是,冷饭一泡就吃,最好是大米饭,黄糙糙的籼米饭还是要煮一下再入肚。所以在计划经济时代,上海自有一套生活秘诀,吃开水泡饭是值得小小夸耀的。当时,上海市区的常住户口每人每月只有 8 市斤的大米购买额度,余下的定量只能购买比黄脸婆的脸色更不招人待见的籼米(上海谓之"洋籼米"),谁家若是天天吃开水泡饭,要么他一家老小人人有只打不烂、摧不垮的橡皮胃袋,要么他家有门路搞到计划外的大米。

　　彼时上海人家烧饭都用一口钢精锅,煮开后收水,最后小火烘干,这个过程会产生一层薄薄的锅巴,上海人谓之"饭糍"或"镬焦",烧泡饭的冷饭中带几块"镬焦",特别香,也有助于消化。

接下来我要说,泡饭之所以成为美食,是因为有过泡饭的小菜,上海人的花头经就出在这里。过去上海几乎每条小马路都有一两家酱油店,旧时称作"造坊",店里有酱菜专柜,玻璃格子内琳琅满目,走近,一股咸滋滋的鲜香味扑鼻而来,这就是酱菜香。萝卜头、大头菜、什锦酱菜、白糖乳瓜、崇明包瓜、糖醋蒜头、仔姜片、腐乳、醉麸等,还有一种螺蛳菜,长不盈寸,中有螺纹,小巧玲珑,微胖而一头略尖,像上海爱吃的小江螺蛳,咬口极脆,是酱菜中的小精灵。白糖乳瓜是酱瓜中的"白骨精",家里有人生病了,胃纳差,才会买点来过粥。每斤 9 角 6 分,经常吃是败家子行为。上海人家吃得最多的还是腐乳,豆腐发霉长毛后实现华丽转身。这一家族分红白两种,方方正正,表面沾有点点酒糟,酥软鲜香,老少咸宜。还有一种玫瑰腐乳,腌制过程中加入大量玫瑰花瓣,花香袭人,售价每块一角,而工厂食堂里一块炸猪排也只卖一角,这也正应了一句老话——"豆腐肉价钿"。有一次,我跟弄堂里的年长朋友登上一条海轮去看望他当了国际海员的同学,在船上蹭了一顿工作餐,每人一客饭菜,三荤两素,但更让我张口结舌的是每张桌子的中央放了一大盘玫瑰腐乳,无限量供应,真想带几块下船。

玫瑰腐乳在我家不常买,父亲偶尔买来后必定撒点绵白糖、浇点麻油,算是改善伙食,但每次都要被崇尚节俭的母亲数落一顿,弄得他好生没趣。当然,争议最大的就是臭腐乳,能吃臭腐乳者,必定能吃法国起士。我就是臭腐乳控,臭腐乳上桌,鱼腥虾蟹统统退居二线。后来吃到起士,别人视为畏途,我赛过老鼠跌进白米囤,哪怕味道最冲的蓝纹起士,抄起来就是一大块,法国人见了也甘拜下风。与腐乳异曲同工的是醉麸,烤麸加白酒腌制发酵而成,切成小方块,酒香沉郁,价钱不便宜。现在有厨师用此物做菜,别饶风味。

在我读小学的时候,街头还留有一种简易棚屋,酱菜专卖,台板上整齐排列着一只只钵头,上面盖一块厚玻璃,走过路过,就会带走一丝香气,每天早饭、午饭、晚饭准时开张。当时上海人吃泡饭是一种常态。

上海人午饭、晚饭也会吃泡饭吗? 吃! 有白米饭吃就很不错了!

后来生活改善了,首先在过泡饭的小菜上体现出来。除了酱菜,咸蛋、皮蛋也是泡饭的良朋益友,皮蛋以有松花者为佳,咸蛋以高邮出品者为上,夏天吃最爽口,磕出小洞,筷头一戳,红油吱的一下喷出来,赛过打出一口高产油井,什么叫幸福? 这就是! 上海人还会自己做点过泡饭的小菜,比如干煎爆腌带鱼、干煎爆腌小黄鱼,还有一种骨刺很多、身板极薄的黄鲇,油炸至两面金黄,连骨刺一起嚼碎,满口喷香! 祖籍宁波的上海人家还喜欢吃龙头烤,此物就是今天在饭店里现身的九肚鱼,半透明,肉中含大量水分,中间穿一条龙骨。渔民收获后下重盐晒干,送到上海南货店里出售,油炸,极咸,手指长一条即可送一大碗泡饭。油氽花生米也是过泡饭的恩物,又是很好的下酒菜,上海人就此送它一个美名:油氽果肉。对了,花生米还可以与苔条一起炸,俗称苔条花生,那就更高级了,可以上酒席! 蚕豆上市了,剥出玉色的豆瓣,温油氽过,撒盐,松脆、油润,过泡饭一流。

日子继续好过,就吃起了咸鲞鱼炖蛋。去南货店挑一条身板硬扎一点的咸鲞鱼,斩成头尾两截,加猪肉糜一小团,再敲一只咸蛋,旺火蒸透,筷头挑开,有说不出的鲜香。泡饭搭档,此物当列前三名。咸鲞鱼我喜欢吃"三曝",邵万生出品最佳,售价是凡品的三四倍。肉色桃红,肉质微腐而不烂,是咸鱼的最高境界。宁波人须臾不可离的新风鳗鲞、黄泥螺、醉蟹、醉螺、蟹糊、虾酱等,口味一个比一个重,均是绑架泡饭的"黑手党"。

能干一点的主妇还炒一些时令小菜犒劳家人。春天,笋丝炒肉丝

2003年7月,上海最后的老虎灶　　　　摄影:雍和

加点豆腐干丝;莴笋上市时,凉拌莴笋浇麻油,生鲜而松脆。夏天,胃纳稍差,榨菜炒肉丝赛过开胃良方。秋天,萝卜干炒毛豆子,毛豆子要煸炒至皱皮,萝卜干以浙江萧山出产最佳,切丁共炒,再淋一点点酱油,加一小勺白糖收汁,吃时咕叽咕叽响,令人欲罢不能。冬天,新咸菜上市,炒肉丝冬笋丝,鲜香爽口……

今天,上海人的早饭有 N 种选项:生煎、小笼、小馄饨、菜肉汤团、锅贴、面筋百叶汤配烧卖、咖喱牛肉汤配葱油饼、葱开面配鸡鸭血汤、焖肉爆鱼双浇面、三虾面、全麦面包、牛奶蛋糕……或者一口气买十根油条,但泡饭是上海人的"箱底"。小时候特别馋,盼望过年吃大鱼大肉,初一早上吃宁波汤团,初二早上吃八宝饭,初三早上吃糖年糕,到了初四早上就吵着要吃泡饭了,这就是泡饭的魅力!早些年,我跟同事去旅游,坐在火车上,一路上那帮叽叽喳喳的上海女人,居然将数大盒冷饭带上车厢,饭点一到,开水一泡,再掏出几包榨菜,那还了得!大家扔掉面包蛋糕,抢来吃,开心得很呐。有些人很早出国留学,牛奶面包吃到翻胃,回国探亲最想吃的就是一碗泡饭。有些大老板身价数亿,有时候还会叫保姆用开水泡碗冷饭解解馋。这是上海人的味觉基因。

虽说今天已经到了吃啥有啥的好时光,但上海人还是守住了吃泡饭的底线。吃泡饭不宜大荤大腥,不宜浓油赤酱,不宜叠床架屋,像干烧明虾糖醋鱼、走油蹄髈咖喱鸡之类都不适合。泡饭有自己的朋友圈。过泡饭的小菜应该简约清洁、干脆利索,以咸鲜味为主,这才能将米饭香衬得清清白白。如果要我列举泡饭的"十大黄金搭档",那应该是:油氽果肉、油煎咸带鱼、咸鲞鱼炖蛋、绍兴腐乳、宁波咸蟹、新风鳗鲞、黄泥螺、高邮咸蛋、油条、萧山萝卜干炒毛豆子。若有遗漏者,请多多包涵!作为一个被泡饭喂大的上海男人,在此先鞠躬致歉!

最后我要告诉大家,我有一个朋友,入行四十年的糕饼师,在烘焙协会举办的各种赛事上摘金夺银,威震南北,其气概不亚于当阳桥头的张翼德。他做的奶油蛋糕无论是巴洛克风格还是魔幻主义,都赏心悦目,吃口温雅,令人销魂,连法国、日本同行都要敬他三分。有一天,我问他早上最喜欢吃什么?这位吃遍全球的糕饼达人斩钉截铁地蹦出俩字:"泡饭!"

看,泡饭造就了最好的奶油蛋糕!

夜来香与私房菜

　　中国的菜肴有两大主流,一是皇家官府,一是民间草根。王公大臣都是油瓶倒了不知扶一把的主儿,厨房在哪里当然不知道,让他们眼睛发亮的美食,大都来自荒村野店,偶尔一尝,说声好吃,赶明儿着令厨师做些改良,用料讲究一点,盛器精美一点,就成皇家官府的专利。一部《红楼梦》,"食色"二字贯穿始终,宁荣两府的菜单中有糟鹅掌、家风羊、芦蒿炒肉、奶油松瓤卷酥、油炸焦骨头、油盐炒枸杞儿等,还有被红学家反复考证过其实未必好吃的茄鲞,追根溯源,都在民间。所以,私房菜才是中华饮馔的根本。

　　你再看人家袁子才,一本薄薄的《随园食单》,就记录了当时江南富豪人家的私房菜。比如吴小谷家的甜酱水干煨茄子和卢八太爷家的秋油泡炒茄子,程泽弓家的鸡汤蛏干,杨参军家的全壳甲鱼。光是豆腐一种,就翻出百样花式:蒋侍郎家的猪油大虾米煨豆腐、杨中丞家的鸡汁糟油香蕈豆腐、玉太守家的八宝豆腐、张恺家的虾米豆腐、何春巢家的蛏汤豆腐、扬州程立万家的煎豆腐,"精绝无双""微有车螯味"。……还有查宣门家画虎不成反类犬的煎豆腐,"乃纯是鸡、雀脑为之,并非真豆腐,肥腻难耐矣"。

　　被袁子才品尝后击节赞叹并记录在案的还有杭州商人何星举家的

干蒸鸭，尹文端家的风肉、鲟鱼，苏州沈观察（官名，类似今天的局级巡视员）家的煨黄雀，太兴孔亲家的野鸭团，对，还有大画家倪瓒鼓捣出来的云林鹅……袁枚还注意到和尚道士的私房菜，比如芜湖大庵和尚的炒鸡腿蘑菇、扬州定慧庵僧的煨香蕈木耳、芜湖敬修和尚的豆腐皮卷筒、朝天宫首道士的野鸡馅芋粉团子……老一辈的美食家曾说过，和尚道士烧的菜有天厨仙味，看来不假。有趣的是，随园老人心不老，说仪真南门外萧美人善制点心，凡馒头、糕、饺子之类，小巧可爱、洁白如雪。

去年中秋前数日，浦东陆家嘴荷风细雨餐厅请来四川名厨复刻成都"姑姑筵"，我也有幸分得一杯羹，品尝了牛头方、芙蓉豆花、宫保虾球、樟茶鸭子等，还意外地与"白玉红颜卷秋色"的李庄白肉重逢，满心喜欢。看到花园里荷花开得正好，便起身折了几段荷梗，插进酒杯里吸饮。"姑姑筵"在成都人口中就是孩子"办家家"，也有人认为"姑姑筵"三字取自唐代王建《新嫁娘词》："未谙姑食性，先遣小姑尝。"民国年间，这家私房菜馆让一班文人墨客争相前往，以尝鼎一脔为傲。店主兼大厨黄敬临先生本身就是个文化人，还当过县官，但他不爱官场爱厨房，脾气倔，做事认真，连做一碟泡菜都不同凡响，据说卖得很贵。环境布置上也别出心裁，墙上挂满名家字画，颇有文人书斋的韵致，器皿也是古色古香的，让人看着舒心。上菜也没有繁文缛节，没有攒盒之类的"前戏"，四盆酒菜之后就是压桌子大菜，烧牛头、坛子肉、烟熏鸭子、鸡皮冬笋、香花鸡丝、奶汤莴笋、肝膏汤等都是他家招牌菜，最后以下饭菜收尾。每市只开两桌，须提前三日定席。抗战前夕，张学良去昆明路过成都，只逗留一晚，刘湘想请他吃一次"姑姑筵"，无奈当晚的宴席已被人家预定了，黄敬临亦表示不能失信。最后刘湘手下的交际能人"以南池之水，救北地之焚"，遂使宾主尽欢。

黄敬临为表示自己身份不同于一般的厨师，定下规矩：不管来客身份多高,都必须在座次上给老爷子留一个座位,以示尊敬。后来陆文夫写的《美食家》,做私房菜接待朱自冶的孔碧霞也守着这个规矩,原来出处就在"姑姑筵"啊。"姑姑筵"被人称为中国私房菜之鼻祖,原因大约就在这里。

再比如,上海滩名重一时的扬州饭店,以前是北京东路江西北路交叉路口"荣毅仁俱乐部"附设的食堂,俗称"莫家厨房",专供与荣氏家族业务有关系的银行家在此小酌,不对外营业,正宗私房菜,五味腰片、三色鱼丝、蜜汁火方等淮扬名馔精妙绝伦,美名外传后,一班电影明星也去蹭饭。1949年后,俱乐部关门歇业,莫氏兄弟得了荣老板的鼎力相助,借宁波路沿街店面开了一家"莫有财厨房",对外营业,后来又经过公私合营,成了扬州饭店。

由此可见,私房菜在中国源远流长,上海也是孕育私房菜的温床。

经过四十多年的改革开放,上海餐饮市场繁荣,登记注册的企业就有十二万家,但城市还在延伸,市场空间也随之膨胀。有人统计,每天约有三百家开张,三百家关门,走马灯似的十分热闹。有人觉得在社会饭店露脸不方便,能不能"低到尘埃里"呢? 行啊,在你闪出这个念头之前,花儿已经开了。这不,城市的缝隙里悄悄地开出了私房菜馆,没店招、没菜单,你得通过朋友的介绍摸过去。

私房菜馆大多设在闹中取静、环境整洁的弄堂里。在弄堂里享受家常味道,人与城市的关系似乎更加亲密。北方来的朋友对上海弄堂也有好奇心,有机会在弄堂环境中喝一顿,也算最大限度地接近原生态了吧。走进弄堂深处,四周便是上海人家的日常,红花绿树,沧海桑田。若在向晚时分,烟火气渐浓,向坐在家门口剥笋的大妈打听某某号在哪里,大妈用笋尖对着前方一指。左右看看,踏上台阶按响电铃,旗袍小姐开门迎客,嫣然一笑领你进屋。嘿,就像地下交通员寻找上线一样,好玩。

有些私房菜也不过是外婆红烧肉、葱油鸡、糖醋小排、干煎带鱼、咸菜大汤黄鱼、韭黄炒鳝丝、烂糊羊肉、腌笃鲜之类的大路货,家常味道,最能收留一颗漂泊的心。

前年春夏之交,朋友邀请我去北古地区新世纪广场内的一家私房菜馆试味时鲜。大家叫老板娘为"二妹",她曾经是一家知名互联网公司的销售总监,业务需要,不得不应付一场场应酬,与话不投机的客户或合作伙伴没话找话,红白黄几种酒一灌,头痛到第二天早上,终于这样的生活渐渐让她厌倦。

还有一个原因——那是我的猜想,她热爱美食。好好吃饭,也许是她最朴素的愿望。于是二妹辞职,在古北租了一套公寓房子,专心致志地做私房菜,闺房格调,兼有工作室功能。

房子在 17 楼,位置与采光都极好,无论在厨房还是在餐厅,都可以端一杯咖啡伫立窗前,骋目远眺,夕阳为浮云镶上金边的那一刻足以让人陶醉。房间里的布置是她奇思妙想的结晶,充满了温馨浪漫的气息,还有随处可见的油画,没装框子,却流淌着"他在远方"的惆怅。

"没有菜单,有啥吃啥,挑食者免进。"餐厅的墙角支着一块小黑板,老板娘这手板书按捺提挑有板有眼,让不少人脸红。

大小餐厅有三间,摆两桌比较从容。执掌厨房的是一个胖胖的小帅哥,姓陆,从象山来,一口石骨铁硬的宁波话,每上一道菜都要强调一番:原料如何难得,烹饪如何出新,但华丽的外表下,依然是一颗海水里浸泡过的"宁波心"。

比如"老宁波十八斩"——每块醉蟹都挂着一团红艳艳的蟹黄,还有猪油渣芋芳羹,每人一盅,简单的食材才最能体现老宁波的本味,自从前几年我在奉化初尝之后,一直不忘,时时想念。野生大白鲳清蒸,改刀成条,除了盐,其他调味都显得多余。最对我胃口的是干菜笋烧墨鱼,所谓干菜笋,就是宁绍人的专利,当地农民在晒霉干菜时加大量的毛笋片,一块名片大小的笋片,晒干后仅为指甲盖大小,真是片片皆辛苦啊!再强调一下,霉干菜就是霉干菜,不必假斯文地叫作梅干菜。如果说到梅菜,那又是另外一回事,单指梅州客家地区出产的菜干。宁绍干菜不霉,何以致美味?不过霉干菜要想上花轿,须有五花肉加持,所以小陆厨师用五花肉与霉干菜一锅焖透,再攫出来与墨鱼做成一盘菜。经过霉干菜悉心滋养的墨鱼块韧纠纠的,相当厚实,渗进了霉干肉的味道,咬口弹性也"江江好"。好久没吃到这么厚实而鲜美的墨鱼了。

还有一道素菜,黑松露烧笋衣。这个笋衣取自阔大而坚实的毛笋,也事先用重油的肉汤煨过,去除涩味,脂油丰润,煮好后刨几片黑松露来当配角。一个在竹园,一个在树林,两种食材千里迢迢殊途同归,成就了一道品质非凡的好菜。

最后的咸菜肉丝榨面也很有老宁波家常味道。所谓榨面就是米线吧,妙在久煮不烂,入口爽滑。酒瓶见底,渐入佳境,大家就不讲究吃相了。

长江后浪推前浪,近来有些"八〇后""九〇后"的美女也加入私房菜的行列,她们"背后有人",对娱乐圈的信息格外关注,拗起造型来窈窕得紧。地段要好,档次要高,停车位有保证,环境要有绿化,最好左右逢源,前有遮挡后有靠山,若天气晴好、惠风和畅,也可在天井里喝喝下午茶,吃吃中式点心,看看枝头新绿,说说私房话。讲究一点的,服务小姐递上一具松木盘,盘内格开十几只小盅子,龙泉、哥窑、影青、祭红、粉彩、浅绛、珐琅,总有一款让你心动。当日手书菜谱请过目,那是纯银錾花盆子托着递上的日本麻纸小手卷,徐徐展开之际,再横豪的客人也不敢爆粗口了。当然,菜式要新潮,摆盘要出奇,拍照晒图是饭局的重要环节。

　　我个人的看法，私房菜总要有点家庭气息，环境整洁是前提，装潢上不可炫耀，不可暧昧，不可俗气，不能布景化，也不必琳琅满目像开古董店，茶饼一层层堆到天花板，对客人也会造成压力，软熟、温馨，家具抚之有包浆，柚木地板不伤脚，不是阿姨家，也像舅妈家。主客相见如故旧，不必正襟危坐，也不可大呼小叫，坐成一圈灯光融融，窗外正好夜色温柔。家常菜烧得诚实，创新菜有意外味，吃到刚刚好，不浪费、不糟蹋，这就叫低调。送客出门时，老板娘再送每人一份亲手烘烤的芝士蛋糕，这就是人情。

　　白露那天，我被朋友拉到西区一片被仔细保留下来的石库门街区，那是法租界向西拓展后建成的新式里弄房子，楼上楼下设了四个包房。进入二楼前厢房，墙上挂了三张老照片，一张是跑马厅，一张是十六铺，还有一张是兆丰花园的露天音乐会。墙角放了一张老红木梳妆台——上海人也叫"面汤台"，上面有花露水瓶、香粉盒，烧炭的熨斗里是大白兔奶糖，老旧的刻花玻璃瓶插了一把夜来香，素雅清幽，暗香浮动。

　　菜色清清爽爽，用料讲究、烹调得当，上菜节奏掌控有度。开张两三年，生意好到要提前半个月预定。为保证品质，只做晚上一市。

　　酒过三巡，老板娘——大家叫她芳姐——从灶披间上来应酬，先敬一杯酒，眼睛再往台面上一扫，吩咐服务员再上一盘菜：韭芽炒石斑鱼丝。"这是上周才推出的新菜，请各位尝尝味道，提提意见。"

　　上海女人就是会做人，奉送一盘菜，让东道主倍有面子。等一砂锅突突滚的金银蹄（一只鲜蹄、一只咸蹄，另加扁尖笋一把）上来后，老板娘再次登场，解了围裙往面汤台上一搭，叫服务员拿来一瓶醒了半个小时的西班牙红酒，给每位客人浅浅斟上。"这酒是春节前进的货，一只集装箱前脚到了外高桥，后脚就给五六个朋友分光了。"

主客已经喝到位了，但是芳姐送的酒还是要喝一口的，酒体清纯，气息有点特别，有的说像邦女郎，有的说像戴安娜。几位朋友决定买几箱，拿起手机转账，被红酥手轻轻一挡：喝了好再付款也不迟。

云散月出，花开富贵，芳姐还为每个客人点上一支烟，自己也叼了一支，半老徐娘风韵犹存，圆润的额头渗出几颗汗珠，面颊上又似乎泛起一层少女才有的红晕。蜻蜓点水，落雪无声，几笔生意做成，赛过搂草打兔子。

私房菜的气氛很重要，宽松、愉悦、和谐，人与人的气味要对头，个别同志痴头怪脑也无妨。都是春风得意、阅人无数的主儿，兵来将挡，水来土掩，谑而不虐地将宴会推向高潮。

"不亵不足以误人。"——金宇澄在《繁花》里借了罗马人的口气说。

最后桌子稍稍整理一下，上来四色小菜：高邮双黄咸蛋、意大利黑醋拌酱萝卜皮、周庄咸菜炒鹌鹑丝、拆骨虾籽鲞鱼柳。每人一小碗新米粥，用仿古珐琅彩盖碗盛起，大家呼噜呼噜吃光，大叫一声："爽！"

四川北路的老广味道

阳春三月，惠风和畅，漫步在四川北路，心情十分放松。街心花园怡红快绿，绿树掩映中的红色建筑群落线条简练、明暗关系强烈，颇有现代感，它们是中共四大会址纪念馆与海派文化中心，虹口的文化地标。这条街上还有不少二十世纪二三十年代的老房子，轮廓线和装饰细节散发出异国情调，与之对应的是一幢幢高耸入云的"销品茂"，橱窗里流淌着瞬息万变的时尚信息，咖啡的香气从门缝里逸出，不依不饶地跟随你一路。

餐饮总是"销品茂"里人气最旺的板块，一到饭点就要等位的餐厅还真不少，本帮菜、四川菜、湘菜、滇菜、港式粤菜以及重口味的火锅店和苏帮面馆，总有一款适合你；还有"螺蛳壳里做道场"的日料店，怀石料理、烧鸟、料亭、居酒屋、拉面，丰俭随意，一应俱全。

在靠近多伦路的地方应该有一家日本人开的古董店，就像在东京、京都街头经常能看到的那种一开间门面的小店，如果是日本人开的旧书店也好。

四川北路在旧上海叫作北四川路，大概在十九世纪末，正式建成长约 3.7 公里的主干道，论资格比淮海路还老。据 1932 年出版的《上海风土杂记》记载，这条马路上出现的第一家商店是和昌洋服店，这是颇有些意味的。尔后居民云集,店多成市,出现了利男居、新大北、公和、兴丰、复兴等茶食店,还有呢绒绸布店、五金颜料店、南货店、水果店等数十家,日常供应一应俱全。茶馆酒楼是这条商业街的一大特色,日本茶室里的女招待,态度之谦卑,笑靥之迷人,身段之柔美,让许多中国男人流连忘返。

英年早逝的民国作家倪锡英在《都市地理小丛书·上海》中也写道:"北四川路在苏州河之北,这是一条著名的'神秘之街',两旁多咖啡馆、跳舞场,是青年男女的活动场域,尤其是在餐饮上,这路上便充满着神秘的气息,带着几分异国情调。我们若从苏州河越过四川路桥向北去,便可以看见邮政局巍然地站立在苏州河上,新亚酒店的红色楼房和邮政局对峙着。再向北去,到海宁路和老靶子路一带,便是全路商业最繁盛的区域,也就是最神秘的地带。这条路的终点直达虹口公园,路权管辖表面上虽属于公共租界工部局,而实际上是日本人的大本营,中国人以广东人居住的最多。"

众所周知,上海开埠后,以浙江和广东两大商帮势力最强,浙江帮又以宁波人马首是瞻,像只巨大的八爪鱼将触须伸向各个领域,从苏州河到黄浦江都能听到"石骨铁硬"的宁波方言。实际上广东人和福建人比宁波人早一步,早在清朝晚期就在十六铺登陆了,把海味、南糖、洋货、棉花等生意做得风生水起,还有一样害人的东西就是鸦片。鸦片战争后五口通商,从外国人的生意中掘得第一桶金的当然是买办,而上海的第一批买办就以广东人为主,"四大买办"中赫赫有名的唐廷枢、郑观应、徐润,都是广东人。

虹口是广东人的集聚区,在二十世纪二十年代已有三四十万人,其中以中山人、潮汕人、佛山人、广州人为主,天潼路还因此被称作"广东街"。广东人素来领风气之先,他们来到上海便如鱼得水,各项事业搞得有声有色。进入二十世纪后,百货业和金融业成为广东人谋篇布局的重点,比如南京路上的"四大公司",都是广东人开的。

电影业也靠他们开疆辟土——上海最早的一批电影院就在虹口扎堆。1908年12月22日,西班牙商人雷玛斯在乍浦路用铁皮搭起一座简陋房屋,设置了250个座位,用来放映电影,命名为虹口活动影戏园。许多史学家认为这是上海的第一家电影院,也是中国的第一家电影院。1908年由此成为中国电影元年。

在影业的草创期,看京戏还是上海人主要的娱乐方式和夜间活动,观众最疯狂、伶人最出彩、经济效益最好、文人捧场最起劲,相比之下投资电影这门新兴产业是有风险的。但广东老板毕竟得风气之先,他们决心在京剧、粤剧之外开辟一条声光电的康庄大道,培养中国最早的电影观众。广东人在虹口建造了上海第一批电影院和粤剧戏院(演戏、放映两不误),除了春风二度的虹口大戏院,还有国民大戏院、爱伦活动影戏院、百星大戏院、金星大戏院、维多利亚影戏院、奥迪安大戏院、广舞台、广和戏院、同庆戏院、上海大戏院等。二十世纪三十年代,日资的虹口活动影戏院竞争不过广东人办的影戏院,只好卖给广东老板。有人统计过,在1928至1929年这短短的时间里,上海的电影院有60家,而在虹口的就有30多家。1924年,上海的第一场消夏露天电影场就在武进路上举办。很长一段时间里,法租界、华界的影迷常常过苏州河去看美国好莱坞新片,虹口的电影院多,选择余地大,票价也比苏州河南边的便宜很多。

第一批电影公司的导演、明星中广东人所占比例也相当高,比如郑正秋、蔡楚生、郑君里、张织云、阮玲玉、胡蝶、陈云裳、林楚楚等。在虹口的电影公司一度有46家,占了全国电影业的半壁江山。天一影片公司就在东横浜路上,这是邵逸夫和他的兄弟邵醉翁于1925年在此创立的。抗战烽火中，天一迁往香港，后来改组为南洋影业公司。1927年，北四川路出现了一所中外合资的远东影戏专门学校。1945年，黄佐临在横浜桥堍创办了中国第一所戏剧实验学校——上海市立戏剧实验学校（上海戏剧学院前身），许多电影演员都是从这两所学校走向银幕的。从这个意义上说，四川北路就是上海的"梦工厂"。

广东人对上海电影业居功至伟，这不仅满足了新兴市民阶层对文化消费的渴望，还在很大程度上提升了城市的气质。鲁迅是个影迷，他家周围的上海大戏院、奥迪安大戏院、融光大戏院等都在他日记里"榜上有名"。1936年10月10日，大先生硬撑着羸弱的病躯与许广平、海婴以及侄女看了根据普希金小说《杜勃洛夫斯基》改编的电影《复仇艳遇》，这也是他生命中观看的最后一部电影。当天晚上，他给黎烈文写信说："午后至上海大戏院观《复仇艳遇》（*Dubrovsky*）以为甚佳，不可不看也。"

南京路"四大公司"的广东老板赚了钱也舍得花，重视福利，照顾同乡，造楼买房，将职员连同家属安顿在此。多伦路上有一条弄堂叫永安里，就是永安公司建造的，那里的居民告诉我，当年公司分配住房时，优先照顾一线员工。

有了以移民为主体的社区，就有了地方风味的引入。在广东人说粤语的"小世界"里，餐饮业也以浓郁的南粤风情安身立命。广东人最早在北四川路开设消夜馆，一位在虹口生活了半个多世纪的"老上海"告诉我：在四马路和宝善街等处还有万家春、悦香居、竹生居、品香居、燕华楼等，都是广东人一解思乡之情的消夜馆。

1926年建于北四川路虹江路口的新雅茶室，底楼供应叉烧包、鸡肉包及咖啡、罐头食品，二楼供广东人吃宵夜，两年后规模扩大。1931年在南京东路租了一块地皮，建成新雅粤菜馆。还有一家杏华楼，是杏花楼的前身,由洪吉如、陈腾芳等广东人创建于1851年,是开埠后最早登陆上海的岭南风味。一开始也是家宵夜馆,两开间店面,白天供应腊味饭、鸭肉饭,晚上供应五香粥和鸭肉粥等,兼售莲子羹、杏仁茶等,冬天增加边炉,1927年扩大为有七开间店面、楼上楼下的大酒楼。

此种情景一直延续至辛亥革命前,据葛元熙等人编撰的《沪游杂记》所记:"大小消夜馆甚多,惟杏花楼、中华园为最。窗棂屏格,雕镂绝精,金碧丹青,辉煌耀日。平时小饮可以两客叫一消夜,一客者,冷热两菜也。"

这样的格局颇能满足一般民众的需要,但地位不高。民间风行的竹枝词也记了一笔:"深宵何处觅清娱,烧起红泥小火炉。吃到鱼生诗兴动,此间可惜不西湖。"可见一般人士认为,广东人的小吃不如浙江风味。

敢喝"头啖汤"的广东商人在十里洋场如鱼得水,他们做生意喜欢借大场面交际应酬,粤菜与浓油赤酱的本帮菜大相径庭,取料生鲜,格调清雅,招待客人倍有面子。进入民国后,宵夜馆升级换代,粤菜馆在虹口如雨后春笋般开张,在北四川路上有味雅太白楼、粤商酒楼、秀色酒家、会元楼、翠乐居、小壶天、兴华楼等,其地位与京馆、徽馆、甬馆、扬州馆并列。

不过,当时广东馆子的食客仍以广东籍人士居多。为什么会这样呢?据1925年《上海年鉴》记载:"真正之广东菜,他省人多不喜食,故普通用粤席者甚鲜,寻常皆食宵夜,则价廉而物美。"上海的土著以及江、浙、京、津等地人士还认为广东菜肴是南蛮遗风,难以接受。

讲到这里我要插播一段。从清末民初及至二十世纪四十年代的酒楼饭馆,一直闪现着文人墨客的身影,所以谈及饮食文化,不能绕过这一群体。相反,拿他们在酒楼上的言行情态来佐证某件事的话,倒颇能见微知著。比如鲁迅，与许多文人落笔之际的初衷很不一样，他的日记倒是写给自己看的，没必要遮遮掩掩，那么我们由此发现他的日常生活亦是相当有声有色、有情有趣的。鲁迅生命中的最后光景是在上海度过的，他为何选择在虹口居留？许多人写过文章，一般认为这一带居住着很多出版家和文学界朋友，走动比较方便。但我认为还有一个原因：鲁迅在上海有不少日本朋友，许广平又是广东番禺人，选择虹口对他们两人而言，肯定有不少便利，甚至存在某种亲近感。

鲁迅先生在上海虹口生活九年，因为交际需要，去过的酒楼饭馆太多了，光是日记提供的线索就有八十多家，其中不少是粤菜馆，比如东亚饭店、大东食堂、新雅、冠生园、杏花楼、味雅等，虽然粤菜并不是这位从绍兴走出来的大文豪最爱的风味，但根据上述饭店刊布在报端的广告，鲁迅应该吃过烧鸭、油鸡、广式香肠、炒鱿鱼、蚝油牛肉、炒响螺、叉烧、炸鸡肫、翠凤翼、冬菇蒸鸡等。

但时尚总在变化中，何况上海是一座瞬息万变、举世瞩目的国际大都市，是冒险家的乐园，也是声色犬马的销金窟，随着南京东路华商（实际上就是粤商）"四大公司"相继开张，广东馆子的阵脚慢慢向福州路和南京路移动。特别是南京东路商业街的最终定型，成为广东人显示实力的时尚高地和社交场所。新雅和杏花楼就是在这样的大背景下迁至南京路和福州路的。

后来，"一·二八"事变和"八一三"淞沪抗战突发，虹口两度成为烽火连天的生死场，大批广东籍居民为躲避兵燹而涌入租界，更多的广帮馆子在硝烟中迁至苏州河南岸，北四川路的餐饮市场就被日料店抢了风头。

没错，虹口区也是日侨集聚之地。1910 年后，日侨在上海的数量慢慢压倒英、美、法等国侨民，跃居第一位，最多时有 15 万日侨，其所占的比例超过在沪外国人总数的一半。后来日侨在大名路、武昌路一带圈地造房，居然不让中国人靠近，时称"东洋街"，日侨则将这一带称为"小东京""小横滨"，在精神上视其为第二故乡。

《上海风土杂记》中也有这样的描述："北四川路跳舞场、中下等影戏院、粤菜馆、粤茶楼、粤妓院、日本菜馆、浴室、妓院、欧人妓院、美容院、按摩院甚多，星罗棋布。全上海除南京路、四马路以外，以北四川路为最繁盛，日夕车辆、行人拥挤。"

《新民晚报》的沈琦华兄藏书颇丰，对民国书刊研究尤深，家住虹口沙泾港畔，对斯地斯人怀有特殊感情。他对我说：上海最早的"料亭"开在乍浦路42号，名叫"藤村家"，老板娘艺伎出身，以一双纤纤妙手操作寿司、刺身，风情万种。他还说二十世纪二三十年代，虹口的日本料理店一般由日侨经营，规模不大、风格明显，有条件的话也会弄一只小小庭院。除了刺身、寿司、天妇罗、司盖阿盖比较吸引人之外，艺伎侑酒又是一大特色。包天笑在《钏影楼回忆录》中写道："到虹口吃司盖阿盖，也由下女坐在榻榻米上，为之料理。"

老作家周劭也在《旧上海的菜馆》一文中提道："最贵的是日本料理，在乍浦路有一家'六三亭'，若不明情况的人闯进去，包会被斩得鲜血淋漓，因为该亭备有艺伎陪酒之故。"鲁迅也去过六三亭，不过是日本友人买单的，他去过的日料店还有川久料理店、新月亭、六合馆等。据我研究，那个时候日料店里不大可能出现三文鱼和金枪鱼，河豚刺身倒是一大卖点，在"竹外桃花三两枝"的季节，欲试河豚旨味，无疑刀口舔血。但日本人好这一口，至今不改初衷。当年鲁迅被日本友人请去大啖过几次，"岁暮何堪再惆怅，且持卮酒食河豚"，好在日本厨师治河豚真有一套，不然案前失手，中国现代文学史就要改写了。

据日本人在1920年编写的《上海一览》中记载，在乍浦路、吴淞路、北四川路一带还有好几家洋食屋（日本人经营的西菜馆），店名和风盎然，有滨屋酒家、宝亭、开明轩、黑头巾、昭和轩等。

抗战爆发后，日军一时还不能进入公共租界和法租界，在苏州河南岸就有了"孤岛"一说，许多外国人、富人和难民纷纷涌入租界寻求庇护，导致人口激增，各业杂陈、囤积居奇，形成了畸形繁华的景象，也刺激了餐饮业的发展，酒菜馆中高朋满座，胜友如云，"朝朝裙屐，夜夜笙歌，酒绿灯红，金迷纸醉"。

差不多同时开张的还有东亚酒楼、东亚又一楼、南华酒店、大东酒楼、大三元、清一色、燕华楼、梅园、桃园、金陵酒家、环球酒家、江南春、陶陶酒家、广珍楼、翠芳居、新华酒家、红棉酒家、京华酒家、荣华酒楼、康乐大酒店、冠生园饮食部、林园萝蔓饭店等，不少酒家在菜肴、服务与就餐环境等方面在整个上海都堪称一流。这些粤菜馆供应的菜肴也被称为"海派广东菜"，许多菜式在广东是没有的。广东人特别注重地段与消费人群的关系，上述这些饭店几乎占据了上海最繁华的商业街区。南京东路"四大公司"中有些本身也设有广州风味的茶室或酒楼，比如大东、东亚、新新等，特别是七重天上的大东茶室，是报馆记者和书局编辑扎堆聊天、打听消息、谈论时局的场所，一盅两件可以消磨半天。许多记者干脆在此写好稿子，壶盖一搁，下楼去望平街报馆交差，回来继续喝茶，茶博士依然客客气气。

如今四川北路上的日料店以中国客人为主要消费对象，河豚刺身和艺伎陪酒当然没有了。前不久琦华兄请我与几位朋友在一家颇具北海道风情的日料店品尝北海红毛蟹、清蒸鲜海鲍加煮章鱼、幽庵式烤真鲷、海胆寿司、酱油渍金枪鱼寿司和炙金枪鱼腩寿司等，味道不错。

有些老饭店只能沉淀于人们的记忆中，凯福饭店没有了，三八饭店也没有了，鲁迅日记中多次出现的"中有天"早已成为文史资料的符号。

凯福饭店曾经卖过俄式西菜,兼营平津风味,直至二十世纪九十年代初还是沪上晨星寥落的京帮馆子,有一年我与餐饮界专家去检查工作,品尝过几道特色菜,是仅有的一次机会。靠近东宝兴路那边的三八饭店,顾名思义由"半边天"当家,饭店从经理到服务员都是女性,我在二十世纪八十年代去吃过一顿饭,有黄瓜炒虾、番茄炒蛋、椒盐排骨、红烧划水等本帮风味,墙上还挂着好几张先进集体的奖状。过几年再去,找不到了,消失了,一点痕迹也没有了。

四川北路横浜桥堍还有一家老饭店,它就是西湖饭店。坐西朝东,门面不算大,但在"老上海"中口碑相当不错。西湖饭店是杭帮馆子,放在三十年前,杭帮馆子在上海的市面不大,福建中路倒有一家规模不大、资格蛮老的知味观,远不及后来苏浙汇、万家灯火之流遍地开花之盛况。西湖饭店在物资供应匮乏的年代,就成了沪北老饕体味杭州风味、怀想湖山烟景的好去处。当年,鲁迅也是知味观的常客,但没有去西湖饭店的记录,看来西湖饭店属于小字辈。

后来果然在《食品与生活》杂志上看到陶武观先生的一篇文章,讲到了西湖饭店的前世今生:"二十世纪四十年代末,杭州人张频甫在士庆路97号(今海伦西路)开了一家名为'孟尝君食府'的饭店,特从杭州聘来两位高手掌勺,经营杭州西湖风味菜肴。由于大厨技艺高超,西湖醋鱼、杭州酱鸭和清汤鱼圆等杭帮菜颇具特色,吸引了不少顾客前来品尝。"1949年后,孟尝君当然与新时代的文化环境相违和,就改为现在的名字了。

西湖饭店的招牌菜当数龙井虾仁,取大粒河虾仁挤干水分,上浆滑油,捞起沥油,清油后复投锅内加调料勾薄芡,另将一撮已经泡开的龙井茶叶投入,颠翻几下出锅装盆。洁雅剔透的河虾与碧绿生青的茶叶相得益彰,清鲜爽口,隐然有缕缕茶香绕鼻,凡来西湖饭店小酌大宴的客人都要点尝此菜。西湖醋鱼也是点击率颇高的杭州名肴——取活草鱼一尾,宰杀治净,剖开鱼身使之成为脱骨相连的雌雄两片,锅内烧开水后将鱼滑入,数分钟后,"划水鳍"高高竖起、鱼目怒睁,厨师即用漏勺捞出、沥干水分,有皮的一面朝上平摊于盆中,另起净锅倒入余鱼原汤,加酱油、白糖、绍酒等,烧沸后加醋,下湿淀粉打成玻璃芡汁,均匀地浇在鱼身上,再撒一把切得细细的姜末,即刻上桌。其他如清汤鱼圆、虾爆鳝、东坡肉、西湖莼菜汤、宋嫂鱼羹、炸响铃等经典杭帮菜,都是飨客的好题目。

前几年也不知道什么原因,西湖饭店黯然关张,颇让人意外。

敢为人先的广东人,总在物质与精神两个层面提升了上海这座城市的品质,老火靓汤,情意浓浓。由北四川路迁至南京东路的新雅粤菜馆,前不久于二楼恢复了新雅茶室,风日晴好的时候人满为患,我与太太去过一次,等了一个半小时才能坐下来。环境设计复刻二十世纪二十年代的风致雅调,我还在墙上看到了一些关于新雅的老器物和老照片,广东老板蔡建卿西装革履,目光沉着。蛋黄流沙包、红米肠、虾皇饺、灌汤饺、蒸粉果、虾多士、萝卜糕、双皮奶、陈皮豆沙、叉烧肠粉等还真不错,就是声音太嘈杂,餐桌之间也只能侧身而过,难免影响食欲。

姑苏风味，上海人的味觉启蒙

抗战胜利以后，上海人总是趾高气扬地说："小苏州，大上海。"但要是往前推一百年，同样这六个字，却是这样排列的：大苏州，小上海。那时候的大苏州，无论经济总量、繁华程度还是文化影响力，都全面碾压小上海。

雍正八年(1730)，海禁大开，为维持沿海口岸治安，清政府将分巡苏松道加兵备衔移驻上海，上海县从此在巡道的直接监察之下，该道也因此被称为"上海道"。乾隆元年(1736)以后清廷将太仓州划归该道管辖，该道的正式职务始称为分巡苏松太兵备道。上海道这个级别为正四品，约等于今天的省军区司令。

雍正朝以后，上海逐渐成为长江以南举足轻重的中心城市，但经济地位尚不能与苏州相比。1840年，英国战舰一声炮响，轰开了清朝长期关闭的国门，上海成为通商口岸后，物理空间不断拓展，万商云集，实业兴盛，市民阶层崛起，迅速从一个"东南壮县"跃升为中国沿海地区最有影响力的城市，仅外贸一项，就取代广州而成为中国第一大外贸口岸。伴随着经济活动而来的就是社交与商务应酬活动的增加，这必然带来饮食业的繁荣，各地帮派菜馆随着各色人等的云集而生意兴隆，财源滚滚。

唐艳香、褚晓琦在《近代上海饭店与菜场》一书中提出："小刀会起义和太平天国运动使江浙一带居民避难上海,辛亥革命后清朝遗老丛集沪上,抗日战争中'孤岛'人口剧增。除此之外,近代上海社会工商业的发展又为人们提供了更多的谋生机会。租界提供的西方物质文明和先进的市政设施也为富有者提供了更多的享乐。这些都促使各方人口、财富向上海汇集。因之促进了上海饮食业的发展,各帮菜馆纷纷落户上海,随着社会风尚的变化而盛衰不一。"

接下来的光绪一朝,一直到民国肇始,身处风云际会之中的上海市民也努力摆脱农耕文明而走向都市化。都市化在日常生活中的反映之一,就是市民有了相对固定的作息时间,空闲时可带着铜钿银子到茶楼喝茶,到酒馆喝酒,浮一大白,鼓腹而歌。

于是,在供需关系的刺激下,开埠后的半个世纪里,登陆上海的有安徽、广州、潮州、福建、扬州、苏州、南京、无锡、北京、天津、山东、四川、宁波、杭州、河南、云南等地方的菜肴,还有法、意、德、日等国的异域风味,使上海成为一座美食大观园。

如果允许我点评一下移民的品类,那么我要说苏州移民是公认的优质资源。他们有文化、有资产、有见识、有品位、有美貌——主要指苏州妇女,会白相——从唐代那会儿就玩得很高调了,七里山塘的形成就得益于苏州刺史白居易大人,"吴酒一杯春竹叶,吴娃双舞醉芙蓉"。

苏州人给上海带来了园林、工艺、评弹、昆曲、美食、华服……还有市民社会的礼仪习俗以及都市风尚的种种。苏州方言不仅影响到晚清至民初的鸳鸯蝴蝶派,而且很大程度上"改造"了上海方言。如果从文化交流的话题切入,可以发现苏州对上海的影响大大超过上海对苏州的辐射。在世俗生活层面,苏州风味便是上海人的味觉启蒙。

胡祥翰在《上海小志》里是这样说的:"沪上酒肆,初仅苏馆、宁馆、徽馆三种,继则京馆、粤馆、南京馆、扬州馆、西餐馆纷起焉。"徐珂则在《清稗类钞》中说:"上海之酒楼,初惟天津、金陵、宁波三种,其后乃有苏、徽、闽、蜀人之专设者。"

上海滩各种风味饭店的设立,从某种意义上借了移民之功。哪里的人生意做得兴旺,哪里的人带着大把的铜钿银子进入上海,合乎他们饮食习惯、社交礼仪的饭店就后脚跟进。江苏人、安徽人、北京人和天津人,还有闽粤等"南蛮子",都是上海饭店业的奠基者。

今天着重跟大家讨论苏帮菜,也称苏州菜。

苏州作家王稼句先生在《姑苏食话》一书中说:"清朝中晚期,苏州饮食业随城市商业的发展而兴盛,酒店茶肆不断增多,尤其是菜馆饭店,向豪华精美的园林式酒楼发展,冰盘牙箸、酒茗佳肴,靡不精究。山塘、胥江、石湖等处游船画舫上的船菜、船点日臻完美,闻名遐迩。且名厨辈出,逐步形成以炖、焖、煨、焐见长,色、香、味、形完美统一的苏帮菜肴。阊门外、胥门外形成最繁华的商市,酒楼、饭馆、粥店、茶肆、小吃店摊鳞次栉比。"

王稼句还从雍正年间的《姑苏阊门图》中解读了阊门外的繁华景象,可辨识的饮食业市招为后人提供了想象依据,比如吊桥堍、上塘街有"五香乳腐,进京小菜""顾二房",南濠街及与上塘街交汇处,有"茶食""孙春阳""三鲜鸡汁大面""茶室",沿河大街有"酒坊""酱园"等。在乾隆五年印制的《姑苏万年桥图》中,也呈现了万年桥落成当年的景象,饮食业的店家,百花洲有酒店、饭店,城外及桥堍的市招有"万仙馆""茶室",胥江对岸的市招有"酒坊""同春号酱园"等。更为世人熟知的是乾隆二十四年(1759)徐扬绘《盛世滋生图》,木渎镇中市街沿河有一酒楼,檐下挂"本店包办各色酒席"招子,楼上又悬招牌"五簋大菜""各色小吃""家常便饭"……诸君不妨想象一下,五簋大菜,是何等奢华的画面?

在嘉庆年间顾禄所著的《桐桥倚棹录》里，所列山塘街各式珍馐美点就有一百七十四款，像烧小猪、火夹肉、爀火蹿、汤爆肚、黄焖着甲、烩鱼翅、海参鸭、黄焖鸭、风鱼鸭、剥皮黄鱼、生爆脚鱼等，放在今天也是无可争议的压桌子大菜。

即使经历了咸丰十年的兵燹之灾，大半个苏州城化为灰烬，但是餐饮总是恢复最快的行业。诚如王稼句先生所言："同治、光绪年间，观前街逐渐繁荣，酒楼饭店饮食店增多，玄妙观内茶肆食摊丛集，故市井又有'吃煞观前街'之说。"辛亥革命后，苏州餐饮业又迎来了一波高潮，经营者"从衙门官厨、寺院僧厨、画舫船厨、富户家厨、民间私厨中汲取所长，博采广纳，兼收并收，形成了具有鲜明地方特色的菜肴、面点、糕团、茶食、小吃等，称之为苏帮或苏式，品种之多，风味之佳，享誉四方。因苏州五方杂处，徽帮、京帮、广帮、虞帮、镇江帮以及素菜馆、清真馆等各帮名师荟萃"。

苏州餐饮业的发达，像评弹、昆曲、园林、刺绣、家具等一样，足以成为一种雅致的生活艺术，向周边城市输出。

苏州菜馆进入上海始于同治年间，三兴园、得和馆等苏馆是进入上海的"先头部队"，擅长烹制河鲜类菜肴，点心也做得十分细巧。进入民国后，得和馆还是沪滨标志性的苏馆，仕商宴请、庶民小酌，甚至白相人"吃讲茶"，得和馆是不错的选项。紧随三兴园、得和馆的是四马路上的来元馆、鸿运楼。1923年，苏馆中最知名者要数二马路的太和园、五马路的复兴园、法大马路（今金陵东路）的鸿运楼、平望街的复兴园等。

苏馆价廉物美，所以"中下等社会多乐就之"。苏馆筵席定价较便宜，店堂宽敞，一般市民阶层有喜庆事或大宴宾客至数十席的，乐意选择苏馆。当时苏菜馆的招牌菜有：叫花鸡、西瓜鸡、鲃肺汤、雪花蟹斗、清炖着甲、煨羊汤、虾脑豆腐、烧蹄筋、松仁鱼米、出骨刀鱼面、虾仁烧卖、煎糟鱼、蟹粉小笼馒头等。

十九世纪七十年代，有一家名为浦五房的苏菜馆引进了姑苏船菜，很快便名传沪滨，成为文人墨客首选的浅斟低唱之处。所谓船菜，就是太湖花船上所备餐食，由美貌能干的船娘操办，有时也会应客人所需配以香艳歌伎，泛舟宴饮，拍曲吟唱。

船菜进入上海是好事，但是黄浦江、苏州河上不可能给你荡湖船、摆酒席，"没有美色侑筋，终减风光"。河鲜从太湖边运来，走的是水路，稍有耽搁，鲜味大逊，最终黯然收场。直到二十世纪八十年代，上海有关方面编写出版的饮食志书中还是把老正兴列为"膳帮"，这可不是京城"仿膳"的"膳"，而是对"船帮"的讹传。

后来苏州馆与无锡馆双剑合璧，在市场上形成一股势力。四马路、五马路及石路上有东南鸿庆楼、大加利、仁和馆、大庆馆、大鸿运、东方餐厅、大利酒楼、万利酒楼等，到了二十世纪三十年代，颇为著名的是后起之秀福兴园。苏锡馆子的名菜有母油船鸭、草头烧刀鱼、草头炖肉、红烧鲜带鱼、炒金花菜等。

我没有在相关资料中看到上海的苏馆有"三件子"飨客、鸡鸭蹄"三巨头"共赴盛会的架势，上海人也许承受不住。

二十世纪三十年代，在《新闻报》任职的严独鹤还为多家报馆副刊写文章，经常与同人聚餐，几乎吃遍上海滩，他这样评价苏菜："若真以吃字为前提，则苏馆中之菜，可谓千篇一律，平淡无奇，殊不为吃客所喜。必欲加以比较，则复兴园似最胜，太和园平平。鸿运楼有时尚佳，有时甚劣。去年馆中同人聚餐，曾集于鸿运楼，定十元一桌，而酒菜多不满人意。甚至荤盆中之火腿，俱含臭味，大类徽馆中货色，尤为荒谬。福兴园于苏馆中为后起，菜亦未见佳处。"严老师是桐乡乌镇人，自小习惯江南饮食，他在《沪上酒食肆之比较》一文中对川菜评价最高，对苏帮菜印象不佳。不过"大类徽馆"的说法也透露出当时苏馆的平均水准应在徽馆之上。

苏州园林设计得巧夺天工、移步换景,折射在菜馆的环境布置上也是如此。福州路上的聚丰园,据池志澂在《沪游梦影》一书中的描写:"上下楼室各数十,其中为正厅,两旁为书房、厢房,规模宏敞,装饰精雅,书画联匾,冠冕堂皇。有喜庆事,于此折笺招客,肆筵设席,海错山珍,咄嗟立办。门前悬灯结彩,鼓乐迎送,听客所为。上灯以后,饮客偕来,履舃纷纭,觥筹交错,繁弦急管,余音绕梁,几有酒如池、肉如林、蒸腾成需雾之象。虽门首肩舆层累迭积,而邀客招妓之红笺使者犹络绎于道,其盛可知矣。"描写晚清上海社会生活的小说如《海上繁华梦》中也提到当时人们在聚丰园摆酒宴客的场景。

苏州菜进入上海还有一条副线,那就是为人们闪烁其词的"书寓菜"。旧上海称高级妓院为书寓,妓女多来自苏州、常熟等地,被称为先生、倌人、词史等,"书寓"的冠冕也不是随随便便就可戴在头上的,先生从小要练就一套吹弹唱说的本领,还要通过考试,才有资格挂牌。挂了牌的先生能歌善舞,琴棋书画几乎样样都能拿上手,情商颜值更是一流,还能做得一手好菜。不过平时的"书寓菜"多由老鸨来操办,顺便赚点外快。只有逢年过节,花国当红名妓才会从恩客中选出几位,约定时间,素手做羹汤,以酬惠顾。据陈定山在《春申旧闻》一书透露,这桌小菜只有四样:油爆河虾、四喜烤麸、虾子白肉和白斩鸡。

进入民国后,书寓移入租界,生存环境有所改变,书寓菜便流向民间,最后入列饭店菜谱。据我接触过的老上海回忆,青楼女子从良后,在自己家里经常招待客人的拿手菜有清炖狮子头、河鲫鱼塞肉、响油鳝糊、竹笋塘鳢鱼、十香菜等。今天上海流行私房菜,有些老板娘就对外号称自家菜肴的源头就是会乐里的书寓菜,这种话也只能骗骗对旧上海想入非非的豪客了。

1949 年以后,餐饮业面临着重组和调整,但有关方面在中心城区还是保留了十六帮派风味饭店,作为苏锡帮馆子的代表有人民饭店、荣花楼、康乐酒家等。

人民饭店的前身是 1937 年开设于华侨饭店东侧的五味斋,以苏帮面点起家,后增设了苏锡风味菜肴。1958 年移到大光明电影院旁边,后改名为人民饭店。二十世纪七十年代接待过墨西哥总统埃切维里亚,他品尝了小煎鱼米、花生鸡丁等苏帮菜后十分满意,称赞道:"中国的烹饪技术是世界第一流的。"人民饭店的名菜有无锡酥鸭、枇杷肉、太湖银鱼、松鼠鳜鱼、瓜姜鱼丝、叫花鸡、扇形划水、炒蟹黄油、母油船鸭、莲蓬豆腐等。

人民饭店的服务也是第一流的,出了好几代劳模呢,我有幸听过最后一代劳模的报告,吃过他家的莲蓬豆腐和瓜姜鱼丝。他们在服务技艺上的精进,动力也许就来自二十世纪六十年代初的喜剧电影《满意不满意》和滑稽戏《满园春色》,得月楼的清辉,照亮了繁华的南京路。要不然,当时上海的滑稽演员为何选择在人民饭店体验生活呢?要不然,二十年后上海电影制片厂为何要根据苏州滑稽剧团同名滑稽戏再拍一部《小小得月楼》的喜剧电影呢?

二十世纪九十年代中期,人民饭店一声不响地关张了,取而代之的是乱哄哄的麦当劳。

荣华楼的老板是苏州人范贵祥,以前在南京、苏州、上海、香港开设三六九菜馆,以苏州风味立身扬名。1950 年,他率领厨师班子回到上海,在南京东路西藏中路黄金地段开起了荣华楼,又从苏州聘请了一批厨师来增加炉灶力量。他家的名菜有松鼠鳜鱼、八宝鳜鱼、芙蓉鸡松、金银鸭片、凤腰鱼唇、荔枝肉、凤翼扒海参、红焖三件、牡丹肫球、龙串凤四宝等一百余种。二十世纪八十年代末,我在他家品尝过骨灰级老菜细卤明骨,大开眼界,印象深刻。明骨又叫鱼骨,用鲨鱼、鲟鱼等海鱼颈部软骨干制而成,颜色接近透明,与海参、鱼翅一样本身没有味道,需要水发后再蒸透,然后靠老母鸡、火腿来加持。成菜汤宽,切成颗粒的明骨晶莹剔透,质地嫩滑爽脆,清鲜雅洁。

二十世纪九十年代,荣华楼迫于形势改卖中式快餐,欲与洋快餐一比高下,几年后随着地块改造,原址上建起了高耸入云的世茂广场,这家苏帮名店也与人民饭店一样消失在食客的视野中。

九十年代初,昔日曾经名重一时的"大鸿运"又回到了金陵东路(旧称法大马路)上,我得知这一消息后十分高兴,约了朋友去尝鲜。结果哭笑不得,原来老板娘是香港人,她想唤醒"大鸿运"的老字号当然是一片好心,不过店里的厨师都来自广东,烧的当然也是粤菜了,当年"大鸿运"的名菜八宝葫芦鸭仍杳无踪迹。

前年我在上海东湖集团举办的一年一度的美食节上又吃到了细卤明骨,真有隔世之叹。这几年我经常在苏州和吴江品赏苏州菜肴,也结识了华永根、徐鹤峰、叶放、蒋洪、屠阳、钱立新等高人,写了不少文章,通过媒体和微信公众号进行传播,倒也引起了广泛的关注,有不少饭店根据我提供的信息模仿苏帮菜,比如炸紫盖、松子羊方、八宝乾坤糟方、海底松、甫里鸭羹、八宝鳜鱼、三件子、母油船鸭等,居然也有三分相像,这说明苏帮菜在上海还是很有人缘的。

可惜的是,偌大的上海只剩下一家松鹤楼了,这也是进入新世纪后从苏州引进的,一开始开了两家,不久便关了一家,剩下的一家也被上海复兴集团收购,店址在十六铺码头旧址,濒临黄浦江,华灯初上,流光溢彩。移驻申城的松鹤楼有几道苏州名菜,比如松鼠鳜鱼、响油鳝丝配卷饼、蟹酿橙、虾蟹两鲜、苏式炒三虾、虾爆鳝、特色奥灶面配蟹肉、鸡头米炒虾仁虾子、酱油焖春笋等，还有粤菜和日本料理，比如蚝皇四宝、鱼翅捞饭和刺生等。我在他家吃过四五次，人均消费五六百，味道却不敢恭维。

不过话也要说回来，苏帮菜在气质上与上海城市的人文底蕴相近，本帮菜在形成过程中对江苏菜、苏帮菜的吸收是全神贯注的，八宝鸭、红烧甩水、红烧肚裆、青鱼秃肺、松鼠鳜鱼、蜜汁酱方、蟹粉狮子头、走油拆炖、白汁鮰鱼、清蒸刀鱼等名肴，原本都是苏州、无锡的菜，在上海却蛮不讲理地被划归本帮菜了。这个情况我也与苏州美食大咖华永根先生探讨过，老前辈无可奈何地摇摇头："大上海影响大啊，财大气粗、人众势强，抢夺了话语权！"

代替苏帮菜在上海继续产生影响力的是苏州面馆。据说目前在上海的苏州面馆至少有三百多家，松鹤楼面馆就在短短数年内开了四十多家。焖肉、焖蹄、卤鸭、爊鸡、爆鳝、爆鱼、糟肉、虾蟹、秃黄油、红烧羊肉、罗汉上素等面浇头都是上海人的心头好，过浇制式还被老顾客悉心呵护。每年初夏时节，栀子花开、暗香浮动，小青年争先恐后地要去网红店打卡，吃一碗价格不菲的三虾面，否则仿佛人生就不完整了。上海的五芳斋、沈大成都有纯正的苏州血统，百年老字号，且行且珍重。

希望有更多的苏帮菜馆重返大上海，再放异彩，为海派文化增添几分清丽典雅的姑苏气韵。

从《造洋饭书》到《米其林指南》

王安忆早年有一个中篇小说《本次列车终点》，写知青回沪后，在这个生于斯长于斯的大城市里重建生活时所遭遇的种种尴尬。有一个细节提到，几个上海知青看到火车缓缓进站，就情不自禁跳起来：回到上海去红房子吃西餐！令我难以忘怀。

吃西餐，似乎是"生活在上海"的一个象征。

北京、天津、广州、青岛、大连、哈尔滨、武汉等城市都有西餐馆，但很少听说游客到那里一定要吃一顿西餐的。二十世纪八十年代，外省有不少文学杂志的编辑到上海组稿，倒是会将吃西餐列入计划，我也陪几位老师去红房子体验过。有一年法国总统萨科齐到上海访问，也专程去外滩十八号顶层的法餐厅捧了个场。

也许西餐之于上海，是西方文化进入的开始，也是本土文化惊奇而趋新地接纳外来文化的成功案例。

我小时候看过一本连环画，说到鸦片战争后英国人到上海开银行、开洋行，找来中国厨师给他们做饭，中国厨师也学会了烤面包、磨咖啡。小刀会起义时，中国厨师与洋大人闹别扭，一气之下走人，养尊处优的"番妇"只得亲自下厨，结果烤出来的面包像焦炭一样又黑又硬。

1909年，也就是宣统元年的时候，上海美国基督教会出版社出版了一本《造洋饭书》,这是基督教会为适应外国传教士和商人吃西餐的需要,或者培训家厨而编写的一本书,薄薄的一本小册子,阅读对象为中国人。二十世纪九十年代,我在孔网上买到了由中国商业出版社重印的这本小册子,由此想象西餐登陆上海时的情景。书中许多食物的译名也相当笨拙,比如将"小苏打"译作"所达"、"咖啡"译作"磕肥"、"布丁"译作"朴定",等等。但我认为最重要的是,教中国人如何定期清扫厨房,如何将厨房用具摆放到位,如何养成饮食卫生的习惯。"所有蛋皮、菜根、菜皮等类,不准丢在院内,必须放在筐里,每日倒在大门外僻静地方,免得家里的人受病。肉板、面板使后即擦,不准别用。开壶(开水壶),只许烧水,不准煮别物,应该常常擦洗干净。"

由此,中国人见识了烤牛肉、烘牛舌、熏牛腰子、牛肉阿拉马、烤兔子、牛蹄冻、薄荷小汤、亚利米泼脯、苹果排、英法排、劈格内朴定、花红咳思嗒、油炸弗拉脱、姜松糕、西达糕、地蛋馒头、托纳炽、撒拉冷、华盛顿糕、知古辣等稀奇古怪的"番食"。

面包比西餐提前一步踏进中国市场的门槛。1855年,英国商人霍尔茨在上海开出了第一家面包店,同时还供应牛奶、咖啡和熏牛肉。三年后埃凡洋行开始将面包生产工厂化,为照顾到中国人的习惯,面包店更名为埃凡馒头店,在《沪江商业市景词》里也专门有一条"外国馒头":"匀调麦粉做馒头,气味多膻杂奶油。外实中松如枕大,装车分送各行收。"

到1881年,法租界已经有三家面包店,面粉是从美国旧金山运来的,成本相当高噢。西侨的饮食离不开牛奶,这时英租界已经出现了养牛场,168头奶牛每天可产出1000公升鲜牛奶。外侨所需的奶酪也是从丹麦进口的。在上海市场上还可以买到各种西洋蔬菜和水果,比如卷心菜、花椰菜、芦笋、朝鲜蓟、芒果、柑橘、洋桃等。至于威士忌、白兰地、葡萄酒和啤酒，则在更早时就进入中国了。

1882年，上海开出第一家西菜馆，名为"海天春番菜馆"，可能也是中国的第一家单独营业的西餐馆。将别的国家都说成"番邦"，西菜被命名为"番菜"是符合这一逻辑的。不过，《新民晚报》有一次在"海上珍档"专版中以西餐为题展开讲述，作者薛理勇先生考证出上海第一家西餐馆应是亨白花园："清人宜寰在1868年的日记（后汇编为《初使泰西记》出版）中记叙：'再至徐家汇，畅游外国花园（即亨白花园），吃香饼（香槟）酒，极沁心脾。'王锡麟1879年写的《北行日记》中也记叙：'乘马车游徐家汇，在黄浦之东（应作北——薛注），洋楼数间，花木缤纷，铺设精洁，外国酒馆也。有洋人携洋妇二在彼宴聚。园丁不令入，云来饮外国酒者，始含笑入。入座，洋酒数十种，菜蔬十余味，别有风致。'"

薛理勇还考证出亨白花园就在华山路戏剧学院后门。沧桑百年，亨白花园已灰飞烟灭。

薛老师是地方志专家，对吴地一带的民俗也相当熟稔，上述的"海天春"他也在文章中提及，并考证出是一个曾经在外轮上当厨师的广东人在福州路上开的，"它竟成了上海出现的第一家番菜馆"。薛老师用了"竟"字，看来是含有嘲讽之意的。"第一家由中国人开创的西餐馆"或许是它的历史意义所在。

最近又有朋友认为，礼查饭店最早在1860年就有西餐供应了，他家应该是"魔都西餐第一家"。礼查饭店是一家西商旅馆，即使有西餐，也是专供住店客人的吧。其实比礼查饭店开张更早的还有一家，就是1848年建成营业的密采里旅社，地址在法租界公馆马路（今金陵东路），与1.0版的礼查饭店才一箭之遥，老板是法国人。从老照片看，密采里是一幢三层楼的殖民地风格洋房，他家也供应西餐。1909年出版的《海上竹枝词》（作者朱文炳）里就有一首写到了礼查和密采里："礼查

1994 年 5 月 28 日，上海浦东的第一家肯德基快餐店
在东昌路开张，这也是肯德基全球第 9000 家门店　摄影：雍和

办馆共金隆,宴客华洋一例同。法界盛称密采里,三洋一客亦称雄。"吃西餐是时尚享受,每人消费额约为一元大洋,而密采里要收人家三元大洋,按照上海人"一分价钿一分货"的说法,密采里的西餐应该是挺豪华的。

还有一本书为我们留下了一些信息,这是葛元煦在光绪二年(1876)撰写的《沪游杂记》。作者在上海居住了十五年,对开埠后的大都市留心观察、客观记述。这本书涉及上海的行政机构、市政建设,以及商肆货物、交通工具、地方物业等,被史学家认为史料价值颇高。我翻到几则关于饮食方面的记述,虽然简略,但也为后人的想象留出了足够的空间。比如《外国酒店》:"外国酒店多在法租界。礼拜六午后、礼拜日西人沽饮,名目贵贱不一。或洋银三枚一瓶,或洋银一枚三瓶。店中如波斯藏,陈设晶莹,洋妇当炉,仿佛文君嗣响,亦西人取乐之一端云。"

紧接着写到《外国菜馆》:"外国菜馆为西人宴会之所,开设外虹口等处,抛球打牌皆可随意为之。大餐必集数人,先期预定,每人洋银三枚。便食随时,不拘人数,每人洋银一枚。酒价皆另给。大餐食品多取专味,以烧羊肉、各色点心为佳,华人间亦往食焉。"最后一句透露出外国菜馆并非老外专利,高等华人也可尝鼎一脔。

后来在上海的广东人发现了商机,捷足先登,开起了面向中国食客的番菜馆,但因为原材料不易得,常常以罐头食品来烹调,菜式与口感不中不西。池志澂在《沪游梦影录》里专门提到当时上海市民争尝"番菜"的情景:"曩时华人鲜过问者,近则群屐少年,巨富大贾,往往携姬挈眷,异味争尝,亦沾染西俗之一端也。"前不久在上海档案馆工作的一位朋友告诉我,同治十二年(1873),虹口的生昌番菜馆在《申报》上刊载一则广告,广徕顾客,这应该是最早的社会性番菜馆。

二十世纪初，上海先后出现了一品香、一家春、一江春、万年春、品芳楼、惠尔康、岭南楼、醉和春、同香楼、绮红楼、申园等二十几家番菜馆，有趣的是它们都有一个中国式名字，也许老板多为中国人。番菜馆起初集中在老城厢北面的租界一带，后来四马路上也慢慢多了起来。其中一品香大概是最具代表性的，就连《点石斋画报》也曾经对它有过精细的描绘：雕梁画栋，琉璃吊灯，大厅里摆着古瓷和花卉盆景，院内有假山丛木，更惊艳的是特置一只铁丝笼，关一头金钱豹，以新奇古怪招徕顾客。李伯元的《上海黄莺儿词》里也专门写到了他家："大菜仿西洋，最驰名，一品香，刀叉件件如霜亮。楼房透凉，杯盘透光，洋花洋果都新样。吃完场，咖啡一盏，灌入九回肠。"

接下来，在第一时间反映都市风情的洋场竹枝词里，"吃大菜"作为一种都市风尚，就频频出现在文人墨客的笔端。试举几首："几家番馆掩朱扉，煨鸽牛排不厌肥。一客一盆凭大嚼，饱来随意添嗑啡（咖啡）。""银刀锋利击鲜来，脯脍纷罗盛宴排。传语新厨添大菜，当筵一割已推开。""筵排五味架边齐，请客今朝用火鸡。啤酒百壶斟不厌，鳞鳞五色泛玻璃。""烧鸭烧猪味已兼，两旁侍者解酸盐。只缘几盏葡萄酒，一饮千金也不嫌。"

上海人虽然喜欢赶时髦，但是吃惯中餐的朋友对西餐不免有所顾忌："肴馔但从火上烤熟，牛羊鸡鸭非酸即腥膻。"在中国历史上，耕牛作为一种农业生产力，自东汉以来就受到王朝律法的保护，对其宰杀有严格限制，在道德层面也一直有"戒牛"的约束。上海建城以来，除了回民，上海土著也是不食牛羊肉的，见到"血淋嗒滴"的牛排，内心十分纠结。

于是，除了少数西餐馆坚持原汁原味，大多数老板为吸引本地食客，不得不实施本土化战略，将爆、炖、烩、焗、熏等中国烹饪方法引入西餐,甚至会出现鱼翅、鲍鱼、燕窝、炒什锦蔬菜等不中不西的菜肴——比如金必多浓汤,为"番菜"的定义增加了内涵。曹聚仁在《一枝香——一品香》一文中说:"一品香的大菜,乃是华人的大菜,等于中菜西吃,这才有点菜吃,下得肚子,煎牛排就不会那么血淋淋,望之生畏了。"

再比如,上面有首竹枝词里提到的"金隆",疑为"晋隆",地址在西藏路上,唐鲁孙在《吃在老上海》一文中提到他家:"虽然也是宁波厨师,与一品香、大西洋一样,同属中国式西餐,可是他家头脑灵活,对于菜肴能够花样翻新,一只金必多浓汤,是拿鱼翅鸡茸做的,上海独多前清的遗老遗少,旧式富商银贾,吃这种西菜,当然比吃血淋淋的牛排对胃口。"

尽管如此,有些保守的上海人对西餐仍然吐槽不止,吃不饱、价格高、虚头花脑、尊卑不分、口味不对、不能尽兴,都成了西菜的"原罪"。竹枝词也记录了数条"风评":"大菜先来一味汤,中间肴馔辨难详。补丁代饭休嫌少,吃过咖啡即散场。""纵饮休云力不胜,劝君且慢点香冰(香槟)。白兰地本高粱味,红酒何妨代绍兴。""寿头(沪语所谓傻瓜)最怕请西餐,箸换刀叉顶不欢。还可照人敷衍过,要他点菜更为难。"

民国肇始,上海滩气象一新,及至第一次世界大战结束,不少洋行和外商收拾心情,重整旗鼓,上海的餐饮消费又起了一波蓬头,在繁华商区有卡尔登、孟海登、麦赛尔、客利、南洋、中央、派利、远东、太平洋、亨生、美生、来兴等西餐馆各领风骚,规模达到三四十家。"吐司""沙司""色拉""咖啡""啤酒""香槟"等词汇也逐渐定型,流播民间,"吃大菜"成为有钱人家的时尚消费,华洋杂处的上海滩接纳了渡海而来的西餐。

包天笑在《钏影楼回忆录》中有一篇《儿童时代的上海》,是他对晚清年间上海的印象记,其中写道:"这时从内地到上海来游玩的人,有两件事必须做到,是吃大菜和坐马车。"吴友如的《点石斋画报》中也有一幅题为"别饶风味"的风俗画,画面中四五个盛妆女子在有壁炉、吊灯的雅室里津津有味地吃大菜。

实事求是地说,海派文化中的"海纳百川,兼容并包",常常以商业利益为先导,在推广西餐这档事上,也无缝对接了中国文化中的糟粕。大声喧哗倒在其次,更有甚者,居然在本地人经营的西菜馆里抽大烟、叫妓局,与旧式酒楼并无二致。这种情景,在李伯元写的晚清官场小说《文明小史》中也有所披露。小说中写到姚老夫子走进一家位于三马路的番菜馆,"他上楼到楼梯口,问了一个西崽,才找到胡中立请客的四号房间。房里有席面,还有烟榻,躺在烟榻抽鸦片的,有老夫子式的人物,也有毡衣毡裤、穿皮鞋剪短发的外国打扮的人物"。

此种剧情在 1906 年刊印的《沪江商业市景词》里有反映:"分间设座雅铺陈,西式灯台簇簇新。大字横书番菜馆,飞笺招妓宴嘉宾。"

我叔父一家住在福州路东段,小时候逢年过节随父母走亲戚,叔父家是必定要去的。有一次叔父引我到阳台上,指着马路斜对面的一座宝塔说:"好白相吧?这座宝塔原来是一个报馆。四马路在旧社会都是有钱人来白相的,西餐馆也很多,外国人和报馆里的记者在这里进进出出。西头还有许多戏馆、酒楼,还有……"他突然意识到不对,及时刹住话头。

直到二十年后,我才听出他没有说出来的话,他指的是会乐里——少儿不宜。

福州路山东路口的这座塔在"文革"时期被当作"四旧",威风凛凛的飞檐统统被削掉,就像公鸡被拔去了羽毛。二十世纪八十年代末,这座不伦不类的塔式建筑拆了,取而代之的是一幢玻璃幕墙的商务楼。

二十世纪二三十年代,在上海的日侨日渐增多,最多时在虹口一带集聚了十几万之众,横浜桥一带也被称为"小横滨"。日本人在上海除了经营日料店,还有东洋风格的西菜馆。

"十月革命"后,不为新政权容见的俄罗斯贵族、旧政府人员、旧军官、艺术家等纷纷出逃,先后有两万多人来到上海侨居,多集中在法租界。白俄在霞飞路上开设了糖果店、珠宝店、钟表店、面包房、照相馆、服装店、男子用品商店、药房、书店等,还有至今被"老上海"津津乐道的俄菜馆和咖啡馆。这段历史我在《罗宋汤的历史密码》中有详述,在此不再复述。

鲁迅定居上海后,偶尔也去西餐馆开洋荤,他的日记中记载有荷兰西菜社、俄国饭店、皇宫西餐社、麦瑞饭店、乍孙诺夫店等,冰激凌和冻奶酪也是他的最爱,他还请冯雪峰吃过刨冰。他的五十岁生日是在荷兰西菜社度过的。

资料表明,到三十年代,上海已有英、法、俄、美、意、德等西菜馆上百家,新中国成立前夕达到高峰,有四五百家,这个数字后面一定有许多精彩故事。

在"老上海"的记忆中,西冷牛排、罗尔腓力、鞑靼牛肉、海立克猪排、奶油芝士烙龙虾、红酒鸡、烤春鸡、格朗麦年沙勿来、花旗鱼饼、烟鲳鱼、茄汁牛尾、生吃鲜蚝、金必多浓汤、罗宋汤、乡下浓汤、火烧冰激凌、核桃冰糕等,都是值得长久回味的,也是可以在儿孙辈面前摆一摆老资格的。

1949年山海一新,上海的西餐馆就处于"渐冻"状态了。吃西餐在历次政治运动中成为"冒险的旅程",弄不好就被扣上一顶"追求资产阶级生活方式"的帽子。"漏网之鱼"真是幸运得很呐,比如红房子,本名叫罗威饭店,1935年创建于霞飞路上,后来搬到陕西北路长乐路口,改名喜乐意,以法式西餐著称,红烩牛尾、芥末牛排、烙蜗牛、烙蛤蜊、麦西尼鸡、法式洋葱汤等都是响当当的招牌菜。二十世纪五十年代末,由梅兰芳提议改名为红房子,它被当作上海的一个形象窗口保留下来。

到了七十年代末,整个上海西餐馆不到 20 家,除了红房子,还有天鹅阁、蓝村、德大、绿洲、蕾茜、宝大、来喜等,基本上集中在黄浦、卢湾、静安等几个中心城区。

改革开放后,西餐馆的复活成了一种标志,于是也会有王安忆借由回城知青的嘴巴表达一下西餐情结。二十世纪八十年代,我与女朋友第一次去红房子吃西餐,事先找来有关文章——这类文章在当时发行量极大的生活杂志中会有刊登——恶补礼仪知识,回家作业做得非常认真:刀叉怎么拿,汤盆怎么拿,如何将黄油抹在面包上,等等。直到这一套程序操练熟了,才敢推开这家老牌西餐馆的门。

结果发现老外并不讲究,他们拿刀叉的姿态可说是千奇百怪,有人甚至将叉子对准一块牛排狠狠戳去,叉起来就往嘴里送。至于面包,那就更随意了。更发噱的是在吃完了主菜后,还要伸长舌苔去舔盆子!那番吃相,放在我家早就被老妈骂得狗血淋头了。

离我家不远的蕾茜西菜社在陕西南路近淮海中路处,1943 年开张,规模不算大,蕾茜鸡、金必多浓汤、椒盐三饼、鸡煲饭等味道不错,很有些"海派"意思,所以也有吃货将它说成是美式的。二十世纪八十年代末,也许由于商业网点调整,它就消失了。

我对德大西餐社印象也不错,牛排处理得比较到位,酸菜猪脚、鞑靼牛肉、乡下浓汤的味道也很正。多年前中央商场旁边那家老店搬迁时,报纸上传出消息,不少市民纷纷赶去吃"最后的晚餐"。我也是怀旧客中的一员,特地将太太的生日晚宴安排在那里。在走廊里看到德大的老照片,方知它的前身是塘沽路上的一家"牛肉庄",小小的一开间门面,底楼专向西侨出售新鲜牛肉,二楼餐厅只是附属设施。

餐饮风尚在魔都也是千变万化的，以前法餐最受宠，近年来意餐毫不留情地碾压法餐。上海人对意大利颇有好感，足球、电影、歌剧、服装、跑车……还有风光与古建，去过一次终生难忘，美食与上述种种都有关联。意大利人表情夸张、热情奔放，吃过他们的比萨就明白了，除了中国的大闸蟹，什么都可堆砌上去。所以无论在一线江景的外滩，还是在居民区外的小马路上，都能见到规模不大，但别具风味的意餐馆。在这样的背景下，我时常会想到天鹅阁。

天鹅阁在上海人的记忆中就是一个传奇。它开在淮海中路、东湖路的转角上，靠近襄阳公园，据说老板是一个"老克勒"，出于自娱自乐的心态开了这家西餐馆。1949年后不久就改国营了，二十世纪六十年代是一班电影明星的打卡地，秦怡是常客，带了儿子去吃牛排和奶油鸡丝烙面。

我从小就知道有这么一家意大利餐馆，路过时还要踮起脚尖看一眼，但白底抽丝的窗帘总是拉得严严实实，像地下党在开会一样，而从门缝里飘出的一缕缕香气将我肚里的馋虫逗得爬啊爬啊，真是要命。真正走进去吃一顿，要到二十世纪八十年代了，借了谈恋爱的名义和勇气推门而入，抢了个靠窗的位子坐下，点了牛排、汤，还有传说中的奶油鸡丝烙面，然后安安静静地等着。

很快，烙面窝在椭圆形的白瓷罐里上桌了，表面的奶酪微微鼓起，象牙色的底色中突起数块大小不一的金红色"斑疤"，用叉子挑开，一股浓郁的奶香味就顶上来了。还等什么？马上将表面的奶油鸡丝吃光，剩下半罐通心粉的味道有些寡淡了，好在已经打起了饱嗝。邻桌的两个老外冲我点点头，和善地笑笑，他们大概惊愕于我的吃相。

后来又与同事去过两回，重点依然是烙面。再后来，天鹅阁悄无声息地关了，也来不及跟大家道声再见。十多年后有一个私人老板以"天鹅申阁"的名号"借尸还魂",开在进贤路上,食客们一致认为炸猪排和烙面还是老味道。

有一次我约了《上海文学》的金宇澄和民生美术馆的策展人小芹去天鹅申阁吃饭。餐厅不大,纵向三排桌椅摆得比较紧凑,墙上挂满了老上海的黑白照片,家具及软装方面强调摩登时代的风格,背景音乐选的也是上海老歌,客人大多是大叔大妈,面对面有说有笑,这样的氛围让人很放松。

我在点菜时问了老板娘一些问题,她一直跟我兜圈子。把她逗笑了才肯摊底牌——跟淮海路上的天鹅阁确实没有继承关系,"但老师傅是从那里出来的,菜是原汁原味的"。

我们点了洋葱牛尾汤、炸猪排、芝士烤蘑菇、烤羊排,奶油鸡丝烙面是不可少的,但只要了一份,大家分来吃。洋葱牛尾汤确实不错,前期加工到位,又在烤箱里烤过,表面结了一层酥皮,香浓可口。炸猪排是金宇澄要点的,他说上次吃过,上了浆的外壳炸得石骨铁硬,又像坦克那么厚,里面薄薄一层猪排如干柴,难以下咽,不知这次如何。上来一看,依然如故。但芝士烤蘑菇的味道很好,一眨眼就光盘了。羊排外焦里嫩,也可打 70 分。

按要求奶油鸡丝烙面最后上,表面结皮,一挖开就香气扑鼻,通心粉的柔韧性与润滑度正好,芝士也铺得慷慨。三人分食,感觉不错。与早先的天鹅阁相比还有一点差距,但总算慰情聊胜于无了。美食能激活四十年前的记忆,当然是令人愉快的体验。

南京西路上有一家凯司令,西点的品种很多,西菜乏善可陈,前几年因为电影《色·戒》而再次成为焦点,有一阵生意很火。

现在,上海人吃西餐成为平常事,外滩、陆家嘴、古北、新天地、思南公馆、"巨富长",还有如雨后春笋般崛起的各大"销品茂"里,都有老外与白领踊跃打卡的西餐厅，从菜品到环境装潢再到人均消费水平，可是一家盖过一家，每年《米其林指南》发布的美食榜单少不了给西餐馆加冕。上海人小聚，二三人，要么吃日料，要么吃"公司餐"，随意性较强的意餐比法餐更受欢迎。

有一次，我与太太在陆家嘴某家老外经营的爱尔兰风味餐馆准备尝个新鲜，打开菜谱吓了一跳，从意大利蔬菜汤、美式炸薯条到摩洛哥羊肉螺旋面、墨西哥烤春鸡、泰式咖喱饭等，什么都有。贴上爱尔兰标签的菜肴却只有都柏林金牌牛肉汉堡和爱尔兰烩牛肉，还有一道由厨师长推荐的特色菜——都柏林香辣蟹！绝对把我惊到了，也不知道它与二十年前风行一时的香辣蟹是不是表兄弟。所以，今天在上海吃西餐千万不要太认真，老外早就破解了"中国风味"的密码，无论固守传统还是魔幻先锋，总有人趋之若鹜，疯狂点赞。

目前，上海至少有1500家西餐馆。这个统计数字有点模糊，也可能涵盖了快餐、简餐及半中半西的餐厅，但我仍为之欢欣鼓舞，垂涎三尺。上海是个开放包容、积极进取的国际化大都市，西餐馆的数量应该成为一个具有参考价值的指标。

太阳底下的那杯咖啡

半年前有朋友告诉我,上海的咖啡馆已经达到四千家。一个月前这个数字跳到了六千家,到了上周纪录又刷新了:七千家!

未经证实的信息就像一块块拼板汇集拢来,拼成一幅奇妙的图画。

咖啡馆数量的飙升令人兴奋,跃跃欲试。咖啡馆开张与楼盘封顶是迥然不同的两种消息。我爱咖啡,也爱咖啡馆,关键一点是消费得起。

咖啡馆多了,谈论咖啡的人也多了,咖啡仿佛成了城市引擎的润滑油。

我每天要喝咖啡,一杯或者两杯。我喝咖啡纯粹是为了提神,家里没有很酷的设备,也没法讲究豆子的品质,速溶或挂耳,无糖无奶,一刻钟喝光。有时候咖啡杯忘记在窗台上,两小时后又被发现,好像捡了便宜似的特别高兴,这半杯冷咖啡就有了别样的滋味。

我喝的第一杯咖啡是在淮海公园茶室。中学毕业即将作鸟兽散,少年同学都有点难以言表的感情,咖啡也许有助于释怀。二十世纪七十年代,天空灰暗,云层很低,飘来的风夹杂着树叶燃烧的烟味,茶室里的阿姨从柜台里拿出几块咖啡,粗劣的包装纸上写着"咖啡茶"三个美术字,剥开,将表面裹有白色糖粉的长方形块状物扔进玻璃杯里,热水瓶打开,开水一冲。我们坐在藤椅上,喝那种有点像"午时茶"(感冒冲剂)的饮料,背诵"恰同学少年,风华正茂;书生意气,挥斥方遒。指点江山,激扬文字,粪土当年万户侯……"

淮海公园以前是外侨的墓园,俗称"外国坟山",改建为公园后还保留了一幢尖顶的红瓦小洋楼,有漂亮的拱形门窗。公园有假山和池塘,西侧是法租界最早建立的救火会,从北门出去就是风情万种的淮海中路。这句话想提示什么呢?淮海路上曾经有许多咖啡馆——那是二十世纪的事情,可能是上海咖啡馆最密集的街区。

历史告诉我们,当时南下上海的白俄在法国人的庇护下麇集谋生,陆续在霞飞路开了几十家俄菜馆和咖啡馆,不仅让赶时髦的上海市民前往一试新味,还吸引了一批批文化人。比如田汉、张若谷、傅彦长等经常去巴尔干喝华沙咖啡,有时再配一份"片莱希基";张若谷还喜欢喝君士坦丁的阿拉伯黑咖啡;邵洵美、曹聚仁等经常光顾文艺复兴馆和百乐门(原来百乐门舞厅也能喝咖啡);叶灵凤、施蛰存等偏爱华盛顿咖啡馆;董乐山常去沙利文和DDS。电影界、话剧界自然也不甘落后,他们往往三五成群,韩非、石挥、沈敏、王丹凤、阳莎菲、杨柳、顾也鲁、徐欣夫、李萍倩等常去CBC和维多利"孵豆芽",喝咖啡的时候顺便谈谈剧本和演出计划;周璇、蓝兰等喜欢去卡夫卡斯……最有名的是特卡琴科兄弟咖啡俄菜馆和文艺复兴馆,曹聚仁对它们有过生动描写。他挑一个角落位置坐下,一杯咖啡坐半天,从俄侨的举止猜想他们的来路。他还说"那儿有一种麦酒,不像啤酒那么苦,可以喝得"。

也许是受了俄罗斯文学的影响,霞飞路上的咖啡馆在老一辈作家的文字中总弥漫着一种别样的情调,还会夹杂一缕忧伤的情绪和幽默的调侃。"这里,有红的灯,有绿的酒,有令人陶醉的音乐,也有那异国的妖艳的眼睛、英国的绅士风度、南欧的火热情绪、露西亚的憨直、法兰西的温馨……"(绯梦《神秘的霞飞路,神秘的咖啡店》,1937年,原载《众生相》,《近代上海咖啡地图》,上海大学出版社,2020年)

这里不仅有咖啡,还有加了柠檬的俄式香槟茶和甜点,当然还有风情万种的俄罗斯女招待。失去国籍的外国瘪三想买本假护照,在这里可以找到卖家;一些硬撑门面的白俄贵族经常带着漂亮的白俄女人进进出出,但要想谈成一笔军火生意也不是那么容易的;傍晚时分,室内光线暗下来,又会有面色惨白的白俄帅哥来到中国顾客的桌子边套近乎,只要你一点头,他就会把你带到后面的环龙路或迈尔西爱路,一间公寓房子里会有一个年轻美貌的俄罗斯女人在等你。还有将大衣领子竖起来,帽檐压得低低的男人,手里卷了一份当天的《上海柴拉报》,他们是靠交换情报来获取报酬的,苏联人、中国人、日本人、美国人、朝鲜人……都有。

诚如张若谷在《咖啡》一文中所言:"他(指咖啡)所给予人们以兴奋热狂的效力,不让于鸦片、醇酒之下,同样能使醉者在一阵阵浓郁的香味中,逃脱生活的痛苦与外界的压迫。"

孙莺女士去年编了一套两本关于上海咖啡历史的书,一本是《咖啡文录》,另一本是《近代上海咖啡地图》。读了这两本书,我觉得咖啡就是上海这座城市的血液。

允许我引用一段董乐山的文字吧。1946年从圣约翰英国文学系毕业后,董乐山留在上海工作、生活了十几年,去霞飞路喝咖啡成为饶有情趣的生活体验:"文艺复兴是家西菜馆,下午也卖咖啡,在它的马路对面,则是一家有名的咖啡馆,叫DDS。除了霞飞路上这一家,静安寺上沙利文的斜对面也有一家DDS。这两家算是上海最著名的咖啡馆了,里面都是火车座沙发。"(董乐山《在旧上海喝咖啡》)

"沙利文和凯司令下午也卖咖啡,但不是火车座而是餐桌,因此没有人在那里久泡。泡咖啡的有不少话剧界和文化界的人,他们喜欢常去的地方是亚尔培路(今陕西南路)回力球场对面的赛维纳,每天一到下午你去那里准可找到熟人,那里出售的蛋糕,尝后令人赞不绝口。……当时的咖啡都是现做现卖的,因速溶咖啡尚未问世。为了要品一品现烤、现磨、现做的咖啡香味,静安寺路哈同花园西北角斜对面有个好去处叫CPC。落地的玻璃窗,你就是站在外面的马路边都可以看到里面在把烤好的咖啡豆磨成粉末放在酒精炉上烧煮,香气扑鼻,禁不住要进去喝杯,喝完还买一包带回家去喝。"前辈作家的描写很有现场感和都市气息。

与董乐山有相似经历与体会的还有张若谷、何为、冯亦代等,DDS、文艺复兴、沙利文这几家经常被提及。鲲西毕业于清华大学,"二战"期间担任远征军的美军翻译,他应该喝过美国的听装咖啡。抗战胜利后到上海,成了东海咖啡馆(彼时还叫MARS)的常客。"20世纪40年代中期至整个40年代,可以说南京路上东西向有无数的西餐馆和咖啡馆,其中半数以上的侍者都是福州人,这是因为泰利咖啡店的老板赵祺泰是福州人,由家乡出来谋生的年轻人经他推荐都当上了侍者。侍者的工资很薄,主要收入靠小账。"(鲲西《咖啡馆一角》)

1942年,龚秋霞、陈琦、张帆、陈娟娟合演了一部电影《四姊妹》,这部电影现在知者不多,但在当时也算轰动一时,四位演员由此亲密得像四个亲姊妹了,两年后通过众筹还开了一家四姊妹咖啡馆。

咖啡馆里的香气有浓有淡,客人也是分圈子的,又总与文学的潮流与主张发生关联。

世安在《无产阶级的咖啡店》一文里说:"革命文学家们与无产阶级文学家们大概在工作之余,总得要喝咖啡的,不喝咖啡工作必不进步。因此就在马路旁的华屋内,开设这么一只咖啡店,使得革命的与无产阶级的人,可以在里面'高谈''沉思'。"

也有人不以为然,鲁迅就是一向不买账的,"我总觉得这是洋大众所喝的东西,不喜欢,还是绿茶好"。他在《三闲集》中收录了《革命咖啡馆》一文,里面有一段尖刻的文字:"遥想洋楼高耸,前临阔街,门口是晶光闪烁的玻璃招牌,楼上是我们今日的文艺界的名人,或则高谈、或则沉思,前面是一大杯热气腾腾的无产阶级咖啡,远处是许许多多'醒醒的工农大众',他们喝着、想着、谈着、指导着、获得着,那是,倒也实在是'理想的乐园'。"大先生借咖啡表明自己与创造社、太阳社不同的观察维度与文学主张。

事实上,鲁迅先生曾在北四川路的白俄咖啡馆请成仿吾喝过咖啡,还经常去附近的公啡咖啡馆与青年文艺家们一起聚谈。这家已经载入中国现当代文学史的咖啡馆据说是一个犹太人开的,地址在多伦路和北四川路交会处,一幢三层砖木结构的楼房,楼下卖糖果点心,二楼卖咖啡。

夏衍先生撰文回忆:"我记得左联第一次筹备会议,是 1929 年 10月中旬,地点在北四川路有轨电车终点站附近的公啡咖啡馆二楼,参加者有潘汉年、冯雪峰、阳翰笙、钱杏邨和我等 10 个人。"筹备会每隔三五天召开一次,去的次数多了,就给田汉带来了灵感,他在那时创作的话剧《咖啡店一夜》,场景与公啡咖啡馆一模一样,一间可容十二三人的小房间,"正面有置饮器的橱,中嵌大镜,稍前有柜台,上置咖啡、牛乳等暖罐及杯盘……适当地方陈列菊花,瓦斯灯下黄白争艳,两壁上挂油画……"

最终,鲁迅还是抬起脚步登上公啡的二楼出席左联筹备会议,与创造社、太阳社的干将们坐到一起。只是,执拗的大先生不喝咖啡,只喝绿茶。咖啡不仅是一种饮品,还是一种态度。

咖啡馆为前辈作家观察社会、体验人生提供了极佳的窗口，也为"亭子间作家"提供了一个体面的会客场所。在这一代的作家中，每个人心里都有一张属于自己的咖啡地图。

冯亦代在《咖啡馆的余音》一文中写道："夏衍老人住在静安寺路一所弄堂房子里，附近就是DDS咖啡馆，我当时在办一张《世界晨报》，有事请教，就都在这家店里；我把这里称作夏老的会客室。这家咖啡馆有个特色，喝的咖啡都是在柜台上现煮现卖的，煮时清香满室，一缕蓝色的火焰在幽暗的店里格外夺目，令人好作遐想。有时夏衍老人就在卡位里写他脍炙人口的《蚯蚓眼》短文，使反动派头痛万分。"

福建的散文家何为直到二十世纪八十年代还对上海的小型咖啡馆怀有很深的感情："我喜欢上海过去的小型咖啡馆。亚尔培路近勒斐德路有一家白俄开设的'小小咖啡馆'，上下两层颇为雅洁。我和朋友们喝一杯柠檬红茶便赖上几小时。大学生的口袋里总是干瘪的，饮料早已喝完，只能索取免费供应的冰水，借以延长时间。好在白俄女招待并不在乎，更不会遭到白眼，于是坐在宁静的橙黄色灯光下迟迟不走，取得烦嚣都市生活中的一角清闲。"（何为《文艺沙龙和咖啡馆》）

孙莺在《近代上海咖啡地图》的前言中写道："到了四十年代后期，咖啡才开始真正进入上海普通百姓的日常生活中，露天咖啡摊在上海街头大量出现。"究其原因，"与抗战胜利后美国军用品的大量输入有关，咖啡、牛奶、果酱、土司的价廉，使得普通人也能喝得起咖啡。当时的上海街头常有如此场景：黄包车夫大汗淋漓，奔至咖啡摊前，一气灌下两杯咖啡，吃两片土司，抹嘴而去"。

在霞飞路之外，亚尔培路、南京路、静安寺路、西藏路、福州路等也集中了许多咖啡馆。前辈作家经常提及的DDS，被认为是上海滩最好的咖啡馆，但是后来它与文艺复兴、沙利文等具有文艺气质的咖啡馆都从上海的咖啡地图上消失了。二十世纪八十年代冯亦代来上海,曾与梅绍武先生重访南京西路上的 DDS,体验度不大高,环境过于嘈杂。"我们的时代与座位,早已为青年人所占有,惟有退出历史舞台,安安分分地做槛外人了。"

中华人民共和国成立后,上海仍然为市民及作家、艺术家保留了一部分咖啡馆,这是上海咖啡文化在计划经济条件下苍白的续命。或许也可自我安慰一下:即使在物资匮乏的年代,上海人也不曾放弃咖啡。鲲西在《咖啡馆一角》中透露:"有个熟人的太太从上海咖啡馆买咖啡渣,回来煮着吃。"

当我进入中学时代,慢慢敏感起来,开始关注周边的一些景物,沾染了一些小资情调,喝咖啡也成了一种值得想象的体验,或者是一个美妙的梦境。我们弄堂里也有那么几位年轻美貌的"太太",请了病假去上海咖啡馆购买咖啡渣,然后关起门来,硬是从一堆"药渣"里煮出几杯"法租界老味道"。

我老家在曙光医院南边,走几步就到了淮海中路,那里就有两家兼卖咖啡的饮食店。一家在八仙桥,金陵中路柳林路口,名称叫金陵中路食堂,简称"金中",这家点心店常年供应生煎馒头、小馄饨、鸡鸭血汤等,夏天有糟田螺、冷面和咖喱牛肉汤。每次从他家门口走过,咖啡的香气破门而出,的确很馋人。

一杯清咖一角一分,盛在平时家里喝开水的玻璃杯里。下午三四点钟光景,老爷叔和老阿姨陆续来了,每人一杯,用小勺子轻轻搅拌,有一搭没一搭地聊着天。我坐在旁边一张八仙桌上吃糟田螺或冷面,眼睛、耳朵可没闲着。他们是无聊的、慵懒的、略带伤感的,突然又会闪过一丝神秘的表情,这说明触及了敏感话题。

店堂最里面的两张八仙桌是属于他们的。

社会秩序回归正常后,这两张桌子的客人也迅速做出反应,翻起了"很懂经"的行头,西装、领带和尖头皮鞋就压在箱底,拿出来刷一刷,一套就出门了。阿姨烫起了长波浪,在弄堂里翩然穿过,风姿绰约。

"金中"的对面有一家新华书店,当时重版的外国名著要排队买,有一次我排了一小时的长队买到了一套高尔斯华绥的《福尔赛世家》。满头大汗的我为了犒赏一下自己,就走进"金中"要了一碗冰冻绿豆汤和一盆三丝冷面。旁边一位"老克勒"眼睛一亮:"小阿弟,《福尔赛世家》蛮有看头。"我有点不屑地看他一眼,心里想:你也看过三大本《福尔赛世家》? 老爷叔微微一笑:"我在圣约翰读书的辰光就看过啦,你还没有养出来呢。"

另一家也供应咖啡的点心店在淮海中路、马当路的转弯角子上,早上有豆浆、油条、粢饭,中午、晚上有馄饨、面、生煎等,下午供应咖啡。价格、盛器、环境,甚至"老克勒"、老阿姨的眼神都与"金中"一样,这家店被叫作"马咖"。"马咖"听上去比"金中"更有洋味儿。

与这两家饮食店相似,还有一家纯度较高的小店也值得一记,这家店就在中央商场。中央商场以出售工厂处理商品和日用品维修著称,大楼外面有一条长不足 500 米的沙市路,小吃摊店云集,烟火气极浓,除了大饼、油条、鲜肉大包、阳春面、油墩子,还有一家小店专营咖啡和面包。这家小店与近在咫尺的东海咖啡馆、德大西菜社构成一个"咖啡三角洲",中央商场的这家档次当然最低,但生意可能更好些,有些老先生每天要去喝一杯,再吃一片面包吐司,顺便会会老朋友,打听打听消息。

今天,"金中"与"马咖"都烟消云散了,人似秋鸿来有信,事如春梦了无痕。前者在原址上建起了金钟广场,后者在原址上建起了瑞安广场。中央商场也大体改造完毕,东海咖啡馆搬到滇池路重新开张,德大西菜馆分作两处,云南南路的一家又因整条美食街的改造而面临着再次漂泊。

改革开放后,上海的咖啡文化慢慢苏醒,咖啡馆在满足人民群众消费需求的同时,继续成为作家、艺术家接触社会的窗口。进入互联网时代,不少作家养成了在咖啡馆会客、写作的习惯,咖啡馆成为文学作品的孵化基地。个性化、主题性咖啡馆的出现,常常要依靠文学、艺术以及某种情绪的赋能,比如张爱玲故居常德公寓底楼的千彩书坊、多伦路文化名人街上的老电影咖啡馆、Arabica‰、白鸟咖啡馆,以及只供外卖的熊爪咖啡、与老一代电影明星记忆有关的凯文咖啡馆和衡山咖啡馆等等,我对开在老房子里的咖啡馆更加在意,比如蓝瓶、Todos los dias、墨笛植造所、PAIN CHAUD百丘铁手咖啡制造局。

有个朋友与一位以色列人、一位法国人合伙在襄阳南路上开了一家供应简餐和面包的咖啡馆BREAD etc,顾客中有一半是居住在附近的老外。我在那里跟法国面包师学做了玛德琳蛋糕,还接受过以色列电视台的采访。

还是不得不说一下星巴克,到2021年年底,他们在上海已经开出了900家。最让青年人兴奋并抛掷一两小时排队打卡的是开在南京西路太古汇的咖啡烘焙工坊。烘焙工坊是星巴克于2014年推出的一个新概念,第一家门店位于星巴克全球总部西雅图,上海是全球第二家店,也是最大的一家,上下两层共2700平方米。咖啡烘焙工坊集咖啡制作、烘焙、品尝于一体,还有一个咖啡奇妙乐园。有人告诉我,他家二楼有一个茶瓦纳茶吧,供应各种拼配花茶和果茶,好像随时准备接待"我不喝咖啡"的鲁迅先生。

因为城区道路更新的缘故,我的老家已经不复存在,但我对淮海中路的感情与日俱增,每次去那里,心底常会激起阵阵浪花,有时还幻想着能踏进同一条河流。今天这条街上的咖啡馆已接近五十家了,如果有闲暇,我会找一家坐下,从咖啡馆的窗口张望街景,就像一部黑白的无声电影,慢慢有了色彩与春潮般的市声。

不过,有时候耳畔也会响起前辈作家的轻轻叹息:"你再也找不到当年坐在角落里细细品味咖啡那样的老顾客了。"

值得欣慰的是,近年来上海的实体书店呈现蓬勃发展的势头,体现了个性化、差异化、艺术化、潮流化等特点,充满了人文情怀与城市精神。图书与咖啡的联姻,构建成完美的第三空间,使书店有了更加温馨的气氛,耐人勾连的看点无处不在,人与书、人与人邂逅的概率大大提升,新的社交场所水到渠成。

咖啡与书店的成功嫁接,启发了"咖啡＋音乐""咖啡＋戏剧""咖啡＋邮局""咖啡＋博物馆""咖啡＋蛋糕作坊"等模式,重塑出一个新型的、复合型的文化空间,不仅在物理层面反映了城市休闲空间的扩大和市民居住条件的改善,也反映了市民文化生活的丰富性和多样化。

更可喜的是,新的生活范式也在形成。比如,越来越多具有丰富创意及未来元素的文化产品,借助书店与咖啡馆的平台,直接与消费者见面,培养年轻人优雅的审美趣味。再比如,新的味型与口感也在挑逗着年轻消费者的消费欲望,茅台酒、绍兴黄酒、玫瑰露酒、普洱茶、奶油话梅、陈皮、丁香、芦荟、九层塔、薄荷以及中式糕团等都在肆无忌惮地将咖啡拖下水。

今天,上海这座城市处处弥漫着咖啡的芬芳。人们不仅在这里品尝各种滋味与画风的咖啡,还可以给手机充电,领受陌生人的微笑,让灵魂得到片刻的休憩。还因为咖啡馆的环境与气氛精准地与特定群体对接,个性化和适配性获得了较好平衡,在家庭与单位之外的"第三空间"便得到了优化,有望成为海派文化的重要载体。

诚如法国当代哲学家、社会学家让·鲍德里亚所说："人们消费的不是物质，而是物质背后的符号。"七千家咖啡馆沸腾着、勾兑着、弥散着上海特有的咖啡文化与现代人的生活方式，并被解释为城市的软实力。

今天的作家们也愿意在咖啡馆举办作品发布会、新书品读会、诗歌朗诵会，还有些作家将自己的签名本甚至一时兴起的涂鸦作品拿到咖啡馆与读者见面。作家的另一面，藏在咖啡杯里。

上海的咖啡馆因为文学艺术的介入而变得更有味道，上海的文学艺术也因为融入咖啡的芬芳而更能体现作家的风采、城市的格调和拥抱世界的暖意。

冯亦代先生倘若在世，他就不必再为咖啡馆的环境嘈杂而抱怨了，他还能发现每一个咖啡馆都为中老年"咖友"留下了安静而舒适的座位。比如前不久我去长乐路上的戏剧书店会朋友，那里的环境设计与布置曲径通幽，西班牙建筑风格的拱门非常适宜拍照留影。专门有几个区域用来陈列小机巧、小幽默、小情调、小确幸的文创产品，金宇澄的版画似乎成了朵云旗下书店的标配，卖得相当不错。

推门出去有一个很大的露台，空气清新，阳光明媚，墨绿色的遮阳帆布放出去，笼罩一片阴影，非常适宜独自看书或与朋友闲聊。戏剧书店调制的咖啡也有个戏剧性的名字：梁山伯。焦糖脆脆地凝结在杯口，香浓的奶油泡沫上架了一片纤弱的绿植。

有没有祝英台呢？服务小姐笑着回答：当然有，那是一款很细腻的蛋糕，要不要尝尝？

中央商场的烟火气

这是一个暴露年龄的话题。你对中央商场知道得越多，说明你越"资深"，在特定语境中，"资深"往往要接纳下一代的慰藉，蕴含一丝善意的怜悯。

我不怕谈论中央商场。在好几代上海人的个人叙事中，中央商场是一个以灰调子为主但又不乏闪光点的背景坐标，与它发生关联的，是上海男人的荣耀。

少年的我，就劲头十足地跟着弄堂里的大哥哥去中央商场淘旧货了。那时候大动荡稍见平缓，一时工作没有着落的社会青年和一部分聪明、悠闲的中学生，热衷于装配半导体收音机。浙江中路有几家半导体元器件商店，虬江路旧货市场有很多摊头出售半导体元器件，中央商场也是一个好去处，二极管、三极管、漆包线以及五颜六色的电阻，随意堆放在一个个纸盒里，卖得很便宜。自己安装一台半导体收音机，比正规商店里便宜很多，而正规商店里一般就是四管六管的。在特殊的年代，还有人"可以收听美国之音的中文节目"。

我还为大哥哥画过十分复杂的线路板，油漆画好，然后交给别人用药水去"烂"。有人成功安装了塑料外壳的"八管"，从一片沙沙声中捕捉到了来自太平洋彼岸的短波，然后带到黑龙江农场或江西农村，后来的故事我不说大家也懂的。若干年后,昔日意气风发的知青们回沪探亲,不再谈起半导体,仿佛从没发生过这样的事情。但是中央商场依然是他们的心灵驿站,在弄堂里撞见了,便一拳砸在我的肩头:"走,去中央商场看看。"

大上海有许多神奇的地方,中央商场就是其中一个。它在数幢大楼的俯视下,像个苍翠的河谷,广场中央方方正正的空地,被鳞次栉比的饮食摊店占领,由馒头、馄饨、阳春面、油墩子、海棠糕、排骨年糕等组成风味小宇宙。冬日的上午,从层层叠叠的蒸笼或沸滚的大铁锅中逃逸的水蒸气,汹涌澎湃地升起,款款地弥漫开来,与混浊的阳光交汇成一片,人声鼎沸,海关大楼传来的钟声,让人们真切感受到"外滩后厨"的亲切与鲜活。

饮食摊点以北,靠近南京东路的两条 V 字形狭弄里,头上有透光的玻璃天棚,为人们遮挡了风狂雨骤。半导体元器件不再是热门生意,取而代之的是"赤膊电池"(没有外壳和商标,价钱占正牌的三分之一)、自行车内外胎及打气筒、缝纫机零件,还有各种简易工具——电工、木工、油漆工和电烙铁,应有尽有。弄堂里的大哥哥买了许多"赤膊电池"和打火机,它们代表了城市文明深入农村的各个角落。还有涂了一层透明橡胶的纱手套,针脚密密麻麻的帆布护肩,"贴过膏药"的长筒雨靴,都是很管用的劳防用品。从大哥哥付款时流露的坚毅神色中,我隐约感知"广阔天地,大有作为"的豪迈与艰辛。

后来我听弄堂里的老伯伯说,中央商场与美国大兵有关,抗战胜利后,美国大兵坐着航空母舰来到上海,住进国际饭店或百老汇大厦,吃牛排、泡酒吧,组织三轮车美女比赛,顺便将战后剩余物资抛向市场。是美国大兵在做生意吗? 倒也不是,是头子活络的上海男人,用各种方式从他们手里获取利益,然后在中央商场、虬江路、小世界、蓬莱路等几大露天或室内市场设摊销售,货品琳琅满目,中央商场距外滩一箭之遥,近水楼台。像克宁奶粉、牛肉罐头、旅行刀具、望远镜、呢大衣、皮靴等外国货,都是上海人的最爱。还有玻璃丝袜,天呐,上海女人穿旗袍、穿大衣,怎么可以没有玻璃丝袜呢!

后来,中央商场的市面越做越大,在1949年后增加了日用品维修等项目,在不期而至的艰难岁月中帮助上海市民渡过了捉襟见肘的难关。上海市民在这里修拉链、修眼镜、修手表、修收音机、修缝纫机、修电风扇等,热水瓶壳子、保温杯内胆、搪瓷杯、日光灯管、变压器、启电器、手电筒、小型电钻、钢锯条、挂锁和卷尺之类的小物件也是标配,如果有足够的耐心与毅力,可以淘到适配的零部件,自己安装自行车或电风扇便是一件足可在邻居、同事中夸耀的美事。中学时代的我也在那里买过"赤膊电池",还有做木工的刨子、锯子。羽毛球拍的网线断了松了,那里有专门的师傅帮你重新穿一下;乒乓球拍的胶皮脱胶了,师傅也会给你贴一张,长胶短胶、正胶反胶随你,立等可取。有个朋友还告诉我,连世界冠军徐寅生也请一个姓陈的师傅修过球拍。

这种弥漫着人间烟火气的市场,对上海市民精打细算、讲究生活品质的集体性格起到了熏陶作用。用一样的36元工资,把小日子安排得适适意意,这是很让北方人羡慕嫉妒恨的——直到今天。同时,人气的聚集还需要饮食业帮一把,后来我知道中央商场核心位置的路名有沙市一路、沙市二路,围了一圈又一圈的饮食摊店,我与同学们在此吃过鲜肉中包,这种肉包子介乎鲜肉大包与小笼馒头之间,味道似小笼,个头直逼大包,解馋疗饥两不误。这里还有馄饨面,一碗阳春面加四只鲜肉馄饨,不是浇头,胜似浇头。

对了,中央商场的小吃摊里还有咖啡! 1949年后,咖啡馆严重萎缩,但还保留了少量供应咖啡和简便西餐的网店。悄悄地说一句,有咖啡供应的地段大都是过去的租界,这里的居民有喝咖啡的习惯。中央商场的咖啡也属于政策性放行,南市、普陀、长宁、闸北、宝山等区就没有。

中学毕业前后有一段百无聊赖的日子,我与同学在中央商场喝过几次咖啡,八仙桌、长板凳,墙上贴着别具时代特色的标语。咖啡是用烧水的铝壶煮的,装在玻璃杯里,"斤斤计较"地加一小勺白砂糖,用毛竹筷子搅拌,味道出奇的香甜,每杯一角一分。环顾四周,喝咖啡的人都是"老克勒"、老阿姨,一杯咖啡可以泡半天。

改革开放后,中央商场外圈的德大西餐社和东海咖啡恢复特色。我在德大吃过日本人的司盖阿盖,放在今天玩笑就开大了。东海咖啡馆有火车位,蛋糕也做得好,大家喜欢去那里喝咖啡,沙市路的咖啡就此"歇阁"。

我在中央商场买的最后一件商品是一把多功能刀具,包括开瓶器、指甲钳等小玩意,收拢来可以随身携带。那是二十世纪八十年代经常出现的"偶然事件",我去一位同事家里,之前他告诉我:有一个美国大导演准备在中央商场拍一组大场面的镜头,他家所在的居委会动员居民报名,当一天群众演员可得报酬二十元,他母亲上个月刚刚退休,就迎来了她的"演艺生涯",愉快的心情不难设想,所以提前一天去新新理发店做了头发。

这是一个阴沉沉的天气,想必与电影剧本的预设很匹配,我们喝着茶,居高临下等着看白戏。他家窗口下面就是九江路,中央商场南面的一个出入口,周边的建筑都是 1949 年前留下的。

九江路从四川路到江西路这一段封了四五个小时,好几台摄像机都到位了,但迟迟不见"逃难的中国人"出现。终于,电喇叭响起,凌乱的脚步声跟上，成百上千的"难民"如潮水般涌来，跌跌撞撞，拖儿带女，有些人还扛着箱子、拉着黄包车，还有不知从哪里找来的老爷车，在人群中强行驶过。啊哟，还有人跌倒了……一幅大呼小叫、顾此失彼的乱世景象。

过了一遍，再来一遍。一个长度可能不超过一分钟的镜头终于完成了，留下一地鸡毛交给环卫部门收拾。过了一会儿，同事的母亲回来了，披头散发的样子看上去十分疲惫。其实"群众某"的精神状态不错，甚至意犹未尽，她走到门帘后换下那件豆绿色条纹旗袍，不好意思地对我说："这件旧袍子是压箱底的宝贝呢，我是自己备衣裳的，剧组又补贴了十元。我拎着一只小菜篮头，跟着大家奔啊奔啊，半路上有人关照我：把篮头掼脱！我只好朝路边一掼，篮里扑出来的几棵青菜也被人踏烂了。几百个人一路狂奔，真像逃难一样。我现在弄明白了，前面几遍都是没用的，队伍中有人东张西望、嬉皮塌脸，一点也不像逃难，几个来回跑下来，一个个筋疲力尽，披头散发，哭出呜拉，这才有点像了。"

我们相视而笑，祝贺老人家又回到了春风杨柳的新社会。

这个导演是美国人史蒂文·斯皮尔伯格，他拍的这部电影就是《太阳帝国》。

现在，中央商场改名为"外滩·中央"，它在淡妆浓抹后重返上海中华第一街，与上海人的集体记忆接通，值得期待。每次路过南京东路，我都会投去深情的一瞥，买"赤膊电池"的日子一去不复返了，消费升级对应了现代服务业的需要，我相信大多数上海人对它也加载了种种美好想象。没错，我早就丢失了那把多功能刀具，《太阳帝国》的场景也被冷藏在胶片里了，只希望东海咖啡馆能够重回中央商场。假如真有这一天，我一定会去喝一杯，顺便张望窗外的风景。

去过欧洲旅游的朋友都有这样的体会：露天菜市、咖啡馆、跳蚤市场以及有雕塑和喷泉的街心花园，阳光、鲜花、美女、孩子，懒散的表情、教堂的钟声，若有若无的花香，构成了城市的风景与魅力。上海也应该这样，中央商场为东拓后的南京东路提供了这种可能。

杀牛公司的猪头肉

老家在崇德路六合里，与曙光医院仅一墙之隔，我家北窗又正对着医院的煎药房，没有一丝南风的下午，碧空如洗，苦涩的或者酸溜溜的中药味就会一阵阵地涌入我家。在晒台上能看到淮海公园的一角，树影山色，雾色苍茫。再远一点就是嵩山路消防队的瞭望塔，每天一早有军号声哒哒响起，我可要在暖融融的被窝里再赖一会儿，等妈妈喉咙响过三遍再穿衣穿鞋，不耽误吃早饭上学。老家附近有三座桥：八仙桥、南阳桥和太平桥，我们雄居三角区中心位置。我小时候常常问大人：三座桥呢？其实我父母这一辈也没见过这三座桥，或许很久以前是有过的。上海过去有许多小河小浜，自从开辟了租界，河流都被填平筑路。

杀牛公司的所在，"老上海"称之为南阳桥，前门在西藏南路，后门在崇德路与柳林路的 L 字形路口。小时候上幼儿园，每天由姐姐领着从杀牛公司后门经过，再穿过文元坊到西藏南路。弄堂过街楼下有几个聋哑人摆了一个修鞋摊，生意不错，墙上挂满了刚刚绱好的新布鞋。前不久我特地从文元坊走了一次，过街楼下面的鞋摊当然不见了，但一口水井居然还在，沧桑啊！

这个时候，杀牛公司后门每天会有马车嘚嘚赶来，车上装一个椭圆形大木桶。杀牛公司从墙里穿出一条粗大的帆布带，老师傅将它接到木桶里,咕噜咕噜涌出肉汤。热气腾腾的肉汤呈混浊的牙黄色,腥膻冲天,路人无不掩鼻而过,但对我这个难得吃一趟肉的小赤佬而言,却激起滔滔口水。姐姐告诉我,这个肉汤是送到乡下头喂猪猡的,人吃了要生毛病。

虹口区沙场路 1933 号是公共租界设立的宰牲场,建筑内部四通八达,如迷宫一般,现在成了时尚空间,每天有许多青年人在老场坊里拍婚纱照。而杀牛公司是法国人在租界创建的,1949 年后就成了肉类加工厂,它在前门沿街面开了一个门市部,门面开阔但进深较浅。老爸经常给我两角钱,叫我去买一包猪头肉或者夹肝,补充中饭小菜。冬天的时候也会叫我买一包卤大肠,与霜打过的矮脚青菜一起炒,别有风味。猪头肉脂肪丰厚,但对一只长期缺乏油水滋润的胃袋而言,恰如久旱逢甘霖。猪头肉会夹杂几块耳朵,不精不瘦有软骨,小孩子抢来吃。夹肝生在猪肝旁边,窄窄一条,剥离后单独加工,下茴香桂皮红烧,是经济实惠的下酒菜。现在很奇怪,夹肝都看不见了。还有糖醋小排、桂花肉、肚子、猪脑、猪肝、叉烧、方腿、红肠等。方腿的边角料最实惠,据说是加工出口货时切下来的,卖得便宜,但须去得早,卖光算数。方腿边角料蘸醋吃,有蟹味,不输镇江肴肉。弹眼落睛的是酱汁肉,苏帮风格,加红曲粉焖烧,四角方方、油光锃亮,码在搪瓷盘里,像一个等待检阅的仪仗方队,我们吃不起,只能隔着玻璃窗看看。有一天中午,我正好在排队买猪头肉,看到队伍前面有个交警买了一斤酱汁肉,也不用纸包,就用门市部的金属铲子盛着,在路边一块接一块大嚼起来,时不时地闭一下眼睛,十分满足。这天他刚领了工资吧,趁机恶补油水。我看在眼里,"馋吐水"答答滴,心想等我长大了,拿到第一个月的工资,也放开肚皮吃他一斤酱汁肉!

在所有的熟食中,猪头肉最堪回味。猪头好像不上台面,但在古代是上等级的祭品。上古时代帝王祭祀社稷时必献太牢——猪、牛、羊，大概到了民间才出现了简约版，用整鸡、整鸭加一只猪头组成"猪头三牲"。上海坊间有一句骂人话"猪头三"，就是"猪头三牲"的简称，具体物象比较丑陋，又含诅咒之意，相当厉害。直到今天影视公司开拍新片，制片人和导演带领一干男女影星在外景地烧香祈福，供桌中央必定要坐镇一整只猪头，面带微笑，萌态十足。广州、深圳、香港等地的大妈大叔拜黄大仙，还会献上一整只烤乳猪，红红亮亮，饶有古意。

在《随园食单》里，袁枚称猪头为"广大教主"，因为猪肉入肴用途广泛，或有神通广大的意思。在特牲单这一节里，"猪头二法"就上了头条，可见随园老人对猪头也是情有独钟。猪头二法，一加酒红烧，浓油赤酱风格；一隔水清蒸，"猪头烂熟，……亦妙"。在杀牛公司的熟食店里，基本上也延续了随园"二法"，只不过一为加红曲粉，有苏帮卤鸭遗韵；一为白煮，有金陵板鸭风致。那个时候的猪头肉是可以加硝的，肉色微红，肉皮韧结结的，肥而不腻，咀嚼时有一股提振食欲的异香。但不能煮得过于烂熟，否则容易碎，切不成片，卖不出钱。

隔壁邻居大妈，与我妈关系特好，家里男人死得早，她为了多得点岗位补贴，就在单位里要求做男职工做的重活，不免经常累倒生病，每逢此时我妈要去探视一两次，每次去就带一包猪头肉，因为邻居大妈只想吃猪头肉，吃了猪头肉身体很快就康复了，我相信猪头肉有奇效。我还常常看到三轮车夫将车停在路边，买一包猪头肉、两只大饼，从棉袄里掏出一只小酒瓶，仰面灌一口土烧，吃一块猪头肉，四面看看，神情怡然。酒喝光后，将纸包内的猪头肉夹在大饼里吃，咬得呷呷作响，白花花的油脂从嘴角飙出。所以，我也相信猪头肉是能增强体力的。

进中学后，有一年下乡劳动，换了一身筋骨后回到家里，马上去八仙桥西湖浴室"搓老垢"，出来后面颊红润、一身轻松，在马路对面的熟食店买了一包猪头肉,边走边吃,到家后"整个人就不一样了"——借用今天的网络热语。

现在,有些江浙风味的饭店还将咸猪头肉或卤猪头当作冷菜来卖,我一见就多巴胺大爆发。有些人强调他从来不吃猪头肉,一碟猪头肉上席,他就皱起眉头,将转盘转到别人面前。其实他是吃过的,也许跟我一样嗜好,只是现在有钱了,就要装出世家子的腔调。我对猪头肉的爱无须掩饰,更是不离不弃的,我珍惜每一次享受猪头肉的机会,因为猪头肉与童年的关系对一个上海男人来说至关重要,这里有一种外省人难解的文化密码。现在菜场里很少见到猪头,软糯腴美的猪脑更加稀罕,据说都被饭店和卤味馆包了。

这个时候除了杀牛公司,还有马泳斋、杜六房这样老资格的熟食店,供应品种更加丰富,一到夏天还供应糟货,糟猪头肉、糟猪脚、糟鸡爪、糟鸡都很受市民欢迎。在有些街角还设有简易亭子,涂了白漆,类似后来的东方书报亭,一扇门、三面玻璃,保洁工作做得相当认真,台上摆开各种熟食。居民临时添点菜,就拿只碗到这里来买,我家附近的太平桥大同剧场门口就有一只。亭子里只有一个营业员,也只能容得下一人,一般都是女性,穿白衣、戴口罩,夜幕沉沉的时候,生意有点冷清,阿姨看上去就格外孤单。晚上打烊后,会有一辆黄鱼车来将卖剩的熟食运回去冷藏。到二十世纪七十年代末,熟食亭子就消失了。

现在杀牛公司要拆了。太仓路东抵曙光医院,朝南一沉,顺着拓宽了的崇德路,并从这里与西藏路接通。有一年上海书展期间,我参加了一个新书研讨会,"在京海派"老前辈沈昌文先生从北京赶来,他在发言时讲到出租车司机居然不晓得有个南阳桥杀牛公司,我马上向沈老汇报,请他方便时去看一眼,再过几天它就要消失在上海版图上了。

其实,即将消失的何止是杀牛公司!整条崇德路也在发生翻天覆地的变化,将成为新天地的"第二季"。我老家在131地块,经过两三年的"阳光操作",居民都搬到郊区去了。小时候常常听妈妈讲"勒格纳路"这个十分拗口的路名,就是崇德路在法租界时的前身。这条路在靠近东台路古玩市场的地方还有一个勒格纳小学,后来做了安南巡捕的兵营,1949年后成了邑庙区第一中心小学,再后来成了卢湾区第三中心小学,等我读中学时,它摇身一变又成了凌云中学。这是特定时期的应急措施,我就在这里读了四年,三年初中再拖一年,毕业时算高中学历,真是天晓得!登上五层楼平台,极目远眺,大上海一览无遗。

后来听说这幢具有现代主义风格的大楼也要拆了,准备造一幢"浦西最高楼"。果然,小几年后,杀牛公司被夷为平地,太仓路从废墟上通过,与西藏南路相接。又过了一年,昔日的勒格纳小学在原地转了一个方向,仿佛要拥抱从黄浦江飞来的朝霞。但是,牵一发动全局,周边的建筑一下子变得陌生了,真叫人无语!

冬阳暖风烘山芋

在我小时候,每当西北风刮起,街景就有点萧瑟,大人小孩都爱挤在朝南一侧的人行道上,佝头缩颈匆匆而过。阳光有点晃眼,打在脸上暖融融的。走着走着,一股甜甜的带有几许"焦毛气"的香味款款飘来。别问,那一定是烘山芋了。

果然,弄堂口坐着一只由柏油桶改装的炉子,炉口呈扇形摆开几只刚刚出炉的烘山芋。山芋皮被烤得微微皱起,有些部位呈炭黑色,一副饱经风霜的模样,表皮绽开处露出了金黄色的内茬,皮层下还挂着红褐色的半透明糖液,谁也抵挡不了这个致命诱惑,那么就来一只吧。

烘山芋要趁热吃,撕开皮咬一口。哇,太烫了,得不停吹气才能接上第二口。山芋皮也不要随便扔掉,用门牙将山芋的"表下脂肪"——那层极具杀伤力的糖浆刨下来,那可是不可多得的享受啊!

每当我跟老爸出门,看到烘山芋就赖着不走了,非得买一只才能过关。

烘山芋不但孩子爱吃,大人也爱吃。我们弄堂里有一个小开,1949年前他父亲开了一家饼干厂,规模不大,就像一间作坊,但邻居街坊仍然把他的独生儿子叫作小开。这个小开穿得山清水绿,皮鞋擦得锃亮,看到大妈阿姨总是笑嘻嘻地打招呼,人缘不错。他常差弄堂里的小孩帮他去太平桥或八仙桥买烘山芋。这两处地方都有小菜场、饮食店,人声喧哗、烈火烹油,跑个来回也就一刻钟,他是怕走吗? 倒也不是,后来我才懂了,小开要面子。他要吃粢饭、油条、咸豆腐浆,也是差家里的佣人去买,后来佣人没有了,就请邻居代劳。我被差过几次,他把我叫到他家的灶披间,塞给我两角钱、一块手帕,如此这般交代一下。等我用手帕包了呼呼烫的山芋回来,他用菜刀切一半给我,算是酬劳。有时他会叫我多买一只,那肯定是他的女朋友来了。请女朋友吃烘山芋,这是不是太那个了? 不,关系深的女朋友才能一起吃烘山芋。他谈过的女朋友至少一个排,吃过烘山芋的没几个。

等我长大后才有了体会,烘山芋跟女朋友分来吃,有味道兼有情调。比方说,逛街逛到两腿发软,正好看到十字街头有烘山芋,临时起意买一只,双方就不必再端着架子了。撕开焦烤了的山芋皮,展现的是新鲜而热烈的小宇宙,象征性不言而喻。吃着吃着,小姑娘不免害羞是吧,转过身去,面对墙角,两颗脑袋由此近距离接触,还不耽误取笑一番。恋人吃了烘山芋,手虽然弄脏了,感情却深了一层。是啊,这还是观察对方吃相的极佳机会。

等我也做起了父亲,对烘山芋的偏好一直没变,入冬后就会有意无意地寻找,看到后就将自行车溜到柏油桶前。炉子旁边的外来妹穿一件略显臃肿的格子布棉袄,头上裹一条绿色的头巾,面孔被风吹得通红,也许是被火烤的,鼻尖上被煤灰抹黑了,但她的笑容坦荡而真诚。"要粉的,还是糯的?"小时候我只想挑大的,现在胃口不行,"来只小点的吧"。果然被取笑了:"你这么个大男人,胃口还不如一只猫呢!"

任她怎么取笑,我只管在路边津津有味地吃完,抹下嘴,脚一蹬继续赶路,迎面吹来的风都是香的。

如果说烘山芋是不可抗拒的路边美食,那么山芋给每个上海人家带来的欢悦也是相似的。在我读小学的时候,经常是这样的:放学回家的路上,突然发现米店门口人声鼎沸。哇,山芋到了!

这一幕深刻地印在许多人的记忆中:成千上万吨的山芋从广袤的农田被收获,装进麻袋搬上大卡车,辗转来到上海的大街小巷,最终在米店门口轰隆隆卸下,然后由师傅们一袋袋拖进店里,堆在地上像一座小山,粮仓里顿时弥漫起一股甜津津的泥土气息。

传统格局的米店都有一个很大的天井,沉静的日光从天窗缓缓淌下,山芋大驾光临,居民们发自内心地向它欢呼,寂静就被打破了。师傅用簸箕将山芋铲到顾客的竹篮里,称分量的时候也比较豪迈,不像称米那样斤斤计较。

山芋水分充足,一斤粮票可以买七斤。山芋是一种可以空口吃的奢侈品,它给寒素的生活以甜蜜滋润,在孩子们眼里,亦代表了一份容易落实的期待。

山芋进了门,急不可待地将之洗净、刨皮、切片。咬一口,嘎嘣脆,汁液有些黏稠,一直甜到心里。山芋生吃,以红皮白心的为好,汁液充足。乳白色的浆汁流在指缝间,稍干后有很强的黏性。江南的秋冬,是一场温柔的交接仪式。一边是无边落木萧萧下,一边是苹果、橘子、柿子等水果接踵而至,还有梨和柚子,但是不少人家也将山芋当水果给孩子吃。

长大后知道,山芋的淀粉在所有的植物淀粉中是最富胀性和黏性的。直到现在我还喜欢在火锅店里叫上一盆山芋做的宽粉条来为小酌收场,它颜值不高,但润滑而带韧劲,久煮不烂。

最方便的做法是将山芋刨皮切块做成汤山芋。白心的山芋一煮就酥,黄心山芋的颜色接近蜜蜡,若论口感,仿佛是柿子的远亲。如果加年糕共煮,就是一道相当不错的午后点心了。山芋本身有甜味,糖可少加或不加。

蒸山芋可以更多地保持山芋的原香和糖分，应该比汤山芋好吃。但过去的上海人家一般不备蒸笼，所幸还有串街走巷叫卖蒸山芋的小贩——一般是中年妇女，挎一只腰型的竹篮，内衬一件旧棉袄，给山芋保暖。有人叫唤，她就立定，掀开棉袄取出一两只，再从篮边取一杆小秤称重，价钱也很便宜。卖蒸山芋的总说自己卖的是"栗子山芋"，上海人偏好这一口。

蒸山芋更多地出现在车站码头，这是经济实惠的干粮。城里人一般不把山芋当主食，但在中老年人心里，"救荒功臣"的地位一直是很崇高的。

在副食品供应紧张的日子里，山芋还能当菜吃，我们家就吃过几回，山芋切小片，加少许油炒一下，加盐，煮熟即可，起锅前撒一些葱花。我从小嘴刁，不能接受山芋作为菜肴的荒谬性事实，更抵触不甜不咸的味道。我们家还吃过山芋面疙瘩、山芋粥。我不喜欢吃山芋粥，妈妈就告诉我："南阳桥小毛饭店门口，每天有上百人排队买山芋粥，吃不到的人只好哭。"

在"三年困难时期"，像新雅这样的大饭店，也陷入副食品严重匮乏而无法正常营业的窘境。有关部门动员厨师群策群力，保障供给，最后整出了好几桌山芋宴，所有的菜肴、汤和甜点都是用山芋做的，但名称非常好听，也许有"金玉满堂""金碧辉煌"之类吧。有位业界老法师告诉我，他本人也设计过好几桌山芋宴，他做的一道松鼠鳜鱼还得了奖，鱼尾巴翘得高高的，简直就像芭蕾舞演员的"倒踢紫金冠"，把参观展览的领导逗得哈哈大笑。

在一些点心店里，师傅还将山芋煮熟后打成泥，裹进馒头或饼馅里，是红豆沙的替身。我小时候看到食品店里供应烘烤而成的山芋干，那是十分馋人的点心,这个时候食品供应的紧张局面已经有所缓和了。今天在崇明还能吃到农家味很浓的油炸山芋片,讲究一点的话,在擀皮后撒些芝麻压实。

我收藏了一本《怎样制作山芋食品》(上海科技卫生出版社,1959年),薄薄28页,纸质又黄又糙,里面收录了数十种山芋食谱,那是大历史中的一段小插曲。当时上海市饮食服务公司举办了数十场"山芋食品展览会",共计展出山芋食品两万余种,参观人数达二十多万。事后上海市饮食服务公司就汇编了这本小册子,厨师们挖空心思做出来的什锦山芋、山芋盘香饼、山芋沙方糕、蟹粉山芋饭、山芋双酿团、赛藕粉等很值得期待。

为了推广山芋,《人民日报》还发了评论:"目前许多城市人民对红薯还缺乏食用习惯,还存在着一些思想顾虑,如何在这些人中树立起红薯的身价,仍然是思想战线上一项主要的任务。"

编写《山芋食谱》的初衷是指导人们办好人民公社大食堂,却不料风云突变,长期处于灰姑娘地位的山芋霎时成了抢手货,在城里则帮助上海人渡过了"三年困难时期"粮食供应匮乏的难关。这个时候一块山芋在手,不是习惯不习惯的问题了,而是充满了感恩。

孙建成在二十世纪八十年代写过一个短篇小说,标题我忘了,但其中的细节一直记着。有一女知青,从黑龙江农场回沪探亲,带了一袋自己晒干的山芋干片孝敬后娘。春节后知青们重返农场,大家都从上海带了巧克力、大白兔奶糖、奶油话梅等零食,这个女知青也带回一袋吃食让大家分享,是经过油炸的山芋干片。那个时代下家庭的困窘,知青与后娘相濡以沫的感人肺腑,都从"山芋干片"中充分体现出来。

如今,一些饭店里偶尔还会有蜜炼山芋、山芋布丁、拔丝山芋等风味。年轻厨师点子多,将山芋削成蛋糕模样,用铝箔包起来,入烤箱烤半小时,每人分到一小块。不过这种"装腔作势"的吃法叫我羞愧难当。山芋藤过去是喂猪的,现在也当作时鲜菜飨客,但并不好吃,有青涩气。

二十多年前我采访台湾企业家老蔡,就是那个做酱菜的老蔡,午饭时间他带我去一家也是台湾人开的饭店,第一道上来的就是山芋泡饭。老蔡出生在台南农村,家境贫寒,"小时候天天吃番薯粥,那时候家里穷,碗中米粒可数,尽是番薯!"后来我发现,不少台湾企业家都是吃山芋泡饭长大的,对此怀有很深的感情。请人吃山芋泡饭,算是很高的礼遇啦。

知堂老人在《萝卜与白薯》一文中写道:"至于白薯自然煮的烤的都好,但是我记得那玉米面糊里加红番薯,那是台州老百姓通年吃了借以活命的东西,小时候跟了台州的女佣人吃过多少回,觉得至今不能忘却。……我想假使天天能够吃饱玉米面和白薯,加上萝卜鲞几片,已经很可满足……"

直到今天,中国农村还将山芋当作粮食的补充,五年前与朋友去福州,在德化乡下看到一个姑娘在场院里晒山芋干。问她晒干后是不是当零食吃?她理直气壮地说:"当饭吃!"

据史料记载,山芋是明朝万历年间成功引种的,徐光启在《农政全书》里讲了一个故事:"近年有人在海外得此种(番薯种)。海外人亦禁不令出境。此人取诸藤绞入汲水绳中,遂得渡海。"山芋,还有差不多同期引进的土豆、玉米,让中国粮食生产的压力得以减轻,人口得以稳定繁衍,从明末的一亿人增加到清末的四亿,为农业、手工业以及商业等生产活动提供了大量的劳动力。

前几年有报道称,在街头巷尾卖烘山芋的都是外来妹,她们将装化学物品的柏油桶改装成炉子,铁桶内壁残留的有毒成分在加热后会渗透到山芋里,人吃了就有损健康,呼吁有关方面严厉取缔。这些青年记者大约也是喜欢吃烘山芋的吧，但他们太年轻，只知道曝光，不懂得外来人员的生存艰难，更不知道如何想一些可行的解决办法。如果我来写这篇报道，就会跟上一句："建议政府有关部门收集一批安全可靠的铁桶，比如装植物油的铁桶，以低价供应给烘山芋的经营者，并在铁桶上标上醒目记号，以便消费者辨认。"

那么国有的或个体的点心店能不能经营烘山芋呢？技术层面没问题，但烘山芋利润薄，老板不愿做这个买卖。许多风味小吃的消失都是因为利太薄，利一薄，人情也浇薄了。在过去可不是这样的，越是利薄的生意，越能凝结浓浓的人情。

再告诉你吧，我在台北街头看到也有烘山芋的路边摊，也是一个炉子一个人，但这门小生意特意照顾单亲妈妈，有关部门特别发给她执照，允许占用人行道上一点点路面，炉子上还贴了张标签，过路人购买烘山芋时都相当客气，眉目间传递着同情与鼓励。

突然想起，有一次我在中华路董家渡路口看到有人在卖烘山芋，心头一热，穿过马路想去看看究竟。老规矩又有了新花样，炉口摆着山芋，还有玉米，烤得焦皮微微起皱。眼角朝周围一瞟，发现路边有个老先生托着一只撕开口子的山芋，从雪花呢西装内侧口袋掏出一柄不锈钢勺子，准备挖着吃。这不是老家弄堂里的那个小开吗？我走到他跟前再作打量，与他的目光撞了一下，相视一笑，有些尴尬。不是他，不是那个差我买过烘山芋的邻居大哥，这一瞬间我有点恍惚，落日的余晖穿过高楼大厦的缝隙嗖的一声射来，我闭起了眼睛。

假如有人要我说出"最值得怀念的十种美味"，在我的心里肯定有一只皮开肉绽、流淌着糖液的烘山芋。

鲞旗猎猎屋檐下

鲞旗,是我杜撰的一个词语。黄鱼鲞、鳗鱼鲞、青鱼鲞、墨鱼鲞,大者不骄,小者不卑,成排成排在屋檐下,凛冽的西北风自吴淞口来,在高楼大厦的缝隙中穿插跑位,到这里收住阵脚,回旋风推得鲞们摇摇晃晃,展现出弱不禁风的样子。不,它们乐意接受朔风的洗礼。一缕阳光投射在鲞的表面,反射出片片银光,从街的对面望去,鱼鲞像不像一个个幡的方阵、旗的长队?

蹲守街角三十年的水产铺子,脚盆、保温桶、塑料箱摆得满满当当,几乎没有让人插足的地方,甲鱼与大闸蟹似乎进入了冬眠。地面湿答答,一年四季没有干燥的机会。老板与老板娘配合默契,将一条鳗鱼沉沉地摔在台板上,从头至尾揩去黏液,从脊背处下刀,沿龙骨剖开,翻出玉白色的肉,淋过白酒,大把撒上海盐,用数枚竹扦撑开肚当,竹竿挑起挂在屋檐下。鳗鱼尾巴系一张小红纸条,上书"29弄过街楼大胖子"或"华安坊15号嗲妹妹"。

鳗鲞长及人高,让人想起"酒池肉林"这个成语。路人跟店主招呼:"又要过年啦,这日子,真快!"

老板回应一声:"存货不多了,你要不要来一条?"

新风鳗鲞一挂,上海人就要过年了。

新风鳗鲞是春节家宴上的一味冷菜，切一段蒸熟，冷却后再浇几滴白酒，剥了皮，撕成条，蘸醋吃，味道一流，又是压饭榔头。

鳗鱼鲞有王者之风，但黄鱼鲞、墨鱼鲞不让鳗鲞专美于前，与五花肉共煮，是家宴上的硬菜。青鱼鲞也是下酒妙物，知堂老人在《鱼腊》一文中写道："在久藏不坏这一点上，鱼干的确最好。三尺长的螺蛳青，切块蒸熟，拗开来的肉色红白分明，过酒下饭都是上品。"

有一年春节前在吴江七都与好友老徐逛菜场，看到有盾牌似的鲤鱼干堆在地上，他买了十片，赠我一片。回家切块，加霉干菜煮汤，汤色沉郁如醪，那是我从小吃惯的家乡风味。上周黄伟兄从绍兴带了一条鳊鱼干给我，蒸来吃，虽然骨刺稍多，但肉质细腻，也是记忆中的乡味。

有一年在宁波吃到"四鲞冷盘"：鳗鲞、带鱼鲞、沙鳗鲞和萝卜鲞。带鱼鲞的味道与上海人中意的咸带鱼相似，沙鳗是浙东名物，生长在河海交汇处，比海鳗、河鳗都小，长不过一尺，肉头单薄，却不贫瘠，咸鲜略带甘甜，别有一种谦逊的轻柔。我曾用沙鳗鲞切丝炒芹菜，堪称隽品。前不久在饭店里吃到脆皮沙鳗，又是一味。萝卜鲞就是萝卜干。习惯上，肉干称脯，鱼干称鲞，菜蔬晒成干，而宁波人将菜干称作鲞，可见对鲞的偏爱。对了，《红楼梦》中有茄鲞。

上海有大量宁波籍人氏，对鳗鱼的爱好影响到所有上海人的味觉审美。河鳗曾经风光一时，葱姜蒸、豆豉蒸、锅烧、南乳烧、炭烤，河鳗断骨不断皮，在瓷盆中围成一圈，清蒸后登席，鱼头高昂，嘴尖插一枚红樱桃，卖相交关好。日式鳗鱼盖饭也有一批忠粉，我也喜欢吃。若论大快朵颐，毕竟不如海鳗。海鳗除了制鲞，冰鲜可做鱼圆，质地比鲢、鳙等河鱼粗犷而且鲜甜，杭州鱼圆以嫩滑取胜，潮汕鱼圆以"Q弹"著称。以前延安中路有一家大华潮州菜馆，每年春节前都要做鱼圆专供外卖，上海的潮汕人氏无不"喜大普奔"。我与大华的厨师熟，遂探得后厨秘密，潮汕鱼圆在拌料时要掺大量籼米粉，有助于胀发，也便于捶打上劲。

鳗鱼头和鳗鱼皮是做鱼圆的厨余，弃之可惜，贱价待沽。鳗鱼头面目狰狞，两排利齿呲呲逼人，眼珠瞪圆略微内陷，眼圈渗出殷殷血水，仿佛熬过一个通宵。而我独爱这一味，劈作两爿，暴腌后加姜片葱结，甲绍一浇，旺火清蒸，宜酒宜饭。鳗鱼皮更便宜，两角一斤。葱姜加酒蒸熟，嫩滑肥腴，又无细刺之虞，可以一块接一块地入口。冷却后韧结结的，又是一种味道。吃不完的话，碗底会凝结起一层晶莹剔透的鱼冻，挑一筷盖在热粥上，眼看它如雪山一般慢慢融化，有坦诚的腥香味款款升起，在寒风砭骨的日子里，是何等的慰藉！

现在很少有饭店会做鳗鱼圆了，鳗鱼头、鳗鱼皮也不见了踪影。好在我们还有新风鳗鲞，鲞的朋友群也相当热闹。前几年有朋友送我一袋乌狼鲞，就是言之色变的河豚干，家属不敢吃，我也不能送人，等到生出霉花，只能当作湿垃圾处理。

我家附近的乔家路、董家渡路、凝和路、南仓街都开始动拆迁了，居民们拿到了动迁款，或者搬到了偏远的新城区。去年我在老城厢拍了几十张"鳗旗猎猎"的照片，今年就很难再看到了。一个老伯伯对我说："上海人过年总归要吃鳗鲞的对吧。"我劝老人家把心放宽："别担心，鳗鲞在南货店里还是买得到的。"老伯伯胡子一翘："这跟自己腌制的味道不一样。再讲，屋檐下挂点风鸡、酱鸭、鳗鲞、鸭肫干啥个，才有过年的腔调呀！"

五

SHANGHAI

爱上这座城

爱情神话就是阳光泡泡

2021年圣诞夜,上海炸了两个彩蛋。在人气最旺的时尚街区,小青年常去打卡的商场门前,竖起了科幻感极强的圣诞树,有的地方还出现了卡通版圣诞老人或泰迪熊,以胖乎乎的身躯攀爬到人家窗口。同时,外滩源不声不响地开了一个市集,半岛酒店西侧,复旧的弹硌路两边搭建了鳞次栉比的帐篷,卖什么不重要,重要的是火树银花,照亮了每个狂欢者的灵魂。无人机拍摄的视频我看了三遍,长度不足三百米的圆明园路,似乎要烧掉一万米长度的彩色胶片。

还有一个彩蛋就是《爱情神话》的上映,这部由徐峥监制并主演,"90后"邵艺辉导演并编剧的沪语版《爱情神话》剧情片,属于呈现上海中年男人感情生活的低成本小制作。三个女人一台戏——老白(徐峥饰)心仪的对象李小姐(马伊琍饰);格洛瑞亚(倪虹洁饰),老白绘画课的学生;老白的前妻蓓蓓(吴越饰);再加上老白和老乌(周野芒饰)这两个中年男人,两男三女夹花,肯定有戏。老白看上去主导全剧,硬核一号,攻守兼备,实则剧情根据三个女人的戏码步步推进。没有怨妇,没有直男癌,每个离婚者都努力维持着各自的体面和尊严。妙的是,连珠炮般爆出的都是上海方言,石库门生活的语言环境多么亲切啊,很多微妙感情只有沪语才能候分克数地表达出来。"册那""老卵"等属地性极强的口头禅也不再成为上海男人的专利，从红唇白齿间蹦出，别有一番韵味。

有人两刷三刷，甚至七刷八刷，票房一路高歌猛进，《爱情神话》终于成为一个七嘴八舌的市井话题。剧情大家都知道了，并不烧脑，如果在上海生活超过三十年，对人物关系及相互之间的较劲就不会陌生。上海男人从来不会模拟英雄好汉的角色，甚至很没出息，与其"去玩弄女人"，不如"被女人玩弄"。

不过也要具体分析，蓓蓓偶然出轨北方男人——请注意是北方男人，代表了另一种口味或背景，却又想重返老白的怀抱，重缔鸳盟，不是说老白有多好，或者心有愧疚，也许她的社交圈半径还不够长。她对老白说的那句："我不过是犯了全世界男人都会犯的错误。"是不是也想与男人一样获得"拈花惹草的平等权利"？可惜吴越天性素直，至今没有婚姻经验，这句台词让她害羞，理不直气不壮，撒起娇来也不够酥麻，别说老乌不会动心，观众也没法替她找到修好的理由。

李小姐出场让大家眼睛一亮，美丽、温婉、优雅，小资情调最浓，英国老公弃她而去，她只能拖着一个可爱的女儿玛雅与一股"肉格气"的母亲挤在并不宽敞的房子里，领受母亲不近情理的唠叨。影片开头，她与老白观看话剧时哭得稀里哗啦，当晚顺水推舟与老白分享了鱼水之欢，之后又不免心虚，第二天一早不辞而行。弄堂里别断高跟鞋后跟的细节颇有象征性，在沪语里这就叫"拗断"呀，不过这出戏总要演下去，所以安排老白去她家，拿了高跟鞋找小皮匠去，这不就暗喻了修复关系吗？所以，李小姐与老白自始至终处在藕断丝连的火候上，又像两块磁铁，既相互吸引又相互排斥。总体上她表现出了成熟的上海女性的一贯做派，功架搭得不算过分。

而最让观众欣赏，想象空间也最大的还是"妖女"格洛瑞亚，"有钱有闲，老公失踪，不要太灵哦"。性格率真、热情奔放的她，有着让上海男人神魂颠倒的性感大嘴巴和遇事快速应对的天赋，在要紧关头毫不犹豫地豁出去，却不至于丧乱。呼呼烫的她，看上去狂蜂乱蝶，其实一点也不"十三点"，一句进一句出，展现了现代女性的生存智慧，自有一种方寸不乱的都市情调。当老白对她动真情时，她及时亮起红灯，"我是老危险的噢!"其实在拒绝的同时，她还是有点失落的。

全剧自始至终，她只有一次惊慌失措。好像无意间搅了老白为李小姐精心准备的饭局，但很快反客为主，而且在唇枪舌剑时寸步不让，上海女人的应变能力着实厉害——这一幕戏足以让上海女性同声叫好。只不过哭诉老公被绑票这档事，我是不会轻信的——只有老白傻傻当真。

导演邵艺辉在接受《南方周末》记者的专访时承认:"李小姐她还是一个会想很多的人，因为她的生活条件已经决定了她必须得想这么多，上有老下有小的。但是像格洛瑞亚她没有孩子，因为我也没有结婚生育的打算，所以我觉得我比较像她。"这个认知比较肤浅。事实上，许多上海男人觉得他身边就有一个格洛瑞亚，他就是从格洛瑞亚身上学会处世为人的。

最出彩的一幕没有在卧室，而是在前文提到的那次饭局上。家猫也好，野猫也好，三个女人在老白专为李小姐布置的家宴上不期而遇，你来我往、剑拔弩张、含沙射影、机锋迭出，饭桌成了女性互探深浅的战场，表面上又是一片祥和热闹的居家气氛。现实生活与戏剧冲突的互感，情感与生活的碰撞，理想与现实的落差，观众都能读懂其中的无奈与惆怅。借着酒劲，三个女人半真半假飙起戏来，表示要造男人世界的反，要蹬脱男人，要活出真我，做一个完整的女人。女人的宣言，听起来最容易激发肾上腺素，让人心惊肉跳，其实她们最终想挑战的，就是自我。

女人要挑战自我，男人就有机会。于是老白有了被三个女人包围的艳福，获得被"嫖"的机会，轻喜剧如何推进，吊足观众胃口。

这时老乌当仁不让地占据 C 位，讲述自己留学期间在罗马与索菲亚·罗兰一夜情的故事，这记搞大了。你信吗？我不敢相信。不过剧情走到岔路口就由不得观众了，前来"蹭戏"的白鸽（黄明昊饰，老白的儿子）突然爆出了索菲亚·罗兰的意外死讯。在国际路线边缘漂移的老乌与意大利影星的故事最终到了摊牌的时候，罗马街头、咖啡馆、喷水池、小旅馆、中国情人、费里尼……老乌十分投入地讲完这段艳遇后问在座各位：故事好听吗？我编的——老乌揩去泪痕，绽放自嘲的笑容——演得真好，莫非真的从索菲亚那里得到了整个罗马？第二天早上，老乌追随意大利女人而去，死于罗马的沉没。

镜头在救护车之后转到墓地，老白将手机屏幕对着墓碑，略带戏谑地掼出一句："索菲亚·罗兰转危为安，你倒是入土为安了。"以黑色幽默的风格告诉观众，一个也许自编自演的爱情神话支撑了老乌的一生，神话破灭之日，也是生命终结之时。正如张生所说，老白和老乌构成了上海人的理想和现实的矛盾性格。

两个老小孩吵得面红耳赤，那是唐老鸭跟米老鼠吵架，终究会言归于好，看客一点也不担心。老白的艳遇是真是假，也不重要，既然人物性格的发展有其内在逻辑，那么总得找个借口表现一下吧。

所谓的爱情神话，此为一解。

老乌死在一个貌似凄美的结局里——那也是上海男人经常发作的梦魇。上海男作家不敢编造的浪漫故事，最终由一个在上海漂了六年的山西姑娘娓娓道来，赢得一片喝彩。

影评家毛尖说得有道理："文艺终究是傲慢与偏见的产物，傲慢内服,偏见外用,只要这剂量不虎狼,不吞蚀别人的世界观。《爱情神话》呢? 很知道自己的场域,盘踞西区两公里,却出人意外地画出了中产爱情的肖像。"

其实很简单,在上海混,要么讨好上海人,要么摆平上海人,就是要制造神话,神话就是泡泡,就是映射七色太阳光的泡泡。选景在原法租界的延庆路、永康路、五原路一带,梧桐树、探戈、开放式咖啡馆、酒吧、新式里弄房子(被网民说成花园洋房甚至独体别墅)、民国时期的老家具等,都是造梦的必备道具,也因此,种种不合常理的细节也一路绿灯,加载了上海人的美好想象:李小姐的母亲(吴冕饰)居然会当着老白——她错看成修电灯的师傅——的面抱怨女儿在日常开销中占了她的便宜;宁理饰演的修鞋匠从无婚史却精通男女关系,并有雷打不动的Coffee Time;明明可以靠出租房屋过上小康生活的老白还要靠办绘画班赚取生活费,明明定位在"老克勒"的老乌也敢赤裸上身仅披一块花布充当模特儿,只有小学美术老师水平的老白居然能在外滩18号当代艺术的地盘上办个展……为了爱情,一切都可以理解,泡泡吹得大,才能吸引更多的人。

溢出效应很明显,索菲亚·罗兰的传奇人生被上海人再次打量,芈庆铺子的蝴蝶酥大卖,上海话剧艺术中心、一见图书馆、红拂杂货铺、桥下酒馆、"王尔德的花"的花店、延庆路2号老公寓等一夜之间成为新的打卡地。以电视广告片出道的倪虹洁成为大赢家,上海人与香港人一样开通,英雄不问出路。我身边更有人宣称:可以接受李小姐做老婆,前提是有一个格洛瑞亚这样的情人。

金宇澄与邵艺辉早就认识,前几天在饭局上他跟我说:"这个小姑娘有一点很值得肯定,她漂在上海六年,其实很辛苦,可说是处处碰壁,但是她在剧本里没有一句抱怨上海的话。"

要是邵艺辉怨天怨地，从头到尾一把眼泪一把鼻涕，也许能把大妈们弄哭，但轻喜剧就煮成夹生饭了。后来我看到她在公众号里正是这样说的："我总是很消极，但传播自己的消极是无意义和无建设性的，所以我希望故事是温暖的，失意的人都能靠它短暂取暖。"

　　有鉴于此，我不能理解媒体煞费苦心地找到了老白的原型——一个籍籍无名的上海画家，并根据他的经历写了一篇不算短的报道，特别强调他的画展恰巧也在进行之中，借着电影热播的东风，一天之内卖掉了五幅画。记者似乎要证明电影中老白的形象是有来路的、可信的，是不容置疑的。紧接着，老乌的原型羞羞答答地出来拍了一个骑自行车逛街的视频。其实对剧中人物的溯源纯属画蛇添足，有没有现实生活中的老白和老乌，甚至有没有格洛瑞亚，真的无所谓。

　　诚如毛尖所说："这世上没有要死要活的爱情，太阳升起，在一起或者不在一起，都从生活那里领到温柔的讽刺。"问题是，片子的结尾，老白与女人们从墓地回来，追思会上找来费里尼的同名电影《爱情神话》投影播放，准备破解老乌留下的密码，结果看得昏昏欲睡，不知所云。

　　所谓的爱情神话，又是一解。

爱神花园与四明村

与陕西南路延安中路拐角上的马勒别墅相距不远,是巨鹿路 675 号上海作家协会机关,它最早是上海著名实业家刘吉生的私宅。刘氏家族的故事在旧上海就被人津津乐道,晚清时期刘氏家族第一代移民刘维忠来上海滩打拼,在租界靠经营娱乐业掘到第一桶金,第二代刘贤喜是招商局轮船公司的买办,刘鸿生、刘吉生兄弟是第三代的中坚,兄弟同心、其利断金,让刘家成为上海滩的豪门望族。刘氏兄弟就读于圣约翰大学,接受新式教育。刘吉生 20 岁进入商界,由哥哥带出道,曾任开滦煤矿售品处经理、中国企业银行常务董事兼总经理、香港火柴厂董事长、培成女校校董等职务,又是大中华火柴公司、上海水泥公司等十几家企业的董事。1924 年,他在法租界巨籁达路(今巨鹿路)买了一块地,四年后请崭露头角的匈牙利建筑师邬达克设计建造了这幢洋楼。这是刘老板送给妻子的四十岁生日礼物。看,用一幢洋房来做生日礼物,今朝的土豪就不要将鸽子蛋拿出来显摆啦。

按现行文化体制,全国各省、直辖市都设有作家协会,上海作协的建筑一定是拿得出手的。现在这幢建筑还保持着它最初的格局,连室内的装饰也基本没动,不少家具也是原配的,根据室内结构设计打造,从轮廓到细节不乏巴洛克元素,成为建筑的一部分。《上海文学》的执行主编金宇澄向我透露,仓库里还堆了不少老家具,断手断脚没人要。我马上接口:"什么时候要处理了告诉我一声,我想挑几件。"但直到今天,我也没有等到这个消息。

不能不说一下院子里的那座大理石女神雕像,据说是邬达克在意大利定制后送给业主的,这幢建筑也因此被誉为"爱神花园"。女神裸露着美丽的胴体站立在荷叶形水池中央,双手举着飘扬的绸带,高雅而略带惆怅的面容望着天空,仿佛向世人宣示情爱的真谛。"文革"初期,作家协会费礼文等几位工人作家趁着夜色将她从基座上搬下来,包裹得严严密密,藏在一个外人不知的地方,才使她躲过一劫。海晏河清之时,女神重归原处,领受阳光的沐浴和新生代作家的礼赞。

这幢建筑尽情展现着欧洲十八世纪巴洛克风格的神韵,从立柱、柱饰到门楣都无可挑剔。特别是天花板穹顶上的缠枝纹与卷草纹浮雕顶饰,以及硕大的水晶枝形吊灯,于繁复缠绵中不失简约端庄。有一次,捷克作家代表团做客于此,抬头一看连声惊叹:"这里的建筑太好啦。"同时又跟上一句:"你们的作家协会太富有了。"捷克以建筑艺术、玻璃艺术享誉世界,波西米亚风格被上海的小资们视为圭臬,卡夫卡也是上海青年作家们模仿的男神。

巨鹿路、长乐路、富民路,两横一纵,构成一个街区,被小青年称作"巨富长",这里的民居以新式里弄房子为主。二十多年里,随着民营经济的发展,原住民竞相破墙开店,咖啡馆、酒吧、餐厅和时尚小店应运而生,还有画廊和艺术家工作室。经过媒体记者生花妙笔的渲染,慢慢形成了一个气场,满世界乱转的文艺青年对这里特别有感觉。对外省人而言,如果没在"巨富长"喝过咖啡、泡过酒吧,谈论上海时就少了一份底气。

与北京的三里屯相比,"巨富长"更加平民化,也更加都市化,它的

2011年8月.淮海中路商业街一景 摄影:雍和

烟火气是柔和的、香甜的，没有侵略性；它的小资情调也是内敛、低调的。成都的宽窄巷子或锦里，烟火气太重，或者时尚气息太过燥烈。"巨富长"不是道具，更不是拍电影的外景地，它没有伤筋动骨的改造或装饰，原住民仍然守着每个亮着灯光的窗口，它的发生与升华，只能从历史中寻找答案。这里有合众图书馆，有沙文汉、陈修良夫妇旧居，朱屺瞻旧居，胡蝶旧居，蔡元培旧居，周信芳故居，叶景葵旧居，冒广生旧居，陈巨来故居……还有"含香老五"的传说，田汉、钱锺书、张爱玲等名流也在此留下屐痕。

镶嵌在"巨富长"中的四明村很值得一说，它是文化人的聚集地。这条新式里弄由四明银行投资，在 1928 年、1932 年分两次建造。据"老上海"说，当时哈同花园南面是相当荒凉的，城乡结合，瓦房草舍中间还有一大片坟地呢。但在上海的流金岁月里，它实现了华丽转身，四明村造好后就成了一个体面的住宅区，吸引了一批文化名人入住。

我们报社老大楼就在四明村东侧，我每天在电脑前敲字敲累了，就推开窗子从十六楼俯瞰"苍生"，绿树掩映中的红瓦屋顶在阳光下反射出耀眼的色泽，晾晒的衣服在风中飘荡。在弄堂里匆匆穿过的人，或许就是某个文化名人的后代，也可能是特意来拍照的过路客。

一个阳光明媚的下午，我从报社出来，穿过四明村去巨鹿路作协办点事，发现弄堂口聚拢了不少神色兴奋的居民，一打听才知道区领导要来揭牌。第二天，我就在弄堂里的红砖墙上看到了十几块金光闪闪的铜牌，它们告诉后人：章太炎，周建人、徐志摩、陆小曼夫妇，胡蝶，来楚生，吴待秋，高振霄，高式熊父子等曾经是这里的居民。

这里我就说说陆小曼吧。在一般人的印象里，陆小曼就是一代风流才女，不过她要与徐志摩站在一起才能发光发热。上海著名画家江宏更愿意从美术史的角度来说她，陆小曼 16 岁时就在法国人开办的圣心堂学习画画,后拜刘海粟为师,应该是先学西画,后来再转向中国画。
1931年,徐志摩遇空难而谢世,随身带了一件陆小曼的山水手卷,因为
装在一个铁皮盒子里,所幸没成灰烬。三年后,贺天健见到陆小曼的山
水册页,援笔题跋:"小曼天资超逸,此册实为其最精之作,读竟欣然。"
这才收陆小曼做女弟子。贺天健也不客气,每月收她五十大洋学费。
听说有老画家评价陆小曼"天分高,不用功"。江宏则说:"因为天分很
高,贺天健才愿意在陆小曼身上下功夫。陆小曼才华横溢,七分天分加
三分用功,即可成事。陆小曼的成就淹没在爱情及社交之中,是因为世
人的识具鲜寡,是因为社会缺少对女性的关注。我们应正视陆小曼,正
视她画家的气质,正视她的山水画给我们带来的美感和女性对社会、对
艺术做出的贡献。"

　　陆小曼与徐志摩结婚后,先是住在南昌路,后迁至四明村。陆小曼
在这里租了整幢楼,顶费一百元,这在二十世纪二十年代可不是一个小
数目啊。

　　厢房是陆小曼父亲所住,二楼亭子间是陆老太太的房间,这对新人
将自己的新房设在二楼前厢房,后楼是吸烟室,由陆小曼独霸,二楼客
堂是接待客人的场所。三楼是徐志摩的书房,布置得相当雅致。1929
年3月,印度诗人泰戈尔到上海来,陆小曼特意腾出三楼亭子间让泰翁
下榻,并按印度人的生活习惯铺了厚厚的一块地毯。但泰戈尔对古色
古香的书房很感兴趣,提出在那里摆张床就行了。

　　泰戈尔在陆小曼的照顾下过了几天舒畅的上海弄堂人家生活,在
徐志摩的请求下还画了一幅自画像相赠,并用孟加拉文题写了一首诗:
"路上耽搁,樱花谢了,好景白白过去了,但你不要感到不快,樱花会在
这里出现。"

　　接下来的故事人人皆知,为了供养一掷千金、时不时要发一通小姐

脾气的陆小曼,徐志摩只得在东吴大学、光华大学、上海法学院、中央大学、北京大学等数所大学执教,有时一周之内要赶好几个场子,忙得昏头六冲。1931年10月底的一天,徐志摩搭乘的中航平京线"济南号"邮机在距离济南五十里的党家村附近受大雾所扰,一头撞到山上,机上三人遇难。

据说出事前一天,徐志摩偶遇前妻张幼仪,那个缠过小脚的女人警告徐志摩:不要搭乘这架飞机,它不是客机,不安全。想不到一语成谶。

后来陆小曼一直住在四明村,有一个女佣照顾她的生活。据著名书法篆刻家陆康说,他的老师陈巨来曾形容陆小曼的晚年景况:"想不到这样一位绝色佳人,后来会变得如此衰败,赘肉下垂,满口黄牙,容貌与年轻时判若两人。最后也只得靠画画来维持生活了。"

1960年上海中国画院成立,陆小曼被聘为专职画师,她也想努力跟上时代的步伐,画过《干部劳动热情高》《武夷山疗养院》《黄山小景》等作品。1965年清明时节,被郁达夫称为"一位曾震动二十世纪二十年代中国文艺界的普罗米修斯"的陆小曼在孤寂中离开人世,享年63岁。

现在陆小曼的工笔画和尺牍经常在拍卖会上露面,据收藏界朋友说,绝大多数是赝品。

说起绘画,四明村里有一位吴待秋不得不说。海上画坛有"三吴一冯"之说,"三吴"指的是吴湖帆、吴待秋和吴子深,"一冯"就是冯超然。吴待秋擅长山水,润笔不低。吴待秋一家住一间底楼客堂,夏天下暴雨,污水一时难以排出,就以澎湃之势涌进四明村,底楼人家不免水漫金山。吴待秋为了应付笺扇店里的订单,只得跪在骨排凳上继续挥毫泼墨。由此可见,当时像吴待秋这样为市场所认可的画家,生活压力也是相当大的啊。

陈定山是陈蝶衣的儿子，陈小翠的哥哥，海上知名书画家、美术史论家，近年来又以《春申旧闻》一书重新燃起人们对他的兴趣。他在《春申旧闻》里也写到了吴待秋，"吴待秋好货喜财，寓沪终生，仅居一楼一底，未尝扩充。其子成家，亦以鬻画自给。堂上父子两画桌，两洋油灯炉，各画各炊。吴让其子居堂楼而自蹴于阁楼，以取其子之租金。父子举炊时，吴待秋候子稍先，仅用一根火柴，不肯浪费"。

陈定山还爆了一个料：吴待秋觉得每天烧饭、做菜耽误画画功夫，就与一家饭店订了包饭，但又不肯支付现金，跟老板谈妥，每天以一开册页换取一顿饭菜。过了一段时间后，他向饭店老板抱怨："你近来之饭食越来越差也。"对方笑答："吴先生，实在因为您近来也越画越差也。"传诸同行，令人发笑。

有一次深夜吴待秋从外面应酬归来，天寒地冻的也舍不得叫一辆三轮车，走进路灯昏暗的弄堂，只能跟着前面一辆三轮车慢慢地走，没想到这辆车到了自家门口停了，从三轮车上跳下来的正是从百乐门舞厅回来的儿子与儿媳妇。

从四明村出来，在巨鹿路上略向西行几步就是与之交错的富民路。这里在旧上海也是卧虎藏龙之地，不少花园洋房、新式里弄房子，好几位银行家住在这里，还有著名篆刻家陈巨来。前几年《万象》杂志上经常会刊登陈巨来的遗墨《安持人物琐忆》，其中一部分还是在"文革"时"关在里面"写的交代材料，但经过文汇报编辑陆灏的精心编排，就成了一组很有嚼头的文章。陈巨来絮絮道来的旧年人物，令读者一窥海上艺坛的风气与当时政治大环境对人物命运的深刻影响。当然，这位容貌奇丑又恃才傲物的大家，月旦人物尖酸刻薄，在他刻刀一般尖锐的笔下，除了张大千和周鍊霞，还有他的老师赵叔孺，几乎没有一个好人了。

陈巨来在这本奇书中也专门有一章写陆小曼，在此谨录一段："当志摩未死前,家中常客,为胡适之、孙大雨、郭绍虞、刘海粟、丁西林、老舍、邵洵美、钱瘦铁等等。余只有胡、丁、舒三人不熟,与大雨、海粟均成至好矣。及志摩死后,小曼无聊之至,乃由钱瘦铁介绍贺天健至小曼家开始授以学画山水……志摩死后,小曼家中除瑞午外,常客只余及大雨夫妇及瘦铁与赵家璧、陈小蝶数人耳。当时每夕瑞午必至深夜始回家中,抗战后他为造船所处长,我为杨虎秘书,均有特别通行证者,只我们二人谈至夜十二时后亦不妨。"(瑞午,即翁瑞午,陆小曼的私人医生,徐志摩去世后一直与陆小曼生活在一起。——笔者注)

更多信息,各位读者不妨读一读"不可不信,不可尽信"的《安持人物琐忆》,肯定收获多多。

上个月,以拍摄苏州河专题而驰誉遐迩的摄影家陆元敏为我和专擅民国文人书法、信札等研究的管继平兄拍了几张人物肖像照,我们就近选择了四明村为场景。这是我在此逗留时间最长的一次,四明村里的市民生活在我眼前徐徐展开祥和散淡的一面,弄堂里贴墙停着几辆私家车,有几处顶楼房子也被加了层,雕花的门楼和门板保存得还算不错。有位大妈将一部老旧的缝纫机摆出来加工服装,赚点小菜铜钿。两个大叔脚下,待沽的西瓜和黄筋瓜摊了一地。弄堂口还有一个修鞋摊,看上去那个驼背的鞋匠已经在此干了几十年。阳光洒在红砖墙上,又被房屋的轮廓切成不规则的块面,那种色彩非常美丽,并带了一点伤感的情调。

一扇灶披间小门被推开,一个刚刚洗了头发的阿姨啧有烦言:"哪能又来拍照啦,有啥好看呢,一堆破房子呀!"我说:"你就蛮好看的嘛。"她白了我一眼:"啥意思啊,吃老阿姨豆腐是吗?"

话虽这么说,但分析她的表情,阿姨还是相当受用的。

宝庆路3号的神秘花园

宝庆路3号，魔都的一个谜语。许多人明知猜不出，但仍然试图无限地接近它。这幢花园别墅的最后一任留守者徐元章，他的深居简出、游手好闲以及对绘画、美女、咖啡、交谊舞的爱好，还有比小说更为离奇的人生传说，被称作"上海最后的贵族"或者"上海最后一个'老克勒'"。事实上，所有的标签都意味着叙事者的无能。

二十世纪九十年代初以来的二十多年里，有许多上海人以能够进入宝庆路3号参加一场舞会为荣，流传于坊间的数量有限的照片为圈外人提供了想象空间，西装革履、牛仔裤或者欧式吊带晚礼服，热情奔放的舞姿、余音绕梁的歌声、鲜花、咖啡和西点，努力要回到那个黄金年代，但人物的表情和有点别扭的动作——代表着这一页永远翻过去了。所以，无论谁以虚张声势的调调来讲述"我的莎士比亚花园"，都不免矫揉造作、喧宾夺主。

今天，徐元章的女儿徐霭龄在朋友的鼓励下，终于扫除心理障碍，穿云破雾，从头细说。她花了一年多时间写了一本《宝庆路3号》(文汇出版社，2022年)。

金宇澄为她的新著背书："她诚挚率直的回忆，让这座'白茫茫大雪'覆盖的老宅恢复呼吸，开口说话；这卷'建筑与人'的自述图像，让墙外人感受到墙内的命运色彩和沧柔的叹息,过目难忘。"薛海翔这样说:"宝庆路3号,于铁门紧闭、绿茵环绕间,掩藏着斑斓的西区秘闻,幻化为朦胧的海上传说:它是谁,从哪里来,到哪里去? 最后一位原住民执笔,揭开这'灵魂三问'裹挟的真实人生。"

徐霭龄在这个神秘花园里出生,在祖辈的余荫下度过了快乐的童年和少年时光,后来又留过洋,出落成一个特立独行的女强人。她说自己能做的只是将记忆的碎片剪贴成一幅庞大的、无序的拼图。当然是有空白的,或许还有一道道模糊的擦痕,记忆的重叠和错位一度让她无比纠结。这本书的结尾可能也不是真正的谜底,但能够提供一个有趣而有效的猜谜方法。

外人肯定以为,能坐拥宝庆路钻石地段的花园洋房,必定富比石崇,事实并非如此。宝庆路3号占地6亩,有4幢独立的西式建筑,看似金玉其外,然而富不过三代。徐霭龄的太外公周宗良当过买办,曾是中国十大富豪之一,中国人过春节,德国老板前来拜年。然而,饶不过四个老婆和十三个子女的挥霍,到了她父亲徐元章这代基本只能算是精神贵族了。所以改革开放之初,徐霭龄在中德混血的母亲出国定居后,她就不得不出面主持这个衰败的家族,收入没有增加,开销则日日看涨。"生活是最好的老师,逼得我自小敏感于性价比,学会了记账、预算和如何保持平衡收支。"

徐霭龄至今记得家里的一扇窗子的玻璃坏了,在大冬天只好糊一张白纸对付一下。陆元敏为徐元章拍的一帧黑白照片似乎也证实了这个窘况,他从屋外的花园走向客厅,站在失去玻璃的落地大窗上,双手插在口袋里,一双失神的眼睛,无比落寞地盯着镜头。

直到徐霭龄的叔公每月从美国寄钱过来,她可支配的用度才有了一些富余。但也因此,徐元章决定辞职当职业画家。

徐元章的水彩画重在表现城市建筑与季节更迭的关系。让他颇感自豪的是 2001 年上海首次承办 APEC 会议,他有六十多幅作品被布置在会议大厅里,他的画还被做成明信片送给与会外国政府首脑。他还有多幅作品被"金融大鳄"罗杰斯收藏。不知为什么,徐元章无意介入美术界的官方或小圈子活动,上海美术界似乎有意忽视他,他的画在市场上也没有流动性。他也收学生,对漂亮的女学生尤其用心。

徐元章喜欢以宝庆路 3 号为圆心展开社交,也架不住朋友的撺掇,每周开舞会,场子大、客人多,音乐一起,红男绿女像提线木偶那样转起来。徐家是上海最早一批安装私人电话的,那时候电话是稀罕物,客人看到电话机眼睛一亮,拎起来就打,谈生意、劈情操、骂山门,国内或国际长途一聊就是半天。收到电话费账单,与他们一起生活并 AA 制的徐家伯伯浑身都要抖三抖。"当家人"徐霭龄走投无路,有一天看到饭店账台上有投币电话,脑子叮的一响,马上设法买了一台投币电话放在家里,从此堵住了这个无底洞。

为庆祝新作问世,徐霭龄请金宇澄、薛海翔等几个好友在长乐路一家私房菜馆吃饭,我劈头就问:"你家的投币电话还在吗?"她哈哈大笑:"早就扔掉了。""天啊!你难道就没有检查一下电话机里的机关吗?硬币肯定不会有了,但还有折成豆腐格子的纸条啊,……给你的信件、密函?"

爽直的她笑得更加花枝乱颤。但在她的新书里,投币电话机里的秘密一个字也没透露噢。

徐霭龄是个"网球女魔",有足够的底气挑战职业运动员。有一次与她一起吃饭,喝了两杯葡萄酒后她竟然跟同桌的一位身体健硕的男士掰手劲,那位男士在交手之后相当尴尬。写这本书她是动了感情的,流了不少泪,也曾想半途而废,但在闺蜜的一再鼓励下,加上在疫情期间的大彻大悟,她坚持写完最后一个句号。

她写到了她的爸爸徐元章,写到了性格坚强、独断专行的母亲——她受"女皇"母亲的影响最深,给了母亲最长的篇幅,还写到了曾任浙江民政厅长兼警官学校校长的外公,写到了她很崇拜的外婆、伯父和叔公。当然还写到了作家爷爷徐兴业,因一部《金瓯缺》获得第三届茅盾文学奖,遗憾的是,领奖的那天,徐兴业已在一年前因病谢世,是她代替爷爷去北京领奖的。"那个场面聚集了多少文学大咖,和我一桌的有路遥、霍达、程乃珊等著名作家,但有趣的是我当时根本不知道他们是谁,整张桌子都是我的市面。"

上海滩江河交汇、鱼龙混杂,在宝庆路3号跳过舞、喝过咖啡、打过国际长途的人,有许多是徐霭龄至今都不知道来路的人,甚至连徐元章也搞不清楚。这就是上海滩一百多年来的戏剧性场面,走马灯般上上下下的剧情。据说有个高人在花园里看到了游荡的鬼魂,在大树背后、在草丛中、在某个墙角。是的,在那个不正常的年代,里面发生过悲惨的故事。

经过徐霭龄二十多年的打量,总算看清了某些人的鼻子眼睛。不过她笔下留情,展现的是故事,隐去的是姓名。比如M女士、A君、A女、R先生、S大哥、"挑拨我和母亲关系的"B君,以及一位曾让她内心十分纠结的Z先生……正像金宇澄所言:"每个人都是一部小说,值得深挖。"

年久失修的花园洋房最后被有关方面"收掉了",经过一番修缮,建起了一个博物馆,鲜花在春天依然灿烂绽放,上海交响乐团的百年历史被拆碎后镶嵌在花园里,仿佛是一段没有休止符的旋律。徐元章从宝庆路3号搬出来后,新房子一时尚未着落,处于居无定所的状态,而以前一直来跳舞的客人假装没看见,没一个向他伸出援手。最后是一个老朋友,住在并不宽敞的二居室,又抱病在身,才收留了这个"落拓相公"。徐霭龄用伤感的笔调写道:"只有在你一无所有的时候,才知道谁是你真正的朋友。"

我建议徐霭龄将新书首发式放在宝庆路 3 号,这是顺理成章的。回到文本的原始场景,可以引领读者走向文字不能抵达的深处与广度,也是对图文回忆的补充与追寻。她一声叹息:"今天的宝庆路 3 号应该是最好的状态,不必去打扰那里的一草一木啦。"

"那你就站在自己的老家门口,拿着这本书,拍段小视频:这是我写的新书,故事从我身后的这座花园洋房开始……"薛海翔心有不甘地说。

繁花零落的骑楼

西风乍起，金陵东路几乎看不到一片落叶。是啊，有了骑楼，就没有行道树的位置。行人寥落，喧嚣多年的商店陷入沉寂，门窗被水泥砖块封住，秘密无人知晓。这里曾是琴行，音符从五线谱上坠落，一地琳琅。这里曾是天香斋，一大壶热融融的肉汤搁在料理台上，吃阳春面或小笼的客人可随意添加……这里曾是鹤鸣鞋帽商店。有一天，橱窗里的皮鞋被悉数收起，取而代之的是时代潮流中的大字报，分作批判类、鼓劲类、歌颂类、展望类等。当时风气，写文章时在开头、结尾引用几句诗词，便能气贯长虹、灼灼风华。

许多中学生站在橱窗前抄录诗词，中间还夹杂着一个戴海虎绒帽子的小男孩，耳朵冻得通红，捏着小本子念念有词："独有英雄驱虎豹，更无豪杰怕熊羆""宜将剩勇追穷寇，不可沽名学霸王""为有牺牲多壮志，敢教日月换新天"。对，那就是我。

骑楼是一个小世界，从西藏中路走到江边的外滩，刮风落雨也不怕。骑楼下鳞次栉比地开着商店、饭馆、仓库、修理站、批发站，它是八仙桥商圈的前奏或者延伸。小时候去得最多的是东方红文具商店，我的第一只铅笔盒、第一支钢笔、第一盒水彩画颜料、第一只口琴都是在那里买的。柜台里还有单簧管、萨克斯管和长笛。进中学后，英雄铱金笔经不起我日夜厮磨,但那里有零配笔尖,每只才四分钱。

骑楼有粗壮的立柱,每隔两个门面竖一根,我倒没数过金陵东路究竟有多少根立柱。有一年立柱被油漆一新,还拉出了白底云絮状的大理石花纹,工人师傅爬上人字梯去写毛主席语录。一根立柱有四个面,朝外的三个面都要写,工作量相当大。在立面上写比在平面上写难很多,可是师傅们写得既好又快,仿宋、大黑、姚体、新魏,赏心悦目、气象一新。我放学后就跑去观察他们的手势,琢磨笔画的架构。直到夕阳的余晖照在油漆未干的美术字上,熠熠生辉,师傅扛着人字梯、提着油漆桶收工了,回头看我一眼:你怎么还在这里?后来我的美术字突飞猛进,老师就经常叫我给教室、操场挥写大幅标语。

金陵东路还有一家四开门店面的五金店,当我迷上木工活后就经常去,从螺丝钉子到铰链拉手应有尽有。在靠近江西路处还有一家油漆店,以零拷品种之全傲视浦江两岸。散装油漆贮存在货架上层的斗式箱子里,你报上品种和数量,师傅就将你的空瓶子与龙头对接、灌满后称重。调和漆、改良漆、硝基漆、腊克、泡力水、香蕉水……我大口吞进香蕉水气味,享受瞬间的晕眩。后来在意识流小说《夜的眼》中,王蒙也写到了小五金与油漆的脱销。

还有一家艺林家具店,我的结婚家具就是在那里买的。那天的场景,令人永生难忘——一帮适龄青年紧紧攥着户口簿和结婚证,在家具店后门的弄堂里发疯似的往前挤,最先登记的前五十名才有希望。它让我想起电影《列宁在十月》里攻打冬宫的那场戏,太刺激了。

极具戏剧性的场景同样出现在鹤鸣鞋帽商店,那年夏天似乎整个上海的女人都来到那个显眼的拐角上,为了抢到一双半高跟的风凉皮鞋。以今天的眼光看,已是中古风!更具戏剧性的来了,鹤鸣东侧有一家灯具店,有一次展销来自洛阳的唐三彩,立马、骆驼、骑马仕女,抢购的队伍一直逶迤到云南南路电信局门口。生涩文青怎甘落后？我找朋友帮忙买到一尊立马，一元四角。若干年后参加《上海文学》洛阳笔会，误入唐三彩制作工坊，才发现原来是石膏模具灌浆，大刀阔斧泼釉。

长期以来，金陵东路一直是南京东路的备胎、跟跑者，好像从1982年开始，有关方面为了给南京东路分流，将一批老字号引入金陵东路开设分店，我的第一套西装是在培罗蒙定制的，女朋友在朋街买了她的第一件格子呢大衣。还有老介福、王开照相馆、冠龙照相器材商店、三阳南货店、翠文斋、雷允上等，大大提升了金陵东路的档次。金陵东路还有好几家绒线店，其中一家的老板还是我的远房亲戚。小开是个纨绔子弟，继承家产后照样天天打梭哈，结果一家一当输了个精光。有一天新老板看他笼着衣袖踟蹰于骑楼下，便唤他进店站柜台。小开居然开条件："将招牌上的四个J用油漆涂掉，我才进这扇门。"这"四个J"，上海人俗称"炸弹"，就是让新老板一举斩获绒线店的大杀器。1949年后，他定的成分是职员，阴差阳错地躲过一劫。在《冯秋萍绒线钩针编结法》一版再版的日子里，我帮朋友在老伯伯的店里买到了紧俏的开司米。

二十世纪八十年代末，我最后两次在这条商业街上完成的值得一说的消费行为，一次是在黄浦公安分局对面的紫阳观买了四只平湖糟蛋，病中的妈妈吃了眉开眼笑；另一次是在曹素功墨苑迟疑半天挑了两碇松烟墨，营业员大叔神情坚毅地说："贵是贵了点，这原本是出口日本的呀。"

还有个镜头怎能遗忘？那是一个雾气迷蒙的早晨，两个老外在大饼摊前比画着大呼小叫。一个年轻人骑自行车经过此地，得知他们只不过想尝尝油条的滋味。他们有兑换券，却没有粮票，女服务员不卖给他们。年轻人从钱包里摸出粮票帮助他们实现了这个卑微的愿望。高高的骑楼下,两个老外帅哥举起咬过一口的油条,请年轻人为他们拍一张照。是的,那也是我。

这个时候可口可乐已重返中国市场,在这条路上的天香斋也能喝到。

今天,金陵东路进入了冬眠,不过我相信,每一段骑楼都在酝酿欣欣向荣的第二春。

你好，有轨电车

在欧洲，常让我凝神注视的人文景观有：教堂、博物馆、歌剧院、城市雕塑，还有穿梭于各个街区的有轨电车。

有轨电车是一道流动的风景，窗口里镶嵌着陌生而鲜活的面孔，特别是老头老太，看到我痴立并张望，会绽放笑脸挥手致意，如问候童话里的一个牧羊人。这一刻，有种似曾相识的感觉涌上心头，仿佛这个残阳如血但贵族气息挥之不去的城市，是我长大成人的所在。

上周去了德国和波兰，在法兰克福、科隆和波兹南又看到了有轨电车，它们以经典的样式再次驶入我的记忆隧道。自然，差异也是有的，法兰克福的车厢更现代化，车头貌似海豚，代表着速度与时尚。偶尔也有式样略显呆板的，从一座高大的教堂背后缓缓驶出，如一位忧郁的修士从阴影中踱出。波兹南的有轨电车则更加敦实，棱角分明，车身一律被涂成中绿或鹅黄的底色，车身两侧还加载了广告，大头美女顶天立地的图像为街景增添了活泼的生趣。欧冠赛期间，有几场小组比赛在这里进行，于是驾驶室两边都插着国旗，一面是本国的，另一面是冤家对头的。

照今天中国人的看法，有轨电车的速度代表了那个已被覆盖的时代，它循规蹈矩、速度缓慢，又不能越位超车，转弯时必须放慢速度，在与迎面车辆交会时似乎还略做迟缓,仿佛草原上的骑手互相打个招呼。这一切,与都市人你追我赶的节奏太不适合了。

在法兰克福下榻的第一天,马路上就有一个有轨电车始发站,我扑在窗口望野眼,一辆电车刚刚要开动,司机被一个熟人拦下,隔着车门聊了三五分钟,奇怪的是,全车厢的乘客居然个个安之若素。后来我从罗苏文的《上海传奇》一书中得知,世界上第一条有轨电车就是从德国柏林近郊驶出的,时间在1881年的5月16日。发明者是德国人沃纳·西门子,有轨电车的应用意味着电力公司公共交通系统的问世。

是的,你也知道我接下来要说什么了。一百年前,在上海街头已经出现有轨电车了。1908年是上海的有轨电车元年,第一批的70辆来自英国,车身漆成印度红,金黄色嵌线。今天,伦敦有三种公共事物保持了当年定下的印度红色系:公用电话亭、救火会的门窗,还有有轨电车的车身。

这一年的3月2日,早春时节,是最适宜上海人外出活动的时候,英商电车公司放出19辆电车在南京路上试行。车上的司售人员沿途招揽行人上车,免费体验。喜欢赶时髦的上海人不会放过这个机会,叮叮当当,马路景物向身后掠去,这番体验必须通过"口头文学"在坊间传播。

3月5日,从静安寺到虹口公园的1路有轨电车举行了通车典礼,同时开通的还有从静安寺到十六铺的2路、从十六铺到杨树浦的8路。有轨电车让城市有了别样的声色。

其实最早驶向上海街头的有轨电车是法国人的。法商电车电灯公司得知英商电车公司的计划后,抢在一个月前开通了十六铺至福开森路的1路电车。1路无轨电车最重要的一段就在霞飞路上,这为后来霞飞路的商业繁荣埋下了伏笔。到1935年,英商电车公司共开通了十条有轨电车、七条无轨电车。法商电车电灯公司开通了十条有轨电车、四条无轨电车。英法两国的竞争,客观效果是造福上海人民的。

不过刚开始,上海市民还不敢接近这个洋玩意儿。流言似乎通过三轮车夫之口放出:一旦触电而亡,属于恶死,阎罗王也不收的。这种观点极具杀伤力,于是法商电车公司专门雇了一帮无业游民,奉送一套蓝布服装,让他们假扮乘客坐着兜圈子,东张西望,乐不可支。也不用你大声嚷嚷,也不用你发小广告,每天还有三角钱的午餐津贴,几个圈子兜下来,他们个个生龙活虎,谣言不攻自破。等正式乘客上车后,电车公司还有牙膏、牙刷、花露水、香肥皂等日用品赠送。上海市民有贪小便宜的毛病,有的送,便蜂拥而至,局面就此打开。

上海最早的有轨电车只有一节,四角方方,呆头呆脑,一根辫子翘上去,对接电线后获得能量。铁轨嵌在石头铺成的路面上,马路中央设岛式月台。一开始不设车门,乘客可以随意上下,跟印度电影里看到的情景一模一样。后来上海人口剧增,跳上跳下危险性增大,就装了横向移动的格栅门,并有了挂车,分了等级——不少老作家都回忆说他们当时坐二等车厢。对女乘客呢? 外商也是比较优待的,人不太多的情况下,买三等车票也可以坐一等车厢。

彼时的竹枝词也有指涉:"申江好,男女不妨嫌。榻上横陈同倚枕,车中共载不垂帘。"一腔陈词滥调,描写的却是新事物。

我还在巴士公司看到过一组老照片,穿长衫马褂、拖小辫子的中国司机,在法国电车公司的培训室里学驾驶。那会儿,慈禧刚刚在皇城"翘辫子"。

不过今天的读者也应该了解这一点,英国人和法国人在公共事务中似乎是一对老冤家,这也给上海市民造成了不小的麻烦。比如坐黄包车,从法租界的霞飞路到英租界的外滩,行至两个租界的边界,乘客只能下车,再叫一辆能够在英租界行驶的黄包车方能抵达目的地。进入有轨电车时代,这套"三界四方"的管理套路就面临重大挑战,于是工部局和公董局商议后决定两家电车公司越界运营。

过了二十年,上海人口日益增加,租界繁荣局面可期,但也给城市交通造成了更大压力,英商向工部局提交开辟双层巴士的申请。获得批准后,电车公司即向英国史蒂文生汽车厂定制了 40 辆双层巴士,于1934 年 4 月 1 日正式投入运营。考虑到上海人喜欢登高望远及兜风的习惯,上层比下层的票价高出四枚铜板。第一批 13 辆双层巴士驶向街头,从虹口公园到静安寺路,使 1 路电车全程双层化。双层巴士是与城市建筑一起成长的。

上海应该是中国最早引进双层巴士的城市,双层巴士载着可口可乐和力士香皂的广告,成为老上海人的鲜活记忆。2008 年北京奥运会闭幕式,英国作为下届主办国接过奥运会会旗,然后在推介表演中展示了仍在伦敦街行驶的双层巴士。那种印度红色系的经典款,以笨拙而可爱的样式再次引起上海人的热议。

有轨电车促成了上海公共交通的现代化,不过后来出现的无轨电车在舒适性和保障道路畅通方面比有轨电车更有优势。有轨无轨,都属于廉价交通工具,对应着上海工业化的进程,怀有服务普罗大众的初心,这一点现在谁也不能否认。1946 年,租界已经收回,上海共有有轨电车运行线路 12 条,轨道交通网络几乎遍及全市。

在我读小学时看过一本很有名的书——《南京路的故事》,由此知道"地产大王"哈同讨厌有轨电车的车辘辘声,硬是让英商电车公司最先开辟的 1 路有轨电车在爱俪园门前绕个大圈再往北奔向虹口公园。还知道南京路曾行驶过有轨电车,1949 年鼎革后,英商电车公司在撤出前咬牙切齿地扔下一句话："不出三个月,南京路上只有铁轨,而不会再有电车。"但中国人民有志气,在1963年年初干脆将"具有殖民地色彩"的轨道统统拆掉,由20路无轨电车取而代之。在宏大叙事的字里行间,我似乎看到了英国佬目瞪口呆的表情。

等我上中学后,经常要接受忆苦思甜教育。有一次,学校请来一位在法商电车公司当售票员的老师傅,他绘声绘色地向我们介绍如何与法国资本家作斗争。最重要的一条经验,就是司乘人员密切配合揩油票款,向逃票的熟人发出信号,帮他躲过临时上车检票的纠察员。

所以,有轨电车在上海也承载了意识形态的功能。中华人民共和国成立后,被保留下来的有轨电车允许它继续为人民服务,但必须漆成邮政绿色。在我家附近,绿色的有轨电车叮叮当当从淮海路上穿过,在八仙桥拐个弯后向东新桥、十六铺以及五角场等目的地驶去,在今天中年人的记忆里,它们的轨迹依然亮晶晶地发光。

二十世纪七十年代,在"深挖洞、广积粮"的全民总动员中,有轨电车被认为不符合战备需要,陆续退出公共交通系统。1975年,由虹口公园通往五角场的8路有轨电车被拆除,电车铃声终成绝响。

比如说,从人民广场市政府大楼前经过的49路,它虽然是红色车皮,但来自社会主义阵营的捷克,又因为性能卓越,从不发生半途抛锚的事故,就成了上海公交的形象工程。再比如,二十世纪七十年代后期,人民警察的制服从草绿色军装换回马天民那会儿的白色加大盖帽,无轨电车也同时换装,白与红或蓝原色相间,赏心悦目,时间节点就在国庆节的早上。

改革开放后,上海一度公交车辆紧缺,有关方面就从香港进口了一批双层巴士(那会儿上海人从港片《巴士奇遇结良缘》中知道公交车也可叫巴士了),还是旧的,据说卖的是白菜价,但车身上的西洋参广告不能涂掉,上面画了一只振翅高飞的老鹰,广告语港腔十足:"认准呢只鹰,喝洋参冲剂有保证。"这个"呢"该读成 ne 还是 na? 不知道,"啄木鸟"(语言文字纠错志愿者)也没行动,反正这只鹰是被市民朋友死死认住了。好在时间不长,香港巴士寿终正寝了。1992 年年底,37 辆首批英国兰利双层巴士漂洋过海抵达申城,马力强劲,乘坐舒适。然而这车是按英国交通规则设计的,方向盘在右舵,乘客车门都在左侧,运营之前得改装一下。

在怀旧的浪潮中,市民开始怀念起有轨电车,小资们为了给自己提气壮胆,祭出了张爱玲的一段文字:"但是你没看见过电车进厂的特殊情形罢? 一辆衔接一辆,像排了队的小孩,嘈杂,叫嚣,愉快地打着哑嗓子的铃:'克林,克赖,克赖,克赖!'吵闹之中又带着一点由疲乏而生的驯服,是快上床的孩子,等着母亲来刷洗他们。车里的灯点得雪亮。专做下班的售票员的生意的小贩们曼声兜售着面包。有时候,电车全进厂了,单剩下一辆,神秘地,像被遗弃了似的,停在街心。从上面望下去,只见它在半夜的月光中袒露着白肚皮。"

张爱玲住的常德公寓对面,就是一家电车公司的停车场,想必她经常扑在阳台上俯瞰,所以文字才会如此生动精准。

不过,我更沉醉于王安忆在《寻找上海》里的一段文字:"在最为静谧的午后时分,这种称为氛围的东西显得极为突出。在那种住宅的区域,又不是交通干道,所以连车辆都是少的。……它们在这个安谧的街角转了弯,驶上一条更为窄细的马路,简直是人迹罕至的。梧桐树叶间闪着阳光,掩隐着一扇扇黑铁门,门上有着镂花,可见里面整齐的房屋。铁门和铁门之间的墙,是奶黄色,砂粒面,吃了光,颜色就变厚了。电车好像进入了私人的领地,进到隐秘的生活里面。电流的嗡嗡声,还有转弯时的'叮'的一声,带来了些外面世界的活跃。但由于这里的隐秘的缘故,这些声音就好像包了一层膜似的,是隔世的。"

常常在黄昏时分,当我劳作了一天后站在阳台上做散漫远眺时,这段极有镜头感的文字就涌上心头。我坦白地告诉各位,王安忆写的是无轨电车,但在我的执念中,是与有轨电车重叠的。

进入新世纪后,关于上海重新恢复有轨电车的新闻时时出现报端,一会儿是从四川路通向五角场,一会儿是沿着黄浦江直通世博园,最大胆的设想是一下子恢复 14 条线路。但上海的交通现状如此繁忙,不容许这般高成本地怀旧。不过要是作为一种城市文化景观,在相对"人烟稀少"的边缘地带诗意地保留一两条,倒也不能说痴人说梦吧。

有朋友提醒我说,浦东的张江已经有一条有轨电车在叮叮当当了。我打电话给巴士集团的朋友求证,对方一笑:那不过是在张江园区里开开的,一般群众不会去坐它。我懂了,它只是园区专属的通勤车。

今天,有轨电车被认作一种非常环保的交通工具,无缝轨道将噪声降到最低,速度也很快,车次又很多,与地铁、火车构成了健全的交通网络。欧洲许多大城市保存它,正是出于这些原因。有些城市在发展过程中取消了它,现在后悔莫及,正设法使它复活,比如希腊就借了奥运会的东风在雅典重开有轨电车。伦敦也在准备辟建名为"跨河计划"的有轨电车路线。

国内有些大城市里一窝蜂地取消有轨电车,这不能不说是一个遗憾。在我去过的国内城市中,大连至今还保留了一段有轨电车,成了驴友必访之地。长春电影制片厂门前也留有一段,本来有关部门已经动手拆了,最后数千市民联名上书市政府,才得以玉成。

我在巴黎、法兰克福、维也纳、布达佩斯、赫尔辛基、波兹南等城市看到主要路段仍铺设了铁轨,像城市的血脉那样,伸向远方。有轨电车从动力系统到车厢都完成了升级换代,电线穿插在空中,横七竖八地稍显凌乱,但这种线条与铃声,自有一种成熟城市的味道,有点甜蜜的忧伤,乘客的脸上也书写着保守的、优雅的文明。

弄堂蒙太奇

弄堂是一个迷宫

穆木天在《弄堂》一文中的开头就设置了这样的观察维度："如果一个异乡的，而尤其是远处的异乡的旅人，在他的不断的旅途中，在这东方的巴黎里停滞上几天的话，他心中会唤起来巡礼者的情绪的。"接下来，他不容置疑地强调："实在说，不亲临其境的人，不实践'弄堂'生活的人，是不会晓得什么是'弄堂'的奥妙的。"

没错，每一条弄堂就是一个迷宫，在外省人眼里似乎一样的格局、一样的规整、一样的精巧、一样的逼仄、一样的破落，也一样的别有洞天、曲径通幽，从窗口伸出来的竹竿，挑起的衣衫是一样的花里胡哨，漆皮斑驳的大门下面，旁边刚刚洗刷完毕等待吹干的马桶，湿答答、阴丝丝的味道也是一样的，正在轰然冒烟的煤炉，也一样呛得人家泪流哗哗。

我们不能要求一个匆匆过客的张望能洞中肯綮，只能提醒他：人间烟火，各有千秋！ 也因此，穆木天建议意欲窥探弄堂奥妙的旅行者，最好去弄堂里租一间房,再找一个朋友做向导,笃笃定定地住上一段日子。

千万条弄堂,就是一只只瞬息万变的万花筒,是通向上海秘境的途径。

石库门重在门面

俗话说:"世上没有两片相同的树叶。"同理,世上也没有两条相同的弄堂。

《读城记》里这样描绘上海的弄堂:"事实上,上海虽然有所谓'上只角'和'下只角'之别,有花园洋房、公寓住宅、里弄住宅和简易棚户四类等级不同的民居,但这些民居的建设,大体上是'摆摊式'的,没有北京那种从中央向外围层层扩散、层层降格的布局。甚至杂居的现象,也不是没有可能。实际上,所谓石库门里弄,便是杂居之地。那种住宅,只要付得起房钱,谁都可以来住,而居于其间者,事实上也五花八门,职业既未必相近,身份也未必相同。"

确实如此,上海的弄堂是杂居之地。但倘若走近了看,就会发现弄堂是有等级之分的。数量最多、草根性最强、历史最悠久的是老式石库门弄堂。蚁聚蜂屯、来路不清,各色人等擦肩而过,彼此打量,各种方言相互交流、抑扬顿挫。很长一段时间里,弄堂里的生态也是鲜活而杂芜的,老虎灶、馄饨店、烟纸店、印刷所、白铁间、竹木坊、裁缝铺、剃头店、街道工厂、民办学堂、私人诊所、居民食堂……都隐藏在弄堂的角角落落,人来人往,生机勃勃。

弄堂口还有一只皮鞋摊,看弄堂的老头住在过街楼下面一间不足两平方米的木板房里，他对每户人家"刷勒丝清"。许多人还不知道呢，这老头当年曾是钟表店小开，在回力球场赌球，输光一家一当才落魄到这般地步。

再从小处着眼，也就是具体到同一条弄堂里的石库门房子，也有精粗优劣之分。比如在外人看得到的前排几幢房子，门框会做得精致些，楼上楼下厢房朝外一边的窗户也会装上百叶窗，有点花园洋房的腔调。

我们家所在的弄堂在造的时候因地制宜，好像有几个老板合股，资金有限，那么只能是烂泥萝卜吃一段、揩一段。有前后客堂，有单边或两边厢房，而旁边一条弄堂里只有前后客堂，没有厢房。当然，都是用中式马桶和煤球炉子的。

弄堂阶级是可以共情的

每天清晨，主妇们将煤炉拎到弄堂里升火，火星乱舞，烟雾翻卷。还有"粪车是我们的报晓鸡，多少市声由此起。前门叫卖糖，后门叫卖米。哭声震天是二房东的小弟弟，双脚乱跳是三层楼的小东西……""金嗓子"周璇在二十世纪四十年代的电影里就是这么唱的，她为上海的弄堂生活抒情，是上海市民的代言人。上海人民一直怀念她！

这种格局的弄堂建造时间最早、资格最老，一般就叫作"里"，比如陈独秀住过的老渔阳里；毛泽东与杨开慧住过的甲秀里；鲁迅、茅盾、叶圣陶、周建人住过的景云里；蔡元培住过的登贤里和鸿庆里；瞿秋白住过的东照里；田汉住过的日晖里、民厚里和宝康里；郭沫若住过的民南里；夏衍住过的业广里；柳亚子住过的润安里；郁达夫和王映霞婚后住过的嘉禾里；吴昌硕住过的吉庆里；张大千住过的西城里；赵超构住过的瑞康里;包天笑住过的胜业里;赵景深住过的四明里……上海大学初创时借了时应里、甄庆里、敦裕里、民厚里等好几条弄堂的房子做教室和宿舍,所以也被称为"弄堂大学"。

在一般的弄堂里,租户的主体包括工人、店员、教师、小业主、小老板,还有舞女、向导茶、"包打听"、"白蚂蚁"、算命先生、江湖郎中等。

有点规模的弄堂会有一根南北走向的中轴线,也叫总弄;弄堂两端通向不同的马路,走不通的弄堂被称之为"死弄堂",以前地下党都选择能走通的弄堂,可进可退,潜龙在渊。东斯文里就是上海规模最大的弄堂,有五六百幢房子。

总弄两边会伸展出鱼骨状的横弄,或叫支弄,比较狭窄、短,也比较幽静,当初的开发商会挖上两三口井,那是租界铺设自来水管道之前的"遗物"。我们弄堂里也有三口井,附近居民平时可取水拖地板、洗衣服,夏天将西瓜、啤酒塞进网线袋沉到井水里冰镇,数小时后捞起来吃,太爽啦。后来有人向井中抛洒烟蒂杂物,一不小心会浮起一只死猫,于是就给井圈加盖上锁,每周四上午大扫除,居委干部攥着一串钥匙来开锁,井水一桶桶吊上来,冲洗地面。

沿街面房子总要精神点,门面略显高敞,过去都用来开店开厂,时过境迁,门柱上依稀还有些模糊的字迹,让我们知道它的前身是酱园、面馆或棺材店。

比"里"高档一点的弄堂叫作"坊",比如瞿秋白住过的毕勋坊;郁达夫与王映霞相识相恋的尚贤坊;沈钧儒住过的愚园坊;马相伯、邹韬奋住过的万宜坊;史良住过的勒斐坊;徐悲鸿、许广平住过的霞飞坊;胡蝶住过的余庆坊;萧军、萧红住过的福显坊;路易·艾黎住过的瑞兴坊;中共中央秘书处机关所在的文安坊。在我老家的这条崇德路上,也有新华坊、锦绣坊、华宝坊等。条件更好的"坊"在淮海中路、复兴中路、建国中路、瑞金南路一带,打蜡地板、落地钢窗、煤卫齐全,甚至还有小花园,公共区域也比较宽敞,小汽车开进开出,也比较威风啦。

有时候,上海人也会将新式里弄或公寓式里弄称为"外国弄堂"。这种弄堂一般由外国房产商设计、建造,从建筑的外观到内部细节,罗马柱、拱门、发券等西洋元素会多一点,钢窗、蜡地、壁炉和煤卫是标配,红瓦屋顶,贴着山墙竖起精巧的烟囱,每幢房子面前会有一小块过渡地带,可视为小花园。

异国情调如此浓郁的弄堂偏偏要戴上一顶中国式的帽子,冠以"村""邨"或"园""庐",比如愚谷村、岐山邨、陕南邨、长乐村、敏邨、龙门邨、逸庐、懿园、卫安园、上方花园、丁香花园等。还有某某别业或某某别墅等,一般比较偏远,所谓"在野为庐,在邑为里"(语出《汉书》)。上海的村与邨,对应了古代的庐,这有点矫情,但也算文脉的延续吧。比如复兴西路上的玫瑰别墅,孙科和二房蓝妮在此消磨了一段缠绵悱恻的时光。上海图书馆对面的逸邨,只有8幢房子,却有大隐于市之功,蒋经国在上海"打老虎"时就住在这里。

不过,所谓的偏远,也是相对老城厢而言吧,今天都是市中心黄金地段了。

比"里"更简陋的弄堂,一般叫作"弄",七转八弯无穷无尽,本地房子居多,房子有高有低,不是同一时期造的,一伸手就能摸到屋檐,有时还能看到一排竹篱笆将一个小院子圈起来,墙沿上窜出花枝乱颤的蔷薇。在那里,几十户人家合用一个给水站,电线在空中横七竖八,"骂山门""戳壁脚""打相打"也许是每天都会上演的剧情。这里是体力劳动者的大本营、无产阶级的根据地,说话直来直去、毫无遮拦,文化水平也不高,邻居之间几乎没有隐私,流言传播得很快,但自有规矩和秘语,对外来者也很警觉,一贯的热情豪爽后面埋伏着一贯的不信任、不合作、不服帖。

一个有趣的现象值得玩味：二十世纪三十年代前后，鲁迅、郭沫若、茅盾、叶圣陶、夏丏尊、冯乃超、冯雪峰、沈尹默、丁玲、蒋光慈、王任叔等一批文化名人都选择在虹口区四川北路一带的所谓"半租界"栖身，而张大千、黄宾虹、陶冷月、陆抑非、吴湖帆、贺天健、刘海粟、盖叫天等一批艺术家喜欢住在法租界的淡水路、黄陂路、嵩山路、太仓路、西门路、复兴路一带。我老家离他们的住所都不远，步行的话也就十来分钟，等我长大后他们都去了远方，"树犹如此，人何以堪"。

不同的弄堂、不同的风景、不同的居民阶层也造成了不同的文化背景、话语系统、思维方式和生活习惯，娶进门的媳妇也不一样。老板、知识分子、艺术家在顶屋之前会向二房东了解住户情况，他们一般不会与草根阶层同框。就像鲁迅所言："贾府上的焦大，也不会爱林妹妹的。"这种环境深刻地影响着居住者和他们的下一代，这样就形成了阶层、阶级之间的差异与隔阂。

弄堂生活的学问也是蛮大的，顶费与租金等于设置了进入门槛，基本反映了弄堂居民的收入水平和文化程度，由此营造出稍有差异的小环境。二十世纪二三十年代，中共中央领导机关就一直在上海的弄堂里转来转去，基本上在法租界或公共租界，江苏省委机关在华界的闸北、南市流动。地下党为了隐蔽身份、开展工作，常常扮作夫妻档，柴米油盐也要关心，在弄堂内外可了解民情、融入社会。后来，许多老干部在回忆录里都流露出对上海弄堂的生态环境深有好感。

从"拆改留"到"留改拆"

  经过三十多年天翻地覆的旧区改造,石库门房子成片成片地被推倒,所剩不到十分之一,有些保存状态挺不错,甚至包含了红色资源、历史遗迹、名人故居的老房子也被"错杀"了。后来市政府调整策略,"拆改留"变成了"留改拆",字序的变化意味着弄堂价值的"突然"显现。有的地方还制定了"石库门建筑三年保护计划",像黄浦、静安、徐汇、虹口等核心区域的光裕里、裕福里、永福里、余庆里、瑞康里、东斯文里、世德里、安顺里、步高里、涌泉坊、东照里等两百多条弄堂,将保留原有的城市肌理和市民社会生态。如果有社会名流、文化巨擘、商界大亨在某个街区留下点点履痕,那么便更有想象空间了。挂了一块铜质铭牌不够,再挂一块大理石的,手机扫扫二维码,听他讲故事。

  常识告诉我们:保护石库门弄堂原生态的投入资金远远大于推倒重建的收益,而且在社会管理层面的风险也不小。如果一个街区的弄堂房子经过"腾笼换鸟",也就是将原住民迁到外环以外,对原有建筑进行修缮、调整,克隆一个新天地,经过一番招租、招商等神操作,再注入一些异质文化元素来一次化学反应,或许能打造出一个时尚街区,由此产生的多重价值会超出单纯的经济收益。

  于是,"新天地们"变得遥远而陌生,不再与我们有肌肤之亲,不会成为我们日常生活的背景。人们只能在记忆深处挖掘、拼贴、想象弄堂生活的碎片,然后在这些碎片上面安置我们的后半生。

  上海人的坦荡,也表现在对自己身份的确认。那么,今天我也借助电影蒙太奇的手法,带领各位看官重返石库门的现场,感受一下那个年代上海人的生活场景吧。

过街楼是城市的脸

　　进入弄堂之前,我们习惯打量一下弄堂的名称。名称就在弄堂口的过街楼上,上海的弄堂口一般都有一个门楼,门楼架空,下面供人进出。门洞上面的那间房子就叫过街楼,它只有两层楼那么高,却是亮点所在。门楼与过街楼常常上下连体,用红砖砌出具有巴洛克风格的楼顶、门柱和花饰,窗子也比较宽大,窗棂花俏,玻璃也许是彩色的,入夜上灯后特别漂亮。过街楼窗下有一块类似匾额的位置,就刻了弄堂名,浅浮雕或阴刻,一般请名家所书,颜体、欧体或魏体写得都很谦虚、朴实、温雅,不像现在的书法家,一落笔就张牙舞爪,浮躁得紧。有一个叫唐驼的人经常为弄堂题名,上海的地方志应该为他记一笔。唐驼本名唐宇衡,因为不小心长成个驼背,他干脆就以"唐驼"行世。

　　弄堂口的那个过街楼在我看来是顶顶有趣的房子,它赛过一个把守关隘的桥头堡,扑在窗口,有千里江山尽收眼底的壮美。有一个同学住在过街楼,我去玩过,当大人们一个个从我脚底下经过时,我真想狠狠地跺几下脚,赏他几缕灰尘。后来我知道,1926 年邹韬奋在勒斐德路(今复兴中路)勒斐坊借了一间过街楼,办起了《生活》周刊。

　　上海的弄堂有两扇大铁门,早开晚关,看守弄堂大门的老头兼巡更一职,边走边喊:火烛当心,房门关紧……这叫"喊火烛"。

　　后来,在有些地段的弄堂,过街楼下面用木板搭起了一间小屋,供清扫弄堂的老头、拾破烂的老太居住,他们没有子女,孤苦伶仃,见到谁都赔着笑脸,好像欠了人家什么。再后来,弄堂口还出现了公用电话亭或烟杂店，叫传呼电话的大妈喉咙很响，对弄堂里的情况了如指掌，是派出所、居委会的重点依靠对象。现在传呼电话不见了，取而代之的是水果摊、服装摊，进进出出的时候得格外小心。

过街楼下有这类生意，整条弄堂就热闹多了。讨价还价，打情骂俏，别有一番情调。

好吧，跟我走进弄堂。天气不错，你会看到好几户人家将洗衣机搬到门口，接上电源和水管，轰鸣声中，洗衣机像发"羊癫疯"似的颤抖不止。洗衣服的黄家阿姨和刘家爷叔并不觉得麻烦，因为较之过去已经实现电器化了。黄家阿姨当年嫁到六合里的辰光，若是小件头的衣服，便在搓衣板上擦擦擦，洗外套、长裤、床单，就要泡在一只洗脚盆里，然后在水斗上搁一块木板，铺平，涂上固本肥皂，再拿一只尼龙丝板刷，刷刷刷，刷个半小时，腰也直不起来了。更气人的是，向晚时分婆婆收起晒干的衣服，对着夕阳的余晖一照："小萍啊，这里还有一摊酱油积渍嗻！"

天井也是小世界

上海的弄堂房子，一般以石库门居多，门框用两竖一横三根石条搭起来，或者磨石子水泥砌成，门楣上有山花，雕饰或简或繁，再塑几个寓意吉祥的字，仿佛这个人家真是书香门第或官宦人家，反正就是封资修的一套。两扇乌漆大门装有铜门环，敲门的时候声音老响，后来不知什么原因就被拆掉了。油漆难挡风霜雨雪，两三年后斑斑驳驳，漆皮卷起来一碰就掉，过年前贴上去的春联也褪色了，房管所也有好几年没来大修了。

门板上挂着好几只信箱,最大一只是我家的,老爸订了《半月谈》《新民晚报》,我订了《上海文学》《收获》。那是二十世纪八十年代,弄堂里已经出现乱象,我的自行车就停在弄堂里,先后被偷过五辆。

12号里的刘家请来两个木匠,要做一套家具:"阿四头要结婚了,家具买不着,只好自己做,你讲捷克式好吗?""好的,现在最最流行捷克式。""颜色呢?""咸菜色蛮好的。""好是好,就不晓得油漆师傅调得出这种颜色吗? 对了,买泡力水你有路道吗?"

有风吹来,吹散刨花一地。"小妹,快点拿扫帚去扫拢来啊,生煤炉最引火了。"

再走几步,磨剪刀师傅坐在长凳一头,右脚一踩皮带下面吊着的木板,砂轮飞转起来,火星四溅,赏心悦目。总有几个小屁孩一哄而上,又怕溅到手上。"你看看,你看看,钢火都给你磨掉了!"戚家好婆从后门出来叫嚷。磨刀师傅回了一句:"不碍事的,你这把王大隆的货色,钢火老好的。"

石库门房子都有一个四角方方的天井,在以前一家一户的格局中,它相当于一个袖珍的前花园,有雅兴的住户可以置一口金鱼缸,养几盆兰花,透气、敞亮、幽静,半封闭状态。进入"七十二家房客"时代,天井就成了一个半开放的公共场所,被底楼的住户用来晾晒衣服、停放自行车、摆放煤球炉子烧饭做菜,螺蛳壳里做道场。

二十世纪七十年代,上海市中心的住房更加紧张,大龄青年要结婚,在房管所的默许下在此搭只顶棚,按月缴房租,就取得了合法性。天井里的可怜住户没有窗子,为了通风只好敞开大门,再装一扇腰门遮人耳目,多少保留了一点隐私。还有一个麻烦,这幢楼里所有的居民只得从后面灶披间进出了。

在我读小学的时候,放学后还经常在天井里开小组。小学生七八个,两张方凳搁起一块洗衣板,大家围坐在一起,默生词,做算术题,背英文单词:long live、great、people、world……叽叽呱呱像打翻了田鸡篓,前客堂宁波阿娘的小孙囡敏敏做小组长像模像样:"谢建伟侬做啥!又在偷看是吗?"

天井后面就是客堂,这里是一幢房子里最正气的一间。朝南,落地大门四扇,一打开真是八面威风。有的地方还用马赛克铺地,不同颜色镶拼,六角、八角、回纹边框。后来在落地窗的位置砌起了墙头,装上窗户,据说是为了安全。

如果居住情况不那么紧张,或者约定俗成的局面未遭破坏,那么客堂还是公用的,贴墙置一张八仙桌,散两三把摇摇晃晃的太师椅,底楼人家便在这里会客、喝茶、下棋、做馒头、包粽子,冬天在这里腌咸菜、磨糯米粉。

天井一侧是厢房。老渔阳里的房子是有厢房的,但并不是每幢石库门房子都有厢房,比如说兴业路上中共一大会址,四幢石库门房子连在一起,看上去不错,但没有厢房,只有前后客堂。鲁迅在大陆新村的故居也是没有厢房的。

客堂与厢房的不同质感

厢房又分东厢房、西厢房。从古书或戏文中,我们大致会有这样的感觉:未出阁的小姐多住西厢房,家中的男儿多住东厢房,所谓西厢思春,东床坦腹。但到了石库门的时代就没有这种讲究了,有厢房栖身就相当不错啦!

底楼厢房一长溜,前半截是前厢房,对着天井有一排又高又宽的窗子,光线不错。过去二房东会对承租人说,这里是整幢房子风水最好的,租金当然要高一点。后厢房窗子朝北,夏天热得像蒸笼,冬天阳光又不进来,冷得够呛。如果在前后厢房中间再隔出一间——这也是常有的格局——因为无处开窗,那就像旧社会一样暗无天日了。

从前客堂旁边一条仅容一人通过的甬道深入,慢慢走,就看到了直上二楼的楼梯。且慢,楼梯旁边就是后厢房的门。暗无天日是吗?眼睛还不能马上适应,摸到开关,电灯亮了,墙上有一排小火表,积了厚厚一层灰尘。哦,墙角上方还悬挂着一座布满蜘网的佛龛,杨家的祖宗牌位供在这里。

往后看一眼,天光柔情似水地从晒台泼洒下来。水槽安装在此,地皮终日水淋淋的,自来水龙头装了好几只,一家一只,每只水龙头套一个马口铁罐头,侧面开口处插一条打了洞的扁铁条,上锁!大家在这里洗菜淘米,淘气的小屁孩在这里撒尿。

然后进入灶披间。

流言从灶披间传播

灶披间有一扇门直通后门,也就八九个平方米的样子,四面墙壁墨漆乌黑,陈年油垢相当深重,有几处似在流淌之中,就像书法家一再强调的"屋漏痕"。天花板上拉着横七竖八的电线,上面织满蛛网,贴墙安置了四五只煤球炉,炉子上方还挂着摇摇欲坠的柜子,里面除了油盐酱醋还有隐士般深居简出的蟑螂,现在大家叫它"小强",在巴掌宽的空隙里还要塞进一张小桌子,切菜剁肉包馄饨。

心理学家总是吓唬我们老百姓:人与人之间距离一近,就会产生不安全感,发展到后来就会构成威胁,擦枪走火不可避免。也许有点道理,油锅升腾之时,为争夺地盘引发的战争不宣而起。你今天占我一寸,我明天夺回半尺,你掼我炒菜锅,我踢你煤球炉,最后大打出手,扭作一团,儿子女婿一起赤膊上阵。

关键时刻,娘舅挺身而出。娘舅者,居委会阿姨也。中国社会底层的芝麻绿豆官,以前叫里正或里长,现在叫"小巷总理",擅长调解工作,对辖区内居民知根知底,谁老实、谁刁蛮她心里有本账,一语点中对方死穴。来了,她们咋咋呼呼地来了,拿了竹尺和粉笔来丈量地皮,勘分边界,精确到厘米。还有什么意见吗? 没有,那就这样办吧。

如果娘舅主持公道的话,一般能换来三五年的和平,双方也会舔干伤口相互拥抱。

王安忆在一篇名为《无言独白》的散文中写道:"流言是上海弄堂的又一景观,它几乎是可视可见的,也是从后窗和后门里流露出来的。前门和前阳台所流露的则再稍微真切一些,但也是流言。那种有前客堂和左右厢房的,它的流言是要老派一些的,带薰衣草的气味的;而带亭子间和拐角楼梯的弄堂房子的流言则是新派的,气味是樟脑丸的气味。无论老派和新派,却都是有一颗诚心的,也称得上是真情的。"

据我的生活经验来看,灶披间是发布流言的最佳频道,所谓的人间烟火,一定要与流言搭配才有那种上海人家的味道。12号亭子间里的阿跷打了他的后爸一记耳光,后爸送进医院就"一脚去"了。14号前客堂的阿玲在厂门口捡到一个弃婴,兔唇,送到医院人家不收,只好抱转来自己抚养。23号前厢房的好婆在弄堂口捡到一只军用背包,里面有一沓钞票,拿到银行一验,是假币……还会插播国际新闻:尼克松总统访问上海,在国际饭店吃了一盆绿豆芽嵌肉丝。海尔塞拉西皇帝来到上海,他手里牵着的那条大狼狗价值十万元……

当然，温馨的剧情也时时在灶披间上演，李家阿嫂包荠菜肉馄饨，每家每户送一碗。张家姆妈摊了韭菜饼，大家尝尝。张老伯伯孤老头一个，躺在床上两天了，大家也会熬了赤豆粥喂他吃。刘家的饭焦了！快点相帮端端开。上海人都是一根藤上结的瓜，藤烂掉，瓜也瘪掉。当然，不妨碍大家暗里将对方的家底打量，过年了准备哪些年货？女儿回娘家烧点啥个小菜？

后客堂与二房东

退出灶披间，重新回到楼梯下，就是前客堂的后半截，也叫后客堂，只有四五个平方。几乎伸手不见五指，被阳光遗忘的角落。住在这里，租金应该最便宜吧。这个……我不清楚，不过我妈告诉我，住在这里的肖老太可是二房东噢。

二房东？住这里！想不通是吗？二房东把敞亮、正气、阳光充足的朝南房子租给客户，自己则蜷缩在阴暗潮湿的后客堂，追求利润的最大化。

这不是中国的女版葛朗台吗？"他依旧住在阴暗、破烂的老房子中，每天亲自分发家人的食物、蜡烛。"

喏喏喏，穆木天在《弄堂》里早就注意到了，"靠做二房东生活的人家，多半是由后门出入的"。

走到底楼与二楼之间，请注意楼梯旁有一扇小小移门，拉开，这是一间夹层。天哪，夹层只有一米多高，身子也站不直，能住人？能住的，这里住着一户三口，户主姓陈，夫妻俩加一个小女孩，早出晚归，见了邻居客客气气的。关了门，别有洞天。《贺友直画三百六十行》里就有一幅画专门描写这种夹层的,一个男人挑了一担煤球颤颤巍巍地走上楼梯,女人猫在家里炒菜,作孽啊!

　　贺友直的配画文字也写得详细:当时买煤球,上一担的就可以要店里派伙计送到家。……底层与二楼之间是二层阁,楼梯拐弯处是亭子间,前楼是一幢房子的"精华",后楼可能是另一门人家,前后楼的上面是三层阁,亭子间的顶上是晒台。晒台是供一幢房子里的人家晾晒衣物用的。不过,有的晒台也被搭建成房间用来居住。若是这户住在晒台上的人家买一担(100斤)煤球,要伙计挑着上楼,就要踏三层楼梯,过排列炉、桶、橱、缸、盆、篮、篓、扫帚、拖把等杂物的夹弄,几多困难,要格外小心。这根挑煤球的扁担之所以特别短,为的是使两只箩筐紧贴身子,缩短宽度,避免碰撞,以适应登梯或通过狭窄通道。七十年代初,我从"干校"回上海休假,买的煤球没人肯送,就是借店里的担子自己挑着上楼的,所以对其难度有点体会。

　　二楼到了,二楼前客堂与楼下的前客堂相对应,一样大小,却更加敞亮、八面来风。一侧也有前厢房、后厢房。前厢房阳光充足、冬暖夏凉,优势明显。二楼后厢房朝北,夏暖冬凉,唯光线好一些。有的人家住统厢房,从南到北一溜,简直好打保龄球了。这样的人家常常三代同堂,也许有整堂的红木家具,还有落地座钟、电风扇,看来当家男人捧了一只金饭碗,薪资不少。

　　再上点档次的弄堂里,会出现两厢两天井的石库门房子,那么亭子间也成了双亭子间,这样的房子在建造时不敢造次,外墙要砌成两砖宽。

亭子间嫂嫂

亭子间,在上海的语境中是有点暧昧的,亭子间在灶披间上面,狭小、低矮、朝北开窗,是二楼的"下沉式"空间,居住在亭子间里的女人被呼作"亭子间嫂嫂"。民国时期周天籁的长篇小说《亭子间嫂嫂》,以一百万字的篇幅描写了暗娼顾秀珍的悲惨一生,亦是研究二十世纪三四十年代上海方言的极佳文本。

"亭子间嫂嫂穿着盛夏的装束,湖色镂空乔其纱旗袍,白的雕花皮鞋,左臂上套了一只金臂镯,手指上钻戒闪闪作亮,一个金的锁片套在胸前衬在旗袍底下,隐约看得清清楚楚,她一手握了一柄小小枣红绸伞,一手一把五寸长的檀香骨扇子,笑盈盈的,轻轻地走上楼来。"

亭子间的另一界面,则来自作家的困厄,他们也被称作"亭子间作家",萧军、萧红漂在上海的时候,就在亭子间里相濡以沫,啃大饼、爬格子,梦想飞出云天外。亭子间是一个小小的私密空间,在物理意义上有点离岛的属性,也最容易擦出爱情的火花。

亭子间上面就是空间大一些的晒台。无论晴雨,是整幢房子居民晾晒衣物的场所。小时候,我在上面用破脸盆、破砂锅种鸡冠花、凤仙花,还放过风筝。风轻云淡的时候,干脆从晒台翻到屋顶上,看风筝越飞越高,我的青春小鸟也越飞越高了。后来在晒台上学拉小提琴,杀鸡杀狗的声音吵得刚刚上完夜班的小刘爷叔睡不好,他上楼来作揖相求:"小六子侬精神真好,从早到晚的'鸡狗拉狗',好歇歇了吧?"

老虎天窗里的聂耳

后来,肖家的儿子、女儿从黑龙江、安徽回城了,眨眼到了谈婚论嫁的年龄,在江南造船厂当工程师的肖家伯伯跟房管所所长熟稔,请一班徒弟来帮忙,工字钢、三角铁、松木搁栅等像老鼠掮木梢似的拖进来。在天花板上加了一只三层阁,又开了一只老虎天窗,一间像像样样的婚房就这样"生"出来了。

邻居意见纷纷,但人家房管所里有人,居委会也对知青照顾有加,你能拿他怎么样? 肖家姆妈带着新媳妇出面拜访左邻右舍,微微鞠个躬,爷叔阿姨一叫,喜糖一散,大家还能说什么呢? 恭喜恭喜!

弄堂里的老虎天窗本来就不少,到了知青纷纷回城后,更像流浪猫的大眼睛,一只只睁开来。人家要结婚生子,单位里房子紧张,头发花白的老职工还在排队,轮到你不知猴年马月呢。

搭阁楼是上海人的一大发明。上海滩阁楼之多,简直可以入世界吉尼斯纪录。上海弄堂的老虎天窗也各有千秋,蔚成大观。当年赵丹在电影《聂耳》里爬出老虎天窗拉小提琴的剧情,真把一班中学生迷死了。

小时候也曾幻想,我们家终于有了一只老虎天窗,阳光通过老虎天窗照进阁楼,细微的尘埃在光柱中飞舞,温暖、明亮,这是我的神秘花园。

然而现实是骨感的,直到搬出这条憋屈的弄堂,我一直在没有天窗的阁楼里蛰伏。阁楼的空间是三角形,最高处只有一米多一点,身子直不起来,但可以放一张小桌子。阁楼的好处是安静、聚光,私密性强,高考复习时每天奋斗到半夜，然后将身子放倒在被褥上，做我的美梦。

屋顶上的风景

没有爬过屋顶，就不是上海小男孩。

在晒台上一蹬，就上了屋顶。"悄悄地进城，打枪的不要"，但是瓦片仍然咯咯响着，拒不合作地破裂。屋顶上有晒干的猫屎，有不知从哪里吹来的三角裤，有废弃的自行车轮胎，有茁壮成长的野葱……我独自一人，或与邻居小孩一起行动，在国庆节即将来到之际，在寒暑假期间，在无所事事的时候……站在犹如鲫鱼背的屋脊上，左右张望，心里未免有些慌张，两边就是斜坡，若脚底打滑，整个身体就会像被落水鬼拖着一样滑下去，要么天井，要么夹弄，重则粉身碎骨，轻则断手断脚。

站在屋顶往周围眺望，可以看到淮海公园的树林，看到救火会的眺望塔，也可以看到原法租界的勒格纳小学——也是自己正在就读的学校。再远一点，可以看到上海的制高点国际饭店，还有卢家湾那边一座发电厂的水塔。有一种单调的声音，嗡嗡地，沉闷但不刺耳，从很远的地方传来，紫灰色的地平线将我的视线引向远方，顿时莫名的惆怅涌上心头。

唯有在这个时候，才知道上海有多么辽阔！才知道岁月有多么虚空！

很久以后，读到金宇澄的《繁花》——阿宝与蓓蒂爬上屋顶，阿宝十岁，蓓蒂六岁，两个孩子胆子贼大，他们在屋顶上并肩坐下，眺望远方，像受洗一般庄重而纯净。瓦片是温热的，黄浦江那边传来巨轮的鸣笛声，悠扬如圆号。蓓蒂紧拉着阿宝，江风穿过她的发丝，轻舞飞扬。

这一幕，想必深深感动了每个爬过屋顶的上海男人。

违章搭建的新时代

弄堂生活是热烘烘的、灰扑扑的、潮叽叽的、湿答答的、闲语碎语的，也是丰富多彩的。日子过得飞快，弄堂里的男人一个个老了，亭子间嫂嫂成了老外婆。等到肖家伯伯最后一个女儿嫁出去时，六合里已经面目全非。违章搭建越来越猖獗，弄堂愈发的狭窄，加上房管部门职能转变，靠居委里的阿姨妈妈根本管不过来。你在天井里搭一间厨房，我在晒台上搭一只鸽棚，你在屋顶加建一只阁楼，我在后门抢占一块地皮。先下手为强，后来没商量。

弄堂房子看上去还是二楼三楼，内部却早已至五楼六楼了。再后来，沿街的门面房子的居民开始经商，将一楼改造成二楼，下面挖地三尺营业，上面搭一个阁楼住人。

而沿街门面的房子早就破墙开店了，小文具、小零食、小吃店、外贸服装、租售碟片、香烟老酒、礼品回收、建筑材料、烫头发、拔牙齿、足浴按摩、福利彩票……五花八门样样有，风景这边独好。

肖家伯伯掌上明珠出阁的那天，两扇黑漆大门贴了一对大红双喜，龙凤呈祥的图案，花团锦簇的加长版林肯却只能停在弄堂口，新郎官带着一行男傧相雄赳赳、气昂昂地来了，但你总不能叫新娘子自己走出去啊！情急之下，新娘子的舅舅抱起身着婚纱的新娘，在化粪池、垃圾桶、皮鞋摊、油氽排骨年糕的油锅、洗衣裳的大脚盆旁边一路杀出重围，左邻右舍的群众纷纷围上来看热闹，说几句吉利话，讨一袋喜糖。哇！新娘子的一只高跟皮鞋脱落了，落在了一堆烂菜叶上。

爆竹声声,鲜花朵朵,幸福的生活就这样开始了。

贺友直、张乐平都画过石库门房子的内部结构,金宇澄在《繁花》里也画过,都想画清爽,却都有局限,总有拐弯抹角的地方画不出来。真正要了解石库门房子的复杂结构,可以去明复图书馆,那里陈列了三套十分精细的模型。再不然,或许应该采取穆木天推荐的方法,在老式弄堂里借一间房子,过几天上海人的小日脚。

本大叔在此提醒一声:"当心从楼梯上滚下来!"

白相城隍庙

小时候每逢过年,老爸就会带我去"白相城隍庙"。"白相",就是玩耍的意思,"好白相",也就是非常有趣的意思。

城隍庙离我家不远不近,出了弄堂,经过杀牛公司,横穿西藏南路,进入方浜路,然后一直向小东门方向走,不消一刻钟即可看到两根旗杆直刺青天,在一大片黛瓦白墙的老平房中间,颇有点鹤立鸡群的意思。老爸告诉我,那两根旗杆是福建人捐给庙里的。

很多年以后我才知道,一百多年前,福建商帮在上海是一股举足轻重的势力,小刀会起义的主力就是福建商帮和闽籍无业游民,豫园的点春堂原是福建商帮主政的木业公馆,小刀会的副元帅陈阿林与将领议事及发布指令的指挥部。

节日里的城隍庙人山人海,喧闹而嘈杂,我们随着汹涌的人流进了山门,就可看到中央广场上坐着一口铸铁冲天耳大香炉,香烟缭绕中折过身来,还可以看到身后有座戏台,戏台下悬挂着一把很长的大算盘,目测有一百多档,大概寓意"人算不如天算"吧。进入正殿,前后有两座神像,白脸黑脸、威风凛凛,两厢有白无常、黑无常,红眉毛绿眼睛,舌头伸得老长,我不敢多看,怕夜里做噩梦。

城隍庙里面神像很多,观音娘娘、孙悟空、关老爷,还有管火灾、管天花、管痧眼的诸位神仙,简直就像一个无所不管的派出所。老百姓最感兴趣的就是寻找管自己本命年的太岁,然后拿了香烛往大香炉里抛。

世俗意义上的城隍庙,还包括庙外的街市和豫园。豫园要买门票才能进入,里面有亭台楼阁、大假山、金鱼池、砖雕、玉玲珑,还有各种造型的石窗和墙门。盆景最应时,绿萼梅让我十分惊奇。最精彩的是龙墙,九条活灵活现的虬龙依次趴在墙头上龙睛炯炯、龙爪孔武,龙须快要翘到天上去了。

九曲桥总要走一走的,湖心亭里吃茶需要有钱有闲,风味小吃和百样杂货最吸引人。腊月里,城隍庙有几家商铺还会供应时令花卉和清供,比如天竺、水仙、蜡梅、银柳、佛手、金橘等,还有男孩子过年的标配——木制的刀枪剑戟,髹红描金、龙飞凤舞,总有一款适合你,孙悟空、鲁智深、李元霸等"野胡脸"和各种花炮也让人心动不已。

荷花池南边的百翎路转角上开着一家动物商店,店堂不大,但孩子们最喜欢往那里钻,除了八哥、画眉、绣眼、蜡嘴、鹦鹉,还有装在笼子里或玻璃缸里的刺猬、兔子、壁虎、两头蛇、红蝎子、红蜘蛛、绿毛龟,看了长知识。

七转八弯的小路上还集聚了十几家特色商店,货品繁多:铁画轩的紫砂壶、丽云阁的扇子、万里的拐杖、永青的假发套、出新的纸花样、光明的花边、虹光的纽扣、百花的手帕、新锋的剪刀,还有专门卖鼻烟壶、瓶塞和筷子的,店名记不清了,都可以一家家看过来。

宁波汤团店外面还有一台俗称"武松打虎"的拉力机,外观上是一尊彩塑,武松跨在虎背上,正抡起拳头猛捧那匹吊睛白额大虫,动作绝对威猛。你只需花一角钱站上去将机器上的粗壮把柄奋力抬起,嵌在老虎身上的一连串小灯珠就会随着音乐声而渐次亮起,红红绿绿煞是耀眼。但是大多数人用足吃奶的力气也不能收获"大满贯",关键时刻总会有"大力士"自天而降，拨开人群出来挑战，只见他朝手心啐口唾液，搓几下，"啪"的一下搭住把柄，瞪起眼珠子、鼓起腮帮子，大叫一声，在围观群众的喝彩声中，让小灯珠一路狂蹿，直至尾巴顶端的那盏红灯大放光明。

"大力士"仿佛有武松的附体，成了孩子们的偶像。我暗暗发誓：等我长大后也要来挑战一次。但是……后来这台拉力机就不知去向了。

吸引小孩子的还有西洋镜，北方人叫作"拉洋片"，那部活动车厢被装点得花花绿绿，赛过移动的宫殿，拉洋片的人操北方口音，一边夸张地拉起调子，一边操纵机关。车身一侧开着四五个小圆孔，几个小孩子挤在长条凳上贴着小孔看得津津有味。听比我大的孩子说，西洋镜到最后会有一个出人意料的镜头，绝对刺激。我想看看，老爸眼睛一瞪："小鬼，不可以学坏样！"

在旧时代，城隍庙就是一座城市的文化中心，这个特征在上海更加明显。每逢元旦、元宵、清明、立夏、中秋等节庆时令发生的烧头香、灯会、梅花会、城隍老爷生日、新麦上供、花艺会、天贶节、晒袍会、菊花会等，都成了市民的狂欢节。还有万人空巷的"三巡会"——城隍庙老爷出巡游街。

城隍庙老爷游街是老百姓参与度很高的民俗活动，每年清明、中元和秋天各一次，所以叫"三巡会"。弄堂里的老太太一说起这档事，眉飞色舞、头头是道：城隍老爷、城隍娘娘的神像用八人大轿抬出来，前面有钟鼓号角开道，后面是高举清道旗、虎头牌以及官衔牌的彪形大汉，接下来是青袍赤带的皂隶，手执水火棍和各式刑具。还有密密麻麻的女人，穿红绸衣裤，腰系白绉裙子，一律扮作女囚的模样，为了许愿或赎罪……后面的节目更加精彩，踩高跷、抬朱阁、荡湖船，男人扮作武松打虎、八仙过海，女人扮成蚌壳精，身穿肉色紧身衣、绣花红肚兜，两面蚌壳一张一翕，楚楚动人。

最神奇的是"托香炉"，七八个精壮大汉，赤膊，香云纱黑裤，腰间束一条红绸带，用几根比筷子还粗的银钩横穿手臂，银钩两头下垂铜链，吊起一只几十斤重的锡香炉——也叫"肉心灯"，虎步缓行，面无惧色。老百姓相信他们得了城隍老爷的保佑，所以不会痛，也不会流血。

游街队伍在途经的城门和露天集市稍做停留，那里早有官员和士绅备好酒筵迎接城隍老爷，敲锣打鼓放鞭炮地热闹一番。

这么好玩的节目为什么没有了呢？我问老爸。他义愤填膺地说："这是迷信活动。"

后来我知道，正因为城隍庙有了庙会和"三巡会"，才吸引小商小贩在此设摊开店，城隍庙内外便成了集市，人间烟火，以斯为盛。

那么跟老爸"白相城隍庙"，必须来点吃的。五香豆不可不尝，五分钱买一包，入口后一股奶香味，含在嘴里玩味片刻，先嚼豆皮，再吃豆肉，越嚼越香，回味悠长。花式繁多的梨膏糖我也是想尝尝的，但老爸说，没有伤风咳嗽，吃了浪费钞票。后来我就聪明了，路过梨膏糖商店就拼命咳嗽，但老爸只当没听到，第二天倒是给我在厂里医务室配了一瓶半夏露。

那会儿方浜中路城隍庙的西侧有一家老松顺，八扇落地窗很有些百年老店的派头。老爸带我进去，墙壁刷得雪白，八仙桌擦洗得十分干净，上面摆着筷笼和醋瓶、酱油壶，水蒸气从厨房里款款溢出，我们一人一碗面筋百叶，味道太好了。更多小吃集中在庙前广场，大殿两边的房子都成了小吃店，还搭建了凉棚，水汽氤氲中供应着赤豆糖粥、鸡鸭血汤、鲜肉大包、菜肉馄饨、鲜肉汤团、面筋百叶等。

鸡鸭血汤是城隍庙人气最旺的小吃，师傅在蓝边大碗里加鸡心、肝、肫、肠和小蛋黄，浇上一勺血汤，撒上葱花，淋几滴鸡油，红黄绿相间，味道鲜美。糖粥也是我的最爱，有一种红白镶，桂花白糖粥上面浇一勺赤豆沙，盛在碗里像个阴阳八卦图。豆腐花也是上海人的心头好，点得极嫩的豆腐花加了虾皮、榨菜、紫菜、葱花、酱油、辣油等佐料，一碗下肚，满头大汗。

城隍庙里的炸鱿鱼也令我难忘，它的正式叫法是油爆鱿鱼。这个摊头是设在路边的，露天生意照样做得风生水起，师傅的鱿鱼发得真好，放在瓷盆里肥嫩光亮，待客人选中后操起大剪刀"咔咔"剪成几块，下锅油爆，"滋啦"一声，油星乱舞，起锅装盆，淋上特制的酱料，鲜美无比。我当然也想尝尝，但是老爸说价钱太贵了。回家后他从菜场里买来水发鱿鱼自己爆，烈火烹油、乌烟瘴气，老妈很不高兴。而且他用普通的甜面酱来调味，味道偏咸。

宁波汤团店在平时生意就特别好，过年时节尤其夸张，店堂里挤得满坑满谷，实在没位子就只好站着吃。除了宁波汤团，城隍庙到正月十五还有元宵应景。北方的元宵馅也是甜的，以百果为主，将桃仁、松仁、蜜枣、糖冬瓜等切碎了拌匀，先压成饼，再切成骰子那般大小的颗粒，然后淋些清水后放在盛有糯米干粉的笸箩里滚来滚去（南方称作"筛"，北方称作"摇"，也有叫作"打元宵"的）。馅心沾上干粉后越滚越大，像滚雪球似的，最后就成了外表不甚光滑的圆子，但好歹没有露馅。

我见过一种古法摇元宵。师傅将一种特殊工具搬到店门口，用工具把整张干驴皮卷起来做成一个圆桶，一头封口装上轴，一头装上把柄，搁在一个 H 形的木架子上。桶内投入适量干粉，将馅心颗粒放进去，徐徐摇动把柄，让馅心在里面翻滚，元宵就这样摇成了。这要比摇笸箩快得多，也更具观赏性。元宵一摇，游客都来围观，这广告就做活了。

城隍庙是小孩子的社会大课堂，许多教科书里没有的知识，都可以在那里获得，就看你有没有足够的观察力和悟性。读三年级的那个春节，我独自一人跑到城隍庙，终于看上了西洋镜。真的，最后一格画面弹出来时让我怦然心动：一个女人坐在大澡盆里，背对着我回眸一笑，丰乳肥臀小蛮腰。这是我人生的第一次性教育。

有些人对旧上海城隍庙的印象并不佳，认为它脏乱差，与时代脱节。"阴霾之下高高耸立的中国式亭子，下陈一湾病态的绿色水池，以及斜斜地注入这池中的隆隆的一条小便——这不单单是一幅忧郁可爱的风景画，同时又是我们老大之国辛辣可怖的象征。我痴痴地望着这位中国男子，凝视良久。"(芥川龙之介《中国游记》)一百年后的今天，城隍庙成了闻名中外的旅游景区，干净多了，漂亮多了，满满的时尚气息，在九曲桥边可以看到浦东的"三件套"——金茂大厦、环球金融中心和上海中心。

这里是上海人情感的原点，文化的原乡。

上海，一座照顾穷人的城市

　　上海之所以伟大，是因为有许多"大"：大工厂、大码头、大机场、大银行、大卖场、大物流、大枢纽、大商厦、大学城、大公园、大马路、大影城、大剧院、大社区、大楼盘、摩天轮、摩天大楼、越江大桥……伟大的上海还包容了无数个"小"：小马路、小弄堂、小洋房、小阁楼、小花园、小菜场、小吃街、小酒店、小商品、小作坊等。旧上海的茶馆酒楼中以小自许的也不少：小乐天、小有天、小广寒、小绍兴、小广东、小金陵、小无锡，老百姓自斟自饮叫小乐胃，打卫生麻将叫小来来，衣食无忧就是小日子……

　　小市民身上有许多缺点，比如小聪明、小脑筋、小滑头，爱贪小便宜、爱打小算盘，大智慧不足，大气派更谈不上。也因此，外省人讥讽上海人为"小市民"。行到水穷处，坐看云起时，上海人正在努力克服种种缺点，向公民社会迈进。

　　有些被别人目为缺点的行止，其实也要具体分析，不能脱离历史背景，切换至当下，说不定就是优点呢。小心谨慎，就不大会受骗上当；小富即安，可抑止贪婪心理；小日子盘算得巧妙，就不会坐吃山空；小心驶得万年船，才不至于触礁搁浅。

　　北方爷们喜欢拿上海人开涮，比如说在计划经济时代居然发明了半两（25 克）的粮票，一根油条或者一碗豆腐浆，只收半两粮票。一两粮票则有更大的腾挪空间，可以买一块蛋糕、一碗小馄饨，或者四只生煎、两块海棠糕或者两根麻花，像办家家！是是是，北方城市里满大街都是豪放派，油条买起来都是论捆的。但扎成捆的油条都是冷的，软皮邋遢，赛过寡妇宿醉的脸，会给你美好体验吗？现在你去北京王府井逛街，食品店里的糕点仍然是论斤卖的，你想买一两块尝尝，营业员立马对你翻白眼。他们不能理解，上海人在最尴尬的时候，仍然有信心、有能力把俭朴寒素的生活打理得井井有条，用最低的代价去打捞最大的乐趣。半两粮票在上海人手里流通，就是精细化管理的案例。

北方爷们开公司，注册资金动不动就是数百万数千万，爹妈给的本金不多，他哪怕是借高利贷也要凑成一个体面的额度，营业执照挂墙上倍儿有面子啊，谁能知道他在公司注册后不久又将大部分资金提走了。上海人开公司，注册资金常常只有二三十万，起步低、慢慢来，小步快走、聚沙成塔。

上海，一半是海水，一半是火焰。但并非水火不容，在很多情况下倒是水因近火而不结冰，火不惧水而有暖意。上海开埠后，外省移民一波波来到大上海，他们中的绝大多数是背井离乡的地主、农民、手工业者、无业游民及小知识分子，失地、失业、破产是常态。据文史专家熊月之统计：1935 年，上海华界农、工、劳工、家庭服务、学徒、佣工、无业人员，共占上海城区总人口的 80.9%；在公共租界，农、工、交通运输、家务、杂类人员占到总人口的 80%；如果加上一定数量的贫穷商人与文教方面的人口，则无论华界还是公共租界，穷人的比例超过总人口的 80%。

哪怕在所谓的"黄金十年"，上海还是一个"穷人的城市"。

外省移民来到上海，其身份就发生了改变，但是上海给他们提供了工业化和近代化的良好环境，受过一定的教育，又有一点家底的新上海人，可以进入律师、财务、教师、新闻、商贸、医疗、文化、娱乐、旅游、服务、城市管理等行业，文化程度较低的"海漂"者也可以在造船厂、兵工厂、化工厂、机器厂、纺织厂、橡胶厂、印刷厂、食品厂、自来水厂、发电厂、火柴厂、烟草公司、煤气公司和服务行业找一份工作，实在不行就凑点微薄的本金做小买卖，或者到码头上掮包子，在马路上拉黄包车、当清道夫。

今天我们津津乐道的许多著名实业家和慈善家，在他们跨过城市之门时，可能身无分文，经过十几年甚至几十年的打拼，终于咸鱼翻身，飞龙在天。

"在大上海，只要不是好吃懒做，身体健康、为人忠厚、识得人头，总能寻到一份工作。从学生意开始，吃几年萝卜干饭，就能步步高升。狗洞可钻、龙门要跳，不少大老板你翻翻他们的底牌，就是这样一路跌打滚爬过来的。上海滩呼风唤雨的黄金荣在城隍庙裱画店当过学徒，杜月笙在十六铺水果店削过生梨，'江北大亨'顾竹轩拉过黄包车，叶澄衷在黄浦江上摇过摆渡船，'阿德哥'虞洽卿在颜料行学过生意，大世界创始人黄楚九在城隍庙卖过眼药水……旧社会许多开酒楼饭馆的老板，都是厨师或伙计出身。上海跟香港一样，英雄不问出身。"这是十多年前银行界的一位老法师跟我说的。他还告诉我，上海有不少老作家，当年都是银行的练习生。

产业集聚，人口集聚，加上租界的存在而带来的上海城市的安全因素，使得全国各地富人麇集上海，促进了上海的财富集聚。

在上海一百多年的演化史中，绝大多数穷人有饭吃、有衣穿、有力使、有一椽茅屋、有造梦空间，也能维持最低的尊严和体面。诚如熊月之所说："与充满活力的上海社会大系统紧密联结在一起，贫民集聚会给贫民催生出向上流动的期待。"他还认为,近代上海穷人集中的地区,无论在闸北、南市还是浦东,都有廉价的房子、廉价的饮食、廉价的茶馆、廉价的医生、廉价的教师、廉价的学校、廉价的娱乐场,从而有了虽然贫困但又相对自洽的贫民社区。

这是上海的吸引力。美国学者格莱泽在他的《城市的胜利》中有一个观点值得重视:"不是城市让人们变得贫困,只是城市吸引了贫困人口;⋯⋯大城市贫民窟的出现,说明了城市对这些人的吸引力。"他说的是印度和拉美国家,但对于上海的成长史同样适用。

所以,一座伟大的城市,不仅能为有理想、有能力的人提供发展的空间和机会,还能对弱势群体有及时的、适当的、体贴的关怀。在计划经济时代是这样,在市场经济时代也应该是这样。

今天我深爱着上海,以做一个上海人为荣。这座城市时时刻刻在教育我、提醒我:上海人都是苦出身,对穷人要有同情心。

上海的居民集聚区,每个街坊都会布设许多与民生有关的商业网点,烟纸店、老虎灶、煤球店、酱油店、米店、文具店、小吃店、裁缝店、小书摊,以及各种小修小补的摊点。上海人对穿街走巷的商贩和小修小补的师傅也怀有很深的感情,将他们视作"解决方案的执行者",一道流动的风景线。

为了照顾社会底层消费者,街头烟纸店里的不少商品是拆零供应的。比如香烟,飞马、光荣、大前门、牡丹、中华等牌子的都可以拆开来卖。光明牌冰砖遐迩闻名,还有一种简装冰砖,称为"简砖",每块一角九分,价廉物美,这样就惠及了许多低收入家庭。

一分钱的生意也在做,而且兢兢业业。一分钱可以买两枚绣花针(上海人称之为"引线",老城厢就有一条引线弄),或者一枚别针、一只信封,或者两张信纸、几根橡皮筋、十张草纸、两粒樟脑丸等。烟纸店一般就是夫妻老婆店，面对马路横一只玻璃柜台，靠墙竖起一排排货架，身后暗黜黜的地方就是生活空间，路人可以看到简单的板床和饭桌等。开烟纸店很辛苦，从早到晚，年中无休，小街的最后一片灯光就是从烟纸店里泼出来的，它仿佛是上海人日常生活中的灯塔。

小朋友记得最牢的是一分钱可以在烟纸店买四粒红红绿绿的弹子糖；还有一种更加迷你的弹子糖，一分钱可以买三十一粒，三十粒是彩色的，一粒是表面涂上巧克力的。你知道小弹子糖是如何计数的吗？营业员手持一块打了三十个小孔的模板，抓起一把弹子糖往板子上一撒，每个孔填进一粒，计数瞬间完成，然后从另外一个瓶子里仔细搛出一粒巧克力的，当面验明正身，包成一个三角包交到小顾客手里，银货两讫。这样的小本生意，老头老太一丝不苟，现在谁还有这个心相！

正因为上海有“烟纸店传统”，到了1969年，有关部门就在西藏中路北京东路口开设了星火日夜商店，专门为夜班工人、郊区送菜进城的菜农和半夜里乘火车、轮船来到上海的旅客提供服务，老百姓夜间碰到一些麻烦事体也可以求助于他们。

一分钱还可以在弄堂口的小书摊看两本小书，在街道文化站看一场幻灯片。在小菜场呢？一分钱可以买几棵葱或者一片姜。一分钱也可以买咸菜，笑眯眯的胖阿姨从咸菜桶里拣出一棵雪里蕻(雪里红)，掰下一小半，绞干汁水递给你，还会跟上一句：“烧豆瓣汤是吗？”咸菜卤是不要钱的，拿只碗去要就行了。在酱油店里，一分钱可以买一勺辣伙，或者一勺米醋。红乳腐、白乳腐也就三分五分一块，什锦酱菜用三分钱也可以买了。在弄堂里的居民食堂，一分钱可以买一碗鸡毛菜面筋汤。在米店，标准粉轧的切面两角一分一市斤，买四两切面，四舍五入收你八分钱。

上海城隍庙云集了许多小商品店，一分钱可以买一个软木瓶塞，也可以买一根线绳或者半尺松紧带；一分钱可以在"纽扣大王"配到规格特殊的衬衫纽扣；在女孩子叽叽喳喳的花边商店里，一尺花边也只要两三分钱，缝在衬衫上赛过画龙点睛啦。在五金店，一分钱可以买一包小钉子，或者两枚螺蛳钉、一段 24 号铅丝。在文具店里，有零拷的蓝墨水、红墨水，四分钱装满一小瓶，用一个学期绰绰有余。一分钱可以买三张草稿纸，或者一包铅笔芯，三分钱可以买一支铅笔，小橡皮是两分钱一块。

在布店里，经常有质地不错的零头布召唤着精打细算的家庭主妇，一寸纺织品专用券可以买一只节约领。营业员从不给顾客看脸色，柔声细语，有一种暖老温贫的力量。

今天，出于通货膨胀的原因，更出于收入普遍提高的原因，用一分钱来说事已然失去了统计学意义。但在中国商业化程度最高的城市，一分钱可对应诸多日常生活片段，肯定能提炼出一种形而上的东西，那就是照顾穷人的精神！

从二十世纪六十年代到八十年代这漫长的岁月里，中国正处于物质短缺时期，木材供应不够，从国外采购木材又缺少外汇，所以家具供应非常紧张，家具店里通常是只有样品，没有商品。上海人结婚讲究"三十六条腿"，男方要是缺一条腿，新娘子的腿也不会跨进男家门槛。但上海人素来聪明，房子局促，就螺蛳壳里做道场，变戏法似的搭出二层阁、三层阁，布置成一间蛮像样的新房；家具买不到，就自己动手、丰衣足食，从沙发到大衣柜，都可以自己做！

木材短缺怎么办？充分挖掘潜力，在每个区设有一处废旧木料供应点，这些废旧木料大都是建筑工地淘汰下来的水泥壳子板，或者码头上的装箱板，旧房子拆散后的门窗等构件也混在其中。每家每户凭户口簿购买，我就用自己家的、亲戚家的户口簿买过几次废旧木料，才几

2012 年 5 月, 上海规模最大的石库门弄堂东斯文里　　摄影: 雍和

分钱一斤,拼拼凑凑做成了好几件家具,其中一副床架子和一张小方桌用了三十多年都还岿然不动呢!

虹江路、蓬莱路、浙江路、淮国旧以及中央商场,都有废旧生产资料和半导体零件供应,聪明能干的上海男人在那里淘来零件,变魔术一般鼓捣出了煤油炉、收音机、喇叭箱、电唱机、自行车、电风扇、节能台灯等,每逢周日,人山人海!

那时候外地人来上海公干出差、探亲访友,采购质量上乘的上海货就是一项额外使命。不久他又发现,在每个居民集聚区都会有一两家修理店,老师傅态度和蔼、身怀绝技,可以将破旧的外套、汗衫、鞋子、雨伞、搪瓷脸盆、钢筋锅子修补得天衣无缝,还可以用上很多年! 上海人民把大国总理倡导的"新三年、旧三年,缝缝补补又三年"奉为生活指南。

上海让一个经济条件较差的人,也能有机会分享生活的滋味与乐趣,享有做人的尊严。

走街串巷的小贩,为我们送来了及时雨,买了他的甜酒酿和赤豆棒冰,请他磨了剪刀、修了棕棚、配了钥匙,付钱时还会递上一杯水。灾区来讨饭的外乡人,弄堂里的居民从来不会轰他们走,外婆盛一碗冷饭,阿姨找两件旧衣,大伯打听一下农村的灾情。这应该是城市精神的体现吧!

上海人还有一种禀赋,就是摆地摊,弄堂口、菜场旁边、公园门口、学校门口、梧桐树下,他们仿佛从地下突然冒出来了似的,见缝插针地,油布一铺、箱盖一翻,变戏法似的取出一件件宝贝,铅笔橡皮卷笔刀、毛笔墨汁描红簿、拉线开关百得胶、搪瓷茶杯钢丝球、塑料雨衣橡皮膏、虎骨酒风湿散、跌打损伤丸、扫帚拖畚老鼠夹、鞋底线松紧带尼龙刷、锡箔香烛万年历、"赤膊电池"手电筒,还有牙刷、牙膏、香肥皂、蛤蜊油、万金油、花露水、百雀灵……做半天小生意，然后收摊跑路，灵活机动，就像打游击一样。

小时候我在人民广场也经常看到一边是各种地摊，一边是遛鸟卖鸟鹦鹉学舌的，各有各的圈子，哇啦哇啦，沸反盈天，只见一位爷叔手腕一抖，铁棍一拨，一粒铁弹像火箭发射至高空，一身黑羽的蜡嘴嗖地一下蹿上去将它叼住。摆地摊的小商小贩为城市带来了喧哗与骚动，生机无限。

风云变幻，民生维艰，上海人就是要活出一点滋味。这也是城市的风骨吧！

有一位"老上海"对我说：上海滩上海滩，就是摆摊头摆出来的！没有摊头，哪来上海滩！老先生说得有趣，不无道理。

我有个朋友，他女儿嫁给了法国人，定居巴黎已有十多年，有一次他们夫妇去巴黎看望两个小外孙，参加了一个有意思的户外活动——摆地摊。巴黎每个月的某个周末，社区居民就会开着私家车集中在一个小广场摆地摊，出售用旧的（其实也有七八成新）生活用品或剩余物资，便宜到几乎白送。摊主只需向政府支付六欧元的摊位费，别的不管。附近居民和游客也会来淘宝，运气好的话还能淘到大理石雕像、油画和古董家具，所以这一天的气氛就像节日那样欢愉。两个小外孙的积极性也很高，卖掉一样东西有提成，吆喝起来抑扬顿挫，讨价还价也相当在行，因为讨人喜欢，所以到下午收摊前就卖得差不多了。

我去国外旅游，每到一地就向宾馆前台打听哪里有跳蚤市场，也淘到不少旧餐具、旧饰品和有年份的小摆件。

逛地摊是考察一座城市人文历史的捷径，也是最放松、最愉快的消费行为。

对于上海人"摆摊头"也有过一段妙论："上海，是铺开了摊子往里

'进人'。只要进来了，就属于上海滩，而无论其高低贵贱。也许，作为大大小小冒险家的乐园和一个庞大的自由市场，它要问的只有一句：你是否有足够的精明？如果有'精明'这张门票，你就可以在这个滩上一显身手了。"

以前国有企业的工会都有职工互助金，每个会员存入十元钱，有急需时可向工会申请借款，三五十元没有问题，然后按月从工资里扣除，这项举措不知化解了多少人的急难愁盼。我工作后加入工会，就很自觉地加入了互助金，因为从小我就知晓父亲经常从工会那里借钱以解无米之炊。

家庭经济困难再大，也可以得到单位的经常性补助。二十世纪六七十年代，家有三四个知青在外地务农的，从工会那里得到的帮助很大。

"老上海"不会张牙舞爪地去欺侮一个饥寒交迫的人，如果他敢这样做，就会犯众怒。只有那些游手好闲、坐吃山空、卖儿典妻、信用为负，最终连立锥之地都没有的人，才被大家叫作"瘪三"。

因为有了对贫困者的这份暖意，加上机会均等，信奉诚实劳动，欣赏智力博弈，上海成为中国最有吸引力的创业之城。

有国际视野的人，一定会赞成我的观点：一座伟大的城市应该这样——让有钱人放心地将资本与其他生产要素投到这里，通过合法经营不断发展壮大；让没钱的人肯出力、出大力、出巧力，辛勤劳动终究能收获可以预期的回报，最终成为业界翘楚也不是梦幻泡影。

特别是一些出身贫寒的杰出人士，在成功之后格外懂得回馈社会，建学校、修路桥、办医院、投身慈善事业和文化事业，让更多的贫困者有机会学习、工作、成家立业，融入国际大都会，为社会做出更大贡献。叶澄衷就是这样的代表性人物。

今天，上海还能这样伟大吗？

改革开放后，上海迎来了一波规模空前的移民大潮，今天上海的外来务工人员和漂在上海的外乡人超过历史上的任何一个时期，他们也想为上海的发展与繁荣做出一份贡献，并安顿自己的肉身与灵魂。

上海曾是一座不设防的城市，近代以来又是一座开放的城市，上海是全国人民的上海，上海的门槛不应抬高到让大多数穷人跨不过的程度。

一座伟大城市对穷人的照顾是必须的，是义务、责任，更是一种价值观的落地，如果做不到这一点，就是可耻的，等同犯罪。照顾穷人不是政府官员的法外开恩，而是天职。

经济学家和社会学家认为：关怀穷人，帮助穷人过上体面的生活，最终实现脱贫致富，可以持续增强城市的财富效应和发展动力。政府官员应该以发展的眼光来看待穷人，将弱势群体视作可持续发展的生力军。

照顾穷人是一个持久的工程，只有起点，没有终点，所以我认为应该通过三种渠道来保障：一是行政手段，比如对旧区危房简屋的改造，在老式里弄房子里面加装一个独立卫生间、一个公用厨房，在没有电梯的旧式公寓楼里通过政府补贴安装电梯等。二是公序良俗，除了社区居民在特殊情况下施以援手，主要还是通过民间社团来实现帮困。旧上海就有两百多个同乡会性质的公馆会所，对本乡来沪人员的工作生活进行切实的帮助，对政府管理也是一种有力的补益。三是市场行为。在政府的指导与优惠政策加持下，有些商店就会对弱势群体着意照顾。比如我家附近就有一家伍缘超市，商品很便宜，实际上就是仿效发达国家的"穷人超市"。在新天地、陆家嘴、外滩滨江等所谓的富人区，你就开城市超市和盒马鲜生吧。在相对不够繁华的老旧城区，能否允许一些沿街面小吃摊、小商店、露天小菜场的存在呢?

现在,我说的是 2023 年的春天,有关方面明确表示:地摊经济的相关政策并没有取消。只要在当地管理部门的管控下,在指定时间、指定地点经营,就是合法的。消息一经传播,在媒体间获得了积极的回应:地摊又将回归我们的日常生活!《新民晚报》的一则消息说得更有意思:"作为城市'烟火气'重要载体的'路边摊',始终在争议之中曲折前行,陷入'不管就乱、一管就死'的'治乱循环'。而上海在重启地摊经济前的一系列组合拳,正是一次试图破解这个死循环,让地摊经济长久健康发展的努力探索。"

参考资料

[1] 唐振常主编、沈恒春副主编:《上海史》,上海人民出版社,1989年。

[2] 唐振常:《近代上海繁华录》,商务印书馆,1993年。

[3] 唐振常:《近代上海探索录》,上海书店出版社,1994年。

[4] 熊月之:《异质文化交织下的上海都市生活》,上海辞书出版社,2008年。

[5] 熊月之:《上海人解析》,上海教育出版社,2019年。

[6] 曹聚仁:《上海春秋》,生活·读书·新知三联书店,2007年。

[7] 葛元熙:《沪游杂记》,上海书店出版社,2006年。

[8] 薛理勇:《闲话上海》,上海书店出版社,1996年。

[9] 薛理勇:《被误读的上海老照片》,上海书店出版社,2013年。

[10] 罗苏文:《上海传奇》,上海人民出版社,2004年。

[11] 罗苏文:《近代上海:都市社会与生活》,中华书局,2006年。

[12] 马逢洋编:《上海:记忆与想象》,文汇出版社,1996年。

[13] 谯枢铭、杨其民、王鹏程,等:《上海史研究》,学林出版社,1984年。

[14] 唐振常、沈恒春主编:《上海史研究》(二编),学林出版社,

1988 年。

[15] 马军、段炼主编:《上海史研究》(三编),学林出版社,2020 年。

[16] 张爱玲:《张看》(上下),经济日报出版社,2002 年。

[17] 王安忆:《寻找上海》,学林出版社,2001 年。

[18] 王安忆:《王安忆的上海》,生活·读书·新知三联书店,2014 年。

[19] 易中天:《读城记》,上海文艺出版社,2018 年。

[20] 葛剑雄:《上海极简史》,上海人民出版社,2019 年。

[21] 仲富兰:《上海小史》,上海书店出版社,2021 年。

[22] 顾炳权:《上海洋场竹枝词》,上海书店出版社,1996 年。

[23] 汪之成:《近代上海俄国侨民生活》,上海辞书出版社,2008 年。

[24] 马尚龙:《上海分寸》,上海书店出版社,2021 年。

[25] 邢建榕:《黄浦的夕潮》,上海书店出版社,2020 年。

[26] 姜龙飞:《上海租界百年》,文汇出版社,2008 年。

[27] 陈祖恩:《老上海城记·西洋人与东洋人》,上海文艺出版社,2011 年。

[28] 马长林:《老上海城记·弄堂里的大历史》,上海文艺出版社,2010 年。

[29] 上海市档案局(馆)编:《跟着档案看上海》,同济大学出版社,2021 年。

[30] 林剑主编:《上海时尚 160 年:海派生活》,上海文化出版社,2005 年。

[31] 汤伟康、杜黎:《租界 100 年》,上海画报出版社,1991 年。

[32] 张伟主编、孙莺编:《近代上海影院地图》,上海大学出版社,

2021 年。

[33]［英］麦克法兰,等:《上海租界及老城厢素描》,王健,译,生活·读书·新知三联书店,2017 年。

[34]［英］E.W.彼得斯:《英国巡捕眼中的上海滩》,李开龙,译,中国社会科学出版社,2015 年。

[35]［美］卡尔·克劳:《洋鬼子在中国》,夏伯铭,译,复旦大学出版社,2011 年。

[36]［法］梅朋、傅立德:《上海法租界史》,倪静兰,译,上海社会科学院出版社,2007 年。